A música das nuvens

ARLENE DINIZ

A música das nuvens

Copyright © 2025 por Arlene Diniz

Os textos das referências bíblicas foram extraídos da *Almeida Revista e Atualizada*, 2ª edição (ARA), da Sociedade Bíblica do Brasil.

Todos os direitos reservados e protegidos pela Lei 9.610, de 19/02/1998.

É expressamente proibida a reprodução total ou parcial deste livro, por quaisquer meios (eletrônicos, mecânicos, fotográficos, gravação e outros), sem prévia autorização, por escrito, da editora.

Edição
Daniel Faria

Revisão
Camila Lima

Produção e diagramação
Felipe Marques

Colaboração
Ana Luiza Ferreira
Gabrielli Casseta
Guilherme H. Lorenzetti

Ilustração de capa
Camila Gray

Capa
Jonatas Belan

CIP-Brasil. Catalogação na publicação
Sindicato Nacional dos Editores de Livros, RJ

D61n

   Diniz, Arlene
     A música das nuvens / Arlene Diniz. - 1. ed. - São Paulo: Mundo Cristão, 2025.
     432 p.

     ISBN 978-65-5988-421-6

     1. Ficção brasileira. I.Título.

25-96356   CDD: B869.3
                                   CDU: 82-3(81)

Gabriela Faray Ferreira Lopes - Bibliotecária - CRB-7/6643

Categoria: Literatura
1ª edição: abril de 2025

Publicado no Brasil com todos os direitos reservados por:

Editora Mundo Cristão
Rua Antônio Carlos Tacconi, 69
São Paulo, SP, Brasil
CEP 04810-020
Telefone: (11) 2127-4147
www.mundocristao.com.br

*Para todos aqueles que já tiveram
o coração partido.*

*Acredite, existe Alguém que é especialista
em restaurar todas as coisas.*

Prelúdio

— Aquele é o 518! Corre, Alissa! — Samuel apontou para a frente e, sem perceber, jogou para trás o braço que segurava o guarda-chuva. *Bingo!* Uma das pontas acertou meu olho direito. Sufoquei um grito, meu globo ocular em chamas. Enxergar com os dois olhos debaixo daquele aguaceiro já estava difícil, só com um as coisas complicaram ainda mais.

Tínhamos que entrar logo naquele ônibus. Apertei um pouco mais as mãos ao redor das manoplas da cadeira de rodas e inclinei o tronco para a frente, reunindo um pouco mais de força ao empurrar. Se bem que, no fim das contas, não adiantava muito. O céu despencava em água e a calçada estava cheia de gente encharcada pelo temporal repentino, todos desesperados para ir para casa após a surpresa no fim do expediente.

Ninguém abriria caminho para nós.

— Licença, por favor.

As pessoas olhavam por cima do ombro e algumas arregalavam os olhos, se afastando o quanto podiam. Mas era muita gente. Quantas daquelas pessoas pegariam o 518? Eu não podia ficar sob aquele temporal com Sam, esperando o próximo ônibus. Demoraria no mínimo uns trinta minutos. Mexi os ombros, meio que para me certificar de que o case do meu violino continuava preso às minhas costas. *Ele não vai aguentar muito tempo debaixo dessa chuva.*

Quando já estávamos perto o suficiente do ponto do ônibus, parei ao perceber o rio de água que descia a toda velocidade pelo canto da rua e começava a invadir metade da calçada. As pessoas se amontoavam pelo lado mais alto, querendo chegar ao ponto que ficava em um relevo mais à frente, onde havia uma fila de ônibus parados. Para chegar lá, havia uma pequena rampa, que agora funcionava como uma espécie de barreira para a água. Graças aos céus. O elevador do ônibus funcionaria normalmente.

Em compensação, chegar lá seria um problema e tanto. Como ultrapassar a multidão?

— Hoje não é o nosso dia, Alissa — Sam suspirou.

Olhei por cima do guarda-chuva do Homem-Aranha, para suas perninhas finas sentadas na cadeira e protegidas pela bermuda até os joelhos. Estavam ensopadas.

Nossas terças e quintas nunca eram fáceis. Eu levava Sam para a fisioterapia e ia para a escola de música, que ficava perto do consultório. Ida e volta, uns bons vinte minutos cada. Isso quando o elevador do ônibus não dava algum problema ou o coletivo estava muito cheio e não nos deixavam entrar.

Eu não ia permitir que aquilo acontecesse hoje. Abri um sorriso, cheguei o guarda-chuva para o lado e abaixei o pescoço até perto do ouvido do Sam:

— Com grandes poderes, vêm grandes responsabilidades.

Seus olhinhos, pretos como duas jabuticabas, sorriram. O vento trazido pela chuva bagunçava levemente seus cachinhos cor de madeira.

— Modo Parker, ativar?

— Ativar!

Assenti com a cabeça e, com toda a seriedade que aquele momento exigia, aprumei o corpo. Tentei a melhor cara de dignidade que uma garota de dezessete anos conseguia com um olho meio fechado e o cabelo desgrenhado pela chuva. Então, coloquei dois dedos de cada mão entre meus lábios, e um alto e estridente assobio escapou por eles.

— Tem uma criança em cadeira de rodas aqui! — gritei. — Abram caminho, por favor!

Ninguém moveu um pé. Tive que falar mais alto. Alguns olharam para trás e continuaram onde estavam. Outros me analisaram com aquela cara de "o que essa garota tá falando?".

Inspirei fundo.

— Eu só preciso chegar ao ônibus e pedir ao motorista que abra a porta de trás, gente! Não vamos roubar o lugar de ninguém! — Fiquei na ponta do pé e estiquei o pescoço, como se isso fosse ajudar minha voz a chegar mais longe.

Nada.

Estalei a língua.

Toda vez isso.

— Caramba! Ninguém aqui tem coração? Ele só tem nove anos! É uma criança!

Começou com um cara. Depois uma mulher. E, aos poucos, as pessoas começaram a se apertar um pouco mais próximo ao muro, abrindo espaço para nós. Ainda não era o suficiente para passarmos longe da água, mas já era alguma coisa. Não atrapalharia muito.

A empolgação para finalmente tirar meu irmão daquele temporal me fez apertar o passo. Meus tênis encontraram a corrente de água acinzentada que descia aos montes pela calçada e, ao terminar de subir a rampa que levava ao ponto final, senti meu pé direito passar por cima de uma coisa pegajosa. Antes que conseguisse processar o que estava acontecendo, soltei as mãos da cadeira e, como um pássaro tentando alçar voo, bati meus braços enquanto caía de costas sobre aquela água turva e fedorenta.

Tirei a toalha do cabelo e passei o creme sobre os cachos molhados. Tuane dizia que eu precisava usar difusor para deixá-los bem definidos. Eu não tinha lá muita paciência. Então, no fim, meu cabelo era aquela mistura castanha meio ondulada, meio cacheada e meio cheia que só eu entendia.

Levei ao nariz um punhado dos fios, que já iam quase até a cintura. O cheiro estava bom, pelo menos. Bem diferente do jeito como tinha chegado em casa. Um arrepio passou pela minha espinha ao me lembrar daquele líquido fétido entrando em cada fibra das minhas roupas e em cada fio dos meus cabelos. Mas o pior não era isso.

Meus olhos caíram sobre o case amassado em um canto do quarto. Sobre ele, meu violino descansava. Molhado *e* quebrado.

Engoli em seco. A apresentação de Natal aconteceria dali a dez dias. O que eu ia fazer? Não era como se eu pudesse pedir um novo para meus pais. Me abaixei perto do instrumento e passei as mãos sobre a madeira úmida.

— Oh, Olive... O que eu vou fazer? — Suspirei. — Eles vão me matar.

Um ranger característico informou que a porta da frente havia sido aberta. A voz fina de Samuel parecia um canhão lançando todos os acontecimentos emocionantes do dia aos quatro ventos. Acomodei com cuidado os pedaços do tampo partido do violino dentro do case e, após fechá-lo, saí do quarto.

— Aí a Alissa caiu de costas na água de esgoto!

— E você? — Os olhos da minha mãe se arregalaram. — Onde ficou?

— Ah, na parte de cima do ponto. Alissa soltou a cadeira antes de cair.

— Tem certeza de que não se machucou? — Ela passava as mãos pelos braços dele. Sam assentiu e pegou o controle do videogame para retomar a partida que jogava antes de nossos pais chegarem. — Você precisa tomar mais cuidado, Alissa. Imagina se a cadeira tivesse ido com você? Samuel poderia ter se machucado feio!

— Tinha alguma coisa gosmenta no chão — respondi. — Com toda aquela chuva, foi difícil perceber.

— Você lembrou de levar a capa dele?

— O céu estava com meia dúzia de nuvens quando saímos. — Cutuquei uma pele que saía do canto do meu polegar direito. — Mas levei o guarda-chuva.

— Você podia ter esperado a chuva passar na fisioterapia.

— O temporal começou depois que já tínhamos saído. — Apertei as mãos nas costas. — Vou prestar mais atenção da próxima vez.

— Não haverá próxima vez. Pelo menos, não aqui. — Meu pai se sentou no sofá cinza com almofadas coloridas desbotadas e olhou para mim. — Você ficou bem?

Balancei a cabeça para cima e para baixo. Minha mãe também ocupou seu lugar no sofá, ao lado do Sam, uma ruga ainda profunda entre as sobrancelhas.

— Como assim, "não aqui"? — Sam parou o jogo de novo.

— Cecília, venha cá — meu pai chamou. Sempre antes de falar algum assunto sério, o senhor Venâncio passava as mãos pelo rosto castanho-avermelhado, seguindo até os cabelos ralos salpicados de branco, e impostava a voz como se fosse um mensageiro fúnebre. Era um pouco engraçado.

— Espera aí! — Foi o grito que veio de um dos quartos.

— Agora. — Dessa vez a voz dele foi tão firme e séria que Cecília apareceu na sala no segundo seguinte.

— Você é uma desastrada, hein... — ela sussurrou parando ao meu lado.

— E você nem saiu do quarto pra ajudar o Sam e eu quando chegamos.

— Ajudar no quê?

— Nós dois estávamos encharcados — resmunguei. — Eu fiquei uns trinta minutos para secar a cadeira dele com o secador de cabelo.

— Eu estava tirando uma soneca.

— Então como sabe que sou desastrada?

— Ouvi Sam contando agora, ué.

— Acredito. — Girei os olhos. — Antes você era ocupada porque estudava para o Enem, agora é ocupada fazendo nada.

— Chega! — A voz do meu pai calou nós duas. — Recebi uma oferta de trabalho. Vamos nos mudar para o litoral daqui a três dias.

— Três dias?! — Cecília, Sam e eu falamos ao mesmo tempo.

— Mas e a minha formatura? — Cecília ficou mais branca do que o normal. — E a faculdade? Em janeiro sai o resultado do Enem!

— A apresentação de final do ano da escola de música é semana que vem. — Engoli com dificuldade.

Com que violino, Alissa?

— Litoral? — Cecília soltou um riso nervoso. — A Barra da Tijuca é cheia de praias!

— Litoral sul do estado — minha mãe respondeu. — A vaga é em um condomínio de ricaços perto de Paraty, Angra dos Reis, aqueles cantos. Village, o nome. Fica perto de uma cidade pequena chamada Ponte do Sol. Seu pai vai ser caseiro e eu, funcionária doméstica.

— Perto da praia? *Yes!* — Samuel fez um gesto de vitória com os braços.

— Mas é muito longe! — Minha mente tentava processar a informação.

Nós morávamos em Campo Grande, na zona oeste do Rio de Janeiro. Uma vez, a família da Clara foi passar um fim de semana na Ilha Grande. Umas três horas de viagem dali até o litoral sul.

Espera. Me mudar para tão longe significava não estar perto de Clara e Tuane! O que eu faria sem minhas duas melhores amigas?

— Eu não vou! — bradou Cecília. Por mais que eu quisesse fazer o mesmo, sabia o quanto meu pai estava desesperado em busca de trabalho. Cinco meses desempregado e ele já tinha perdido quase dez quilos.

— Você não tem escolha. Nenhum de nós tem. — Meu pai encostou os braços sobre as pernas e cruzou as mãos. — Vocês sabem pelo que temos passado. Não dá pra viver de bicos. Samuel precisa da fisioterapia e dos remédios. Eu preciso trabalhar. Os salários que nos ofereceram lá são bons e não vamos precisar pagar aluguel, já que vamos morar na propriedade.

Comecei a cutucar o canto do polegar de novo. Dessa vez, com os dentes. Se os salários eram bons... *Meu violino*.

— Acumulei tantas dívidas nesses meses que não sei o que seria de nós sem esse trabalho agora.

Minha chama de esperança mal se acendeu e já foi apagada. Pisquei os olhos, a dificuldade para assimilar tudo aquilo me impedindo de prestar atenção direito ao resto da conversa. Quando me virei para voltar ao quarto, após meus pais explicarem como tudo seria dali para a frente, ouvi o senhor Venâncio perguntar:

— Alissa, Sam disse que você caiu de costas. E o violino?

Desviei o olhar para o chão.

— Está bem.

— Lá deve ter uma escola de música municipal como aqui. — Ele esticou o canto dos lábios em um projeto de sorriso. Eu meneei a cabeça e, com os ombros caídos, voltei para o quarto.

1

6 meses depois

Não havia quase ninguém nas ruas, como sempre. O céu azul não carregava nenhuma nuvem, e meus pés formavam um círculo borrado enquanto eu pedalava como se minha vida dependesse disso. E, de certa forma, dependia. Aquelas corridas clandestinas pelas ruas impecáveis do Village eram o ponto alto dos meus dias. O que me deixava feliz de verdade.

E, ah, só eu sabia como estava precisando de um pouco de felicidade.

O barulho característico das rodas quando parei de movimentar os pés, permitindo que o restante do último impulso me levasse para a frente, indicava que meu destino estava próximo. Um frio tomou minha barriga antes que eu desse uma olhada ao redor. *Barra limpa.*

Essa era uma das vantagens de morar em um condomínio de ricos no litoral. Muitas casas só eram abertas aos finais de semana, feriados e férias. E quanto às pessoas que moravam ali... bem, ninguém ficava preocupado com o que os outros estavam fazendo.

Antes que as rodas parassem por completo, pulei da bicicleta e a encostei no meio-fio. Passei as mãos pelo cabelo e meus dedos engancharam. *Droga.* Embora eu amasse, nem sempre era uma boa ideia andar com meus cachos ao vento. Eles tinham uma estrutura tão fina que se emaranhavam muito facilmente.

Juntei tudo em um coque no alto da cabeça e corri para trás da construção de tijolos vermelhos com teto colonial, cercada por uma grama mais lisa que o tapete da sala de muita gente.

— Finalmente! — O sorriso dele sacudiu meu peito. Eric me esperava com seus braços cruzados e topete castanho-claro encostado na porta dos fundos do salão de jogos que quase ninguém usava no condomínio. Exceto nós dois.

— Tive que arrumar uma desculpa convincente para minha mãe. — Passei os braços ao redor do pescoço dele, que me brindou com um beijo. — Acabei de chegar da escola com Sam. O horário do almoço é sempre uma correria quando dona Verônica está por aqui. E, ultimamente, ela sempre está por aqui. — Bufei.

— Deixa a dona Verônica pra lá e vamos aproveitar o restinho do meu tempo. Daqui a pouco já tenho que voltar para a administração. — Eric envolveu meu rosto com as mãos e me beijou outra vez. Eu amava olhá-lo de perto. Ele tinha traços marcantes e seus olhos eram azuis como duas piscinas. — Você está mais bronzeada, minha linda. Pegou uma praia? Nem me chamou.

Dei uma risada. Olhei para meus braços, que tinham ganhado um tom marrom mais dourado e profundo. Ainda ardiam um pouco. Desde que tinha ido para o Village, minha melanina estava mais em alta do que nunca.

— Como se a gente pudesse ir junto. — Apertei a bochecha dele de leve. — Minha praia foi ter ficado no sol de meio-dia lavando vidraças com a minha mãe ontem. Não tive aula nem pude curtir. Verônica vai receber visitas este fim de semana e reclamou que as vidraças que limpamos semana passada já estavam sujas. — Mexi os ombros. — Ainda estou meio dolorida.

Eric começou a massagear meus ombros quando o ruído de uma buzina soou na rua. Ergui o pescoço, alerta.

— Será que é alguém vindo pra cá? Não se escutam buzinas o tempo todo por aqui.

— Alissa, calma. — Ele riu. — Eu trabalho aqui. Sei muito bem quais são os lugares seguros. Você acha que escolhi este aqui como nosso cantinho especial à toa? — Ele abriu um sorriso de canto e me puxou para junto de si mais uma vez. — Mas, diz aí, esse frio na barriga acaba deixando as coisas muito mais empolgantes, não é?

Sorri, ainda esticando os olhos na direção de onde tinha vindo o barulho, e meu celular vibrou no bolso da calça jeans. A palavra "MÃE" piscava na tela. Eric revirou os olhos.

— Foi mal. Preciso atender.

Apertei os lábios e levei o aparelho ao ouvido.

— *Alissa, cadê você? Já comprou a cartolina? Preciso que você apronte o almoço do Samuel!*

— Estou quase chegando. Em dois minutos chego aí.

O silêncio do outro lado indicava que ela havia desligado. Suspirei e voltei os olhos para Eric. O rosto dele se contraiu em desdém.

— Preciso ir. — Pedi desculpas com o olhar.

— Me dá cinco minutinhos?

— Só se for para ficar sem pescoço quando me encontrar com a dona Ana. — Dei alguns passos, mas Eric segurou meu pulso.

— Você pensou sobre a... — Ele hesitou por um momento. — Aquilo que pedi?

Estreitei os olhos e, de repente, lembrei. Minhas bochechas ficaram quentes.

— Não sei, Eric. — Baixei os olhos. — Acho que não me sinto confortável.

— Nem por mim? — Ele formou um biquinho com os lábios.

Olhei para ele por um instante.

— Vou pensar.

O condomínio era grande, e Eric escolhera o ponto de encontro mais distante possível de onde eu morava. O que significava que quando eu precisava voltar às pressas — o que era basicamente sempre — quase chegava com falência dos pulmões em casa. Eu morava na parte mais à esquerda do condomínio, uma das últimas casas antes do paredão de pedra e vegetação que nos separava do hotel de luxo que ficava ao lado. O salão de jogos quase abandonado ficava no canto direito, próximo a um enorme e bem cuidado bosque que me dava um pouquinho de calafrios à noite.

Uma brisa fresca vinda do mar cortou o caminho entre as casas e beijou meu rosto. Apesar da pressa, inspirei fundo. O sol estava alto, mas havia algo diferente no ar. Era como se o outono tivesse finalmente reivindicado seu lugar no altar das estações, começando a preparar o caminho para o inverno.

Apertei o freio com força em frente ao portão de madeira dos fundos e corri para dentro. Passei pelo caminho de pedras que levava até a parte mais baixa da propriedade, onde ficava a mansão de Verônica, e virei para a direita entrando na varanda da pequena residência do caseiro, quase ao lado do portão.

— Li, estou com fome — Sam reclamou quando me viu passar pela varanda na frente da casa para guardar a bicicleta na lateral. Abri a porta da sala, e os olhos famintos dele me fitaram. Ele estava sentado no meio da sala, e seus dedos pararam de se mexer sobre o controle do videogame. Senti uma alfinetada na consciência por ter saído justo àquela hora.

— Cadê a cartolina que você foi comprar?

Arregalei os olhos.

— Ah, pois é... Não tinha na loja. — Cocei atrás do pescoço.

— O que tem de almoço hoje? — ele mudou o assunto e, aliviada, soltei o ar.

— O mesmo da janta de ontem. — Passei a mão sobre seus cachinhos e fui para a cozinha, separada da sala por uma pequena mureta.

— Ah, estou enjoado de comer frango desfiado.

— É bom que sobra. Estava querendo fazer um sanduíche para comer mais tarde mesmo. — Sorri e ele revirou os olhos.

— Eu queria mesmo era filar um daqueles rangos chiques que mamãe prepara ali. — Os olhos dele se esticaram sobre a janela para o imóvel impecável, separado de nós por mais de cem metros de gramado bem cuidado. Àquela hora, mamãe devia estar correndo de um lado para o outro na enorme cozinha de Verônica. O que me lembrou que eu tinha que ser rápida. Ela precisava de ajuda.

Comecei a colocar as coisas no fogão, e o ruído das rodas me fez olhar para trás. Sam manobrava sua cadeira para vir à cozinha. Era uma tarefa tranquila, já que não havia tapetes nem outros objetos que pudessem atrapalhar sua mobilidade. Na pequena sala, só havia o mesmo sofá cinza com almofadas coloridas e desbotadas que nos acompanharam em nossa sala no Rio de Janeiro por quase dez anos. E um rack com tevê.

Sam se aproximou da mesa da cozinha, que, apesar de ter seis lugares, só tinha quatro cadeiras. Duas tinham quebrado na mudança. Também, pudera. Fora tudo tão às pressas que meu pai arrumou um caminhão duas vezes menor do que a quantidade de coisas que a gente tinha e fizera tudo caber lá dentro assim mesmo. E já fazia seis meses que tínhamos dado tchau para o calor do Rio de Janeiro e sido abraçados pela brisa salgada do Village.

Terminei de aprontar o almoço, coloquei um prato diante de Sam na mesa e engoli algumas colheradas em pé mesmo.

— Senhor Venânciooo! — Aquela voz estridente ecoou pelo gramado e ultrapassou com tudo as paredes da casa. Bem, talvez "abraçados"não fosse a melhor palavra para descrever a nossa recente vida no litoral.

— O que ela vai pedir agora? — Sam resmungou. — Papai não tem um minuto de paz.

— Talvez tenha um marimbondo voando por uma das salas. Ou alguma lâmpada tenha queimado no deck. Ou talvez ela só esteja gritando o nome dele porque não sabe fazer outra coisa.

Samuel deu uma risada tão alta que quase me engasguei com o frango desfiado. E, assim, teve início uma crise de riso que terminou com rostos vermelhos e lágrimas nos cantos dos olhos.

— Ai, socorro, mamãe deve estar atolada até o pescoço. — Lavei meu prato depressa e dei um beijo no alto da cabeça do Sam. — Termina de comer e pode deixar o prato na mesa. Qualquer coisa é só me ligar.

Troquei o uniforme da escola por uma calça jeans, blusa e tênis brancos — exigências da dona Verônica — e corri gramado abaixo. Minha mãe precisava preparar o café da tarde e o jantar para uma multidão de quinze pessoas que chegaria a qualquer momento.

O relógio marcava mais de sete da noite quando entrei em casa. Sam tirou os olhos do videogame por um instante para olhar para mim.

— Você está acabada.

— Obrigada pelo elogio. — Desabei sobre o sofá. Minha mãe e meu pai, com os ombros curvados, entraram logo depois. Ele passou pela sala e correu para as panelas. Depois de mexer com tanta comida, eu já havia perdido a fome.

— Essas visitas mal chegaram e eu já estou louca para irem embora. — Minha mãe caiu ao meu lado.

— Acho que dona Verônica deve ir com eles no domingo — meu pai falou da cozinha.

— Ir embora? Duvido. — Soltei um bocejo. — Teoricamente, era para vocês cuidarem da casa durante a semana enquanto ela não estivesse aqui e aos fins de semana, enquanto estivesse. Mas, desde que a gente chegou, ela vive aqui o tempo todo!

— Alissa. — O tom do meu pai era baixo e grave. — A casa é dela. Dona Verônica pode ficar aqui o quanto quiser.

— Eu sei, pai, mas o problema é que quando está aqui ela faz vocês trabalharem mais de doze horas por dia! — Ergui as mãos e as joguei contra minhas pernas. — Não foi isso que o marido dela disse pra você quando ofereceu o emprego.

— Eles não são mais casados, por isso ela fica mais por aqui agora. Você sabe. — Minha mãe suspirou.

— Pois é, quem aguenta aquela mulher?

— Alissa! — os dois exclamaram ao mesmo tempo.

A porta da sala se abriu e Cecília, enfim, apareceu. Como ela conseguia manter aquele cabelo lambido sem nenhum frizz mesmo depois de um dia inteiro na rua? E aquelas bochechas que, mesmo claras e sem maquiagem, tinham a cara da saúde? Se eu me olhasse no espelho naquele momento, certamente ia estar com cara de quem tinha morrido e esquecido de cair.

— Oi, filha! Como foi o curso hoje? — minha mãe perguntou.

— Nada de mais. Estou louca por um banho. — Ela jogou a mochila num canto, *simpática* como sempre, e foi se encaminhando para o banheiro.

— Espere aí, Cecília. — A voz de papai fez com que ela parasse. — Quero relembrar uma coisa a você e sua irmã.

Fui até a mureta que separava a sala da cozinha e o vi cruzar as mãos sobre o prato já consumido pela metade.

— Como Alissa bem sabe, a casa da dona Verônica está cheia este fim de semana. Isso significa que são pessoas da confiança dela. E se vocês forem ajudar sua mãe nos serviços, quero que não se esqueçam das regras. — No segundo de pausa que ele deu em seu discurso, contive a vontade de revirar os olhos. Ele não precisava dar aquelas orientações a Cecília. Ela nunca ajudava minha mãe em nada. — Eles não são reis, mas trabalhem como se fossem. E vocês não têm ouvido nem boca. Disso depende o nosso sustento e nossa permanência aqui. E, meninas, por favor, qual é a regra número dois?

— Nunca, em hipótese alguma, deem confiança para um morador ou hóspede do condomínio — Cecília e eu respondemos em uníssono, com a voz entediada. Já tínhamos ouvido aquilo tantas vezes que tínhamos decorado com exatidão as palavras de papai.

— Posso tomar banho agora? — Cecília apontou com o polegar em direção ao banheiro. Meu pai assentiu e eu ri por dentro. Senhor Venâncio se preocupava à toa. Não era como se algum cara rico fosse prestar atenção em nós.

E nem como se eu fosse prestar atenção em algum deles. Meu coração já tinha dono, e eu já estava muito satisfeita com isso.

2

Uma das muitas coisas bonitas a respeito do litoral era a quantidade de pássaros cantando o dia inteiro. A proximidade com o mar devia deixá-los mais felizes, sem dúvida. Especialmente quando o sol nascia. Porque, ah, como eles cantavam ao romper da manhã! Tê-los como despertador não era um grande problema. Era poético, até.

Pior era ter que ouvir *aquela* voz esganiçada.

— Venâncio! Ana!

Me remexi na cama.

— Anaaa! Venânciooo!

Cheguei meu celular. Não eram nem sete horas da manhã de um sábado!

— Venâncio, preciso de você com urgência! — A voz ficava cada vez mais próxima. Apertei o travesseiro sobre a cabeça e soltei um grunhido.

Enquanto isso, Cecília dormia na mais perfeita paz na cama ao lado. *O mundo é tão injusto.* Escutei a porta da frente abrir e meus pais caminharem apressados para fora. Até tentei voltar a dormir, mas não ia conseguir ficar muito mais tempo sabendo que minha mãe tinha que fazer sozinha um banquete para dezesseis pessoas.

Joguei o travesseiro para o lado e fitei os olhos no teto branco, que se unia às paredes da mesma cor. Soltei uns bocejos enquanto me arrastava para arrumar a cama e concluí o serviço colocando Mint sobre o travesseiro.

— Boa vida é a sua, meu querido. Aproveite seu dia de descanso. — Depositei um beijo sobre sua cabeça desbotada.

— Credo, você ainda fala com esse bicho feio? — Cecília se remexeu na cama ao lado.

— Quem disse que ele é feio?

— Alissa, essa coisa tem espuma no lugar de um dos olhos! E parece que passaram cera em cima desses pelos! Um dia, devem ter sido fofos.

Prendi os lábios e abri a cortina blecaute com força. A luz invadiu o quarto através das frestas da janela de madeira.

— Tudo bem. Mint não é o urso mais bonito do mundo. Mas mesmo o esquisito e o desajeitado merecem ser amados.

— Nossa, que poetisa. — Cecília cobriu a cabeça com o edredom xadrez. — Fecha essa cortina!

Ignorando-a, caminhei até o guarda-roupa e comecei a procurar uma blusa branca. Movi a montanha de roupas de um lado para o outro e não encontrei umazinha sequer. Nem entre a dezena de peças amontoadas sobre a cadeira da escrivaninha. Comecei a vasculhar o quarto até abrir o lado direito do guarda-roupa e encontrá-la ali, limpa, cheirosa e dobrada em cima das roupas de Cecília.

— Por que você pegou a minha blusa branca?

Cecília tirou o cobertor da cabeça na hora.

— Você está mexendo nas minhas coisas?

— Te faço a mesma pergunta!

Cecília se levantou rápido e fechou a porta do seu lado no guarda-roupa atrás de mim.

— Meu look de hoje precisava de uma blusa branca.

— E as suas? Você tem várias! Só usa branco, preto, marrom e bege.

— Estão no cesto de roupa suja. — Ela puxou a blusa da minha mão. — Ai, usa uma roupa qualquer mesmo.

— Não posso. A dona Verônica exige blusa branca para os funcionários. — Puxei da mão dela de volta. — Você saberia disso se ajudasse um pouco a mamãe.

— Não recebo pra isso.

— Nem eu!

— Muito legal a sua boa ação e tal, mas eu tenho outras coisas para fazer e, sinceramente? — Ela deu um longo suspiro e se jogou na cama. — Não me sinto obrigada. Já tive que abrir mão de muita coisa para estar aqui.

— E eu não? E *todos* nós, não?

— Se o pai não tivesse tentado bancar o herói... — Cecília sussurrou e se enrolou nas cobertas outra vez. Pisquei, sem conseguir desviar os olhos dela.

— Você não teve coragem de falar isso.

Cecília deu de ombros e eu puxei o ar, soltando tudo de uma vez. Ela era inacreditável.

Eu tinha alguma dificuldade em chamar aquele lugar de casa. Na minha cabeça, só vinha uma palavra ao olhar tudo aquilo: *palácio*. Não como aqueles que a gente vê em filmes de princesas. Este aqui carregava todas as últimas tendências da arquitetura moderna. Os dois andares misturavam cores neutras, madeira maciça e objetos de decoração de designers renomados. Havia até uma luminária em formato de barco, pendurada ao contrário sobre a mesa principal da sala de jantar.

Uma vidraça tomava toda a parte da frente, que dava para o oceano negro, a lua deixando nele seu rastro prateado. As águas batiam calmas no deck de madeira, onde um grupo que havia acabado de chegar curtia a brisa fresca do início da noite. Os outros hóspedes estavam espalhados pelos quartos, ou sauna, ou sala de tevê.

Puxei o ar e soltei. O mar estava tão calmo — o oposto de como tinha sido meu dia. Entre ajudar minha mãe e idas e vindas para checar Sam em casa quase de meia em meia hora, o sábado passou. Minhas pernas latejavam sob o jeans e meus pés ardiam como fogo dentro daqueles tênis desconfortáveis.

Para o jantar, Verônica havia contratado um famoso pizzaiolo, o que fez minha mãe e eu suspirarmos de alívio. Deixamos a cozinha pronta e agora eu terminava de pôr a mesa — a tal com o barco em cima —, pois o chef e sua equipe chegariam em poucos minutos.

Montei a mesa para o jantar como se minha vida dependesse disso. E, tendo em mãos um jogo de porcelanas da Espanha e guardanapos tecidos na França, de certa forma dependia, sim. Coloquei o último talher sobre a mesa com os dedos meio trêmulos e encontrei dois copos com restos de vinho tinto sobre uma das mesinhas de centro. Coloquei os dois numa bandeja e tomei o caminho para a cozinha.

Talvez tenha sido o alívio ao me ver livre daquelas louças caras. Ou a alegria com o longo dia de trabalho acabando. Ou ainda a possibilidade de finalmente poder tirar aqueles sapatos. Só sei que, por um lapso de segundo, num descuido mínimo — e um resultado máximo —, trombei com minha bandeja contra a blusa de linho branco da dona Verônica. E copos com vinho tinto não combinam com blusas de linho branco.

— Essa blusa custou dois mil reais! — foi o berro que ecoou pela sala inteira. — No que você estava pensando, garota? Olha a porcaria que você fez!

Meu rosto ficou em chamas. Me abaixei para pegar os restos quebrados dos copos, as mãos tremendo ainda mais. Minha mãe chegou às pressas.

— Desculpe, dona Verônica, não vai acontecer de novo. — O desespero em sua voz era palpável.

— Espero que não aconteça mesmo. Se essa mancha não sair, vou ser obrigada a descontar do seu salário! — ela gritou, ajeitando uma mecha de seu grosso cabelo curto de ondas avermelhadas.

— Sim, senhora. — Minha mãe se afastou dizendo que ia buscar um pano e uma pá, quando senti uma ferroada no indicador direito. Um corte pequeno. Sangue jorrando aos montes.

Graças aos céus, Verônica já tinha saído pisando duro com seu inseparável salto alto e não deu tempo de se desesperar com a chance de seu piso branco como leite ficar manchado de vermelho. Me levantei evitando olhar para os lados. Não queria ver se minha humilhação tinha plateia.

— Aqui, enrole no seu dedo.

Droga. Tinha.

Ergui os olhos para cima. Um garoto estendia um pequeno tecido branco em minha direção. Um garoto alto. O cabelo escuro dividido ao meio deixava uma franja caída pelas laterais da testa, quase cobrindo os olhos. Pisquei duas vezes. Ele ergueu uma sobrancelha e aproximou a mão alguns milímetros para a frente. Eu precisava dar uma resposta, certo? Pensei nas gotas de sangue que poderiam ficar pelo caminho até o banheiro de serviço e já ia aceitando a oferta, quando retive minha mão.

— Isso é da mesa? — Olhei para a mesa posta que tinha acabado de arrumar. E, lá estava, um dos pratos sem o guardanapo bordado por cima.

— Qual o problema? — Uma ruga surgiu entre as sobrancelhas dele. — É só um pano. Devem ter outros.

— Só se for na sua casa — resmunguei baixinho. Ele riu. Estalei a língua. Achei que tinha falado baixo o suficiente.

— Ah, lá com certeza tem. Quer que eu busque um para você?

— Esses foram tecidos na França. Se a sua casa for lá, eu aceito. — Abri um sorriso quadrado e o fechei de imediato. Cadê minha mãe que não voltava logo? Não podia sair e deixar aqueles cacos de vidro espalhados ali. Olhei para a mão que segurava o dedo machucado, agora encharcada de sangue.

— Vai cuidar da sua mão. — O garoto fez um movimento de cabeça indicando o corredor e em seguida olhou para o chão. — Eu posso ajudar com isso.

Abri a boca para dizer que não precisava, quando minha mãe surgiu na sala outra vez.

— O que ainda está fazendo aqui, Alissa? Quer me dar outro prejuízo?

O que estava vermelho agora, sem dúvida, era meu rosto. Ao perceber que não estávamos sozinhas, abriu um sorriso para o rapaz e pediu desculpas pelo inconveniente.

Me afastei rápido, ainda a tempo de perceber *aquele* olhar no rosto dele. Um rosto afilado, de maxilar marcado. Havia no topo de suas bochechas duas manchas vermelhas de quem havia abusado da exposição ao sol.

Franzi a testa. Não me lembrava de tê-lo visto pela casa antes. E, por causa daquele olhar de pena, não gostaria de vê-lo outra vez.

3

A água jorrava sobre o dedo ferido. Eu observava os pequenos pontos de sangue sendo levados pelo ralo do tanque, mas logo surgindo outra vez. Era possível sair tanto sangue assim de um corte daquele tamanho?

— Toma. — Minha mãe estendeu um pano pequeno, e eu comecei a secar o dedo. — Você precisa tomar mais cuidado, Alissa.

— Desculpe, mãe. — Baixei os olhos. — Não foi minha intenção.

— Eu sei que não foi. — Ela puxou minha mão para dar uma olhada no ferimento. Estávamos na lavanderia, que ficava escondida atrás da cozinha, onde não havia riscos de alguém nos escutar. — Mas você sabe que a dona Verônica não é fácil. E seu pai e eu precisamos desse emprego. A gente saiu do Rio praticamente com uma mão na frente e outra atrás. Tente prestar mais atenção da próxima vez.

Eu a observei enquanto ela enrolava um curativo sobre meu dedo. As olheiras fundas, os fios lisos e escuros começando a ganhar tons de cinza, a pele pálida do rosto brilhando com gotas de suor. Ela havia emagrecido tanto nos últimos meses por causa desse ritmo intenso.

— Não vai acontecer de novo. — Engoli em seco, tentando que a água rasa nos olhos fizesse o caminho de volta. Ela seguiu rumo à porta que dividia a lavanderia da cozinha. — Mãe, posso fazer meus bolos agora?

— Vai fazer mais bolos por quê? Da última vez, você voltou com metade pra casa.

— A galera da escola estava meio lisa no final do mês. Mas desta vez eu vou deixar na padaria. O senhor Fernando disse que vai sair tudo rapidinho.

— Você pediu ao dono da padaria para vender seus bolos lá? — Ela arregalou os olhos. — Que isso, Alissa?

— Qual o problema? Ele foi tão legal comigo. Se eu tivesse pensado nisso, já teria pedido bem antes.

Ela fez um "tsc, tsc".

— Gás está caro. E você desperdiça muito assando esses bolos.

— Não é desperdício. É meu jeito de ganhar um dinheiro.

— *E ter finalmente a chance de ressuscitar Olive.* Mas ela não precisava saber dessa parte.

— Você sabe que eu gostaria de te pagar alguma coisa pela ajuda que você me dá aqui. Mas as coisas ainda parecem distantes de aliviar para nós. Tem sobrado muito pouco.

— Fica tranquila, mãe. Eu sei. — Cutuquei o canto da unha. — Vou ajudar no valor do gás desta vez. E então, eu posso fazer?

— Samuel tem trabalho da escola para entregar na segunda, e eu não entendo nada de matemática. Queria que você o ajudasse.

— Cecília não pode ajudar? Ela é bem melhor em números do que eu.

— Sua irmã está no curso em Ponte do Sol, Alissa. Vai chegar tarde.

— Pensei que as aulas dela terminassem às cinco. — Franzi a testa.

— Ela disse que precisava estudar. Ficou na biblioteca de lá.

— Estudar numa biblioteca em pleno sábado à noite? Quem faz isso? — Girei os olhos, mas eu sabia muito bem que a Cecília era exatamente a pessoa que fazia esse tipo de coisa. E minha mãe também sabia, por isso nem se deu ao trabalho de responder.

Deixamos a mansão por volta das sete da noite. Meu pai já havia terminado de aparar metade da parede viva que ficava nos limites da propriedade e ido para casa um pouco mais cedo. Assisti enquanto minha mãe cruzava o gramado depressa até nossa casa. Seus ombros curvados denunciavam o cansaço. Caminhei mais atrás devagar, mexendo no celular pela primeira vez no dia.

No WhatsApp, dezenas de mensagens pipocaram pela tela. Grupo da escola, grupo da igreja, propagandas. Nada importante. Nada pessoal. No Instagram, Clara e Vitinho sorriam na primeira foto que apareceu no meu feed. Eles haviam começado a namorar fazia algumas semanas, e eu nem sabia como tudo tinha acontecido. E nem Clara sabia os detalhes do meu romance com Eric. E isso era uma porcaria.

Abri o grupo "my girls" que dividia com Clara e Tuane. E, assim como vinha sendo nos últimos tempos, mandei uma mensagem iniciando a conversa e torci para que elas respondessem mais do que apenas "tudo bem e você?".

Ao chegar em casa, ajudei Sam no trabalho da escola e no banho e o coloquei para dormir. Quando finalmente deitei na cama, meu celular vibrou. Peguei rápido, esperando que fosse uma das meninas. Lancei um suspiro. Só não fiquei mais decepcionada porque era Eric.

Falei sobre meu dedo machucado e comecei a narrar a segunda situação mais constrangedora que já tinha passado na vida. A primeira tinha sido cair de costas igual a uma rã na água de esgoto de Campo Grande, é claro. Fiquei uns bons dez minutos contando meus infortúnios, o peso da chateação criando uma poça de amargura em meu peito.

Eric <3: O que vai fazer amanhã?
Alissa: O plano era ir à igreja, mas todo domingo Verônica
    inventa alguma coisa e coloca meus pais para
    trabalharem. E eu tenho que ajudar. Você vai?

Eric <3: Poxa :(

Eric <3: Amanhã eu toco no louvor. Preciso ir. Você disse que já faz um bom tempo que não vai, né?

Alissa: Quando não é a Verônica, é o carro do meu pai que vive dando problema. Já tem umas duas semanas que o motor pifou e meu pai nem conseguiu sair para ver o conserto, para você ver o nível da coisa toda.

Eric <3: Essa mulher é ridícula. Já conheci vários do tipo dela aqui no condomínio. O melhor é não se importar com as coisas que eles fazem. Deixar pra lá.

Alissa: Como, Eric? Como não se importar quando alguém te trata como se você fosse a tampa do vaso de um banheiro de bar?

Eric <3: kkkk

Eric <3: Disso eu não sei, gata. Mas tem uma coisa que *eu* posso fazer para te ajudar a esquecer isso.

Eric <3: Vc já pensou sobre aquilo?

Alissa está digitando...
Alissa está digit...
Alissa está...

Fechei os olhos por um instante, a incerteza formigando em meu estômago.

Alissa: Ainda estou pensando.

— Essa luz tá me atrapalhando — Cecília resmungou do outro lado. Não fazia nem cinco minutos que ela tinha deitado. Revirei os olhos, passei a coberta florida por cima da cabeça e mudei o assunto com Eric.

Domingos sempre foram os dias mais tranquilos em casa. Ir à igreja de manhã e à noite. Tirar uma soneca à tarde. Bem, isso antes de nos mudarmos para o Village. Acordei às seis da manhã em pleno domingo para ajudar minha mãe com as demandas do dia. E, mais uma vez, ela desconversou quando pedi para fazer os bolos. Por outro lado, não teria tempo mesmo.

A certa altura do dia, minha mãe começou a preparar o lanche que Verônica havia pedido para o café da tarde, e o fermento para a torta salgada acabou. E lá fui eu pedalar até o centro.

Estacionei a bicicleta em frente ao mercado, puxei o celular do bolso para arrancar o fone de ouvido que estava sobre meus ombros e vi uma notificação do Instagram. Sem pensar muito, abri. Era uma marca de absorvente enviando um post de propaganda. *Deprimente*. Já ia fechar o aplicativo quando uma nova foto surgiu no feed.

Clara e Tuane abraçadas, sorrindo e... *espera*. Elas tinham ido ao paintball?

Sem mim?

Continuei passando para as fotos do lado. "We Are the Champions", do Queen, tocava ao fundo da publicação. As duas vestiam coletes vermelhos tingidos por tiros de tinta colorida e empunhavam pistolas enormes para cima. Parei de andar.

Como assim elas não me falaram nada? Aquilo era um sonho *nosso*! *Por que elas foram sem mim?*

Aos poucos, a tela começou a embaçar sob a piscina que se formava em meus olhos. Pisquei seguidas vezes. *Se controla, Alissa, se controla*. Um embrulho subiu pela minha garganta, desconfortável e pesado, obrigando-me a fazê-lo descer. Dei dois passos e percebi que não seria tão fácil assim.

Voltei, circulando a farmácia, e corri para o banheiro que ficava na parte de trás, perto do estacionamento. Me tranquei e, de imediato, agradeci por estar num banheiro público de um condomínio de ricos: o cheiro era de lavanda. Me sentei na tampa do vaso sanitário sem qualquer cerimônia e soprei algumas vezes, tentando equilibrar as emoções, até que "A gente tem vida. Não dá para viver no celular, né?" e "Você envia muitas mensagens..." voltaram como um fantasma à minha mente e eu não consegui mais segurar. Em pouco tempo, meu rosto era uma mistura deprimente de lágrimas e meleca.

Elas prometeram que manteriam contato. Juraram que nada mudaria. E, agora, ali estava eu, assombrada pelas palavras que havia lido quando só tinha quatro meses morando longe. Será que algum dia deixaria de doer?

Talvez não. Pelo menos não enquanto eu continuasse vendo as duas fazerem o que *nós três* tínhamos sonhado em fazer.

Por um lapso ou quem sabe um desejo masoquista escondido lá dentro, fui checar o histórico de mensagens do nosso grupo, entregue às traças, o que só me fez chorar ainda mais. As respostas monossilábicas, a falta de desenvolvimento nos assuntos. O histórico daquele dia, dois meses antes, quando tinha perguntado por que elas não me respondiam mais. Estariam chateadas comigo? "Como estaríamos chateadas com você, se nem estamos nos falando direito?"

Depois disso, eu continuei a procurá-las. Continuei tentando a todo custo segurar algo que já estava escorrendo pelos meus dedos. *Idiota*. E mais idiota ainda por permitir que aquilo doesse tanto.

Ouvi três batidinhas na porta. Não respondi. Fixei os olhos no azulejo branco, tentando achar uma forma de me controlar. E, então, novamente as três batidas. Fortes. *Nossa, pra que tudo isso?* Me obriguei a me levantar. Alguma mulher devia estar apertada para usar o banheiro, e eu não poderia ficar ali para sempre. Joguei uma água no rosto e o secava com papel toalha quando ouvi a terceira série de batidas.

— Tem alguém aí?

Era a voz de um homem. Levei a mão à maçaneta. *Espere aí, um homem?*

— Caraca, custa responder? — reclamou.

— Esse é o banheiro feminino. — Abri a porta.

— Eu sei disso. — Ele ergueu uma sobrancelha. E eu ergui as duas.

Ali estavam. Os fios pretos caindo pelas laterais da testa. O maxilar marcado. A vermelhidão no topo das bochechas. Pisquei devagar. *O garoto do guardanapo.*

— O que você tá fazendo aqui? — Não que eu quisesse ser grossa, só não queria ter sido atrapalhada no meio do meu momento por *nada*. E ainda mais por ele. Céus! Tinha que ser ele?

— O masculino está interditado. — Seu rosto ficou um pouco mais vermelho do que já estava. Ele não parecia ter se lembrado de mim. *E por que lembraria, Alissa?*

Se ele estava pelo Village em um domingo à tarde e, pelo que percebi, não estava hospedado na casa da Verônica, significava que era do condomínio. Isso explicava por que não o tinha visto em nenhum outro momento na casa.

— O-o que foi? — questionei.

— O que foi o quê?

— Por que está me olhando? — *Ah, ele se lembrou de mim, sim. Sem dúvidas.*

— Você está parada na porta. E eu preciso entrar. — Ele levantou as duas sobrancelhas dessa vez. — Com urgência.

Um ardor tomou conta do meu rosto e dei um passo para o lado. Ele mal esperou que eu saísse e quase trombou em mim. Fechou a porta com um estrondo, para abri-la um segundo depois.

— Toma aqui. — O garoto estendeu duas folhas de papel e as colocou em minha mão. — Tem um negócio no seu nariz.

— E fechou de novo. Ouvi sua voz lá de dentro. — Esse não veio da França. Pode usar sem medo.

Olhei para os papéis finos em minha mão e, com a testa franzida, peguei meu celular. Sufoquei um grito ao ver a massa gosmenta e amarela colada na lateral interna do meu nariz, projetando-se para fora.

— *Meu. Deus. Que. Ódio!* — balbuciei, sem som, e saí dali o mais depressa que pude. Quando entrei no charmoso mercado, com colunas de tijolinhos, prateleiras na cor preta e chão mais reluzente que o da minha casa, tinha até me distraído um pouco do assunto amigas-que-realizaram-nosso-sonho-sem-mim e comprei o fermento, a humilhação ainda fazendo voltas em meu estômago.

Porém, quando voltei a pedalar, os fones de ouvido soando a voz de Taylor Swift e Bon Iver em "evermore", toda a decepção de antes voltou e as grandes e imponentes casas pareciam ter triplicado de tamanho, me sufocando dentro daquele aquário da nobreza. Limpei as lágrimas com as costas da mão e pedalei para casa o mais rápido que pude.

4

A secadora apitou, anunciando que os lençóis estavam prontos. Tirei o amontoado de panos amarrotados que haviam sido utilizados pelos hóspedes durante o fim de semana. Era segunda à tarde. Todos eles tinham ido embora na noite anterior. Menos a Verônica. Ela nunca ia embora.

— Que tantos suspiros são esses, Alissa? — Minha mãe estalou os lábios. — Desde ontem você parece ter ido a um velório.

Mordi o lábio. E se eu falasse com ela? Talvez pudesse aliviar aquele peso que afundava meu peito.

— Ah, é que... bem... — Suspirei. Outra vez. E, por fim, decidi falar. — Lembra da Clara e da Tuane?

— Claro que lembro. Elas são suas amigas há um tempão.

— Acho que não mais — murmurei.

— O que aconteceu? — Ela começou a colocar mais lençóis na máquina de lavar. — Pega o pote de sabão em pó nesse armário aí, por favor.

— De uns tempos pra cá, elas passaram a me ignorar. — Peguei o recipiente plástico e o levei para ela. — Demoram séculos para responder minhas mensagens, isso quando respondem. E nesse final de semana foram ao paintball! Sem mim! Esse era um sonho de nós três.

— E você está sofrendo por causa disso? — Ela despejou o sabão e selecionou o ciclo da máquina. — Pelo amor, Alissa. Arruma outras amigas na escola.

— Não é tão fácil assim. Minha turma já tinha seus grupinhos fechados do ano passado quando cheguei. Não consegui criar conexão com ninguém.

— Isso é drama de adolescente. — Ela torceu os lábios. — Você precisa fazer um esforço. Veja a sua irmã, mal começou o curso e está sempre se envolvendo com trabalhos e atividades com os colegas de turma. Faça o mesmo.

Eu não sou a Cecília. Abri a boca para responder, mas parei o fôlego no meio e só assenti. Continuei a ajudar minha mãe até quase o final da tarde e, como sempre, de trinta em trinta minutos eu dava um pulo em casa para checar Sam. Lá pelas quatro horas, ouvi um assobio distante e olhei pela janela de vidro no canto da lavanderia. Meu caçula estava ao longe, acenando da varanda de casa. Tirei o ferro da tomada e fui ver o que ele queria.

— Posso ficar um pouquinho com vocês? Já enjoei de jogar videogame. Não consigo passar daquela fase três.

Como dizer a ele que o olhar de dona Verônica todas as vezes que ele estivera pela casa não tinha sido dos mais agradáveis? E ele sequer tinha passado da cozinha.

— Cadê o papai? — perguntei. Dependendo do tipo de serviço que ele fizesse na parte externa, Sam conseguia acompanhá-lo.

— Ele me disse que ia arrumar o encanamento do banheiro do deck. É difícil chegar lá. Tem muitos ressaltos. — Seus olhinhos brilharam como os do gatinho do Shrek. — E aí, posso ficar com você e a mamãe?

— Tá bom. — Fui vencida. Verônica estava sumida para seu quarto quase o dia inteiro. — A mãe está terminando de arrumar o andar de cima. Fica na lavanderia comigo. — Como o gramado descia em um declive até a mansão, virei a cadeira e descemos de costas, meus olhos atentos a fim de evitar qualquer acidente.

Posicionei a cadeira ao lado da secadora de roupas. O cômodo ao lado da cozinha não era muito grande, mas tinha espaço suficiente para passar e dobrar os enormes lençóis.

— Por que passar uma coisa que vai ser amarrotada quando as pessoas deitarem? — Sam fez uma careta.

— Pela estética, talvez? — O vapor cheiroso subia e se espalhava à medida que eu movia o ferro sobre as enormes peças brancas.

— Estética? — Seu nariz enrugou.

— Beleza, bom gosto, essas coisas.

Ele pensou por um momento.

— Uma casa cheia de estética. — Ele fez um movimento com as mãos, indicando o nosso redor. — Ou uma cheia de amor?

Para Sam, qualquer momento livre se tornava uma excelente oportunidade de brincar de isto-*versus*-aquilo.

— Uma cheia de amor, claro.

— Mas morar num lugar desses, com uma cozinha cheia de coisas fantásticas como essa... — Sua frase morreu num suspiro.

— E não ter ninguém com quem dividir? — Comecei as infinitas dobras do lençol que tinha acabado de passar. — Se sentir sozinho é a pior coisa do mundo.

— Namorar alguém pela estética, mesmo a pessoa sendo muito burra, ou namorar alguém que é esquisito, mas não deixa você se sentir sozinha?

Sufoquei uma risada.

— Você gostou mesmo da palavra "estética", né? — Coloquei o quadrado perfeito de tecido sobre a pilha já dobrada. — Ei, agora era a minha vez de perguntar. E, teoricamente, não era para você estar fazendo perguntas sobre namoros e afins. Você só tem nove anos.

— Mas eu gostaria de ter minha família um dia. — Ele deu de ombros. — Se alguém me quiser assim... — Sam olhou para as rodas de sua cadeira, e meu sorriso morreu aos poucos.

— Sam, que mulher não ia querer o homem incrível que você vai ser no futuro?

— Só se ela escolher a segunda opção. Namorar alguém que é esquisito, mas que não deixa ela se sentir sozinha.

— E quem disse que você é esquisito? — Coloquei as mãos na cintura.

— Como se sua opinião de irmã valesse alguma coisa. — Ele suspirou forte, alargando as narinas, e não consegui segurar uma risada alta. Coloquei as mãos sobre minha boca e arregalei os olhos para Sam, que riu baixinho, ao mesmo tempo que *aquele* som de salto batendo no assoalho ficava cada vez mais alto.

Ai, não. Me preparei para ter minha paciência drenada em três, dois, um...

Verônica avançou pela cozinha e parou em frente à geladeira. A porta de folha dupla da lavanderia estava meio aberta, foi por onde consegui vê-la. Após pegar água do filtro acoplado à porta do refrigerador e beber de uma só vez, ela voltou por onde viera. Meus ombros relaxaram na hora.

Até ela virar. E vir na direção da lavanderia como se estivesse na São Paulo Fashion Week.

— Menina. — Ah, sim, ela ainda não parecia ter decorado meu nome. — Onde está a sua mãe? Tem uma coisa que... — Ela parou sob o batente da porta e seus olhos encontraram Samuel.

— O que você está fazendo aqui, criança? — Sua voz condescendente tentava esconder o desagrado.

— Ele só está me vendo trabalhar. — Me adiantei. — Não está atrapalhando em nada.

— A lavanderia é pequena. — Ela fitou as rodas. — Cuidado para não arranhar nada, por favor. Tenho pavor a coisas danificadas.

— Às vezes eu bato sem querer nas coisas mesmo — Sam disse. — Lá em casa tem alguns tecos na parede por causa da cadeira. Lá é meio pequeno e...

Abri bem os olhos, tentando fazer Samuel parar de falar.

— Espero que o mesmo não aconteça aqui. — Ela abriu um sorriso congelado e voltou os olhos para mim. — Peço que trazer o menino para cá não se torne algo comum. Crianças são propensas a acidentes. E crianças nas condições dele, creio que mais ainda.

— Ah, dona Verônica, mas um dia eu ainda vou ter minha cadeira motorizada e aí vou conseguir andar por aí rápido como o Homem-Aranha!

Ela olhou para ele por um instante e girou nos calcanhares. Mas, de costas para nós, eu a ouvi sussurrar:

— Humberto nunca me disse que uma pessoa assim viria para cá. Isso é tão embaraçoso. — Não foi um sussurro tão baixo, o que me levou a crer que ela não tinha a intenção de manter o comentário só para si.

— Tudo bem, dona Verônica. — Tirei o ferro da tomada e o depositei sobre o suporte da tábua de passar um pouco forte demais. — Pode deixar que o embaraço vai embora neste exato minuto.

Segurei as alças da cadeira de Sam e cortei a cozinha, passando pela figura esguia fingindo susto. Antes de sair pela porta do outro lado, disse em tom alto e claro:

— O senhor Humberto também se esqueceu de nos avisar para que tipo de pessoa meus pais estavam vindo trabalhar. E, posso garantir, a senhora é um dos tipos mais embaraçosos que existem.

5

Minhas mãos estavam unidas sobre as pernas perfeitamente alinhadas. Eu poderia ser uma princesa sentada em um encontro da família real ou uma ré esperando a condenação do juiz no tribunal. De qualquer forma, minha situação atual se parecia muito mais com a segunda.

Meu pai passou as mãos pelo rosto avermelhado e, por fim, apertou o indicador e o polegar nos cantos dos olhos.

— Ter senso de justiça é diferente de ser tola, Alissa.

Me encolhi no sofá. Meu pai estava sentado sobre a poltrona do outro lado da sala, e minha mãe ocupava uma cadeira ao lado dele. Cecília se apoiava sobre a mureta que dividia a sala da cozinha, só curtindo minha desgraça. Ela nunca estava em casa, mas na hora da minha bronca é claro que tinha que estar.

— Ela destratou o Samuel! — Abri as mãos. — Eu sempre via os olhares, mas ela nunca tinha deixado escapar o que realmente pensa sobre ele. Como vocês podem não se revoltar com a mulher que chama o filho de vocês, uma criança, de "pessoa *assim*" e "embaraçoso"?

Os olhos de minha mãe correram para a porta fechada do quarto de Samuel. Eu o tinha colocado para dormir havia meia hora, depois de só receber aqueles olhares de "a gente se vê daqui a pouco" desde que ela havia chegado da mansão. Quando saí do quarto dele, demorei o máximo que pude tomando banho, até que meu pai bateu na porta e me mandou sair.

E aqui estávamos nós.

— Nós sabemos o que ela pensa sobre ele! — meu pai continuou. — Por isso procuramos manter Samuel longe da casa, na medida do possível.

O tal senso de justiça ardeu dentro de mim outra vez.

— Vocês aceitam isso na maior normalidade, assim? — Torci o nariz. — Eu acho que não deveríamos ficar num lugar onde existam pessoas preconceituosas com o Sam!

— E vamos ficar onde, Alissa? — A voz de minha mãe saiu como um grito sufocado. — No meio da rua?

Foi como ter levado um soco no estômago. Abaixei a cabeça, o rosto ardendo.

— Não dava para termos esperado um pouco mais antes de vir pra cá? — quase sussurrei, a culpa já batendo em minhas costelas assim que as palavras saíram da minha boca.

Desde o dia em que meu pai fizera aquele comunicado na sala da casa em Campo Grande, eu nunca tinha reclamado. Não em voz alta, pelo menos. Nem quando tivera que jogar minhas coisas em sacos de lixo porque caixas não caberiam no microcaminhão da mudança para o "paraíso".

— Eu me pergunto isso até hoje. Eu poderia estar na federal uma hora dessas — Cecília resmungou e vi a culpa estampar o rosto dos meus pais. *Golpe baixo.* Eu a fuzilei com os olhos.

— Cecília, você sabe como foi difícil para nós você ter que abrir mão da sua vaga na faculdade. — Os olhos do meu pai começaram a brilhar mais que o normal, da mesma forma que tinham brilhado quando ele precisara dizer a Cecília que ela não poderia fazer a faculdade pública de Arquitetura depois de ter sido aprovada no Enem. Eles não tinham condições de mantê-la no Rio, sozinha.

Não tínhamos parentes com quem ela pudesse morar. Conseguir alojamento e ajuda financeira da universidade era um processo demorado e incerto. Não havia possibilidades naquele momento para arriscar.

E, embora eu tivesse acabado de questionar nossa mudança para esse paraíso das dores, não queria ver meu pai daquele jeito. Eu sabia o quanto tudo aquilo estava esmagando seu espírito. E já começava a me arrepender de não ter segurado a língua — mais cedo e agora.

— Pai, desculpa. Eu sei que tudo isso... — balancei as mãos ao redor — ... foi algo que você e a mãe precisaram fazer. Cecília ainda vai ter muitos anos pela frente para conseguir entrar numa faculdade.

Ela bufou.

— Você fala isso porque não tem nenhuma ambição ou sonho na vida. — Ela me olhou de cima. Do alto de seu terceiro lugar na lista de aprovados. — A mais prejudicada nessa história toda fui eu!

— Para de ser egoísta! Você está fazendo um curso técnico! Dê graças a Deus.

— Técnico em edificações não é arquitetura!

— Você queria todos nós morando junto debaixo do viaduto para você fazer o seu amado curso?

— Já chega! — A voz do meu pai soou grave. — Nossa vinda pra cá também não foi um mar de rosas para mim e sua mãe. Ana tem trabalhado muito mais do que as faxinas que fazia em Campo Grande, e eu, então... — O som que saiu da boca do meu pai foi melancólico, para dizer o mínimo. — Mas nós precisamos desses empregos. Aqui recebemos mais do que antes, e Deus sabe como precisamos de dinheiro.

Curvei os lábios. Quando não precisávamos de dinheiro? Apesar de meus pais já estarem no novo emprego havia mais de meio ano, ainda não tinha sido o suficiente para escoar todas as dívidas. A fisioterapia no SUS ainda não havia sido liberada para Sam e, portanto, eles precisavam pagar do bolso. Fora os remédios, que eram caros. Ah, e o curso da Cecília. A impressão que eu tinha era que nossa família estava sempre andando com a corda no pescoço.

— E agora, mais do que nunca, vamos precisar da colaboração de vocês — minha mãe continuou, o olhar ferino fixo em mim. — Além das terapias do Sam e das dívidas, precisamos mandar o carro para o conserto. E o Venâncio e eu queremos muito realizar o sonho do Sam. Assim que as coisas desafogarem, vamos juntar dinheiro para comprar a cadeira de rodas motorizada que ele tanto quer. Mas para isso nós precisamos que você pense antes de agir, Alissa! Não podemos, de jeito nenhum, correr o risco de perder nossos empregos aqui.

Uma cadeira de rodas motorizada? Sam desmaiaria de felicidade.

— Entenderam? — A expressão do papai tornou-se dura outra vez quando se virou para mim. Engoli com dificuldade, me sentindo a pior pessoa do mundo.

— Ela teve a resposta que mereceu.

— E isso quase custou o emprego dos meus pais. Eu tive que pedir perdão, Eric! — Ergui as mãos para cima. — Mesmo tendo sido ela a mal-educada e preconceituosa. Você não sabe a cara com que ela me olhou quando eu falei todas aquelas palavras bonitas e humilhantes. Como se eu fosse o carrapicho que grudou na saia dela!

— Posso imaginar.

— E agora a ordem é: engula quantos sapos forem necessários. — Bufei. — E que fique claro que só estou fazendo isso por causa do Samuel!

— Você é uma irmã exemplar. — Eric passou o braço pelos meus ombros e me puxou para perto. Depois depositou um beijo sobre minha cabeça ainda um pouco úmida e sorriu.

Tentei me afastar dele, mas Eric me manteve firme perto de si.

— E se alguém vir a gente? — Movi a cabeça ao redor. A rua próxima ao complexo gastronômico do Village estava praticamente vazia. Era quarta à noite, e Eric tinha me garantido que o movimento por ali seria baixo. Fora de temporada e ainda não era fim de semana, quando o condomínio ficava cheio de fato.

— Fica tranquila. — Eric riu. — Quem vai te reconhecer aqui? Seus pais estão em casa dormindo e a Verônica viajou hoje, não foi?

— Verdade. E ninguém além deles sabe quem eu sou. Mas e você? Todos sabem quem você é.

Ele deu uma risada.

— Sou só um funcionário trazendo uma garota bonita para jantar, qual o problema?

— Você não é só um funcionário. — Girei os olhos. — Seu pai é o administrador do condomínio!

— Mero detalhe. — Eric piscou, e nós pisamos na área ladeada por cinco restaurantes e algumas lojas de artigos chiques de decoração. No centro, um chafariz jorrava água em filetes com luzes coloridas, e um belo trabalho de jardinagem havia sido feito nos arbustos e plantas ao redor. Banquinhos de madeira também marcavam espaço próximo às paredes dos restaurantes. O charme daquele lugar não era aproveitado apenas pelos moradores. Aos fins de semana, muita gente de fora era atraída pela gastronomia requintada.

— Uau, aqui é lindo — eu disse.

Eu só havia passado naquela parte do condomínio durante o dia. E nunca havia colocado os pés ali. À noite, aquelas luzes amareladas deixavam tudo mais romântico. Olhei para Eric e decidi não pensar mais em dona Verônica e em toda a raiva que eu vinha nutrindo por ela desde segunda-feira. Pelo menos enquanto estivéssemos ali.

Eu tinha aguardado tão ansiosa por esse encontro com Eric. Ele não tinha conseguido me encontrar em nenhum dia aquela semana. Eu já estava a ponto de chorar quando ele me enviou uma mensagem mais cedo dizendo que hoje, enfim, daria para nos vermos. E que seria algo especial.

Será que ele vai me pedir em namoro oficialmente hoje? Meu estômago deu uma cambalhota. *Não, não. Ele sabe que meu pai não aceitaria.*

Ainda assim, uma faísca queimou em meu coração. Com os dedos entrelaçados aos meus, Eric nos conduziu para uma das portas de vidro abertas. De fora, eu conseguia ver as mesas de madeira rústica, as luminárias em bambu e os quadros chiques espalhados pelas paredes. Não havia nada de tão espetacular, mas talvez fosse o acabamento dos móveis, os detalhes dos objetos de decoração ou a cor das paredes. Todo o ambiente, apesar de pequeno, respirava riqueza. Eu nunca tinha entrado num lugar daqueles.

Eric subiu dois degraus, ainda me puxando pela mão, quando foi parado por um homem vestindo blusa social branca com um colete preto de botões por cima.

— Boa noite. Qual o nome dos senhores, por favor?

— Eric Duarte. A reserva está em meu nome.

O homem pegou um iPad sobre um aparador de madeira ao lado da entrada e começou a rolar a tela.

— Desculpe, mas o nome não consta na lista.

Eric soltou um riso sem humor.

— Claro que consta. Eu liguei hoje mais cedo.

— Sinto muito, deve ter havido algum engano. O espaço foi reservado por um cliente esta noite. Só podemos receber quem estiver na lista dele. — Antes que o homem terminasse de falar, algumas risadas explodiram atrás de nós. Eric e eu nos viramos. Um grupo de mais ou menos dez pessoas se aproximava. Eles não deviam ter muito mais do que dezoito anos. Percebi o olhar de Eric se demorar sobre eles por alguns segundos a mais que o normal. Seu maxilar saltou.

O grupo continuou a conversa mais atrás e dois garotos se adiantaram, chegando perto de nós na entrada do restaurante. Reconheci aquela sobrancelha arqueada no mesmo instante. O garoto do guardanapo — e da vergonha no banheiro do centro comercial — estava ali.

De. Novo.
Por que ele estava aparecendo em todo lugar agora?

6

O olhar dele parou sobre mim, e ele me cumprimentou com um aceno breve. Respondi da mesma forma e, ao virar o rosto, sentindo minhas bochechas ficando vermelhas como dois pimentões, me deparei com o olhar de Eric. Havia tantas interrogações em seu rosto rígido. Abri um meio-sorriso, mas baixei os olhos quando a expressão de Eric continuou fechada. Ele voltou a atenção para o recepcionista.

— Quero falar com o gerente.

— Desculpe, senhor, mas...

Eric estalou a língua nos dentes.

— Isso é uma total falta de respeito com o cliente!

— Hã... Boa noite. — Ouvi a voz do rapaz que vinha do lado do garoto do guardanapo. — Está acontecendo algum problema? A galera e eu queremos entrar.

Eric olhou para cima e soltou a respiração.

— Vocês reservaram o restaurante todo? — ele questionou. — Para dez pessoas?

— E daí? — O rapaz, que tinha o cabelo loiro raspado quase rente à cabeça, quicou os ombros.

— E daí que lá dentro cabem cinquenta.

— O senhor pode reservar para outra noite, se desejar — o recepcionista interveio. — Nós abrimos todos os dias, exceto...

— Ou o *senhor* pode entrar em qualquer outro restaurante agora. — O loiro destacou a palavra "senhor" com o canto da boca erguido.

Uma veia saltou do pescoço de Eric.

— E se eu não quiser?

Segurei a mão dele um pouco mais firme e puxei de leve, chamando para ir embora. O que ele tinha na cabeça para arrumar problema com aquela gente?

— Eric, podemos ir a outro lugar. — Dei dois passos para o lado, trazendo sua mão comigo. Os olhos do garoto do guardanapo pousaram sobre nossas mãos unidas. Àquela altura, o restante do grupo já havia se aproximado e estava quase todo em silêncio, prestando atenção em nós.

— Pelo jeito, sua namorada entende as coisas mais rápido que você. — O loiro continuou a provocar, e o garoto do guardanapo segurou o ombro dele e lançou um olhar sério em sua direção. Eu não sabia se ficava mais alarmada com a provocação direta ou pela fagulha que afagou meu peito ao ser chamada de *namorada* de Eric. Minha dúvida, porém, encontrou seu fim no mesmo segundo.

— Ela não é minha namorada. — De todas as coisas que Eric poderia ter dito, foi essa a resposta que ele deu. Soltei sua mão e mirei o chão, sentindo o olhar de todos sobre mim. Me senti despida, esquisita, com desejo de esconder a cabeça em qualquer canto e ficar lá para sempre. — Mas nós estamos juntos — Eric completou tarde demais. — E você não tem nada a ver com isso.

O loiro riu, mas não havia divertimento no som. Me encolhi. Só queria ir embora daquele lugar, sair da frente daquelas pessoas. O recepcionista pigarreou.

— A reserva do espaço está em nome de Theo Belmonte. É algum de vocês?

Eu estava com a cabeça abaixada, mas consegui ver de relance o garoto do guardanapo erguer uma mão. *Theo Belmonte*, repeti em minha cabeça. Nome de rico. Combinava com ele.

Uma pequena discussão começou a se desenrolar entre o loiro e o tal garoto-do-guardanapo-e-do-banheiro-do-centro-comercial-enfim-Theo-Belmonte.

— Qual foi, Theo? — O amigo dele abriu as mãos. — A gente ligou hoje à tarde para reservar isto aqui para a *nossa* galera.

— Os dois ocuparem uma mesa não vai fazer tanta diferença assim, Denis. — Theo suspirou.

Observei as sobrancelhas de Eric se erguerem.

— Vocês reservaram hoje à tarde? Mas eu liguei de manhã! — Ele olhou para o recepcionista outra vez. — Vou falar com o dono deste lugar. Espere para ver.

— Ah, vai lá passear com seu carrinho de golfe e nos deixe em paz, cara — Denis lançou, e Eric foi para cima dele.

Levei as mãos à boca. Theo segurou o peito de Eric com o antebraço, impedindo-o de continuar. Por alguns segundos, Eric e Theo encararam um ao outro como se seus olhos fossem capazes de produzir fogo. Por fim, Eric se afastou e, com a respiração pesada, segurou minha mão de novo e me arrastou para longe dali.

— Quer ir a algum outro lugar? — perguntei após caminharmos em silêncio até a entrada da área de restaurantes. Eu olhava para um lado, ele para o outro. Em dois meses, era a primeira vez que saíamos juntos para um lugar que não fossem os fundos do salão de jogos abandonado, e as coisas acabavam daquele jeito.

Que sorte.

— Perdi a fome. — Eric soltou minha mão e passou a palma pela testa enquanto seguia pela calçada.

Segui ao lado dele quieta, por mais que tivesse salivado com a possibilidade de comer alguma daquelas comidas chiques que eu nunca havia experimentado na vida. *Ela não é minha namorada.* A resposta pronta e rápida dando voltas na minha cabeça.

De repente, Eric parou.

— Por que você não me disse que conhece o Theo?

— Porque eu não conheço. — Dei de ombros. — Só o encontrei em duas situações constrangedoras. Quando trombei com o copo na Verônica, ele estava lá. Aquele dia em que eu machuquei o dedo, lembra? E depois quando trombei com ele no banheiro do centro comercial.

— E vocês conversaram?

— Sim.

— Por que não me contou?

Uni as sobrancelhas.

— Não foi nada importante.

— Ah, tá.

— Fala sério, Eric! Não é como se eu te devesse alguma satisfação. Afinal, *eu não sou sua namorada*. — Cruzei os braços.

Eric deu um risinho e balançou a cabeça.

— Você ficou chateada por causa daquilo?

Desviei o olhar.

— Alissa, fala sério. A gente se encontra escondido. Vai que chega no ouvido dos seus pais?

Virei-me para ele.

— E qual daqueles playboys vai contar alguma coisa para meus pais, Eric? — Mantive os braços cruzados. — Eu sou ninguém para eles. Mas achei que, para você, eu fosse alguma coisa.

— Larga de drama, Alissa. A gente nunca conversou sobre namorar sério. Seu pai nem permite!

— Então por que me chamou para esse restaurante? Só para *trazer uma garota bonita para jantar*? — Imitei suas palavras, meu peito borbulhando. Eu nem sabia direito por que estava tão brava.

— Basicamente isso! — Ele aumentou um pouco a voz, e eu passei os dentes pelo lábio inferior.

Eric colocou as mãos na cintura e soltou um suspiro. Depois passou um braço pela minha cintura e me puxou para perto.

— Foi mal, linda. Não quis dizer isso.

Tentei me afastar, mas Eric me prendeu um pouco mais forte.

— Estou estressado depois de tudo que aconteceu. — Ele me puxou para um beijo, ainda me segurando firme junto de si. Enrijeci os braços e tentei me afastar mais uma vez, o bolo na garganta crescendo. — Você é muito especial para mim, Alissa. É diferente das outras garotas. Nunca conheci uma menina tão incrível como você.

Sua voz sussurrada era doce. Aos poucos, meus braços amoleceram e fui me aconchegando no abraço dele.

Meu coração disparou ao pensar em meu pai proibindo nosso namoro. Eric estava certo. Era arriscado demais. E se para continuar tendo a companhia da única pessoa que parecia se importar comigo naquele lugar eu precisasse manter as coisas em segredo por mais tempo, eu faria isso.

— O que aconteceu entre vocês? — Uni as sobrancelhas. — Toda aquela troca de farpas foi muito estranha. — Comi um pedaço do meu picolé, que foi o que acabamos comprando no fim de tudo. E agora estávamos em nosso lugar de encontros oficial, nos fundos do salão de jogos.

— Parceiros-para-sempre até eles me enxotarem. — Eric bufou. Aliás, por mais que tivesse tentado disfarçar, ele ainda parecia ter sido picado por um marimbondo. — Eu costumava andar com aquela galera. Mas aqueles dois são os piores. Belmonte e Fischer.

— Fischer é o Denis?

— É.

— O que eles fizeram? O Theo parecia tentar apaziguar a situação. Até queria convencer o Denis a nos deixar entrar.

— Não se engane pela educação forçada.

— Como assim?

Eric cruzou os braços e liberou um suspiro.

— Aquele mauricinho da Califórnia gosta de parecer o certo.

— Califórnia?

— É. Ele faz faculdade nos Estados Unidos. Por isso só vem pra cá nas férias de julho. E foi numa dessas que ele fez o que fez. — Eric balançou a cabeça.

— Pelo jeito que você falou, ele parece ter cometido um crime.

— Tipo isso. — Eric suspirou fundo e curvou os cantos dos lábios para baixo. — Não quero te assustar nem nada disso, mas...

— Fala logo!

— Theo espalhou a foto de uma garota com quem estava saindo.

— Foto? Mas por que ele... — A compreensão tomou meu rosto, e a frase morreu na minha boca. — Uma foto como aquela que você... me pediu?

Eric se desencostou da parede e balançou as palmas abertas, os olhos arregalados.

— Não, Alissa. — Mesmo sob a parca luz que reluzia do poste na rua perto dali, pude ver seu rosto empalidecer. — Acho que ele tirou a foto da garota quando estavam juntos, algo assim. Fiquei indignado na época. Ela fazia parte do mesmo grupo de amigos que a gente, sabe? Quando eu fui defendê-la, Theo me deu um soco no olho que me rendeu um roxo por semanas. E, no final, todos ainda ficaram do lado dele.

— O quê? — Cheguei o pescoço para trás. — A garota também não era amiga deles? Mais ninguém a defendeu?

— Ela sumiu depois disso. Nunca mais voltou aqui.

— Estou até meio nauseada. Coitada dessa garota.

— Nós éramos amigos desde pequenos, sabe? — Eric continuou. — Ele e aquela galera sempre vêm passar as férias e às vezes alguns feriados aqui. Como meus pais trabalham no condomínio há muitos anos, acabamos nos conhecendo em uma colônia de férias na infância e nunca mais nos separamos. Até aquele dia.

— E todos eles descartaram você? Mesmo que o problema tenha sido só com o Theo?

— Quem vale mais? O filho de dois empresários cheios de prestígio ou eu, o filho do administrador do condomínio? — Eric bufou. — Nunca se misture com essa gente, Alissa. Nós não valemos nada para eles.

Levei a mão até o rosto de Eric. Vi seu pomo de adão subir e descer. Aquilo tudo havia mexido com ele.

— Belmonte viu você comigo. Agora talvez queira se aproximar para me provocar. — Eric segurou minhas mãos e mirou meus olhos. — Prometa que você vai ficar longe dele, Alissa. Aquele cara é o pior tipo que existe.

Anuí com firmeza.

— Eu nunca faria algo assim. — Ele aproximou a boca do meu ouvido. — Sabe por quê? Eu nunca dividiria com outra pessoa aquilo que é meu.

— Seu? — Franzi a testa.

— Se não é agora, em breve vai ser. — Ele me brindou com um beijo. — Nós vamos oficializar tudo assim que pudermos, Alissa. Eu prometo.

Mesmo depois de voltar para casa, as palavras de Eric ainda ressoavam em minha cabeça como num eco de alto-falante. Era uma mistura de "nós vamos oficializar tudo assim que pudermos" com "não se misture com essa gente, nós não valemos nada para eles".

Meus olhos queimaram, e eu me levantei da cama olhando em meio à escuridão para o lugar onde Olive ficava. Senti um forte impulso de ir até lá. Meu peito estava tão carregado, metade revolta por tudo e metade esperança de que um dia as coisas com Eric pudessem sair das sombras. Tudo a ponto de explodir a qualquer momento. E eu não sabia bem como extravasar.

Em outros tempos, eu usaria o violino para isso. Ele sempre me ajudava a encontrar o ponto certo, o equilíbrio, qualquer que fosse a situação. Caminhei até ele. Havia quanto tempo aquele case estava ali, pegando poeira? Havia quanto tempo eu parecia ter esquecido como fazer surgir poesia através das cordas?

Cecília tinha ido dormir na casa de uma amiga, e meus pais e Sam seguiam a trilha do décimo sono. Abri o case que eu tinha conseguido desamassar o suficiente para que ninguém em casa questionasse. Sob a luz da penumbra da janela, contemplei os pedaços desfeitos do meu instrumento.

Um nó se formou na minha garganta. Aproximei meus dedos trêmulos das cordas e engoli em seco.

— Aguenta firme só mais um pouco, tá? Eu vou conseguir salvar você.

7

O final de semana estava chegando. E minha determinação em salvar Olive, mais forte do que nunca. As nuvens espalhadas pelo céu já começavam a ganhar um tom meio azulado de fim de tarde quando entrei na cozinha, onde meus pais estavam. Era como se o chão estivesse cheio de cacos de vidro e eu estivesse passando entre eles.

— Já deixei o carvão separado. — Meu pai balançou seu copo com café. — A carne já está no esquema?

— Vou descongelar amanhã. — Minha mãe levou um pedaço de pão à boca. — Dá tempo de ficar pronta para sábado.

— Você vai fazer churrasco quando? — Olhei para meu pai. Depois da situação com a Verônica, a semana inteira vinha se arrastando com um clima incômodo dentro de casa. Tentei sorrir naturalmente.

— Sábado. Vão chegar mais hóspedes. — Ele meneou a cabeça, e eu torci os lábios. Era quinta-feira.

— De novo?

Meu pai anuiu, e o silêncio dominou o cômodo. Juntei a coragem que consegui encontrar e, pensando em Olive, abri a boca outra vez.

— Mãe, posso fazer meus bolos hoje?

— Você não vai deixar esse negócio pra lá, Alissa? — Minha mãe parou com o pão no caminho da boca. — Já falei que é um gasto com material e gás que não vale a pena.

— Mas eu só fiz duas vezes. Lá na escola o pessoal não tinha muito dinheiro para comprar, mas agora na padaria aqui do condomínio eu acho que vai sair bem.

— Você não ajudou com o gás em nenhuma das vezes.

— Dessa vez vou pagar — falei baixinho, cutucando o canto da unha.

— Não sei por que você inventou isso agora. Seria mais proveitoso se estivesse treinando seu violino.

Um aperto tomou meu peito. Abri minha boca, sem saber direito o que ia dizer, mas meu pai falou primeiro.

— Aqui não tem escola de música pública, Ana.

— Ué, e ela só pode tocar se for na escola? Desde que chegou aqui, você não quer saber do instrumento, Alissa. O dinheiro que Venâncio gastou naquele violino não valeu de nada.

Um gosto ruim tomou o céu da minha boca. Olhei de soslaio para meu pai. Ele terminou de beber seu café e não disse mais nada.

Ele concorda com ela.

O gosto ficou pior.

— Por favor, me deixe tentar vender os bolos uma última vez. — Baixei os olhos. — Se não der certo, eu desisto.

Minha mãe lançou um suspiro curto, insatisfeito.

— Só deixe tudo limpo quando terminar.

Quase duas horas depois, vinte potinhos transparentes preenchidos por massa de chocolate e recheio de brigadeiro enchiam a mesa. Se eu conseguisse vender todos, poderia tirar um bom lucro. Só mais algumas vendas, e o valor de que eu precisava estaria completo.

E, então, mãe, eu vou poder finalmente voltar a tocar.

— Li, eu posso comer um dos seus bolos quando chegar em casa? — Sam chegou o guarda-chuva do Homem-Aranha para o lado.

— Mas você já comeu dois ontem!

— É que estava muito gostoso. — Ele deu uma risadinha.

— Isso é uma coisa boa de se ouvir. Mas, Sam, já foi uma dificuldade nossa mãe deixar que eu finalmente fizesse os bolos. Eu preciso vendê-los para...

Ele se virou e olhou para mim. Gotas finas encheram rapidamente seu rosto.

— Para?

— Coisa minha. — Arrumei o guarda-chuva sobre ele. — Fique direitinho para não se molhar.

Puxei o capuz transparente da minha capa e bufei. Ele estava meio frouxo e ia toda hora para trás. Para ser sincera, eu detestava usar capa de chuva. As mãos ficavam molhadas, e o rosto e os pés também. Mas todos os dias de chuva, na ida e na volta para o ponto de ônibus da escola, eu precisava usar uma. E, ultimamente, eu andava precisando usar sempre. Eram longos vinte minutos de caminhada para ir. E mais longos vinte para voltar.

Sam até tentava erguer seu guarda-chuva para me dar uma carona, mas eu tinha amor pelos meus olhos e recusava. E também preferia que as perninhas dele não se molhassem na cadeira — o que, dependendo da direção da chuva, acabava acontecendo de um jeito ou de outro. Por isso o obrigava a usar capa também.

— Eu fico parecendo um bobo usando duas proteções contra chuva! — reclamou ele pela enésima vez.

— E o que eu não mando sorrindo que você não obedece chorando?

— Ai, você acha que é minha mãe. — Ele revirou os olhos, e eu dei um tapa de leve na sua cabeça.

Alcançamos o portão dos fundos da mansão e, no mesmo momento, percebi que havia alguma coisa errada. Em frente às garagens, descendo o terreno, a Land Rover da Verônica estava ligada em ponto morto, os faróis ligados, a porta aberta. Debaixo da marquise da casa, ela e meus pais discutiam.

Os gritos de Verônica podiam ser ouvidos de onde estávamos.

— Eu não sou idiota, senhor Venâncio! O senhor acha que eu não sei o quanto de gasolina tinha no meu próprio carro?

Tentei ir mais rápido, mas aquele cascalho não ajudava. Quando entrei com Sam na varanda, seus olhinhos estavam atentos à situação. Tirei minha capa rapidamente e, em seguida, a dele.

— Entre, Samuel. Vou lá ver o que está acontecendo.

— Eu também quero saber!

— Larga de ser curioso. — Empurrei sua cadeira para dentro da sala. — Isso é coisa de adulto.

— Você não é adulta! — Ouvi sua voz abafada pela porta fechada e desci correndo sob a garoa até eles. Antes que eu os alcançasse, porém, minha mãe estreitou os olhos e franziu o cenho, balançando a cabeça rápido. Entendi o recado e parei na hora.

— Eu já falei com a senhora. Nunca peguei um dos seus carros a não ser para lavar ou manobrar! — Meu pai abriu as mãos. Sua voz estava alterada, trêmula, tentando encontrar firmeza.

— E como você explica ter três pontos a menos de gasolina no tanque?

— Desculpe, dona Verônica, mas aonde Venâncio iria com seu carro? — Minha mãe interveio. — A senhora poderia ver se ele pegasse sem autorização!

— Eu estive fora o dia todo ontem com uma amiga. Cheguei tarde da noite. Vocês tiveram tempo suficiente para se utilizar das minhas coisas sem que eu visse.

Cerrei os punhos e prendi a mandíbula, quando senti algo atrás de mim. Virei o pescoço e vi Cecília com a mesma expressão que eu devia ter no rosto ao presenciar aquele circo de horrores.

Ela passou direto, sem olhar para mim, e eu sabia muito bem o que sua falta de papas na língua poderia provocar.

Segurei seu braço.

— A mamãe me mandou ficar aqui — falei com a voz baixa.

— Eu não tenho sangue de barata para escutar isso tudo e ficar quieta. — Ela puxou o braço.

— A cadeira do Sam, Cecília. A cadeira. As dívidas. As contas. — E isso fez que ela parasse.

A discussão se desenrolava e, à medida que aquela mulher continuava insultando meus pais, os rostos deles iam se contorcendo em desespero. Soltei o ar pelo nariz. Meu sangue parecia água fervendo na borda da panela, a ponto de derramar a qualquer instante.

— Sabe, eu cansei de ficar me desgastando com vocês. — Verônica encostou as palmas das mãos no rosto repetidas vezes, como que se recompondo. — Podem pegar suas coisas e ir embora.

Foi assim. Sem rodeios ou meias-palavras. Meus pais a encararam em silêncio, congelados pelo choque. Cecília deu um passo, e eu a segurei mais uma vez. Talvez eles conseguissem reverter as coisas. Talvez houvesse uma maneira de fazer isso.

Por mais que minha vontade fosse fazer exatamente o que ela havia dito que fizéssemos.

— Dona Verônica, n-nós p-precisamos desse trabalho. — Minha mãe engoliu o ar. — Viemos do Rio para cá só para trabalhar para a senhora e...

— Voltem. — Ela quicou os ombros. — Não gostei da forma como vocês me contestaram. Empregados nunca deveriam contrariar a patroa dessa forma.

— Você queria que eles mentissem? — Cecília não conseguiu mais guardar a língua. — Queria que meu pai admitisse uma coisa que ele não fez?

Os três olharam em nossa direção. O resto de cor que existia no rosto do meu pai evaporou. Verônica apertou os lábios e analisou nós duas de cima a baixo.

— E você, quem é mesmo? Ah, a filha que eu nunca vi ajudar a mãe a lavar um prato.

— Se você pagasse para mim, claro que eu lavaria. — Cecília se aproximou. — Assim como você deveria ter pagado para minha irmã.

Os cantos da minha boca se curvaram para baixo, e eu ergui uma sobrancelha. Cecília me chamando de "irmã"? Fazia quanto tempo eu não ouvia aquilo?

Verônica soltou o ar, cruzou os braços e voltou o olhar para meus pais outra vez.

— Quero a casa vazia até amanhã.

— Mas, dona Verônica, nós não conhecemos muita coisa pela região. Como vamos encontrar um lugar para ir tão rápido assim? — A voz da minha mãe vacilou.

— Por favor, nós imploramos. — Meu pai cruzou as mãos. — Nos deixe ficar. Eu pago do meu bolso esses três pontos de gasolina. Precisamos muito desses empregos.

— Venâncio e Ana, poucas coisas me fazem voltar atrás numa palavra nesta vida. E esta situação com certeza não é uma delas. — Ela entrou no carro, fechou a porta e, antes de sair, falou pela janela aberta: — Vou pedir para minha contadora entrar em contato com vocês para oficializar a demissão. E espero que quando eu acordar amanhã vocês já tenham dado o fora daqui.

Nós quatro ficamos imóveis, assistindo enquanto a Land Rover saía rosnando pelo cascalho e atravessava o portão. Quando ficamos sozinhos com o ruído do mar, meu pai teve que amparar minha mãe. O que não adiantou muita coisa, já que ele acabou descendo para o chão com ela.

O choro alto da minha mãe cortou meu coração de cima a baixo. Passei correndo por Cecília e me ajoelhei junto deles, abraçando os dois. Meu pai estava enrijecido como uma rocha.

— Meu Deus, meu Deus... O que nós vamos fazer? — O rosto da minha mãe era uma mistura de lágrimas e dor. — Para onde nós vamos, Venâncio?

Lágrimas escorreram pelo canto dos meus olhos, e eu me aproximei deles um pouco mais, "para onde nós vamos?" ecoando a gritos em minha cabeça.

— Voltar para o Rio? — A voz de Cecília saiu em um fiapo.

Papai se levantou e passou as mãos pela testa.

— Vou tentar pegar o carro do Gilvan emprestado e sair por aí. Vou achar uma casa pra gente. Hoje.

— Por aí onde? — Agora o tom de Cecília subiu uma oitava.

— Nos bairros aqui perto.

— Mas, pai, se a gente voltasse para o Rio...

— E ficar onde no Rio, Cecília? — A voz dele se elevou também. — Nós morávamos de aluguel! Não tínhamos nada. Não temos nada! — Papai seguiu a passos largos para fora da propriedade.

— A pressão do seu pai deve estar subindo. Ele não pode dirigir sozinho desse jeito. — Minha mãe fungou. — Vá atrás dele, Alissa.

Cortei o gramado às pressas sob a garoa que começava a cair.

Meu pai dirigia pelas ruas estreitas do Pontal, o bairro mais próximo do Village. Era pequeno e sem muita infraestrutura. Os buracos no asfalto deteriorado da rua faziam que, vez ou outra, parecesse que estávamos montados em um touro mecânico.

— Tomara que não seja nesta rua — meu pai resmungou. Eu segurava o papel em que Gilvan havia escrito um endereço, prestando atenção nas placas das ruas transversais.

— Essa casa é do irmão dele? — perguntei.

— Parece que sim. — Meu pai olhava para a frente, o mesmo olhar perdido desde que eu o havia encontrado na saída da mansão. Ele fizera uma ligação para Gilvan, o único conhecido mais próximo do meu pai naqueles meses morando no Village, e seguimos em silêncio até a casa onde o jardineiro trabalhava naquela tarde. Durante o caminho, meu pai mal falou duas frases. Mas também não questionou minha presença.

Chegando à casa, mesmo que meu pai tivesse explicado a situação brevemente, sem grandes alardes ou reclamações, Gilvan pareceu entender exatamente a gravidade da coisa. E agora estávamos ali, usando o carro do homem e indo em direção a uma casa indicada por ele.

— Ali! — Apontei para a placa pendurada numa esquina ao final da rua cheia de buracos. *Ai, não*. Ao virarmos na viela, encontramos escrito com tinta preta sobre o portão de metal cinzento: "Casa 85".

Meu pai suspirou ao descer do carro. Suspirou ao chamar o dono da casa. E suspirou ao caminhar pelo andar de cima — o disponível para aluguel. A casa era insalubre, com infiltrações pelas paredes e pequena demais para cinco pessoas. Ele trocou um olhar rápido comigo. E então eu vi. O brilho incomum nos olhos. O pedido mudo de desculpas.

Embora eu estivesse em pânico ao pensar em como empurraria a cadeira do Samuel naquela rua e subiria com ele pelas escadas, e também em como faríamos para colocar todas as nossas coisas dentro daquele cubículo, apenas abri um sorriso, apoiando sua decisão. Afinal, o valor do aluguel era baixo — e nós não tínhamos para onde ir.

8

— Ufa!

Passei as costas da mão sobre a testa. Mais um saco se unia aos outros na varanda. Ergui os ombros e comecei a movê-los para trás. Parecia que um peso havia se instalado sobre eles. Talvez fosse a noite passada em claro ajudando meus pais a desmontarem móveis e jogando tudo que tínhamos naqueles sacos pretos. Nada de caixas ou plástico bolha em volta dos artigos de vidro, nem folhas de jornal separando os pratos.

Estava tudo ali, enfileirado como se estivesse indo para o caminhão do lixo. E eu nem fazia ideia de como tudo aquilo caberia na nova casa. Em nossa mudança do Rio, embora também tivéssemos usado muitos sacos, tivemos um pouco mais de dignidade.

— É meio sem noção perguntar no que você está pensando, né? — A voz de Samuel me fez virar para trás. — É claro que você está pensando em como é injusta essa mudança. Aquela dona megera é um ser humano horrível.

— Dona megera? — Ri. — Não fale assim, Sam.

— É o que ela é. — Ele revirou os olhos.

Lancei um suspiro. O vento gelado me fez abraçar os braços.

— Você não está errado, Sam. Ela é uma megera mesmo. Se ao menos tivesse nos dado algum tempo para sair da casa, não precisaríamos ir desse jeito. — Apontei para os sacos.

— Vocês arrumaram tudo tão rápido à noite. — Ele abaixou os olhos. — Queria ter ajudado.

— Você ajudou como pôde, meu pingo. — Encostei no nariz dele. — Mas crianças precisam dormir bem para crescer.

Fechei mais alguns sacos que Cecília havia acabado de colocar na varanda e senti uma fisgada na cabeça. Liberei um suspiro. Não tinha sido apenas o cansaço físico. Minha mente não tinha parado de pensar em Sam e em como faríamos com ele naquela nova casa. A rua irregular, a escada, a casa minúscula.

— Sabia que a dona megera pode ser processada por danos morais?

Franzi a testa, sendo arrancada de meus devaneios por Sam.

— Onde você aprende essas coisas?

— Um personagem falou isso num jogo outro dia.

Curvei os cantos dos lábios para baixo e balancei a cabeça.

— Não adiantaria. Seria a palavra dela contra a nossa. A não ser que existisse alguma prova... — As palavras foram morrendo à medida que meus olhos cresciam. O que poderia ser uma prova maior de que meu pai não havia usado o carro da Verônica do que uma imagem que confirmasse isso?

Ela não tinha câmeras em casa, mas os postes das ruas eram cheios delas, administradas pelo condomínio. E quem trabalhava na administração?

Peguei meu celular com os dedos trêmulos e o coração retumbando, e me afastei para o canto mais distante. Meus pais e Cecília terminavam de empacotar as últimas coisas dentro de casa, e Sam, parado entre aquele mundaréu de coisas no meio da varanda, me olhou com estranheza.

— Alissa? Tá tudo bem? — Eric atendeu. — Você nunca me liga. Ainda mais a essa hora.

A última vez que nos víramos havia sido no dia do fiasco do restaurante. Depois disso, apenas conversas bobas pelo celular. Mas aquele momento exigia agilidade, então eu iria direto ao ponto.

— Você tem acesso às câmeras do condomínio?

Ele hesitou por um momento.

— Por que você quer saber isso?

— Só me responde, Eric.

— Depende muito, geralmente não — respondeu ele devagar.

— Meu pai foi acusado de dirigir o carro da Verônica, mas ele não fez isso. Se tivéssemos os registros da câmera da rua, conseguiríamos provar que ele nunca saiu daqui com aquele carro.

Uma respiração surpresa lhe escapou.

— Nós fomos expulsos, Eric. — Pisquei, os olhos começando a arder como tantas vezes na última noite. — Estou me mudando do Village.

— O quê? Como assim?

Contei tudo que havia acontecido e, sentindo as pernas meio bambas, ouvi meu pai me chamar. Ele precisava de ajuda. O caminhão de mudança havia chegado.

— Preciso ir. — Inspirei o ar. — Mas, Eric, me responde, por favor. Você teria como acessar essas imagens das câmeras?

— Bem... não sei. Acho... difícil, Alissa. Eu sou da parte do urbanismo, e o pessoal da segurança não dá muita abertura para os funcionários de outros departamentos.

— Você poderia pelo menos tentar? Por mim?

Alguns segundos se passaram antes que a voz dele cortasse o silêncio.

— Vou tentar.

O céu estava tão escuro que parecia ser final da tarde, e não oito da manhã. Uma chuva gelada e insistente caía sem parar, dificultando um pouco o processo. O caminhão baú — menor que o da mudança do Rio — não pôde entrar na propriedade porque esbarraria no teto de roseiras, e ninguém queria uma nova discussão com Verônica.

Por isso, começamos o transporte de nossos pertences sob a chuva mesmo. Minha mãe enrolou lençóis, cobertas e toalhas de mesa sobre os móveis de compensado. Aqueles que, com uma gota d'água, já eram capazes de estufar. Com a ajuda do motorista, meus pais, Cecília e eu carregamos tudo aos poucos, mas em um ritmo constante.

— Coloquem meu videogame por cima. Imagina se ele é esmagado pela máquina de lavar? — Da varanda, Sam ficava observando tudo e dando pitacos.

E só se ouvia a voz dele mesmo. Uma mortalha parecia tampar a boca do restante de nós. Depois de um tempo, estávamos ensopados, os pés sujos da grama e da lama do caminho de cascalho, a fadiga estampada no rosto. E o dia mal havia começado. Na verdade, desde o anúncio da Verônica, parecíamos estar vivendo uma coisa só. Um único e terrível dia sem fim.

Me inclinei para pegar um dos últimos sacos e percebi minha calça jeans clara com marcas de graxa.

— Fala sério, onde eu consegui isso? — Com um bico nos lábios, ergui o saco. Aquela era uma das poucas calças que eu tinha. E eu nem fazia ideia de que dali a cinco minutos, quando fosse ajudar meu pai a erguer minha bicicleta para dentro do caminhão, ela teria que dar adeus à minha nada extensa coleção de jeans.

— Eu. Não. Acredito! — Levei as mãos à cabeça quando vi que o pedal quebrado tinha enganchado em um rasgo do meu jeans na altura da coxa esquerda e levado um pedaço do tecido com ele. Minha pele começou a arder.

— Misericórdia, Alissa, preste atenção! — Minha mãe caminhou rápido até mim e parou para analisar. — Pelo menos não machucou.

Finquei os dentes no lábio inferior e me afastei. Não estava machucado, porém o rastro de pele que havia sido arrancado queimava como fogo. Mexi a perna e olhei para cima. Algumas gotas grossas vindas do teto de roseiras atingiram meus olhos, e precisei fechá-los rápido. Um nó se formou em minha garganta, apertando demais meu pescoço para que eu conseguisse continuar ali.

Eu não contava que aquela mudança fosse tirar tanto de mim. Uma das minhas poucas calças. Os encontros com Eric. A sensação de segurança. A dignidade...

Um soluço me escapou quando as lágrimas, uma a uma, disputavam frenéticas qual delas cairia primeiro.

— Tsc, tsc. Que tristeza ver seu violino abandonado desse jeito. — Virei apenas o suficiente para ver minha mãe encaixar o case em algum canto no meio de todas aquelas coisas. — Você pediu tanto para Venâncio comprar isso... Que desfeita.

O nó ficou maior. A ponto de doer. As lágrimas se misturavam à garoa, que continuava caindo sem piedade.

— Alissa, minha filha, só o que eu quero fazer é chorar — ouvi a voz da minha mãe de novo. — Mas a dona Verônica vai chegar a qualquer momento, e eu não quero ver a cena que aquela mulher vai fazer se nos encontrar aqui.

— É tão injusto. Por que temos que sair assim, como se fôssemos fugitivos de um crime? — Limpei os olhos na manga do meu moletom vermelho úmido.

— Deus não vai nos desamparar, minha filha — foi a primeira coisa que meu pai falou em muito tempo. — Ele nunca desamparou. Mesmo que seu pai tenha tomado decisões ruins e colocado vocês nessa situação.

Minha mãe e eu abrimos a boca para responder, mas as palavras nos escaparam. Perto de nós, parava um carro grande e prata que parecia ter saído de um comercial de televisão. Um gelo percorreu minha espinha.

Verônica? Como ela conseguiu trocar de carro tão rápido? É uma amiga que está deixando-a em casa? Ou alguma espécie de Uber de milionários? Que ela não brigue com meus pais de novo, por favor.

Meus pensamentos, que iam a mil por hora, sofreram uma parada brusca. Uma mulher esguia, com o cabelo loiro preso em um coque baixo e roupas de linho, desceu do carro. Abriu um guarda-chuva transparente, deu a volta no automóvel e caminhou até nós com tanta elegância que uni minhas mãos nas costas, sem jeito. Antes que ela nos alcançasse, a porta do passageiro também se abriu.

E, ali na minha frente, mais uma vez, estava Theo Belmonte.

9

Os olhos dele pararam sobre mim. E eu mirei meus pés. Aqueles pés com chinelo de dedo, sujos de terra e grama. Pensei no rasgo na minha calça, nas minhas roupas molhadas, no cabelo desalinhado pela chuva. Enquanto Theo, vestido com uma camisa branca, short azul-marinho, tênis e meias altas, parecia ter saído de um banner da Nike.

Engoli em seco. Por que eu só tinha que encontrá-lo em situações humilhantes?

— Bom dia. — A voz polida da mulher quebrou o silêncio constrangedor. — Tudo bem? Estou procurando por Venâncio e Ana. Por acaso seriam vocês?

Meus pais se entreolharam.

— S-sim — meu pai respondeu. — Somos nós.

O sorriso da mulher se abriu. Dentes brancos, perfeitos e alinhados.

— Meu nome é Cristine Belmonte. — Ela estendeu a mão e cumprimentou os dois. Minha surpresa só aumentou quando ela se aproximou um pouco mais e fez o mesmo comigo e Cecília. Sua mão estava seca e quentinha. O oposto das nossas. Nós nos apresentamos, e ela respondeu com um meneio de cabeça educado. — Este é o meu filho, Theo.

Ele caminhou até nós e fez a mesma coisa que a mãe. Apertou a mão de cada um. Eu fui a última e mantive a cabeça abaixada, até que ele estendeu sua palma macia como seda e eu fui, em nome das boas maneiras, obrigada a erguer o rosto.

Theo espalhou a foto de uma garota com quem estava saindo.

Me deu um soco no olho que me rendeu um roxo por semanas. Quem vale mais? O filho de dois empresários cheios de prestígio ou eu, o filho do administrador do condomínio?

Meu corpo endureceu como pedra. Puxei a mão mais rápido do que deveria e estreitei levemente os olhos ao observá-lo. *Babaca*. Theo sustentou meu olhar por alguns segundos e se afastou, parando ao lado da mãe.

— Desculpe pela chegada inesperada em um momento que parece delicado para vocês. — Ela olhou para o caminhão aberto. — Mas eu soube através do senhor Gilvan, jardineiro que presta serviço para nossa família há muitos anos, que vocês foram dispensados e estavam deixando o condomínio. E essa notícia veio em ótima hora, já que estou há semanas procurando um caseiro e uma funcionária doméstica para minha casa aqui no Village. Gostaria de conversar com vocês e fazer uma oferta de trabalho.

Por um tempo, só se ouviu o barulho das ondas quebrando furiosas perto dali.

— A senhora gostaria de nos contratar? — minha mãe perguntou devagar após trocar mais um olhar com meu pai.

— Recebi ótimas recomendações de Gilvan. — Cristine sorriu. — Meu marido e eu confiamos muito no julgamento dele. Até hoje, só nos fez bons serviços.

— E qual seria a oferta? — Meu pai nem piscava. O choque havia deixado seus lábios meio brancos.

— Acredito que o mesmo que faziam aqui. O senhor como caseiro e a dona Ana como doméstica. Nós somos uma família de quatro pessoas, mas meu marido e eu moramos no Rio e viemos para cá em alguns finais de semana. Theo, em geral, vem apenas durante as férias. Mas minha mãe se mudou para cá no início do ano. Como ela é idosa, não pode ficar sem esse apoio. A jornada é de quarenta e quatro horas semanais, com direito à moradia, e costumamos pagar acima do piso salarial. Mas o que acham de continuarmos a conversa em minha casa? Assim vocês podem sair da chuva.

Meu pai se apoiou na porta do caminhão e passou a mão pela testa molhada. Seu rosto inteiro agora estava da cor de uma folha de papel.

— Quem sou eu sem ti, meu Deus? — o barulho abafado de sua voz ecoou no silêncio. Minha mãe segurou a mão dele e respondeu, com a voz vacilante:

— Podemos conversar em sua casa, sim, dona Cristine.

O rosto da mulher se iluminou.

— Dona Cristine — chamei, o queixo erguido. Todos os olhares caíram sobre mim. — Nós temos uma criança que usa cadeira de rodas. Ela será bem recebida em sua casa?

A respiração da minha família ficou em suspenso. Theo olhou para a mãe.

— Por que não seria? — Cristine abriu a mão que não segurava o guarda-chuva. — Aliás, temos um caminho pavimentado na lateral do jardim que leva até a residência do caseiro. Creio que isso pode ser bom para ela.

— É ele! Sou um menino! — Sam gritou da varanda, de onde observava tudo.

Meus pais pareciam ter petrificado ali mesmo. Até que dona Cristine e Theo explodiram em uma risada.

— Oh, meu querido, desculpe minha falha. — Ela deu alguns passos e parou próximo ao portão, esticando o pescoço para dentro do gramado. — Que cachinhos lindos você tem!

— Obrigado. Alissa diz que são o meu charme.

Todos riram. Inclusive Theo, que se movera para também ver Sam. Ele fez um "joinha" com o dedo, que Sam retribuiu.

— Então, menino lindo, quando você e seus pais podem ir à minha casa? — perguntou-lhe Cristine.

Sam olhou para nossas coisas entupidas dentro do caminhão como sardinha em lata e abriu as mãos.

— Agora?

Cristine riu, e todos nós a acompanhamos. Em poucos minutos, tínhamos rido mais do que na última semana inteira. Aquelas risadas tinham gosto de providência divina. No meio do riso, olhei para Theo. Ele estava sem guarda-chuva e, àquela altura, a garoa já tinha manchado seus ombros e banhado seu cabelo. E só então a ficha caiu.

Quer dizer que eu vou morar na casa desse garoto?

10

Eric não soltaria fogos de artifício quando soubesse.

Era nisso que eu pensava quando cruzamos o gramado dos Belmonte. Diferentemente da mansão da Verônica, aquela não ficava de frente para o mar. A casa, com suas paredes brancas e arquitetura francesa, embelezava uma das avenidas na parte central do condomínio.

Desde que havíamos chegado, Sam não parava de falar sobre como aquela casa parecia ter saído de um livro de contos de fadas. Os dois andares cheios de portas e janelas — muitas janelas —, com painéis de vidro divididos em pequenos quadrados por fileiras finas de madeira. Ramos de hera grudados à pedaços da parede. Uma chaminé com tijolinhos.

Algumas árvores despejavam suas folhas marrons sobre o jardim muito bem cuidado, apesar das poucas flores por causa do outono. Havia na parte de trás uma mesa e bancos de madeira sobre um pergolado ornamentado com raízes de plantas, que deviam ficar lindas na primavera.

Assim como na antiga residência, após um trecho extenso de gramado, ficava a casa que seria nossa enquanto meus pais trabalhassem ali. Uma parede de plantas altas a separava do jardim, dando um pouco mais de privacidade. Gostei. Um caminho pavimentado na lateral do gramado, colado ao muro, ligava as duas casas, e havia um pequeno portão na metade do trajeto.

— Uau! Legal! — Sam exclamava ao ir e vir pelos cômodos. — Aqui é bem mais espaçoso.

Era sábado. Cristine nos deixou à vontade para organizar

tudo naquele fim de semana, e meus pais começariam a trabalhar na segunda-feira. Quando o relógio marcou nove da noite, praticamente todos os móveis estavam montados. Nós quatro formamos uma boa força-tarefa. Agora só faltava arrumar todo o resto.

Só.

— Estou morta. — Cecília se jogou sobre seu colchão sem lençol.

— Que milagre você ter passado a noite e o dia com a gente. E mais milagre ainda ter ajudado na mudança. — Abri o primeiro saco de roupas em nosso quarto de paredes amarelas e janela de madeira branca. — Achei que ia arrumar algum trabalho do curso para fazer.

— Cala a boca — foi a resposta dela.

Cecília descansou um braço sobre os olhos, e eu separei minha roupa. Estava até àquela hora com a mesma calça rasgada e o mesmo casaco do dia inteiro. Urgh. Precisava de um banho. Ainda teria muito o que fazer no dia seguinte.

De repente, Cecília se sentou no colchão e olhou para mim com um sorriso de canto.

— E o filho da patroa, hein? Theo Belmonte. Até o nome do garoto é bonito.

Revirei os olhos.

— Beleza não quer dizer nada.

— Quer dizer muita coisa, sim. Ou você presta atenção em garoto feio? — Ela riu. — Que bíceps são aqueles, minha nossa!

Me levantei e caminhei para a porta.

— Regra número dois, Cecília.

— E quem disse que eu estou dando confiança para ele? — Ela se jogou na cama de novo. — Agora, se ele der confiança para mim...

Revirei os olhos.

— Você não ia querer isso. Vai por mim. — Saí do quarto. Quando entrei no banheiro, meu celular vibrou.

Eric <3: Td bem, minha linda? Vc ainda não me disse para onde se mudou... tô curioso ;)

Fiquei olhando para a tela por um tempo até responder.

Alissa: Sabe que esqueci de ver o nome da rua? Foi tudo tão intenso hoje. Estou morta.
Alissa: Você conseguiu checar o lance das câmeras?
Eric <3: Chequei. Eu realmente não sou autorizado a ver nem a compartilhar as imagens. O pessoal da segurança é meio chato, sabe? Foi mal, Alissa :(

Desabei sobre a tampa do vaso sanitário e lancei um suspiro profundo. Ao sair do banho, após pensar muito, decidi falar com meu pai sobre a ideia que tivera — sem mencionar Eric, claro.

O senhor Venâncio coçou os cabelos com rastros acinzentados. Ele estava sentado em um canto do sofá ocupado por um monte de tralhas.

— Melhor não mexer nisso, Alissa. Nós já estamos vivendo um milagre.

— Mas, pai, se você entrar na justiça, a Verônica vai ter que te pagar por danos morais. — Passei o pente pelo cabelo e me apoiei na bancada que, assim como na outra casa, dividia a sala da cozinha. Após o banho, todo o meu corpo parecia meio dormente e meus olhos estavam pesados. Mas eu não podia deixar de falar sobre aquilo. — O juiz vai pedir as imagens das câmeras e aí vamos comprovar que você nunca usou o carro dela!

— Desde que ela pague nossos direitos, eu não vou gastar meu tempo indo à justiça. Essas coisas demoram demais, é muita burocracia.

Abri os braços.

— Ela vai continuar fazendo isso com outras pessoas! Gente

assim precisa de um choque de realidade pra parar de tratar os outros como lixo.

Meu pai levou os dedos até o canto dos olhos e suspirou.

— Deixe seu pai em paz, Alissa. — Minha mãe saiu do quarto e foi até a cozinha. Os cabelos arrepiados, as olheiras marcadas. — Não vê como tudo isso já nos desgastou? Agora é esquecer aquela mulher e torcer para que essa família seja tão boa quanto aparenta ser.

Meus ombros caíram, e um "vocês quem sabem" saiu meio abafado por entre meus lábios.

Passei a manhã toda de domingo tentando colocar as coisas no lugar em casa. Quando o relógio marcou onze horas, parecia que eu não tinha feito nada. Cecília tinha saído cedo aquele dia. Pelo visto, o cartucho de ajuda familiar dela já havia acabado. Depois do almoço, quando meus pais foram continuar a arrumação dos quartos, abri a geladeira. Meus dezessete potinhos de bolo que haviam sobrevivido à mudança estavam ali dentro, intactos.

O senhor Fernando tinha permitido que eu deixasse os bolos na padaria somente aos finais de semana. Fitei o relógio do celular. Era uma da tarde de um domingo. Meus potes só teriam metade de um dia para conquistar os clientes daquele lugar. Mesmo que eu pudesse congelar os bolos, não queria esperar o próximo final de semana. Seriam cinco dias a mais de distância do conserto do Olive, e eu já tinha esperado demais.

Pedi à minha mãe para ir. Ela não fez cara de aprovação, mas saí antes que ela voltasse atrás. Com uma bolsa retornável de mercado, guardei os bolos na cestinha da bicicleta e atravessei o pequeno portão que dava para o beco na lateral da casa. Era ali que ficavam as lixeiras dos Belmonte e da mansão ao lado. Prendi um pouco a respiração quando o leve odor azedo invadiu minhas narinas e subi na bicicleta com a voz grave e melodiosa de Jervis Campbell nos ouvidos.

O beco ficava um nível acima da rua, e desci a rampa a toda velocidade cantarolando a música:

— *You're like a magnolia to your shade, I will run to your grace, I will comeeee*—Ai! Meu! Deus!

Agarrei o guidom com toda a força. A roda da bicicleta parecia ter vida própria, mexendo-se de um lado para o outro como uma serpentina, enquanto eu tentava, em franco desespero, firmá-la. Quando percebi que não seria capaz de fazer isso, só consegui gritar.

— Meus bolos! — No segundo seguinte, minhas mãos e meu joelho esquerdo bateram contra o chão. E dezessete potinhos cheios de chocolate foram lançados pelo asfalto.

Não consegui piscar. A buzina ainda ecoava a altos decibéis em minha cabeça. Em seguida, como se um interruptor tivesse sido acionado, me levantei e saí correndo, resgatando os poucos potes que haviam saído ilesos. Havia chocolate para tudo quanto era lado. Minha farinha, meu chocolate em pó, meu leite condensado. *Meu dinheiro.*

— Tá tudo bem com você?

Parei. Devia ser o motorista do carro. Eu podia pegar meus potes e sair correndo sem olhar para trás?

— Olha, se o senhor veio reclamar da minha imprudência, tudo bem, pode falar. Te dou toda a razão.

Ainda abaixada, evitei olhar para ele enquanto tentava puxar os restos com as tampas dos potinhos. Meus dedos já estavam uma meleca com todo aquele recheio derramado.

— Eu só queria ver se estava tudo bem. Me desculpe por ter buzinado, acho que assustei você.

— Não precisa se desculpar, eu que entrei na rua sem olhar. Se você não tivesse freado, eu nem sei o que... — Ergui os olhos. E as palavras fugiram da minha boca. — O que você...

Theo olhou para a garagem de sua casa à nossa frente.
— Eu estava tentando entrar.
Prendi os lábios e desviei os olhos. Ele se abaixou e começou a fazer o mesmo que eu, puxando os restos de chocolate com as tampas dos potes. Fiquei um tempo observando-o com um vinco entre as sobrancelhas. E então me dei conta do embaraço daquela situação.
A última vez que eu tinha visto aquele garoto havia sido no dia anterior, quando minha família tinha recebido da mãe dele uma oferta de emprego enquanto fazíamos uma mudança debaixo da chuva.
Tudo muito normal. Zero constrangimentos.
— Não precisa fazer isso. — Uni as sobrancelhas e balancei as mãos, dispensando-o. Theo se levantou e liberei o ar pelas narinas, mas percebi pela visão periférica que ele foi até o carro parado no meio da rua e voltou com algo nas mãos.
Ele se abaixou de novo e começou a colocar aquela maçaroca de bolo com plástico dentro de uma sacola de mercado. Parei, as mãos sujas de chocolate penduradas sob minhas pernas.
— Por que você está fazendo isso? — As palavras estouraram como balas. — Eu não pedi ajuda.
— Mas você tem que concordar que essa foi uma boa saída. — Ele levantou a alça da sacola e pronto. Ali estava. A bendita sobrancelha erguida. Aquele mesmo tom presunçoso.
Com um movimento brusco, levantei a bicicleta. Coloquei os oito potes que tinha conseguido salvar na bolsa retornável dentro da cesta. E, enquanto isso, Theo continuava ali, limpando o asfalto. Cruzei os braços.
— Ah, garoto, já deu. Pode deixar comigo agora. — Me abaixei para pegar a sacola. *Imagina se alguém passa e vê nós dois nessa situação. Ou pior, se o Eric passa!* Com um som de risadas, ouvi o ruído de um carro virando a esquina. *Ah, não, Alissa. Que língua é essa?*
Olhei para trás. Os vidros estavam abaixados e o carro, cheio

de gente barulhenta. O motorista diminuiu a velocidade ao se aproximar de nós.

— O que tá fazendo aí, Belmonte?

Uma arfada profunda me escapou. Tinha que ser gente conhecida. Sim. Porque toda a sorte do mundo havia sido derramada sobre mim. Óbvio.

Elevei a cabeça apenas o suficiente para ver o garoto ao volante. Denis Fischer. Ele falava com o *Belmonte*, mas olhava para mim.

— Catando cocô de cachorro? — alguém perguntou do banco de trás, e a gargalhada foi geral.

Tensionei a mandíbula, coloquei o último pote destruído dentro do saco e dei um nó. Theo apenas riu e acenou com a mão.

— Hoje tem resenha lá em casa, tá lembrado? Oito horas. — Denis continuava puxando papo. Por que ele não ia embora logo? Fui até a bicicleta com o lixo na mão e sentindo diversos pares de olhos sobre mim.

— Apareço lá umas dez. — Theo esfregou a mão pegajosa de chocolate.

— Ah, é. Seus domingos à noite sempre são comprometidos. — Uma garota falou de dentro do carro. — Você deveria ficar com a gente. As férias são tão curtas.

— Eu já disse que vou estar. Só não exatamente na hora. — Ele deu de ombros. — Vejo vocês mais tarde.

O carro se afastou devagar com os olhares ainda em minha direção. Abaixei a cabeça, minhas roupas parecendo pinicar sobre a pele. Theo veio até mim, e, antes que ele chegasse muito perto, subi na bicicleta.

— Quer que eu pegue um curativo? — Ele apontou para minha perna. — Seu joelho está sangrando.

Olhei para baixo.

— Nem tinha reparado. — Coloquei os pedais em movimento e, sem mais meia palavra, parti dali sem olhar para trás.

11

— Quer ajuda?

Entreguei para minha mãe a sacola com o fermento que ela tinha pedido para eu comprar. Era o primeiro dia dela e o serviço parecia acumulado, mas ofereci apenas por educação, já que ela tinha me mandado ficar em casa tentando dar um fim à bagunça da mudança. Olhei para a sala da mansão dos Belmonte, e a curiosidade que vinha nutrindo desde sábado para ver a decoração interior foi sufocada pelo receio de dar de cara com Theo ali.

— Não precisa. Hoje foi mais trabalhoso porque eles estavam há um tempo sem empregada, mas já, já eu pego o ritmo. As coisas aqui parecem ser bem mais tranquilas que na casa da Verônica, graças a Deus.

Ela mal terminou de falar e eu dei meia-volta em direção à porta, olhando ressabiada ao redor. Por isso, acabei não prestando atenção no batente.

— Ai! — Ergui meu joelho com o ferimento que tinha ganhado no asfalto no dia anterior e dei alguns pulinhos.

— O que é isso, Alissa?

— Bati meu joelho machucado — falei entredentes.

— Mais um prejuízo de ontem. — Ela balançou a cabeça. Isso porque ela não podia nem sonhar que o motorista que quase me atropelara tinha sido o filho dos patrões. — Só salvou oito bolos e vendeu cinco.

— Eu te disse que o senhor Fernando permitiu que eu deixasse os outros três na padaria. Vou lá mais tarde para ver se venderam.

Ela lançou um suspiro. Minha promessa me veio à cabeça. *Me deixe tentar vender uma última vez. Se não der certo, eu desisto.*

— Não vou mais fazer os bolos, mãe. — Baixei os olhos. — Pode ficar tranquila.

Ela começou a juntar os ingredientes na batedeira e não disse mais nada. Passei pela porta, dessa vez olhando bem por onde passava, e escutei a voz dela.

— A dona Augusta parece ser um doce. Conversou comigo e com Venâncio junto da Cristine no sábado. Vou fazer cookies pra ela. Aliás, ela está bem animada para conhecer você e o Sam. Por que não volta daqui a pouco e leva os cookies com o chazinho dela? Como Cristine saiu agora há pouco, Augusta disse que vai lanchar na sala dela lá em cima.

— Por que eu tenho que levar? — Parei sobre o batente, os olhos arregalados.

— Para ela te conhecer, oras! Acho que você vai gostar do que tem lá em cima.

— O que tem lá em cima?

— Você vai ver. Volte daqui a uns quarenta minutos.

— Ah, mãe, eu tenho muito o que fazer em casa.

— O que está acontecendo com você, Alissa? Você nunca me nega ajuda.

Prendi os lábios. O que eu ia dizer? "O filho da patroa, que não é um cara muito legal, só me encontra em situações constrangedoras"?

De toda forma — porque eu não sabia negar ajuda para minha mãe —, quarenta minutos depois, lá estava eu subindo devagar pela escada branca com corrimão em madeira que ficava bem no meio da sala. Olhava para os lados — o máximo que não desviasse muito minha atenção da bandeja que eu carregava, com chá e cookies. Os móveis combinavam o estilo provençal e moderno, e tudo era muito branco e em tons claros.

— Sam precisa ver isso.

Alcancei o segundo andar e, quando dei meu primeiro passo no corredor, a melodia escapou de uma das portas fechadas e bateu direto em meu peito. Um arranjo harmonioso, firme e perfeitamente executado enchia a casa. Uma poesia sem palavras. Meu coração bateu forte nas têmporas. *Tem alguém tocando violino. Aqui!*

Caminhei mais um pouco e percebi que o som vinha da terceira porta à direita. A que eu precisava bater. Mas as notas ainda soavam, e eu não queria atrapalhar. Na verdade, fazia tanto tempo que não escutava o som de um violino tão perto, que me permiti fechar os olhos e, trêmula, curtir a música.

— Quer que eu abra para você?

Quase deixei a bandeja cair. Olhei para trás e prendi o maxilar. Voltei minha atenção para a maçaneta logo depois de sentir meu rosto esquentar.

— Não, obrigada.

— E vai ficar parada aí?

Por que ele estava me questionando? E por que eu deveria ficar com vergonha de um cara *como ele*? Empinei o queixo.

— Estou esperando a música terminar.

— Vai ficar plantada até à noite, então. Quando minha vó começa... — Theo passou por mim e deu três batidas na porta branca com arabescos entalhados. A música cessou, e eu olhei feio em sua direção.

Theo encolheu os ombros e se afastou pelo corredor. Uma corrente de ar atingiu meu rosto e me fez olhar para a porta recém-aberta. Dois pares de olhos azuis curiosos me analisavam.

— D-dona Augusta? — gaguejei. — M-minha mãe pediu para trazer seu chá.

Ela abriu um enorme sorriso e bateu duas palminhas.

— Ah, você é a filha que ainda não conheci. Prazer, Alissa. Mais cedo tive o prazer de encontrar sua irmã, Cecília. Agora só falta o menininho da casa, Samuel. — Ela agarrou meus ombros e deixou um beijo em cada lado do meu rosto.

Pisquei. Ela tinha decorado o nome de todos nós?

— Prazer, dona Augusta. — Abri um sorriso contido. — Onde posso deixar a bandeja?

— Ah, sim, pode ser ali. — Ela abriu mais um pouco a porta e apontou para uma mesinha provençal em um canto.

Entrei com os olhos sobre o grande piano de cauda que preenchia boa parte da sala. Eu nunca tinha visto um daqueles. Na escola municipal de música, o piano era vertical e meio desbotado. Agora aquele... brilhava imponente em sua cor mogno contrastando com o cômodo em tons brancos. Meu queixo caiu. E, debaixo de um enorme quadro da Orquestra Filarmônica de Viena, o violino descansava suntuoso em seu apoio de madeira esculpida sobre uma mesa.

Acho que você vai gostar do que tem lá em cima.

Tentei espiar as partituras, abertas sobre o suporte ao lado, mas não estava perto o suficiente. Havia também um violoncelo próximo à mesa. Poltronas e tapetes de um branco suave enfeitavam o restante da sala. Outros quadros com notas musicais e imagens de orquestras enfeitavam as paredes. Meus olhos corriam de um lado para o outro, ávidos por capturar cada cantinho daquele ambiente.

Mas, de repente, uma sensação de perda tomou meu peito e, desolada, baixei os olhos. Olive continuava aos pedaços. Meu negócio vendendo bolos tinha sido um verdadeiro fiasco. E eu não fazia ideia de quando poderia tocá-lo de novo.

Ouvi um pigarro e olhei para trás com um leve sobressalto. Será que dona Augusta tinha percebido que eu estava bisbilhotando as coisas dela? Logo percebi, porém, que ela estava de costas para mim, com a cabeça para fora da porta.

— Theo Belmonte, aonde você pensa que vai? As cordas o esperam, meu caro.

Me recompus endireitando a coluna após descansar a bandeja sobre a mesinha e caminhei até perto da porta, esperando para sair. Theo apareceu arrastando os pés sobre o assoalho.

— Minha vozinha querida, joia da minha vida. — Ele colocou as mãos sobre o peito e pendeu a cabeça para o lado. — A senhora é tão linda.

— Sei que sou. — Ela sorriu. — E também sou exigente. Pode entrar. — Ela se virou e seguiu até os instrumentos. Enquanto Theo se arrastava atrás dela, me encaminhei de volta para a porta. Antes de sair, olhei para Theo.

— Deseja que eu traga alguma coisa para o senhor?

— Senhor? Não estamos em 1897. — Ele fez uma careta. — Eu tenho dezenove anos.

Meu rosto começou a queimar.

— Tá bom, se... — Prendi o maxilar, o costume grudado na língua. — Theo, você deseja alguma coisa?

— Não. Eu mesmo posso pegar.

Por que não disse, então?

— Se precisarem de mais alguma coisa, é só avisar. — Me despedi com um aceno e fechei a porta atrás de mim, o rosto ainda quente.

— *Sinhir? Ni istimis im 1897.* — Revirei os olhos ao imitar a resposta de Theo. — Ah, garoto chato.

— Que coisa feia remedar os outros.

Meus tênis de tecido desbotado estancaram no corredor. Um raio gelado cortou meu estômago.

— Chato é um conceito forte demais para definir alguém com quem você teve tão poucas interações.

Argh! C-h-a-t-o!

— Desculpe. — Virei-me. — Eu não quis dizer que você é chato.

— Imagina quando quiser, hein? — Ele curvou os lábios para baixo. — Ei, calma, não precisa ficar com o rosto tão vermelho assim. Daqui a pouco minha vó aparece e me dá um puxão na orelha por ter deixado você sem graça de novo. — Ele apontou com o polegar para a sala de música. — Foi mal pelo jeito como eu falei lá dentro. Só quis fazer uma brincadeira, mas soei mais como um babaca, né?

Eu te contei como o Theo é.

— Tudo bem, isso parece ser o normal para você. — Dei as costas e desci pelo corredor com passos firmes. Quando coloquei o pé no primeiro degrau para descer a escada, meu celular vibrou no bolso da calça jeans.

Eric <3: E aí, quando vai me contar onde está morando agora?

Puxa vida! Por que ele estava tão interessado nisso? Onde eu morava fazia tanta diferença? Ele nunca ia à minha casa mesmo.

Alissa: Esqueci de ver o nome da rua hoje quando fui à escola, acredita? Vou ver se minha mãe sabe :)
Eric <3: Não precisa perguntar. É a Rua dos Corais, número 20.

Uma descarga desceu sobre meu coração.

Alissa: Como você sabe?
Eric <3: Porque estou aqui em frente agora.

12

Desci as escadas o mais rápido que consegui sem chamar a atenção da minha mãe, que estava na cozinha. Olhei pela janela. De repente, minha boca ficou seca. Eric estava ali, à frente da pequena área do jardim da casa.

— Mãe, precisa de mim para mais alguma coisa? — Tentei soar tranquila. Ela terminava de passar pano no chão.

— E aí? — Ela parou segurando o cabo do rodo. — O que achou da sala de música da dona Augusta?

Eu estava na passagem entre a sala e a cozinha, e estiquei o pescoço para a janela mais uma vez.

— Incrível. Linda.

— Viu que lá tem um violino?

— Vi.

— O que...

— Mãe. — Minha mente corria atrás de alguma desculpa no mínimo convincente. — Eu vi uma árvore linda ali na rua mais cedo. Vou ali só tirar umas fotos dela, tá? Rapidinho. — Apontei com o polegar para a rua, e ela me olhou por um instante. — É para o meu Instagram.

— Você tem que ir para casa e continuar a arrumar a bagunça.

— Por favor, é bem rápido. — Torci as mãos atrás das costas. Ela me olhou de soslaio.

— Só não demore. Ainda tem muita coisa da mudança para colocar no lugar. Em menos de vinte minutos, acabo tudo aqui e vou para lá também.

Voei pela porta antes que ela mudasse de ideia. Dei a volta

pelo jardim. Eric estava do outro lado da calçada, escorado na cerca da casa da frente e com os braços cruzados. Atravessei a rua sem mal olhar para os lados.

— O que você está fazendo aqui? — perguntei baixo.

Eric soltou um riso seco.

— É assim que você me recebe depois de ignorar minhas perguntas desde ontem?

— Eu respondi todas! Só não sabia o nome da rua. — Olhei para trás. — Vamos sair daqui.

— Não sabia de quem é essa casa, também? — Eric não se moveu. Desviei o olhar. — Me responde, Alissa.

— Desculpe, Eric, eu...

— Você ainda não me respondeu.

— Sim. Eu sabia — disse com um suspiro.

— Por que não me contou logo? Imagina minha surpresa quando vim atender o chamado de uma moradora nessa rua e vi seu pai entrando na casa dos Belmonte.

— Fiquei com medo de você não gostar — sussurrei.

— Caramba, Alissa! — ele falou um pouco alto demais, e eu olhei para trás mais uma vez.

— Vamos sair daqui, por favor. — Puxei-o pelo braço até um beco entre duas casas mais à frente. Uma árvore plantada na calçada diante da entrada funcionava como um bom esconderijo.

— Você consegue imaginar como me senti quando descobri que você se mudou para a casa do Theo e não me contou nada? — Eric puxou o braço.

— Mas eu não tive culpa de me mudar para lá! A mãe dele chegou do nada e... Nossa, foi um baita milagre como tudo aconteceu. Eu te contei que nós estávamos de saída e... — Parei. Eric olhava para cima, as mãos no quadril, a expressão de quem eliminaria qualquer um que passasse na sua frente naquele momento. — Me perdoa — pedi baixinho.

— Sei lá, Alissa. Sei lá. — Ele balançou a cabeça. — Não tem outro jeito? Seus pais não podem procurar outra casa? O que mais tem nesse condomínio é vaga para caseiro!

— Eric, isso não é uma coisa que eu possa decidir. Você não sabe como minha família estava precisando? Foi desesperador sermos despejados de última hora. Esse emprego caiu do céu nas mãos deles!

Ele chutou uma pedrinha e bufou.

— Que droga. Entre centenas de casas...

Mordi o lábio inferior.

— Isso é tão importante assim pra você?

— Pô, Alissa! — Eric abriu os braços, e eu me encolhi, dando um passo para trás. — Não me sinto confortável com isso. Eu te falei que ele ia tentar se aproximar de você depois de ter nos visto juntos. Theo vai querer se vingar de mim.

— Eu não acredito que ele vá dar em cima da filha dos funcionários dos pais dele. E, espera, você está com ciúmes, Eric? — Controlei um sorriso.

— Claro que não! — Ele fez um bico.

Ri. Cheguei mais perto e circulei sua cintura. Eric me abraçou de volta.

— Não precisa ficar assim. Prometo que não vou nem passar perto do Theo, tá?

Ele me olhou de esguelha.

— Promete mesmo?

Assenti. Eric abaixou e me puxou para um beijo. Ele cruzou os dedos nos meus e me encostou no muro coberto por ramos de hera. Enquanto seu beijo ganhava intensidade, meus olhos dispararam para a rua.

— É muito arriscado ficar aqui. Preciso ir.

Tive que forçar um pouco minhas mãos em seu peito, por fim, ele se afastou. Quando tentei sair, Eric puxou minha mão e fez um bico com os lábios.

— Eu te amo, seu bobo. — Sorri.

— Ama mesmo?

— Você sabe que sim. Quantas vezes preciso dizer?

Seus olhos se acenderam enquanto olhava para mim.

— Me mostra o quanto eu sou importante pra você? Eu preciso saber se isso — ele apontou para nós dois — é real. Pra mim, é. Muito. E pra você?

— Você ainda tem dúvidas? — soprei.

— Por favor, tire todas elas.

— Como?

Ele fitou meus olhos com intensidade. E então, lembrei. Seus pedidos. Infinitos pedidos. Meu coração bateu forte. Eu tinha saído pela tangente todas as vezes. Mas agora não parecia que conseguiria facilmente.

— Eu vou guardar como um tesouro, Alissa. Porque é isso que você é. — Ele passou as costas da mão no meu rosto. — Um tesouro que eu quero manter comigo para sempre.

Foi como receber uma água quentinha sobre os ombros em um dia frio. E isso era algo bem propício naquela tarde cinzenta. As folhas das árvores farfalharam com mais intensidade. Não deviam ser quatro da tarde, mas era como se já fossem seis.

Aquele tom opaco do céu escurecendo sobre nós me lembrou do dia em que tinha visto Eric pela primeira vez. Ele dirigia um carrinho aberto e pequeno, como aqueles de golfe. Bordada em sua camisa polo branca, a logomarca do condomínio, exatamente como a que ele usava agora.

— Você está precisando de alguma coisa? — foi a pergunta que ele me fez quando parou o carrinho perto de mim.

Eu estava olhando de um lado para o outro, parada no meio da calçada. Uma imagem no mínimo curiosa.
Olhei para a logomarca do condomínio em sua camisa.
— Ah, é que eu acho que me... perdi.
— Onde você mora?
Apertei a testa com dois dedos.
— Acho que... não lembro. — *Eu estava parecendo uma pessoa que tinha acabado de acordar de um coma.*
— Você se mudou para cá recentemente?
— É, meus pais vieram trabalhar aqui há menos de uma semana e... — *Me calei. Por que estava falando aquilo? Ele não precisava saber.*
— Qual o nome do morador para quem eles vieram trabalhar?
Baixei os olhos.
— Verônica Benedutti.
— Ah, sei qual é a casa. Vem. Eu te deixo lá.
Passei os dentes pelo lábio inferior, pensando: Que escolha eu tinha? O Village era enorme. Subi no pequeno automóvel aberto nas laterais e vi o sorriso dele se abrir.
— Prazer, eu sou o Eric. E você, quem é?

Meu coração diminuiu ao tamanho de uma noz. Eric tinha sido um bom amigo naqueles primeiros meses. Depois, quando evoluíra para algo mais que isso, era o único naquele lugar com quem eu podia conversar e ser eu mesma. E foi ali que me dei conta: eu não tinha mais melhores amigas. Clara e Tuane decidiram afastar meu coração delas assim como os quilômetros separavam nossos corpos. As duas eram agora apenas uma lembrança.
Meus olhos arderam. Eu estava... sozinha?
Um pingo gelado acertou minha testa. Dois. Três. Eric não me soltou. Com minha mão livre, segurei a sua e não o soltei também. *Eu não estou sozinha.*

À medida que as gotas esparsas e grossas iam caindo, permiti que minhas defesas fossem levadas também. Fui incapaz de dizer não. Eu não podia ficar sem Eric. E queria que ele soubesse disso.

— Uma foto. — Ergui meu indicador.

O sorriso dele se abriu.

— É o suficiente.

O mundo ainda caía lá fora quando terminei o jantar. Já tinha ajudado Sam com os deveres de casa e estava na missão de continuar colocando todas as coisas no lugar quando meu pai chamou Cecília e eu.

— Ai, pra quê? — ela reclamou. Desde que havia chegado em casa, estava com a cara no notebook fazendo um trabalho do curso.

— Isso aí é mais puxado que faculdade, hein. — Fiz uma careta. — Tô terminando de arrumar minhas roupas nas gavetas — informei.

— Tem que ser agora — meu pai respondeu. — A Ana e eu estamos cansados e vamos dormir daqui a pouco.

Deixei os ombros caírem. Cecília e eu nos arrastamos para fora do quarto desviando de alguns sacos e objetos fora do lugar. Sam estava sentado no sofá ao lado da mãe, e meu pai ocupava uma cadeira. A sua velha e surrada Bíblia de capa preta estava nas mãos dele. Meu pai abriu o montante de páginas e começou a folheá-lo, até encontrar o que queria. Cecília se sentou no único lugar vago no outro sofá, e eu fiquei com um banquinho de plástico de segurança duvidosa. O senhor Venâncio pigarreou antes de começar.

— "Como posso retribuir ao Senhor toda a sua bondade para comigo? Erguerei o cálice da salvação e invocarei o nome do Senhor. Cumprirei para com o Senhor os meus votos, na presença de todo o seu povo." — Ele parou por um momento, os olhos fixos nas palavras à sua frente. — Hoje, antes de sair para trabalhar, folheei a Palavra do nosso Deus e acabei parando aqui, no salmo 116. E, vejam só, por esses versos já estarem marcados com caneta, acabei lendo. Eles martelaram na minha cabeça durante todo o dia. *Como posso retribuir toda a sua bondade para comigo?* Deus foi bom conosco. Ah, como ele foi. Vivemos algo do céu com dona Cristine nos oferecendo esse emprego em um momento tão crítico da nossa vida.

Ouvi alguém fungar. Minha mãe passava as mãos embaixo dos olhos.

— Essa é uma boa gente. Educados, simpáticos e, pelo que já vi, não são de arrancar nosso couro como dona Verônica fazia. — Meu pai fez uma pausa antes de continuar. — Por isso, eu volto a pergunta a vocês: como podemos retribuir toda a bondade de Deus para conosco? Creio que o primeiro passo seja voltar a frequentar a casa dele. Desde que o carro quebrou, a gente não foi mais, só que esta semana vou levá-lo ao conserto. Farei o orçamento e, mesmo que eu não consiga pagar agora, nós vamos nem que seja de ônibus. Domingo estaremos na casa de Deus e o adoraremos junto ao seu povo.

Ele terminou o momento com uma prece bonita e emocionada. Sam agarrou a cintura de nossa mãe enquanto ela liberava todo o choro que a adrenalina da mudança tinha retido. Não demorou para que a sala se transformasse em um mar de lágrimas, gemidos e suspiros. Até Cecília não conseguiu resistir. Algo incrível tinha acontecido para nós. Vivemos um milagre.

Então, por que mais tarde, quando deitei sobre meu lençol florido e cobri a cabeça com o edredom, meu coração não estava em paz?

Virei de um lado para o outro algumas vezes, até ver a luz do celular acender. Era uma mensagem de Eric. Mais uma dentre tantas da noite.

Ele tinha recebido a foto que tanto quisera. Estava feliz por isso. E eu? Ah, tinha apagado qualquer registro do meu celular para não correr riscos.

Ele enviou mais um elogio. Abri o sorriso e me esforcei para jogar para um canto qualquer aquele incômodo invisível. Meus pais tinham um emprego de novo. Minha família estava numa boa casa. E o garoto por quem eu estava apaixonada também estava apaixonado por mim.

Estava tudo bem. Sim, é claro que estava.

13

— Ah, não!

A chuva começava a se tornar uma visita insistente no litoral sul. E a sorte parecia estar acompanhando a mim e a Sam desde que o motor do carro do papai havia queimado. Na ida e na volta para o ponto de ônibus, apenas garoas finas nos haviam feito companhia.

Pelo jeito, porém, aquilo ia acabar hoje.

— A chuva está aumentando. — Minha mãe esticou o pescoço para fora da janela, a parca luz do amanhecer chuvoso banhando seu rosto. — Melhor Samuel ficar em casa.

— Não! Hoje é a apresentação do meu trabalho de geografia!

— Eu ligo para o colégio e explico a situação — meu pai interveio. — O carro ainda vai demorar um bom tempo para ficar pronto. O rapaz da oficina encontrou vários outros problemas além do motor pifado.

— Carro velho é um problema. — Cecília fez sua contribuição diária de desgosto e bebeu o resto do seu achocolatado. Olhei para ela de rabo de olho.

— O que é que você está fazendo acordada a essa hora? Sempre levanta tarde e some antes de Sam e eu chegarmos do colégio.

— Não que seja da sua conta, mas tenho uma entrevista de emprego às nove.

— E já está acordada por quê?

— Para me arrumar, claro. — Ela me mediu de cima a baixo. — Não que você saiba o que é isso.

— Ah, é. Caso as competências profissionais não estejam à altura, pelo menos as competências estéticas podem estar, né?

— Alissa — minha mãe chamou minha atenção.

— Ela que começou!

— Gente, tem algo mais importante do que competências profissionais e estéticas rolando aqui. — Sam abriu as mãos. — Eu não posso faltar hoje. Quero muito mostrar as pesquisas que fiz sobre os planetas! Meu grupo precisa de mim.

— Você pode apresentar outro dia. — Meu pai balançou seu copo com café.

— Mas semana que vem já são as provas, não vai ter outro dia! — Os olhos de Sam se encheram de lágrimas. — Por favor!

Meus pais se entreolharam. Coloquei as mãos sobre os joelhos e me levantei.

— A gente enrola o Sam com duas capas. Vai dar certo.

Os olhos de Sam ficaram pequenininhos à medida que seu sorriso abria. Depois de alguns minutos, minha mãe terminou de vestir a capa em Sam e enrolar um plástico na parte de baixo das pernas dele. Já na varanda, antes de encararmos a chuva que caía constante, abri meu melhor sorriso e virei com a palma aberta para Samuel:

— Com grandes poderes...

— Vêm grandes responsabilidades! — Ele bateu de volta na minha mão, retribuindo o toque, e eu vesti minha capa transparente que ia até às canelas.

— Tem certeza de que não quer que eu vá com vocês? — Meu pai parou com as mãos na cintura. — Posso ajudar com o guarda-chuva ou empurrar a cadeira.

— Pai, fica tranquilo. A chuva ficou mais fraca e as calçadas do Village são boas. Eu dou conta.

— Ai, meu olho! — Parei de empurrar a cadeira e levei uma mão ao olho direito.

— Desculpa, desculpa! — Sam abaixou o guarda-chuva depressa. Puxei de volta e posicionei o objeto em cima dele. — Machucou?

— Não. — Ardia como fogo. — Já falei pra parar de tentar me cobrir. Eu estou com a capa.

— Mas seu rosto fica todo molhado. Da próxima vez, vamos trazer um boné pra você.

— Essa é uma boa ideia.

Coloquei a cadeira em movimento outra vez e viramos a primeira esquina. Comecei a contar quantas ainda haveria e senti vontade de chorar. A chuva tinha engrossado novamente.

— Olha quem tá ali! — Sam gritou de forma tão repentina que ergui a cabeça.

A poucos metros de nós, a roupa de *dry fit* encharcada grudava na pele de Theo Belmonte enquanto ele corria do outro lado da rua.

— Shhh! Fala baixo. — Me inclinei para perto de Sam. — Ele vai acabar nos vendo aqui.

— Ué, mas o objetivo é esse. — Ele levantou a mão, balançou o braço que não segurava o guarda-chuva e, antes que eu falasse qualquer coisa, ergueu a voz de novo. — Oi! Você é o filho da dona Cristine, não é?

— Por que você tá gritando pra ele, Samuel? — falei entredentes.

Tarde demais. Theo franziu um pouco a testa ao olhar para nós e, em seguida, diminuiu o ritmo e atravessou a rua deserta em nossa direção. Gotas escorriam das pontas de seu cabelo e se encontravam com o rosto molhado.

— E aí, cara! — Ele olhou para as pernas e os pés de Sam cobertos pelo plástico debaixo da capa. — Tá protegido, hein?

— Diferente de você. — Sam o fitou de cima a baixo. — Por que está correndo na rua nessa chuva? Não está com frio?

Apertei o braço de Sam.

— Você tem a língua afiada igual a alguém que eu conheço. — Theo riu e passou os olhos por mim por um instante. — Achei que o exercício esquentaria meu corpo, mas tenho que admitir que estava errado. — Ele passou as mãos pelos braços. — Estou congelando.

— Isso é uma afronta a quem tem que acordar cedo nessa chuva para pegar ônibus lotado — bufei baixinho.

— O que você falou? — A bendita sobrancelha ergueu-se. Como sempre.

— Nada. — Abri um sorriso. O maior e mais falsificado que pude. — Se você puder nos dar licença... — Voltei a empurrar a cadeira.

— Você nem se despediu dele, Alissa. Que falta de educação. — Sam balançou a cabeça e olhou para trás. — Tchau, filho da dona Cristine!

— Tchau, cara! — Andamos por poucos segundos quando a voz de Theo cortou o vento e a chuva outra vez. — Vocês vão pegar um ônibus agora? Onde?

— Onde mais poderia ser? — respondi. — No único lugar onde passa ônibus por aqui.

— E que lugar seria esse?

Parei de andar e virei a cabeça para trás.

— Ah, é. Esqueci que não tem como uma pessoa que não usa ônibus saber esse tipo de coisa. — Continuei a caminhar, dessa vez mais depressa porque aquela pequena interrupção poderia nos custar caro. E pior que ir a pé na chuva até o ponto era ter que mofar lá por ter perdido o ônibus.

— O ponto fica na rodovia, do outro lado da entrada do condomínio! — Sam gritou enquanto eu cortava a rua o mais rápido que a chuva me permitia. — Poxa vida, Alissa, se meu pai ficar sabendo o jeito que você falou com o filho dos patrões...

— Mas ele não vai ficar sabendo, não é, Samuquinha? — amaciei a voz.

— Depende do que eu puder ganhar.

— Você está me chantageando, é isso?

— Entenda como quiser.

Dei uma risada e assim nasceu uma discussão sobre o que eu daria para Sam em troca de seu silêncio. No final, surgiram coisas como um bolo inteiro de chocolate para ele comer sozinho ou permitir que ele passasse a madrugada jogando videogame. Isso perdurou pelos próximos minutos e só parou quando meu coração quase pulou para fora ao ver um carro parar ao nosso lado. *Calma, Alissa. Estamos dentro de um condomínio de alto padrão, ninguém vai sequestrar você e seu irmão aqui.*

Apertei o passo. *Nunca se sabe.* O carro voltou a andar também e tropecei nos meus próprios pés ao tentar ir mais rápido.

— Relaxa, aqui não é o velho do saco, não.

Parei. Os nós dos meus dedos, já quase congelados por causa da garoa fria e constante, ficaram ainda mais brancos quando apertei as alças da cadeira.

— Filho da dona Cristine! — Sam berrou ao olhar Theo pela janela aberta do carro.

14

— Vamos lá. Eu deixo vocês no lugar onde a pessoa que não anda de ônibus não tem como saber onde fica — Theo disse, e eu revirei os olhos.

— Você não estava correndo quase agora? — questionei. O cabelo dele parecia ter sido esfregado às pressas por uma toalha.

— Surgiu uma situação e precisei sair. — Theo deu de ombros e olhou para Sam. — Bora?

— Pegar carona em um Audi? — Os olhos de Sam soltaram faíscas. — É claro que eu quero!

— Obrigada, mas não precisa. — Retomei a caminhada.

— Ah, Alissa! — Sam choramingou, e eu só mantive o rosto reto à frente. Theo continuou nos seguindo devagar.

— Meu lado da janela já está todo molhado — disse ele. — Dá pra pular a parte em que você finge que prefere ir na chuva?

Prendi os lábios em uma linha fina. Não parei.

— Alissa, eu sei que não levantei antes das seis numa manhã dessas para andar de ônibus lotado, mas, já que estou aqui, me deixa ser útil pra vocês de alguma forma.

Engoli em seco. Então ele tinha escutado. Olhei meu relógio de pulso através da capa transparente. Faltavam menos de dez minutos para o ônibus passar, e ainda estávamos longe. A chuva tinha complicado tudo. Diminuí o ritmo e, por fim, parei.

— A cadeira vai caber na mala? — Virei para Theo. Com um movimento rápido, ele desceu do carro, destravou o porta-malas e abriu a porta de trás. Sam soltou um "*yes!*", e eu esperava que através do meu olhar ele entendesse que era para segurar a onda.

De repente, Theo pegou o guarda-chuva do Homem-Aranha da mão de Sam, colocou-o na minha e, em seguida, enganchou um braço sob os joelhos de Sam e o outro atrás das costas.

— Eu consi... — Antes que eu terminasse de falar, Theo já tinha erguido Sam até o banco de trás.

— Foi mal, a minha capa vai molhar seu Audi. — Sam baixou os olhos.

— Ah, nada, esses bancos nem absorvem líquido, sabe? — Theo passou o cinto por Samuel e voltou a atenção para as rodas da cadeira. — Como fecha?

Eu o ajudei a fechar. Em dois segundos, ele guardou a cadeira no porta-malas e voltou para seu lugar. Abri a porta de trás do outro lado.

— Você vai fazer ele ir como se fosse um Uber? — Sam fez uma careta. Enchi o peito de ar e soltei. *Ai, Samuel!* Bati a porta e fui para o banco do carona. Só então percebi que Theo ainda usava as mesmas roupas encharcadas de quando o encontramos correndo. E estava sentado sobre uma toalha branca, que cobria todo o banco. Ele não tinha dito que os bancos não absorviam líquido?

— Que situação urgente é essa que surgiu que você nem conseguiu trocar de roupa? — Sam perguntou. Virei o pescoço para trás e o fuzilei com os olhos.

Theo riu.

— Gostei de você, cara.

— Esse Audi é seu mesmo? — Sam vasculhava cada detalhe do carro com os olhos. — Nunca vi na garagem.

— Sa-mu-el! — Rangi os dentes.

Theo olhou para mim sorrindo e balançou a cabeça num movimento curto e rápido, como se dissesse para eu não me importar. Desviei o olhar para fora da janela.

— É do meu pai. — Theo mexeu em alguns botões e o ar ficou mais quente. — Vocês ainda não o conheceram, né? Ele estava viajando. Chegou ontem e vai passar uma semana aqui.

Deu tempo de Samuel fazer mais umas seis perguntas até chegarmos ao ponto de ônibus. Theo respondeu a todas elas. E eu me mantive como mera figurante na conversa dos dois. Depois, quem teria uma conversa com Samuel seria eu. Não era legal ficar perturbando o filho dos patrões. Principalmente quando esse filho tinha um histórico como o *dele*.

Ah, claro, porque não era a bondade de oferecer uma carona que tapearia o fato de que ele era um grande babaca. Olhei de soslaio para Theo. Que garoto espalhava fotos íntimas de uma garota para todo o grupo de amigos dele? Apertei um pouco mais os braços ao redor da minha cintura. *Ridículo.*

E pensar nisso me fez lembrar de Eric. E da promessa que tinha feito a ele.

Prometo que não vou nem passar perto do Theo.

Droga.

— É aqui? — Ele jogou o carro para o acostamento próximo à cobertura de telha colonial com banquinhos de cimento. Sam concordou e, antes que Theo parasse por completo, abri a porta.

— Obrigada pela carona.

A garoa firme e constante atingiu minha mão, e eu escorreguei para fora do carro. Antes, porém, que eu chegasse a colocar os dois pés no asfalto molhado, senti uma mão me deter. Virei para trás e coloquei os olhos sobre os dedos de Theo se fechando ao redor do meu braço.

Subi o olhar para ele, que soltou meu braço depressa, esticando todos os dedos como se eu tivesse alguma espécie de doença contagiosa e ele tivesse esquecido.

— Fiquem aqui dentro até o ônibus chegar. — Theo não olhou para mim.

— Preciso tirar a cadeira do porta-malas. Não posso fazer isso quando o ônibus estiver chegando.

— Eu fico vigiando pelo retrovisor. Lá fora está um vento gelado.

Uma rajada de vento jogou as gotas com mais força sobre minha mão. Era verdade. Fechei a porta e me ajeitei de novo no banco. Prendi a mochila no colo e continuei olhando para o para-brisa se movendo de um lado para o outro.

Depois de alguns minutos escutando apenas o ruído dos pingos que caíam no teto do carro e dos automóveis que cortavam a pista ao nosso lado, virei para trás. Samuel estava quieto demais.

— Ah.

Theo também olhou e deu uma risadinha. Sam estava com a cabeça torta e quase dava para ver sua garganta através da boca escancarada. Ele tinha apagado.

— Ir à aula hoje é tão importante assim? — Theo perguntou baixinho, franzindo as sobrancelhas. Quase soltei uma resposta afiada, mas lembrei que, apesar de tudo, ele tinha sido gentil com Sam o tempo todo. E agora estava havia cinco minutos estacionado com dois quase desconhecidos dentro do carro. *Mas não se esqueça do que ele fez.*

— Posso levá-lo de volta pra casa.

— Sam teria um treco se você fizesse isso — respondi. — Ele quer ir para a escola porque tem um trabalho em grupo para apresentar.

— Hum, ele é nerd.

— Muito nerd. — Chequei o relógio. Já era para o ônibus ter passado.

Theo olhou para meu pulso e em seguida ligou a seta.

— Vamos fazer a alegria do nerd, então. — Theo moveu o volante e entrou na pista. — Sam comentou que o colégio fica em Ponte do Sol, né? Me explica exatamente onde.

Meu coração quase saltou pela boca.

— Ei, você não precisa fazer isso. — Me endireitei no banco e apontei para trás. — Nos deixe naquele ponto agora!

— O próximo retorno fica a uns dez minutos. — Ele ergueu os ombros.

Abri a boca, meu peito chacoalhando. Theo nos levando até a escola! Eric teria um infarto!

— Você não deveria ter feito isso sem me perguntar antes!

— Desculpe, madame, não vai acontecer de novo. — Ele lançou uma piscadela e meu rosto ferveu. *Debochado*.

15

Eu havia pedido, encarecidamente, para que Theo parasse antes da entrada do colégio. Não queria causar comoção por chegar ao portão de um colégio público em um carro *daqueles*. Foi por isso que, quando o sinal estridente da saída soou e eu busquei Sam na sala dele para irmos embora, precisei piscar duas vezes para ter certeza de que não estava vendo coisas.

— O filho da dona Cristine! — Sam falou tão alto que os outros alunos ao nosso redor no pátio olharam para ele.

Puxei todo o ar que eu tinha e soltei. A mistura de guarda-chuvas saindo pelo portão não me impediu de testemunhar o choque dos estudantes ao verem um Audi parado na porta da escola.

Prendi o maxilar e empurrei a cadeira de Sam. Marchando como um soldado, passei direto pelo carro e segui para o ponto de ônibus.

— Ei! O carro do pai do Theo está ali! — Sam se esgueirava para olhar atrás de mim. — Para, Alissa!

— Não tem como saber que é ele — menti. — O vidro é completamente preto. Pode ser de qualquer outra pessoa.

— Quem mais estaria na saída da nossa escola com um carro igual ao do pai do Theo? — Ele revirou os olhos, e eu ignorei, continuando para o ponto.

Não demorou nem meio minuto. O carro parou perto de nós e Theo apareceu do outro lado do vidro abaixado.

— Carona?

— Teve que sair para resolver uma situação urgente de novo? — Pendi a cabeça.

— Sabe como é. — Ele quicou um ombro. — Pessoa ocupada.

— Não precisamos de carona — respondi. — O ônibus vai chegar daqui a pouco.

Theo estava com uma mão no câmbio e a outra no volante. Ele suspirou.

— Sam, você prefere ir de carro ou de ônibus?

— Claro que de carro!

Theo desceu no mesmo instante, deu a volta no automóvel e ergueu Sam, levando-o até o banco de trás assim como havia feito mais cedo. Abaixei a cabeça. Todo mundo que passava olhava para nós. As meninas do segundo ano que chegavam ao ponto cochichavam umas com as outras.

Fechei a cadeira depressa e entreguei-a para que Theo a guardasse no porta-malas. Em seguida, entrei no carro e bati a porta — não muito forte, claro; aquilo não era o Fiat do meu pai.

Quando Theo voltou para trás do volante, o carro se encheu com uma mistura amadeirada que minhas narinas nunca tinham sido dignas de sentir antes. Olhei de esguelha. Ele estava vestido com uma calça justa de moletom cinza e um casaco branco. Quando passou a mão pelo cabelo seco antes de movimentar o carro, fixei meu olhar na rua cheia de alunos lá fora. Uma confusão de bicicletas, carros e estudantes segurando guarda-chuvas. O ar quentinho que enchia o carro me fez olhar para minha capa de chuva embolada em meus pés. Pelo jeito, não precisaria mais dela. Estiquei o corpo para trás e ajudei Sam a tirar a dele.

— Nós molhamos o seu carro. De novo — murmurei.

— Já falei que não tem problema.

— Não precisava disso. Nem está chovendo tanto.

Foi só eu terminar de falar. Gotas grossas invadiram o teto do carro como se diversas bolinhas de gude tivessem sido jogadas sobre ele, e os para-brisas começaram a trabalhar de um lado para o outro, frenéticos.

— Que boca, hein. — Sam riu, acompanhado por Theo, e eu prendi os lábios.

Não que eu preferisse estar em um ponto de ônibus agora com aquele pé d'água lavando o mundo lá fora, mas estar naquele carro de novo, com aquele garoto de novo, quebrando minha promessa de novo... Enrijeci meus braços cruzados e cheguei um pouco mais próximo da janela.

— E aí, como foi a apresentação do trabalho de geografia? — Theo olhou para Sam através do retrovisor.

Meu irmão começou a contar tudo em detalhes empolgados sobre como a professora o tinha parabenizado, e todos os alunos tinham batido palmas, e como certamente a nota de seu grupo seria a maior da turma. Olhei para ele.

— Pra mim, você só disse que foi "legal".

Ele me ignorou e continuou esbanjando assunto. Um sorriso surgiu no canto dos lábios de Theo. Fixei toda a atenção nas ruas movimentadas lá fora. Mercados cheios, pessoas debaixo das marquises fugindo da chuva, praças com parquinhos vazios, motoboys cortando os motoristas com pressa para cumprir suas entregas. A vida acontecendo.

Ponte do Sol era uma cidade do interior, pequena, para mim, que vinha da capital, porém com bastante recursos para os padrões do litoral sul do Rio. Era ali que Sam, Cecília e eu estudávamos e para onde tínhamos que ir para resolver qualquer tipo de coisa. Duas vezes por semana, eu ficava com Sam após a escola para levá-lo à fisioterapia, que era próxima à escola.

Ir e voltar não valia a pena. Eram quase trinta minutos de ônibus. Para quem era morador de um dos muitos condomínios na região, não era difícil morar isolado — eles deviam achar até melhor, acredito. Para nós que também morávamos lá, mas precisávamos fazer tudo de ônibus, a história era outra.

À medida que saímos de Ponte do Sol e entramos na rodovia, a música pop no som do carro deu lugar a um sublime quarteto de cordas. Fechei os olhos.

— Olha, Li, essa música está me lembrando aquelas que você costumava tocar.

Continuei imóvel. Se Sam achasse que eu estava dormindo, talvez parasse com aquele papo.

— Era tão bonito ver você tocando lá na frente da igreja e nos concertos da escola. — Ele ficou quieto por um momento. — Por que você parou de tocar, Li?

Meu pescoço continuou pendendo levemente para o lado, meus braços cruzados, minhas pálpebras fechadas. A perfeita imagem do repouso. Mas não para Sam, claro.

— Minha mãe falou que a dona Augusta é uma professora de música famosa, Theo, e que ela ensinava violino. A Alissa tocava violino também.

— Ah, é? — Pude ouvir a surpresa em sua voz. — E por que não toca mais?

— Eu perguntei, mas ela tá fingindo que tá dormindo para não responder.

Um barulho de risada contida veio do banco do motorista, e eu mordi as bochechas para tentar seguir com o disfarce. E consegui. Tão bem que em algum momento até chegar em casa eu realmente peguei no sono. Quando enfim o carro estacionou dentro da garagem dos Belmonte, fui despertada com o chacoalhar de Sam em meu ombro. Desci meio letárgica. Odiava sonecas fora de hora. Sempre parecia que o mundo estava meio do avesso quando eu acordava.

Quando dei a volta no carro, Sam já estava acomodado em sua cadeira, fazendo uma centena de agradecimentos ao *senhor* Theo.

— Não há de quê, cara. — Theo sorriu. — Mas não precisa desse senhor aí. Sou só um pouco mais velho que você.

— É que eu esqueci que é assim que chamamos as pessoas para quem meus pais trabalham.

— Só se as pessoas em questão de fato forem *senhores*, certo? — Theo olhou para mim de relance, o riso preso no canto da boca. — Eu só tenho dezenove. Releva aí.

Sam balançou a cabeça em concordância, deixando seus dentes separadinhos à mostra. Eu já tinha colocado minha capa e estendi a de Sam sobre ele.

— Obrigada. — Olhei rápido para Theo, indo atrás de Sam, que movia sua cadeira rumo ao caminho lateral.

— Eu posso segurar o guarda-chuva para vocês até em casa — Theo sugeriu. Prendi os lábios e olhei para ele.

— Não precisa. Você já fez além do que deveria. — E talvez meu tom não tivesse saído com toda a polidez que eu tinha planejado, porque ele ergueu as duas sobrancelhas.

— Por que está tão brava comigo? A carona te incomodou tanto assim?

— Não estou incomodada. Já até te agradeci.

— E eu tenho cabelo loiro.

Revirei os olhos.

— Só queria entender o motivo. — Ele deu de ombros. — Eu deixei você desconfortável, é isso?

— Você parou com seu carro de príncipe em frente ao portão da escola, e amanhã *to-das* as almas fofoqueiras daquele lugar vão falar disso. Mas, não, não estou desconfortável. — Abri um sorriso quadrado.

— Por que alguém falaria sobre isso? — Ele uniu as sobrancelhas.

Balancei a cabeça, fazendo um "tsc, tsc".

— Você nunca entenderia.

— Por que não?

Enchi o peito de ar.

— Porque, caso não tenha notado, o Sam e eu estudamos numa escola pública onde pouquíssimos pais de alunos buscam os filhos de carro na porta da escola, e nenhum deles é um Audi! — lancei de uma vez. — E-e-eu não pedi nada pra você!

Que vergonha de tudo aquilo. *Argh!*

— Mas eu só quis ajudar!

— Nós não somos o seu projeto de caridade, Theo Belmonte. — Dei as costas e, antes que pudesse sair dali, minha mãe despontou pela varanda lateral, vindo da cozinha. Ela enxugava as mãos no avental.

— Oh, Theo, muito obrigada por ter trazido os dois. Você é um anjo! Com essa chuvarada, realmente ficaria difícil pra eles. Mas não queria ter dado trabalho.

Olhei de um para o outro. Então não tinha sido mais uma simples coincidência? Quer dizer, eu já achava que não. Era muito estranho ele chegar na hora de nossa saída e tudo o mais. Mas a minha mãe sabia? Será que ela havia *pedido* isso?

— Não há de quê, dona Ana. — Ele esticou a mão direita na testa, imitando uma continência. — E não me deu trabalho algum. Fui eu que ofereci.

O que era aquilo? O filho do patrão fazendo favores para os filhos dos empregados? Ah, fala sério!

— Vão para casa agora e tomem um banho quente. — Ela se virou para mim e Sam. — Alissa, prepare o almoço do seu irmão e o ajude nos deveres. E não esqueça a medicação dele. A receita está na geladeira.

Como se eu já tivesse esquecido algum dia.

Sentindo o olhar de Theo sobre mim, segui pelo caminho lateral que me levaria até a casa dos fundos.

16

Estava pelo sétimo exercício de matemática do Sam quando a tela do meu celular piscou. Era um áudio da minha mãe.

— Preciso que você vá ao mercadinho. Lembrei que o arroz acabou e precisamos para a janta. Seu pai só vai ter como ir ao mercado em Ponte do Sol no final da semana. O cartão está em cima da geladeira.

Novidade. Peguei o cartão e o guarda-chuva que estava ao lado da porta da sala.

— Posso jogar um pouco enquanto você sai? — Sam pediu.

— Tá bom. Mas nada de tiros ou violência.

Ele fez um joinha com o polegar, e eu me afastei pelo caminho lateral, evitando sujar os pés com a grama encharcada de um tempo marcado por chuvas. Por enquanto, nada caía do céu. Mas as nuvens escuras e densas não paravam de fazer ameaças. Decidi ir a pé. Por sorte, meus fones de ouvido estavam no bolso da calça. Conectei ao celular e coloquei a playlist "roslyn vibes" para tocar. Comprei o arroz e voltei segurando o guarda-chuva com uma mão e a sacola com a outra.

Tinha sido uma pequena fortuna. Por que estabelecimentos de condomínio eram tão caros?

Ainda eram duas da tarde, mas o tempo estava tão escuro que poderiam ser seis e meia ou mais. As nuvens cinza-chumbo pareciam mãos segurando a água a todo custo. Eu caminhava olhando para a magnitude delas, tentando encontrar desenhos entre tantas formas, a ponto de não perceber que não estava mais sozinha. Quando alguém retirou o fone direito do meu ouvido, dei um grito.

— Você estava viajando na maionese. — Eric riu, colocando o fone no ouvido dele. — Muito envolvida com a música? É bem romântica.

— Eric! — Levei uma mão ao peito. — Você quase me matou do coração.

— E você quase fez o mesmo comigo hoje. — Ele colocou as mãos nos bolsos e me fitou. Seus olhos poderiam perfurar minha pele a qualquer instante.

— Eu? Como assim? — Apertei em pausar.

Ele jogou o fone em cima de mim. Tive que fazer um malabarismo com a sacola de arroz e o guarda-chuva para não deixar os fios caírem no chão molhado.

— Passei o dia esperando uma mensagem sua. Mas acho que você estava muito ocupada andando por aí de carro com o seu patrão para lembrar que eu existo.

Uma onda de pânico passou como um raio no meu peito. Minha respiração ficou rasa.

— C-como você ficou sabendo?

Eric mordeu o lábio inferior e balançou a cabeça.

— O objetivo realmente era esse, né? Que eu não soubesse?

— Por que eu faria isso? — Baixei os olhos. — O Theo só me ofereceu uma carona quando viu que o Sam e eu estávamos pegando toda aquela chuva a pé.

— Ah, sim, o senhor benevolente. — Ele apontou um dedo para mim. — Cuidado, viu? Daqui a pouco ele pode querer cobrar o pagamento pelo serviço.

Franzi a testa, sem entender a princípio. Porém logo minha boca se abriu, a compreensão tomando meu rosto.

— Não me olhe com essa cara — disse ele. — Eu te falei quem o Theo é.

— Mas e quem eu sou, isso não conta pra você? — Forcei

o bolo que se formou em minha garganta a descer. — Do jeito como você fala, é como se eu não fosse confiável.

— Eu confio em você, só não confio nele.

— Clichê terrível, esse.

— Você prometeu que ficaria longe dele.

— Mas eu fico longe dele, Eric! O Theo só nos levou e buscou por causa da chuva.

— Ele também levou vocês? — Os olhos dele quase saltaram para fora.

— S-sim. — Baixei os olhos.

Droga.

Eric passou a mão pela testa e soltou um riso afetado.

— Você tem que me prometer que nunca mais vai entrar no carro daquele cara. E nem ter contato algum com ele. Uma promessa séria, dessa vez.

Uni as sobrancelhas.

— Não sei se posso manter uma promessa dessas.

— Por que não? Você quer entrar de novo no carro dele?

— Claro que não! Você acha que eu gosto de receber favores dele? Mas meus pais trabalham para os Belmonte e nós moramos na casa deles. E, por mais que eu tenha odiado tudo isso e deteste admitir, ele ajudou um tanto com o Sam hoje.

— Eu posso ajudar com o Sam, se esse é o problema!

Olhei para ele com súplica.

— Theo nunca deu em cima de mim nem chegou perto disso, Eric!

Ele prendeu os lábios e soltou a respiração com força.

— Uma garota comprometida nunca deveria andar no carro de outro cara.

— Comprometida? — Abri um sorriso fraco. — Que compromisso nós temos?

O rosto dele ficou vermelho. Seus olhos ferviam ao me encarar.

— Ah, é? Nós não temos nada?

— Eric, você entendeu o que eu quis dizer — falei rápido.

— Entendi, sim. — Ele prendeu os lábios. — Já que não temos nada, o que quer que isso aqui seja — ele apontou com o indicador entre nós dois — pode acabar agora mesmo.

O fôlego foi arrancado do meu peito.

— Pode ir lá, curtir seu patrão. — Eric me deu as costas e voltou pela calçada.

Começou pequena. Uma fagulha fraca e desesperada, que em pouco tempo se alastrou por todo o meu peito e chegou à borda dos olhos. Me apressei atrás dele e agarrei seu braço.

— Eric, você está falando sério? — Minha garganta doía pelo esforço em sufocar a emoção. — Isso é uma brincadeira, né? Você não está terminando tudo assim, dessa forma, está?

Ele me olhou de cima, seus olhos esverdeados desprezando até os fios arrepiados do meu cabelo.

— Qual parte você não entendeu?

Soltei o braço dele e dei um passo para trás.

— Eu passei os piores meses da minha vida quando cheguei aqui. — Minha voz saiu arranhada. — Um lugar isolado, fora da minha realidade, trabalhando muito para ajudar minha mãe e cuidar do Sam. Então você chegou. O único que me ouviu. O único que entendeu aquilo pelo que eu passava. O único que, na época mais difícil depois da mudança, quando minhas amigas esqueceram que eu existo e eu sentia como se o mundo estivesse se fechando sobre mim, me ofereceu companhia e ouvidos. — Apertei os lábios, que começaram a tremer. — Eu... só tenho você aqui.

As lágrimas que tentei impedir finalmente fizeram seu caminho pelas minhas bochechas. Eric deu um passo em minha direção e secou uma delas.

— Desculpa, Alissa, mas acho que agora não tem mais. — A voz dele era áspera como cascalho.

— Eu fiz o que você pediu. — Meus olhos se moveram sobre o rosto dele depressa, desesperados para encontrar um sinal de que tudo aquilo era uma grande brincadeira. — E você não vai fazer o mesmo por mim?

A feição de Eric era como uma pedra de gelo. Ele não me respondeu. Apenas virou as costas e, com as mãos nos bolsos, caminhou até virar numa esquina e eu perdê-lo de vista.

17

O céu e o mar compunham um quadro cinza e turvo através da minha vista anuviada. Afundei os dedos dos pés na areia molhada e fria. As ondas quebravam com violência contra a praia, desfazendo-se em espumas brancas que logo desapareciam.

Uma, em especial, foi mais forte que as outras. Ao arrebentar, com um estrondo ensurdecedor, gotas geladas salpicaram em mim. Me encolhi, jogando a sacola do mercado na areia, e abracei meus próprios braços. O cardigan verde e cinza que os cobria não era páreo para o vento cortante que varria a praia. Olhei de um lado a outro. Não havia alma viva ali.

Eu estava completamente sozinha.

Desabei sobre meus calcanhares. Enlacei as pernas dobradas e senti o rosto sendo lavado pelos filetes quentes que escorriam aos montes dos meus olhos. Não sei quanto tempo fiquei ali. E, mesmo que dissessem que chorar lavava a alma, quando me levantei, tudo permanecia exatamente igual.

Tinha mandado uma mensagem para minha mãe avisando que ia dar uma volta na praia, mas já estava demorando demais. Passei as mangas do cardigan pelo rosto enquanto chutava a areia na volta para a rua. Pelo menos não havia ninguém por perto para testemunhar minha aflição. Subi o ressalto da praia para o calçadão, e o som de pegadas ritmadas me fez virar o pescoço para o lado esquerdo.

Ah, não. Isso é algum tipo de brincadeira?

Theo, vestido com suas roupas de exercício e fones de ouvido sem fio, descia correndo sobre o calçadão. Os olhos dele bateram em mim. Olhei para o outro lado e segui meu caminho, sem olhar para trás. Não tinha andado cinco minutos quando uma pressão na minha mão direita seguida de um baque me fez olhar para baixo. Engoli um "oh". O saco de arroz jazia no meio do calçadão, junto à minha dignidade.

Antes que eu chegasse até ele, porém, Theo já tinha se adiantado e pegado o pacote. Ele estendeu os cinco quilos em minha direção.

— Ah, foi mal, não perguntei antes se podia pegar ou se isso também é considerado parte do meu projeto de caridade. — Ele piscou, inocente.

Tomei o pacote de suas mãos e o segurei junto ao peito com a sacola rasgada. Uma rajada cortante de vento espalhou ainda mais a maresia esbranquiçada que tomava o calçadão. Abracei o pacote, sentindo a pele arrepiar.

— Você tem uma queda por correr nos momentos mais inapropriados, não é? — Bufei. — Daqui a pouco vai ficar doente.

— Quem parece ter ficado doente é você. — Theo ergueu uma sobrancelha. — Não estava com esse nariz vermelho mais cedo.

Trinquei os dentes.

— Então fique longe para não acabar sendo infectado. — Dei as costas e voltei a andar.

— Por que estava chorando? — A voz dele cortou o barulho das ondas e o uivo do vento. Estava tão na cara assim? Maldito saco de arroz.

— Quem disse que eu estava chorando? — respondi, seca. A natureza rugiu sozinha por tempo suficiente para que eu achasse que ele havia dado meia-volta e ido embora.

— Foi o Eric, não foi?

Não. Ele não havia ido embora.

Enterrei meus dedos no pacote de arroz e prendi os lábios antes de me voltar para trás. Um carro virou uma das esquinas e passou entre nós com os faróis ligados. Depois que o automóvel pegou distância, o vazio voltou a preencher a rua. Theo me fitava. Em seus olhos inexpressivos, nenhuma mensagem sobre o que estava pensando. Como ele sabia que era por causa do Eric?

— Por que você tinha que buscar o Sam e eu na escola, cara? — Uni as sobrancelhas.

— Ainda esse assunto? Você gosta de uma tempestade em copo d'água. — Theo colocou as mãos na cintura e me olhou com aquela cara de berço de ouro que ele tinha. Aquilo foi a faísca de que meu peito inflamado precisava.

— Quando seu pai for demitido por deixar o posto de vigilante por trinta minutos para ajudar pessoas que sofreram um acidente na rua da frente, ou quando sua mãe for paga para passar a roupa de três pessoas e tiver que passar de dez e não poder falar nada por precisar do dinheiro, ou quando seus pais forem constantemente humilhados mesmo se esforçando ao máximo, só então você vem me dizer se eu gosto de fazer tempestade em copo d'água, Theo Belmonte. — Meu peito galopava. — Eric tem razão. Gente como você não faz nada de graça pra ninguém.

O maxilar dele saltou.

— Ele brigou com você por causa da carona. — Seu rosto estava rígido. O olhar frio.

— Não faça suposições como se fossem verdade!

— Parece óbvio, mas deixa pra lá. — Deu de ombros.

— É! Deixa pra lá mesmo! — Empinei o queixo. — Você não saberia o que é gostar de uma pessoa a ponto de não querer dividi-la com ninguém, já que você fez exatamente o contrário disso.

Theo uniu as sobrancelhas e estreitou os olhos, fixando-os em mim por um tempo. Logo depois, a compreensão caiu sobre seu rosto e ele desviou o olhar, coçando o pescoço. Ele estava ficando vermelho, era isso?

Bem feito.

— Pensei que vocês dois não namorassem. — Ele abriu um sorriso murcho, ainda evitando olhar para mim, e eu tive vontade de dar um soco naqueles dentes brancos e alinhados.

— Um compromisso público nem sempre quer dizer alguma coisa.

— Responsabilidade. Fidelidade. Honra. — Ele curvou os lábios para baixo. — Isso me parece ser alguma coisa.

Dei uma risada alta. Quem era ele para falar aquelas coisas?

— Patético.

— Você acha que me conhece, não é, Alissa?

— Ah, claro, o filhinho de papai com a vida perfeita, que estuda fora do país, dirige carros de luxo quando está por aqui e acha que pode tratar as pessoas como quiser. Esse é você.

Theo travou a mandíbula e me fitou com olhos gelados.

— Tá bom. Vou passar com meu *carro de luxo* bem longe de você da próxima vez. — Ele começou a se afastar e o ouvi dizer baixinho: — Que ingrata.

E foi só ali. Naquele momento. O senso, finalmente, pareceu me dar "oi" de novo. Eu parecia ter ignorado o fato de que *ele é filho dos patrões dos meus pais*. E, num estalar de dedos, estaríamos todos na rua naquele mesmo dia.

— É, que, bem... — Mordi os lábios com força. *Conserte tudo, Alissa. Conserte.* — Você não faz ideia das coisas pelas quais a gente já passou! — Não consertei.

Theo se deteve, a expressão ainda rígida.

— Desculpe, Alissa, de verdade, eu não sei. Não faço ideia do que é passar por tudo isso na pele. Me perdoa, tá? Eu achei que estava fazendo a coisa certa — ele falou com a voz firme, e eu baixei os olhos. *Droga.* Vi de relance Theo passar uma mão pelo cabelo e suspirar fundo. — Sinto muito pelo que sua família teve que suportar. Fica tranquila, não vou ser um peso a mais nisso tudo — ele completou em tom baixo e, dando as costas para mim, voltou pela mesma direção em que havia chegado.

A angústia cobria meu coração como um pano pesado e úmido. Às vezes, era difícil respirar. Olhei para as inúmeras mensagens que eu tinha enviado a Eric desde o dia anterior. Ele não havia respondido nenhuma. Lágrimas se reuniram em meus olhos, me impedindo de ver a tela com clareza. Inspirei, tentando recuperar o controle.

Não podia chorar ali, na fila de marcação de consultas do posto de saúde. A fila que, vira e mexe, eu precisava enfrentar para marcar os médicos de Sam.

— Primeiro da fila! — uma mulher com cara de tédio gritou da mesa. A recepção com paredes encardidas e muito menos cadeiras que o necessário estava apinhada de gente. Olhei para todas as pessoas que tinham chegado antes de mim. Umas trinta, no mínimo.

Sofrer em paz? Hoje não, querida.

Horas depois, quando virei a rua do endereço dos Belmonte, as nuvens escuras se amontoavam no céu, como vinham fazendo havia dias. Pelo menos, ao contrário do dia anterior, hoje ainda não tinha chovido. Sam e eu tínhamos ido e voltado da escola em nossa programação normal, sem Audis e filho de patrão estacionando em frente ao portão da escola. E sem ex-namorado dando ataques de ciúmes.

A mesma normalidade não se aplicou ao tempo de aula. Enquanto tudo que eu queria era chorar isolada do mundo, tive que ouvir piadinhas na escola sobre um ricaço ter ido me buscar no dia anterior.

Como se eu já não tivesse problemas suficientes.

Depois de deixar o caçula em casa, voltei para Ponte do Sol e passei mais três horas de agonia até enfim conseguir marcar as consultas. Suspirei. Sobreviver àquele dia tinha sido uma prova de resistência. À noite, me deixei cair na cama. Era assim que a vida deveria ser? Decepções e desgostos, um atrás do outro? Lembranças do Eric, de Clara e Tuane, do Olive... Tudo se enroscava em meu peito, quase me fazendo sufocar.

Então, por último, como um golpe duro e sem misericórdia, eu olhei para Mint, meu urso surrado que me acompanhava desde a infância. E, pela primeira vez em muito tempo, aquela noite piscou em minha mente. O abraço magro, as mãos geladas segurando meu rosto e, enfim, as costas finas indo para longe, para nunca mais voltarem.

Eu havia perdido todos eles.

18

— Não precisam se arrumar correndo tanto — meu pai informou depois de ter quase nos enlouquecido na última hora. Ele havia dito várias vezes que tínhamos que sair cedo para pegar o ônibus que passava às seis e vinte, para não perdermos o início do culto, e agora chegava com aquele tom tranquilo?

Coloquei a cabeça para fora da porta do quarto.

— Por quê?

— Dona Cristine me ligou. Ela, o senhor William e o Theo foram para o Rio hoje cedo e só chegarão no final da noite. Ela perguntou se eu podia levar a dona Augusta na igreja. Parece que eles a levam todos os domingos quando estão por aqui.

— A Augusta é cristã? — Esbugalhei os olhos.

— Pelo visto, toda a família é. — Minha mãe saiu do banheiro secando o cabelo com uma toalha.

Pisquei devagar. Certamente não *ele*.

— A gente vai junto? — Sam começou a se empolgar.

— Eu não queria abusar, mas acabei comentando com dona Cristine que nós também vamos à igreja, e ela me falou para aproveitar o carro e levar todos vocês.

Sam fez uma dancinha animada. Trinta minutos depois, chegamos à garagem dos Belmonte e fomos recebidos pelos braços abertos e o sorriso acolhedor de Augusta.

— Agradeço a disposição de vocês em me levarem para cultuar nosso Deus. — Ela ajeitou o xale sobre os ombros. — Mas devo dizer que sou uma ótima pilota de fuga, viu? Eles ficam com essa bobeira de não me deixar dirigir mais na rodovia. — Augusta torceu os lábios e eu ri, ocupando o lugar ao lado dela no carro.

Ela foi, ao longo do caminho, falando tão bem de sua igreja que meus pais decidiram visitar a dela naquele domingo. Apesar de precisar pegar a autopista para chegar lá, a igreja ficava bem perto do condomínio, na entrada do bairro Pontal. O mesmo onde meu pai e eu visitamos a casa que pensamos que precisaríamos alugar.

Um suspiro de alívio escapou de meu peito. Não gostava nem de pensar em como estaríamos agora se Cristine não tivesse aparecido em frente ao portão da Verônica naquele dia. E isso, de forma inevitável, me fez pensar em Theo. Eu não o via desde sexta, quando tinhamos discutido no calçadão. E meu estômago batia no pé a cada vez que eu pensava na possibilidade de ele contar para os pais e a avó as coisas que eu tinha falado.

— Tudo bem, querida? — Os dedos finos de Augusta encostaram no meu braço assim que descemos do carro. — Seu rostinho parece um pouco abatido.

Estiquei os lábios e olhei para as mãos.

— Está tudo bem.

Ela me olhou por um instante e passou a mão por minhas costas. E, estranhamente, me senti um pouco melhor depois daquilo.

A frente da igreja era bem diferente daquela que meus pais e eu visitamos algumas vezes em Ponte do Sol. Era um edifício pintado em um tom claro de amarelo, com duas torres altas e elegantes nas laterais e degraus que iam até as portas duplas de madeira.

— Que linda. — Observei que em cima da porta havia a inscrição "1970".

— Os fundadores dessa igreja chegaram aqui quando ainda era apenas uma vila de pescadores — Augusta informou, subindo os degraus comigo.

Fomos muito bem recebidos. Entre tantos sorrisos, mãos estendidas e abraços, uma menina de cabelos castanhos com luzes loiras até a cintura convidou a mim e a Cecília para o próximo culto de jovens. Cecília virou o rosto, sem muito interesse, e foi ocupar seu lugar próximo a nossos pais.

Fiz render o papo com a garota por um tempo até Augusta, que estava conversando com outra senhorinha, se aproximar. As duas se cumprimentaram.

— Mari, apresente Alissa para o restante dos jovens — Augusta pediu. — Creio que ela vai gostar deles.

Mari sorriu e me puxou em direção a um grupo que conversava nos bancos de madeira do outro lado, mas meu olhar de desespero não a fez parar. No entanto, antes que alcançássemos os outros, ela se virou para mim:

— Você é parente da dona Augusta?

— Não.

Mari esperou que eu continuasse. Hesitei um pouco.

— Nós a conhecemos há pouco tempo.

— Ela é um amor de pessoa, não é? A Cristine, o William e o Theo também são. Apesar de os três só virem de vez em quando. O Theo na verdade sempre vem durante as férias do meio do ano. — Ela parou por um momento, olhando para trás como se o procurasse. — Sabe por que ele não veio hoje?

Entendi o motivo do interesse. E contive o desejo de revirar os olhos.

— Está no Rio com os pais.

— Ah, entendi. — Ela enganchou o braço no meu, como se fôssemos amigas havia tempos. — Apesar de só vir durante uma época do ano, ele é muito presente por aqui. Vai ajudar na arrumação do culto de jovens sábado que vem.

Por que ela estava me falando aquelas coisas? Ainda bem que chegamos aos tais jovens e, dentro de cinco minutos, o culto começou. Mari acabou me convidando-vulgo-obrigando a sentar ali com eles.

Durante todo o período do louvor, era como se uma mão segurasse meu coração. Eric não saía da minha cabeça. E ainda tinha a preocupação com Theo dar com a língua nos dentes. Eu havia colocado tudo a perder?

Minha cabeça dava tantas voltas que, quando o sermão sobre abandonar o pecado para nos aproximarmos de Deus terminou, eu apenas deixei que as palavras passassem de um ouvido e escapassem pelo outro. Minha mente estava cheia demais para deixar espaço para alguma outra coisa.

— O que está acontecendo, Alissa? — A voz estridente da minha mãe cortou o vazio do quarto. — Está doente?

Abri os olhos devagar. Eles ardiam. Por quanto tempo eu tinha dormido?

— Não... — resmunguei. O que ela estava fazendo ali? Eram duas da tarde de uma quinta-feira.

— A louça do almoço está na pia até agora e o Samuel nem começou o dever de casa!

— Eu já vou fazer! — Sam respondeu da sala, os ruídos do videogame o acompanhando. — É que está muito difícil passar essa fase.

— Você passou a tarde inteira no videogame outra vez, Samuel? Já não conversamos sobre diminuir o tempo de tela? — Minha mãe colocou as mãos na cintura. — Alissa, eu te falei para ficar de olho nele! Daqui a pouco vai ficar viciado nesse negócio!

Levantei-me da cama com uma careta e esfreguei os olhos.

— Você está esquisita, andando por aí igual a uma morta-viva. — Ela estreitou os olhos. — Me responde, aconteceu alguma coisa?

Passei por ela na porta do quarto e fui para a cozinha. Neguei com a cabeça. Apesar de estar com a atenção voltada para a água que eu despejava sobre um copo, sentia os olhos dela sobre mim.

— Primeiro foi o violino. Seu pai gostava tanto de ouvir você tocar. Mas depois que chegou aqui fez esse desgosto de abandonar o instrumento. E agora, de uns dias pra cá, vive com essa cara de quem morreu e esqueceu de cair. — Ela respirou pesado. — Sei que a mudança do Rio pra cá foi difícil, mas todos nós sofremos, Alissa. E todos estamos dando nosso melhor para construir uma vida boa aqui.

Sim! Eu estou dando o meu melhor! Você não vê?

— Essa família tem nos ajudado muito. Gente de respeito, educada de verdade. Fazia tempo que eu não sabia o que era receber um "por favor" depois de uma ordem de serviço. — Minha mãe suspirou e fixou os olhos em mim. — Temos que tratá-los muito bem e fazer tudo que estiver ao nosso alcance para permanecer aqui.

Quase engasguei com a água. Por que ela estava dizendo aquilo, do nada? Theo tinha falado alguma coisa? Será que havia contado sobre como eu o tratara naquele dia? O pânico cresceu como uma bola de fogo em minha barriga.

— ... ela perguntou sobre você hoje de novo. Acho que você deveria ir lá pelo menos dar um alô.

— Ela quem? — Franzi a testa. Estava confusa demais com a possibilidade de meus pais serem demitidos por minha causa.

— Tá vendo como você está avoada?! — Ela colocou as mãos na cintura. — A dona Augusta disse que não te vê desde domingo. Acho que ela se afeiçoou a você, os idosos têm dessas coisas. Sem contar que eu esperava que você fosse gostar da sala de música dela. Mas pelo jeito...

— E-eu não quero ir lá. Ando muito ocupada com as coisas da casa, o Samuel, os deveres da escola e... — Deus me livre entrar naquela casa e dar de cara com Theo de novo.

— E a parte sobre "tratá-los muito bem", você não escutou?

— Mas, mãe...

— Eu vim em casa só pegar uma coisa e estou voltando para fazer o chá dela. Teve um vazamento agora há pouco no banheiro de baixo e eu fiquei quase até agora ajudando seu pai. Estou toda atrasada. E a dona Augusta gosta de conversar. Lave o rosto e tire esse uniforme fedido. Quero você lá em dez minutos. — E saiu sem me dar tempo de contestar.

Ergui o braço e cheirei embaixo da axila. Fiz uma careta. Realmente estava precisando de um banho.

19

O chá de erva-doce fumegava. Minha mãe terminou de colocar a xícara sobre a bandeja e se afastou para a pia.

— Mais alguma coisa? — perguntei.

— Amanhã preciso que você vá marcar uma consulta para o Samuel no posto de saúde em Ponte do Sol.

— Eu estava falando sobre o conteúdo da bandeja. — Suspirei. — Que horas? Estou atolada de coisas para estudar. As provas começam na próxima semana e...

— Uma da tarde. — Ela tirava os excessos das panelas para colocar na lava-louças. — Você traz o Sam para casa e depois volta.

— Mas, mãe, a última vez que fiz isso, saí de lá quase às seis da tarde! A fila é enorme e é tudo muito demorado. Por que a Cecília não pode...

— A Cecília conseguiu o trabalho, Alissa. Aquele da entrevista de outro dia.

Pisquei. Se antes já era difícil contar com ela, agora, então...

— Vá logo. O chá está esfriando.

Dei alguns passos até a porta, mas logo me detive. Se Cecília estava trabalhando, significava que ela poderia pagar o curso dela, certo? Talvez as contas em casa desafogassem um pouco agora e eu pudesse encontrar uma maneira de pedir o que faltava para o conserto do violino — ou seja, quase o valor inteiro.

A esperança brilhava em meu peito enquanto eu subia as escadas com a xícara ardente. Quando coloquei os pés sobre o hall do segundo andar, esperei ouvir notas angelicais como da última vez, o que não aconteceu.

Segui até a porta e estranhei o silêncio. Levei a mão para bater na porta, mas parei o punho fechado no ar quando um dos lados que deveria estar apenas encostado se abriu sozinho. Um vento fresco deslizava pelo corredor e me ofereceu, através daquela fresta, uma visão curta de dentro do cômodo.

Dona Augusta estava em pé próxima ao piano de calda. Seus cabelos grisalhos e alinhadíssimos, o batom rosê bem passado e a blusa em seda e calça curta em alfaiataria. Ela estava sempre impecável. Mesmo que fosse só para tocar seus instrumentos em casa. Colocou sobre o nariz os óculos de armação preta em formato de gatinho e olhou com atenção por cima deles. Cheguei um pouco para o lado para ver quem estava ali. E eu não deveria ter ficado tão surpresa ao ver Theo segurando um violino, mas fiquei. Era o que tinha dado a entender no primeiro dia, não era?

— Você está fazendo aquilo de novo. — Augusta empurrou os óculos para perto dos olhos com o indicador.

— É mais forte que eu, vó. — Ele suspirou. — Minha mão simplesmente volta.

— Tem que ficar assim, reta. — Ela chegou para a frente e pegou a mão dele, ajeitando o polegar atrás do braço do violino. — Isso aqui não é violão. Não incline o punho para trás ou para a frente, está bem? Vamos lá! — Ela deu duas palminhas e abriu um sorriso.

Theo olhou para as cordas com um vinco entre as sobrancelhas. Encheu o peito de ar, soltou aos poucos e levou o arco até às cordas. Ele olhava compenetrado para a partitura. E, à medida que passeava com o arco pelas cordas, o som mais feio que eu já tinha ouvido sair de qualquer instrumento encheu a sala. Augusta estreitou os olhos. Eu fiz uma careta. Quando Theo terminou, ele e a avó trocaram um olhar por um segundo antes de irromperem em gargalhadas. Não consegui conter o riso também.

— Desculpe ter manchado seu santuário da música com essa aberração. Eu avisei que seria uma decepção.

— E que aluno já começou tocando como Paganini? — Ela bateu uma mão na outra.

— Vó, eu sei que ninguém nasce sabendo, mas você acabou de ver que eu sou um caso perdido. — Ele guardou o violino e sorriu. — Então, será que poderíamos deixar essas aulas para uma próxima oportunidade?

— De próxima em próxima oportunidade, você está desde a infância sem aprender a tocar.

— É que eu tenho sangue de atleta, e não de músico, Augustinha.

— Eu sei, meu bem. — Os olhos dela se suavizaram um pouco. — Mas seria importante você descobrir práticas novas agora.

— Vó, não vai ser preciso. Você fala como se tudo estivesse perdido, mas não é assim. Eu não creio que vai ser assim.

— Você já conversou com seu pai?

— Ainda não — ele murmurou.

— Vocês foram juntos para o Rio no domingo e não aproveitaram para acertar isso de uma vez?

Theo olhou para as próprias mãos.

— Você precisa fazer isso, Theo. Não pode ignorá-lo a vida inteira.

Ele colocou o violino sobre o suporte, desviando os olhos da avó.

— Eu sei. — Inspirou fundo. — Vou falar com ele quando sair daqui.

Olhei para o chá esfriando na bandeja e me senti como uma fofoqueira de última classe. Eu não podia escutar aquela conversa. Era algo pessoal. Mas também não podia retornar com a bandeja para a cozinha. Minha mãe ia me fazer voltar, de qualquer forma.

Dei três batidas rápidas na porta.
— Com licença. — Fiz uma mesura com a cabeça ao empurrar a porta. — Vim trazer a bandeja do chá.
— Alissa! — Dona Augusta ergueu as mãos e as uniu no alto. — Que bom que você veio! Depois de domingo, nunca mais vi você. Nem parece que moramos tão perto. — Ela deixou um beijo em cada bochecha e pegou a bandeja. Um cheirinho floral adocicado encheu minhas narinas. — Obrigada pela gentileza.

Theo tinha se escorado no piano e jogava uma bolinha para o alto. Não olhou para mim. Quando já ia abrir a boca para me despedir, dona Augusta surgiu com o violino lustroso que Theo havia usado e o estendeu para mim. Franzi a testa.

— O q-que é isso? Quer dizer, eu sei o que é isso, mas porque a senhora está... — Não concluí a frase. Minha boca ficou seca de repente e minhas mãos começaram a formigar.

— Toque alguma coisa para mim — ela pediu.

Abri os lábios, mas as palavras se recusavam a sair.

— Eu, eu... — Olhei para Theo relembrando o dia da carona, em que Sam contara a ele que eu tocava. — Por que você contou para ela?

Ele estava ligeiramente de costas e virou a cabeça apenas o suficiente para me olhar.

— Como sabe que fui eu? Você não estava dormindo no carro? — Theo ergueu uma sobrancelha e voltou a jogar a bolinha. Meu rosto queimou.

— Ah, não, querida. — Dona Augusta balançou a mão que segurava o arco do violino. — Quando Theo me contou que você tocava, foi notícia antiga. Eu já sabia.

— Já? — respondi num fiapo de voz.

— Sua mãe comentou comigo logo nos primeiros dias. Eu estava esperando que você contasse por si mesma. Já que isso anda demorando muito a acontecer... Na verdade, pelo que ela disse, eu pensei que esta sala aqui capturaria sua atenção, mas acho que não foi o que aconteceu.

Uni minhas mãos nas costas e engoli a saliva com dificuldade.

— Não, dona Augusta. Eu amo essa sala, porque tudo aqui respira música. E eu adoraria ter voltado aqui outras vezes para ouvir a senhora tocar, mas aconteceram umas coisas. — Espiei Theo rapidamente. Ele não parou de jogar a bolinha, mas olhou rapidamente em minha direção. — Eu estava ocupada. — *E não queria olhar para a cara do seu neto.*

— Não precisa fazer essa cara de sofrimento, querida. Está tudo bem. Mas gostaria de ouvi-la tocar.

Balancei as mãos na frente do rosto.

— Obrigada, mas faz tempo que não faço isso.

— Vamos lá, Alissa. É quase como andar de bicicleta. — Ela apontou com a cabeça para o suporte com uma pasta aberta. — Você pode ver as partituras.

Senti meus ombros tensionarem. Dei um passo para trás. Eu estava havia muito tempo sem praticar. E tocar em um violino que não era o meu poderia ajudar a atestar minha humilhação. Além do mais, dona Augusta parecia fazer parte do coro celestial com suas cordas. Eu não passaria aquela vergonha.

E, no entanto, havia quanto tempo eu queria voltar? Havia quanto tempo eu ansiava por sentir novamente aquela alegria pura por conseguir executar bem uma música? Ainda assim, quando abri a boca para responder, tudo que consegui dizer foi:

— Obrigada, mas só de ter a permissão para ver a senhora tocar um pouco de vez em quando já vai ser suficiente pra mim. — Balancei a cabeça. — Não preciso encostar em nada.

— Fui professora por muitos anos. E uma coisa que sei identificar é a paixão de um aluno. Eu vi seu olhar a primeira vez que entrou nesta sala. — Ela se aproximou e envolveu minha mão com as suas. — Você ama isto aqui, não ama, querida?

Meu sorriso foi se fechando aos poucos. Mexi a cabeça de uma forma quase imperceptível. Mas dona Augusta percebeu.

— Quero dar aulas para você. Aceita?

Prendi o ar. Aulas com dona Augusta? Seria um sonho, se...

— Não posso aceitar algo assim. — Baixei os olhos.

— Por que não?

— Não teria como pagar. — Minha voz saiu baixa, meio sufocada. Theo, mais uma vez, era plateia para minha vergonha. *Que beleza.*

— O único pagamento que eu quero é ver você tocar bem.

— Não é justo.

— Isso quem determina é quem está oferecendo, não quem vai receber. — Ela ergueu uma sobrancelha, como Theo fazia. Era de família?

— Eu não me sentiria confortável.

— Oh, minha criança. Quando foi que você se tornou tão madura com tão pouca idade? — Ela soltou minha mão e fez um carinho na minha cabeça. — Tem certeza?

Assenti com firmeza.

— A porta do estúdio está aberta para você, querida. Sempre que quiser. — Ela sorriu. — Mas é, de fato, uma pena que não queira. Adoraria tê-la como minha aluna. — Seus olhos e suas palavras foram tão gentis que eu quase... Mas então Theo pigarreou, capturando a bolinha no ar. E eu voltei à razão.

20

— Já vou indo — disse ele.

— Nós não terminamos a aula de hoje. — Dona Augusta estreitou os olhos para o neto.

— Você mandou que eu resolvesse uma situação o mais rápido possível. Lembra? — Theo foi caminhando de costas para a porta e, como fizera desde o início, me ignorou. — Estou indo fazer isso agora. E depois marquei um negócio com o Denis.

— Não dava para esperar completar o tempo de aula? — Ela suspirou. — Passei uma vida inteira sendo disputada por alunos. E olha a que ponto cheguei. Implorando para dar aulas.

— Ah, vó... — Theo fez um bico e voltou até ela, envolvendo-a em um abraço. — Você é a professora mais incrível que existe.

— E a professora mais incrível que existe sempre tem que ouvir desculpas, não? — Ela fez um movimento com as mãos em direção à porta. — Ih, vai, vai! Pode ir! Nunca vi gostar tanto de uma rua igual a você.

— Correndo na chuva às seis da manhã. Realmente, ama uma rua — falei baixo, sem pensar. Dona Augusta deu uma risada.

— Já cansei de puxar a orelha dele por causa disso. Mas, pelo que se pode ver, a palavra da avó pesa duas gramas.

— Caraca, vó! Que horror! Eu te escuto, sim. — Theo uniu as sobrancelhas. — Eu gosto do ar fresco da manhã. Só isso.

— E de ficar encharcado com a chuva também, né. — Ela deu um tapinha no braço dele e olhou para mim. — Não pegou nenhum resfriado com a chuva aquele dia, não é, minha flor?

— Não peguei tanta chuva assim. — Meus olhos correram para Theo e desviaram em seguida.

Dona Augusta abriu o sorriso.

— Theo chegou da corrida igual a um cachorrinho molhado dizendo que você e Samuel estavam indo debaixo daquela chuva para a escola. Pegou a chave do carro do pai e saiu sem nem trocar de roupa.

Afunilei um pouco os olhos.

— Espera... Theo saiu aquela hora *só* para dar uma carona pra gente?

— Ele não disse? — Dona Augusta olhou para o neto. Theo prendeu os lábios e desviou o olhar.

Tive que sair para resolver uma questão.

— Pensei que ele tivesse nos encontrado por acaso.

— Se Theo tivesse visto vocês indo na chuva e não tivesse se prontificado a levá-los, eu teria de repreendê-lo seriamente por seu desvio de caráter. — Ela franziu a sobrancelha. — Depois, quando percebi que estava próximo da hora de vocês saírem e o mundo aqui parecia estar se desfazendo em água, pedi para Theo buscar vocês.

— Foi a senhora que pediu para Theo nos buscar? — Minha voz saiu meio esganiçada.

— E depois fiz sua mãe prometer que não vai mais mandá-los assim em dias chuvosos sem falar conosco antes.

— Não se preocupe com a gente, dona Augusta. — Baixei os olhos, meu rosto queimando. — Nós deixamos o carro do pai do Theo todo molhado aquele dia.

— Ah, querida Alissa. Os objetos estão aí para nos servir, e não o contrário. — Ela sorriu. — Eu sempre digo a Theo: se o Filho do Homem não veio para ser servido, mas para servir, que dirá nós.

— Minha família é que está aqui para servir — deixo escapar em um murmúrio. Aquilo tudo era tão desconcertante.

— E fazem isso muito bem. O que custa nos deixar retribuir um pouco? — Dona Augusta se aproximou alguns passos. — E que fique claro, Alissa, que são os seus pais os funcionários aqui. Não a família inteira. Não você. Eu não me importo que você tenha trazido o chá hoje e da última vez. Sei que este lugar tem tudo a ver com você. Mas, por favor, não ache que *deve* fazer isso, está bem? — Ela deu ênfase à palavra "deve".

Uma pedra de concreto parecia ter sido colocada sobre meu coração. Eu não tinha coragem de erguer meu olhar na direção de Theo. Eu havia falado todas aquelas coisas para ele. Acaso teria coragem de dizer o mesmo para dona Augusta? Ela não me parecia ter oferecido a carona para aumentar pontos em seu projeto de caridade.

Quanto carinho havia nos olhos dela. *Ai, Alissa, o que você foi fazer?* Evitei olhar para Theo. Ele se despediu da avó uma última vez e saiu da sala sem olhar em minha direção.

— Qual é o seu compositor preferido? — Dona Augusta virou-se para mim.

— Paganini — respondi sem nem precisar pensar. — Bach também.

Ela sorriu.

— Que tal os Vinte e Quatro Caprichos?

Ela pegou o violino e, sem falar nada, começou a tocar. Segurei as mãos nas costas e senti meu coração relaxar. Como havia dias não fazia. Eu amava aquela melodia. Era tão tocante e sublime que, de repente, me peguei com os olhos ardendo.

Antes que eu desabasse ali mesmo, fui salva pelo gongo — ou, melhor, pelo toque do celular de dona Augusta. Ela pediu licença para atender e, para não parecer que eu estava ouvindo a conversa, caminhei até às enormes janelas francesas divididas em pequenos quadrados de vidro com molduras brancas.

Inspirei fundo. O sol derramava seus raios preguiçosos sobre as belíssimas casas e as grandiosas copas de árvores. Meus olhos se dirigiram para uma em especial. A amendoeira que ficava um pouco mais adiante, do outro lado da rua, onde Eric me contara que sabia que eu estava morando na casa do Theo.

Engoli em seco. Eu tinha enviado tantas mensagens para Eric naquela semana. Mas, tão de repente, era como se eu não existisse mais para ele. Senti a emoção se juntar sob meus olhos outra vez e caminhei até o piano, passando os dedos levemente pelas teclas, para tentar distrair a mente.

Não fora uma boa ideia olhar para aquela árvore.

Nesse momento, percebi que sobre o piano descansava um caderno pequeno porém grosso, com as páginas amareladas prensadas sob um fecho. Meus olhos foram atraídos para a capa de couro envelhecida, com uma flor entalhada na frente. Era vintage. Bonito.

— Quer ver?

Arregalei os olhos e balancei a cabeça com rapidez.

— Não, não, dona Augusta. Desculpe ficar bisbilhotando.

— Mas por que se desculpar? — Ela se aproximou. — Ele chama a atenção, não é?

— Parece um caderno mágico perdido em algum filme de fantasia.

— E acho que, como um caderno que me acompanhou por boa parte da vida, ele tem lá sua magia mesmo. — Dona Augusta sorriu. Minha cara de dúvida devia ter sido autoexplicativa, porque ela continuou: — Comecei a escrever nele aos dezoito anos. Lá em mil novecentos e bolinha. E o completei pouco depois de casar.

— É um diário?

— Está mais para um caderno de oração. Mas também tem anotações, alguns poemas, versículos. — Ela me estendeu o caderno e descansou o cotovelo sobre o tampo do piano. — Veja.

— Eu costumava escrever em diários quando era mais nova. — Abri o fecho. À medida que passava as folhas amareladas, o cheirinho de guardado subia e a letra delicada de dona Augusta saltava aos meus olhos.

"Guarda-me como a menina dos olhos, esconde-me à sombra das tuas asas." Salmos 17.8

Não permita que me façam casar com ele. Prefiro ficar solteira para o resto da vida, Senhor. Esconde-me à sombra das tuas asas para que ninguém acredite que pode fazer essa escolha por mim.

18 de fevereiro de 1969

Fechei o caderno de imediato e o estendi a ela de volta.
— É muito pessoal. Não me parece certo olhar.
Dona Augusta deu uma risada e foi até a bandeja com o chá.
— Mas eu te ofereci. — Ela despejou o líquido na xícara. — Não seria certo se fosse escondido.
Por algum motivo, aquela frase pegou um caminho diferente em minha mente e eu pensei em Eric. Com um sorriso amarelo, abri outra vez.

"Como, porém, a igreja está sujeita a Cristo, assim também as mulheres sejam em tudo submissas ao seu marido. Maridos, amai vossa mulher, como também Cristo amou a igreja e a si mesmo se entregou por ela." Efésios 5.24-25

Terei prazer em ser submissa ao meu marido se antes ele for submisso ao Senhor. A função dele será mais desafiadora: me amar como Cristo amou a igreja e se entregou por ela! Por isso, não posso me casar com aquele homem. Livra-me disso, meu Deus! Que eu tenha a oportunidade de amar um homem que ama o Senhor.

1º de março de 1969

Li mais duas páginas a seguir. Franzi o cenho e ergui os olhos para dona Augusta, que bebericava seu chá segurando a alça da xícara com toda a classe.

— Sua família queria obrigá-la a se casar com alguém de quem você não gostava?

— Ah, você leu essa parte. — Ela abriu o sorriso. — Ele era um malandro terrível, vivia na gandaia naquela Zona Sul. Mas meus pais só se importavam com o fato de que a família dele era dona de uma das maiores redes de hotéis no Rio.

Arregalei os olhos.

— Pensei que casamento arranjado fosse coisa só de filme.

Ela deu risada.

— A arte imita a vida, como dizem.

— E a senhora... bem... — Não sabia como perguntar aquilo. Será que o avô do Theo era um boêmio sem vergonha?

— Leia para descobrir.

Virei o caderno, olhando a quantidade de páginas.

— Leve para casa. Fique com ele o tempo que desejar.

— Tem certeza? — Ergui as sobrancelhas. Eu já estava curiosa o suficiente para ficar empolgada.

— Sempre quis escrever um livro. — Ela deu de ombros. — Mesmo sem ter conseguido, posso ter uma leitora. No caso, a segunda. Minha querida Cristine também leu tudo quando era jovem.

Me sentia como uma estranha se metendo em assuntos de família. Mas, pelo menos, eu não tinha me oferecido.

— Vou tomar cuidado. — Segurei-o junto ao peito como se fosse um tesouro precioso. E de fato era.

— Que bom ver seus olhinhos brilhando agora. Quando entrou aqui, eles estavam um tanto apagados. Está tudo bem, querida?

Minha respiração ficou entalada. Ela fixou seu olhar fora da janela, nos galhos meio vazios e secos do ipê plantado em frente à casa.

— A vida é cheia de desafios. Quem dera fosse um canto harmonioso e perfeito o tempo inteiro. Embora eu acredite que são justamente esses momentos de problemas e dificuldades que fazem a vida se mover. — Aqui, ela olhou para mim. E deve ter visto algo que inspirasse pena, pois uniu as sobrancelhas e se aproximou de mim. Tentei desviar o assunto.

— Você é cristã desde tão jovem? — eu disse olhando para o diário em minhas mãos.

O sorriso dela se escancarou.

— Por quase longos sessenta anos, tenho servido a Deus com tudo o que posso. Espero continuar fazendo isso pelo tempo que me resta. — Ela deu uma risada.

— Você já tocou na igreja? — Olhei para o violino.

— Tantas vezes que não posso nem contar. E você?

— Não tanto quanto a senhora, com certeza. — Ri e arrumei o cabelo atrás da orelha. — Dona Augusta, já vou indo. Não quero mais ocupar o seu tempo.

— Você dificilmente verá um idoso reclamar de companhia. Tempo é uma coisa que a aposentadoria nos dá aos montes, minha querida.

Sorri e segui para a porta. Antes de sair, ouvi dona Augusta chamar meu nome. Virei para trás.

— Assim como uma nota errada pode colocar todo um arranjo a perder, escolhas ruins podem comprometer o curso da vida.

Engoli em seco e fechei a porta devagar. Meu coração espremido como um limão. Por que dona Augusta estava falando sobre escolhas? De todo modo, era inevitável pensar: Eric tinha sido uma nota errada em minha vida?

21

Vozes chamaram minha atenção. Quase chegando ao final da escada, olhei em volta. Em uma porta entreaberta próximo dali, em um cômodo que parecia o escritório, um homem alto, com as bases do cabelo escuro começando a acinzentar, tinha uma expressão séria no rosto.

— Eu não estou querendo parar a sua vida, filho. Só que você não pode ignorar o que está acontecendo.

— Quem disse que estou ignorando? — Movi a cabeça um pouco para a frente e consegui ver Theo largado sobre a cadeira giratória atrás de uma escrivaninha. — Eu vou conseguir. Tudo vai voltar ao normal quando eu voltar, você vai ver. — Ele tirou o foco da caneta em suas mãos e ergueu os olhos, que, é claro, porque eu sou a pessoa mais sortuda do mundo, pousaram em mim.

Quando cheguei à cozinha, meu coração parecia prestes a sair pela boca.

— Finalmente contou para dona Augusta que você também toca violino? — Minha mãe ergueu os olhos enquanto passava um pano pelo mármore da ilha no centro da cozinha.

— Você contou, né?

— Fiquei sabendo que dona Augusta foi uma grande maestrina fora do país.

Me detive e, após olhar para a porta a fim de me certificar de que Theo não estava vindo por ali, voltei a atenção para minha mãe.

— Maestrina? — Bem que aquela sala tinha algo diferente. Aquela *mulher* tinha algo diferente. — Pensei que fosse professora de música.

— Pois é. Parece que ela deu aulas e também regeu uma grande orquestra. — Minha mãe parou de passar o pano e o levou para debaixo da torneira. Um suspiro profundo lhe escapou. — Eu falei pra ela que o seu violino está pegando poeira no seu quarto.

— Por que você falou isso, mãe? — Franzi o cenho.

— Quem sabe ela não possa dar um ânimo para você criar vergonha na cara e voltar a usar aquele violino? — Ela manteve os olhos fixos no trabalho, e a lembrança do que ela havia dito antes veio à minha mente.

— Mãe, agora que a Cecília está trabalhando, ela vai poder pagar o próprio curso?

Ela me olhou como se aquilo fosse a coisa mais absurda do mundo.

— Talvez. Vamos ver. Ela não vai ganhar muito. Mas se ela puder assumir o curso, vai ser bom. As dívidas estão chegando ao fim e, depois de comprarmos a cadeira do Sam, seu pai e eu queremos juntar para, quem sabe, conseguir comprar uma casa. Não queremos o desespero de não ter para onde ir de novo.

— Ah... Isso é uma coisa muito boa. — Abri um sorriso fraco e deixei a cozinha, toda esperança soterrada sobre meu peito.

O sol começava a dar seu tímido adeus sobre os montes. A brisa gelada corria do mar e chegava até a rua dos Belmonte, por onde eu caminhava olhando para trás de vez em quando, como se Theo fosse surgir atrás de mim a qualquer momento, perguntando por que eu estava bisbilhotando sua conversa.

Só que você não pode ignorar o que está acontecendo. Franzi o cenho. O que estava acontecendo? A conversa entre o senhor William e Theo parecia séria. Eu tinha visto o pai de Theo poucas vezes durante aqueles dias. Ele sempre parecera cordial, assim como Cristine, que eu também via pouco. Mas, durante a conversa com Theo, seus olhos estavam firmes e sua voz tinha algo de suplicante.

Depois de alguns minutos, meu coração, que parecia ter recebido uma descarga elétrica com o susto, foi encontrando o ritmo normal.

Cheguei à avenida à beira-mar e me sentei em um dos banquinhos de cimento. O vento frio me fez estremecer. Pensei no que minha mãe tinha dito. As contas nunca deixariam de ficar apertadas lá em casa? Mas, antes que minha amargura crescesse além do que deveria, as letras de Augusta invadiram minha mente. *Que eu tenha a oportunidade de amar um homem que ama o Senhor.*

— Eric me disse que vai à igreja — murmurei projetando o lábio inferior para a frente.

Cinco minutos se passaram. Precisava voltar para casa. Não tinha falado com minha mãe que sairia, porque na verdade eu só queria tomar um ar depois de tantos dias só chorando as mágoas em casa, e acabei parando na frente do mar.

Enquanto caminhava de volta pensando em todas essas coisas, não percebi quem vinha na direção oposta. Quando me dei conta, Theo estava a uma distância que, se levantasse os olhos do celular, não daria para fingir que não o tinha visto.

Olhei para os lados. Havia um caminho entre duas casas logo mais à frente. *Não levanta a cabeça, não levanta a cabeça*, clamei enquanto apertava o passo. Alcancei a passagem e entrei, ilesa. Soltei o ar e segui reto. O risco de topar com ele já tinha passado.

Avistei os galhos carregados de folhas que cobriam o caminho, impedindo que a luz do sol entrasse completamente, e as palavras de dona Augusta de repente reverberaram em minha cabeça.

"Pegou a chave do carro e saiu sem nem trocar de roupa."

"Pedi para Theo buscar vocês."

"Se Theo tivesse visto vocês indo na chuva e não tivesse se prontificado a levá-los, eu teria de repreendê-lo seriamente por seu desvio de caráter."

Então, minhas palavras também vieram à mente. *Nós não somos o seu projeto de caridade.*

Caramba! Por que ele não havia dito que tinha saído só para nos levar? E que depois tinha sido a dona Augusta quem havia mandado que ele nos buscasse? Prendi os lábios em uma linha fina. Theo podia não ter os melhores precedentes do mundo, mas, depois de todos aqueles dias pensando, percebi que talvez eu tivesse exagerado um bocado. Agora, para completar, tinha sido pega xeretando a conversa dele.

A possibilidade nada remota de que meus pais pudessem ser demitidos por minha causa pareceu uma mão sufocando meu pescoço.

Resolva isso agora, Alissa. Parei de andar. *Não, ele deve estar com muita raiva de você.* Voltei a andar. *É melhor resolver isso aqui do que em casa.* Parei. *Ah, talvez seja melhor deixar para outro dia. Estou numa fase muito emotiva agora.* Antes que voltasse a andar, porém, girei os olhos e me virei. *Resolva isso de uma vez!*

Voltei por onde tinha vindo e, quando pisei na calçada da rua outra vez, a única coisa presente ali além das árvores era um bando de passarinhos fazendo farra no alto de uma amendoeira. Melhor ainda. O pedido de desculpas ficaria para outro dia.

— Procurando alguém?

Tive um sobressalto. Theo estava parado na calçada a certa distância. De onde ele tinha surgido? Não havia ninguém ali dois segundos antes! E, para piorar a situação, não passava um carro, um ônibus ou sequer uma bicicleta! Por que aquele lugar tinha que ser tão calmo e deserto?

Voltei para a passagem. Eu não ia fugir agora, ia? Ai, por que não tinha ficado quieta dentro daquele bendito beco? Bati com a base da mão na testa umas duas vezes e, sendo mais atrapalhada do que meu senso de ridículo poderia suportar, regressei para a calçada.

Levantei os olhos o suficiente para ver Theo me olhando como se eu fosse um alienígena. E eu estava mesmo parecendo um alienígena agindo daquele jeito no meio da rua.

— Eu queria me desculpar por aquele dia — falei antes que desistisse.

— Quê? Não entendi nada.

Enchi o peito de ar e soltei.

— Me desculpe por aquele dia — falei um pouco mais alto. Como não ouvi resposta, ergui os olhos. Theo estava com as mãos dentro dos bolsos da calça slim de moletom. No rosto dele, não consegui enxergar nada. Talvez a indiferença fosse o fruto de sua raiva. Ele queimou o espaço até mim.

Não tinha mais como fugir.

— As coisas que eu falei depois da carona e na praia. Acho que fui meio grosseira. — Cutuquei minhas unhas.

— Imagina. — Ele curvou os cantos dos lábios para baixo. — Delicada como um trator.

— Foi mal. — Inspirei fundo. — Eu não queria que meus pais sofressem por causa disso.

— Mas por que seus pais sofreriam... — A frase foi morrendo, seguida de um "ah!" de compreensão. — Eu falei que não seria um peso a mais para sua família, Alissa. Fica tranquila. Não vou choramingar para minha mãe demitir os funcionários porque a filha deles me tratou mal.

Fiz uma careta. Ouvir isso dele era ainda pior.

— Por que não contou que saiu *só* para nos dar carona? E que foi a sua avó quem mandou você ir nos buscar? — Cruzei os braços. — Por que está rindo?

— Lá vem você com esse tom de cinco pedras na mão.

— Olha só minhas mãos. — Estendi as palmas e abri um sorriso forçado. — Estão vazias!

Ele olhou para o lado e não respondeu. Fixei minha atenção nos chinelos. E, quando abrimos a boca, falamos ao mesmo tempo.

— Olha...

— Eu...

— Por favor. — Ele pendeu a cabeça, me cedendo a vez. Respirei fundo.

— Ainda dá tempo de receber um agradecimento? Meus ânimos estavam aflorados demais aquele dia.

— Antes tarde do que nunca — ironizou ele. — Mas eu não fiz esperando um "obrigado" em troca.

Levantei o rosto. A expressão de Theo havia suavizado um pouco.

— Você pelo menos podia ter se defendido!

Um sorriso brotou no canto dos lábios dele.

— Culpando a vítima, dona Alissa?

Girei os olhos e liberei o ar dos pulmões.

— É meio esquisito, pra mim, receber esse tipo de gentileza das pessoas pra quem meus pais trabalham.

— Talvez eu devesse ter pensado por esse lado antes de forçar uma carona.

— Não tinha como você saber.

— Eu não tenho noção nenhuma das coisas, né?

— Você vai ficar usando minhas palavras contra mim? — Bufei. — Por mais que nessa parte eu não possa tirar minha razão. Estou ouvindo até hoje piadas por ter entrado no seu carro aquele dia.

— Só tinha vaga a uns dois quilômetros de distância. Como eu poderia estacionar tão longe? Vocês não iam me ver. O temporal estava aqui no Village, e eu sabia que chegaria em Ponte do Sol a qualquer momento. Só parei o carro o mais próximo possível para facilitar para Samuel.

Pisquei devagar e fixei os olhos em um ponto da calçada, minhas bochechas queimando de repente. Ele, de fato, havia tratado Sam como um rei aquele dia. Até hoje Sam comentava, com olhos brilhando, sobre ter sido buscado na escola em um Audi por Theo Belmonte. Liberei um suspiro.

— Um dia, o ônibus estava quase saindo quando nós conseguimos alcançá-lo. Estava cheio, e as pessoas começaram a gritar para o motorista seguir viagem, porque acionar o elevador e prender a cadeira de Sam ia atrasar a vida de todo mundo. Mas e a nossa? Podia ser atrasada, sem problemas. — Dei um sorriso triste. — Ninguém nunca facilitou alguma coisa para nós, Theo.

Vi o pomo de adão dele subir e descer.

— Samuel sorri de um jeito como se a cadeira fosse um mero detalhe. Como é tudo isso pra ele?

— Pra ele, é como se fosse isso mesmo, um detalhe. Faz parte de quem ele é. E Sam faz tudo parecer tão fácil! Nesse dia em que quase nos impediram de entrar, quando o motorista terminou de subir o elevador do ônibus e muitos olhavam para nós de cara feia, eu queria distribuir um cascudo em cada um, mas Sam disse em voz alta: "Desculpem o transtorno, pessoal! Se eu tivesse dinheiro, pagava uma pizza pra todo mundo!". A risada foi geral. A galera que estava por perto puxou assunto com ele, e tivemos uma viagem superagradável. Esse é o Samuel.

Theo deu risada.

— Ele tirou com a minha cara na primeira vez que conversamos. O garoto é bom.

Nós rimos até sobrar aquele silêncio desconfortável. De novo.

— Eu aceito seu pedido de desculpas — Theo falou, por fim.

— Apenas com uma condição.

Olhei para ele de rabo de olho.

— E qual é?

— Você vai fazer aulas de violino com a minha avó no meu lugar.

Pisquei.

— Quê?

— Sabe como é. Minha avó trabalhou em uma escola de música e foi violinista em orquestras quase a vida toda. Até maestrina ela foi. Está aposentada desde o ano passado e doida para fazer alguma coisa empolgante com o tempo de sobra que tem. E eu, definitivamente, não gosto de instrumentos e de todo esse lance de música clássica.

Estreitei os olhos.

— Para gostar, tem que ter uma alma mais sensível, mesmo.

— Ei! Eu não tenho um coração de pedra. — Ele franziu as sobrancelhas. — Deixa eu consertar a frase: eu não curto *fazer parte* de todo esse lance de música clássica. Apreciar? Sim. Já fui a inúmeros concertos de que minha avó participou. E acho uma música bem executada em instrumentos de corda a coisa mais angelical do mundo. Só não tenho nenhuma vontade de aprender.

— Fala isso pra sua avó.

— Já falei! — Ele abriu as mãos. — Não assim, desse jeito e com essas palavras... mas a velhinha está determinada. Ela precisa de alguém para ensinar. Só fez isso a vida toda!

— Então arranje um jeito de falar de forma mais clara, porque eu não vou trocar de lugar com você.

— O Samuca disse que você se apresentava e tudo! Com certeza gosta de tocar. Qual a dificuldade? Ela vai curtir muito ter uma aluna dedicada.

Samuca? Que intimidade era aquela?

— Acho que vou precisar retirar meu pedido de desculpas. Não posso aceitar essa condição.

— Credo. — Ele fez uma careta. — Uma vez oferecido, não aceito pedido de devolução.

— Não posso fazer nada por você. — Dei de ombros.

— Por favor, Alissa. — Os olhos dele imploravam. — Salva a minha pele.

— Eu sabia que essa carona não sairia de graça. — Cruzei os braços. Por fora, parecia desinteressada, por dentro, todas as minhas células gritavam. A mesma oferta duas vezes no mesmo dia? Pensei nos olhos gentis da dona Augusta. *Meu pagamento vai ser ver você tocar bem.*

— Vou pensar — disse para ele parar de me encher.

— Te dou três dias.

— Ei! Não quero prazos.

— E eu não quero que você me enrole. — Ele checou o relógio digital de pulso, começou a se afastar e, antes que se virasse por completo, olhou para mim de novo. — Quando for me dar a resposta, não precisa ficar atrás da porta, tá? É só bater. — E saiu andando, tranquilo.

Abri a boca e cruzei os braços. Uma resposta afiada veio na ponta da língua, mas não falei nada porque, afinal, era basicamente isso o que eu havia feito mesmo.

22

*"Ainda que a minha carne e o meu coração desfaleçam,
Deus é a fortaleza do meu coração e a minha herança
para sempre." Salmos 73.26*

Papai falou coisas horríveis para mim hoje. Chorei a tarde inteira. Ele disse que quero envergonhar a família. Mas eu só quero fazer a tua vontade, Senhor. Ajuda-me, porque não quero olhar para trás e ver que poderia ter lutado até o fim e não lutei.

14 de março de 1969

— Miojo ou macarrão? — Foi a vez de Sam perguntar. Falar de comida parecia ter feito o buraco em minha barriga aumentar. Eu não tinha levado biscoito suficiente para comer enquanto esperava Sam na fisioterapia após a escola. O que levara, havia entregado para ele forrar o estômago antes da sessão. E agora já eram duas da tarde e eu estava quase desfalecendo sobre as ruas do Village.

— Prefiro miojo, mesmo que minha vida seja reduzida em seis meses a cada vez que como um — respondi, a boca salivando. Sam esbugalhou os olhos.

— Eu vou ter uma vida curta?!

— Como se a gente deixasse você comer miojo sempre!

— Nem sempre vocês precisam deixar. — Ele deu de ombros.

— Ei, como assim? — Estiquei o pescoço e olhei para ele por cima de sua cabeça.

— Você nunca notou uns pacotinhos faltando? — Ele tampou uma risadinha com a mão, e eu me endireitei, os olhos arregalados.

— Sam, você não pode mexer no fogão! Principalmente se estiver sozinho! E se acontecer alguma coisa? Você é só uma criança.

— Não é só porque eu sou uma criança. — Ele fechou a cara. — É por causa dessas rodas aqui, não é?

Abri a boca, mas não consegui formular nenhuma resposta.

— O fogão fica mais alto que você, Sam — falei, por fim. — Vamos ter que fechar o gás se você não prometer que vai parar de fazer isso.

Ele projetou os lábios para a frente, formando um bico.

— Prometa, Sam.

— Tá bom.

Em pouco tempo, chegamos em casa. Naquela tarde, Sam almoçou pouco. Não quis jogar videogame. E, quando eu fui para o quarto estudar para as provas, ele estava brincando na varanda, os ombros meio caídos, com seus bonecos dos super-heróis.

Depois de quase uma hora com a cara nos livros, precisava tomar um ar. Antes, porém, tinha que fazer Sam comer alguma coisa.

— Vou fazer um sanduíche. — Saí do quarto. — Você não comeu quase nada no almoço. — Coloquei a cabeça para fora da porta da sala. Sam não estava mais na varanda. Fui até seu quarto. Os bonecos estavam jogados na cama.

— Sam? — Fui aos outros quartos. Cozinha. Banheiro. Varanda outra vez. Meu coração aumentava o ritmo à medida que andava apressada pela casa. — Sam!

Corri no quintal, perto das árvores. Vi meu pai mexendo em um canteiro de plantas no jardim. Sozinho. Corri até a varanda dos Belmonte e espiei a cozinha pela janela. Minha mãe assobiava enquanto sovava uma massa na bancada. Nada de Samuel.

— Calma, respira. — Coloquei as mãos na testa, tentando pensar. Aonde ele conseguiria ir com a cadeira? Olhando para todos os lados, segui pelo único caminho pavimentado na lateral da propriedade. E, se ele não tinha ido para a casa dos patrões, só existia uma possibilidade.

Cruzei o pequeno portão lateral. Corri pelo beco para o lado direito e andei pela rua tentando calcular até onde ele poderia ter ido. Nada. Voltei para o beco e segui para o lado esquerdo, indo no sentido posterior da casa.

Nem sinal dele.

Me agachei na beirada da calçada. Tudo dentro de mim sacolejava de terror. As mãos tremiam. E não passava uma alma viva na rua a quem eu pudesse pedir informação. Uma lágrima escorreu pela minha bochecha ao mesmo tempo que um som distante de bola sendo jogada no chão ecoou.

Me levantei de pronto. Havia mesmo uma quadra de esportes perto dali. Decidi ir lá perguntar se alguém tinha visto Sam, uma última tentativa antes de voltar para casa e contar aos meus pais que meu irmão havia... sumido. Cruzei a rua correndo, o coração rugindo como um tambor, e passei pela cerca viva que rodeava aquele lado da quadra. Antes de passar pela entrada aramada, ouvi a risada.

Tão viva. Tão enérgica. Tão... *Sam*.

Parei diante da abertura. Ali estava meu irmão mais novo lançando uma bola de basquete para o alto. E Theo Belmonte movendo as mãos e os braços, indicando de que forma ele deveria fazer isso.

Prendi os lábios e, com a postura de uma militar indo cumprir uma missão, dei dois passos para dentro da quadra. Sam estava rindo. Apesar de o sol ser apenas um mormaço entre as nuvens, as bochechas dele estavam vermelhas. Aquela carinha típica de quando ele se empolgava com alguma coisa. Detive meus pés outra vez.

A bola não entrava na cesta. E Theo continuava dando dicas a Sam. A posição da mão. O impulso correto. E, quando Sam conseguiu reproduzir exatamente como havia sido ensinado, a bola entrou. Os dois abriram os braços, rugindo em vitória, e Theo o abraçou. Foi nesse momento que seus olhos vieram em minha direção.

Theo ergueu a mão direita, acenando quando desfez o abraço, e Sam olhou para trás. No rosto dele, a frase "estou ferrado!" gritou. Cruzei os braços e fui até eles.

— O que você está fazendo aqui, senhor Samuel?

— Acho que é meio óbvio, né? — Ele deu uma risadinha sem graça, e eu dei um tapa de leve na parte de trás de sua cabeça.

— Au! — Ele se encolheu.

— Por que você saiu de casa sem avisar? Eu fiquei igual a uma doida procurando por você! — Olhei para Theo. — E você? O que está fazendo sozinho com uma criança que não é da sua família?

Ele moveu os olhos do Sam para mim. As manchas vermelhas na parte de cima das bochechas agora eram apenas uma sombra corada, que naquele momento, assim como o rosto dele, ganharam um tom mais forte. Sam suplicou a Theo através do olhar. Entendi tudo.

— Sam não disse que saiu de casa sem avisar, não foi?

Theo coçou a parte de trás do pescoço e pendeu a cabeça para Sam.

— Pô, cara, acho que não vou conseguir te ajudar nessa.

Sam suspirou fundo.

— Eu disse que tinha avisado que ia dar uma volta.

— Mentindo, Samuel? — Franzi a testa. — Que isso!

— Por que eu não posso sair livremente como você faz? — Ele formou um bico com os lábios.

— Porque você tem nove anos?

— Porque ninguém acha que eu sou capaz de fazer nada! — Lágrimas se acumularam sob os olhos dele. — Mas Theo acha que eu consigo jogar basquete! Ele até me ensinou!

Forcei o bolo que surgiu em minha garganta a descer. O olhar de Theo cruzou com o meu por um instante e desviou em seguida. Devagar, abaixei diante de Sam. O lábio inferior dele se projetava para a frente e ele evitou meus olhos.

— Modo Parker, amigão. Você lembra?

Ele balançou a cabeça sem desfazer o beicinho.

— Com grandes poderes... — comecei.

— Vêm grandes responsabilidades — ele completou.

Mexi nas pontas suadas dos seus cachinhos.

— Qual é o meu superpoder?

— Ser irmã mais velha — ele falou com a voz meio entediada. Eu ri.

— Pois é. — Apertei a ponta do seu nariz. — E é minha responsabilidade defender e cuidar de você. E, além disso, também é meu dever acreditar em você, Sam. Eu sempre vou ser a primeira a acreditar em você e em tudo o que pode fazer. Você pode conquistar o mundo, se quiser.

Ele mexeu em um fio que escapava de seu short e eu fiz um carinho em sua bochecha rosada. Então, ouvimos algumas vozes. Olhei para trás e vi quatro garotos invadindo a quadra com seus tênis descolados e uma bola de basquete nas mãos. Deviam ser um pouco mais velhos que Sam.

— Theo! — um deles gritou. — Joga com a gente? Por favor, por favor!

Os outros aumentaram o coro de pedidos. Percebi alguns olhares sobre Samuel. E todos os meus instintos de irmã superprotetora foram ativados. Ou, como diria Samuel, o *Modo*

Parker. Dei um passo e fiquei ao lado de Sam. Theo deu uma olhadela rápida para mim.

— Tudo bem, eu jogo — respondeu a eles. A festa foi geral. Sam abaixou a cabeça. — E meu amigo Samuel também.

Os olhos de Sam soltaram faíscas quando ele ergueu a cabeça para Theo. Mas, em questão de segundos, apagaram-se quando um dos garotos abriu a boca.

— Ele não pode jogar.

— Por que não? — Theo ergueu uma sobrancelha. — Isso é exatamente o que eu estava fazendo com ele agorinha.

Os outros pareceram um tanto desconfiados, mas Theo não deixou espaço para comentários ou contestações. Organizando o time, começou a passar as instruções de como tudo seria. Me afastei de costas, para não perder nenhum movimento, e me sentei em um canto da quadra, atenta a tudo que acontecia à minha frente.

23

No início, os garotos pareciam em dúvida sobre como incluir Sam no jogo, mas Theo foi mostrando a eles como fazer isso. Durante os vinte minutos seguintes, Sam mantinha os olhos e as mãos atentos e até conseguiu fazer duas cestas. Eu assobiei e bati palmas nas duas vezes.

Em dado momento, Theo comunicou uma pausa para si mesmo. Os garotos continuaram jogando. Ele veio até mim e, passando um dedo pela testa para tirar o suor, se jogou no chão ao meu lado. Ficamos em silêncio por um tempo, observando o jogo.

— Desculpa. Eu devia ter desconfiado — Theo disse sem olhar para mim.

— Você devia ter ligado para alguém, sei lá, levado ele pra casa. — Encolhi os ombros. — É uma criança sozinha!

— Pode brigar, eu mereço. — Theo ergueu as mãos em sinal de rendição. — Eu estava aqui na quadra quando o vi passando na calçada, com as sobrancelhas franzidas, e percebi que estava meio triste com alguma coisa. Quando perguntei por que ele estava sozinho, ele me pareceu meio alarmado e disse que falou pra você que precisava espairecer. Mesmo assim, pra não deixar que ele fosse muito longe, eu o chamei para entrar, e ele se interessou em aprender basquete.

— Ele estava pra baixo hoje, mas eu não imaginava que faria algo assim. Nunca fez. — Encostei a cabeça no muro baixo que rodeava a quadra. — Ele sofreu bullying na antiga escola. Meu maior medo quando chegamos aqui era que ele passasse pela mesma coisa outra vez. E eu acho que algo aconteceu. Ele voltou da escola muito diferente hoje.

— Alguns garotos não quiseram que ele participasse do grupo deles na aula de educação física. Disseram que ele não conseguiria.

Virei meu rosto, mirando Theo. Ele olhou pra mim. Pela primeira vez desde que se sentara ali.

— Ele me contou. — Theo apertou o canto dos lábios em um tom de desculpas.

— Por que ele não falou nada pra mim? — Cruzei os braços e uni as sobrancelhas. — Odeio saber que ele pode estar sofrendo sozinho.

— O que aconteceu pra que ele precisasse da cadeira? — Theo perguntou meio sem jeito.

— Sam nasceu sem força nas pernas. É congênita, sabe? Meus pais foram a muitos médicos, mas ninguém conseguiu fechar um diagnóstico exato. A mente e o restante do corpo são saudáveis, mas ele precisa de fisioterapia para estimular os músculos das pernas. E estamos tentando terapia ocupacional também.

Sam fez a terceira cesta, e Theo e eu erguemos os braços e começamos a gritar. Quando a comemoração acabou, nós nos entreolhamos e desviamos o olhar logo depois.

— Obrigada por ter ajudado ali, sabe, para que Sam pudesse jogar. — Apontei para o grupo na quadra. — Conseguir companhia pra ele nem sempre é fácil.

— Ele parece ter conseguido quatro. — Theo sorriu.

— Sam nunca tinha brincado com alguma criança aqui no Village antes.

— Esses quatro são gente boa. Estão sempre por aqui por volta desse horário durante as férias. Traga Sam outro dia.

— Como você conhece esses meninos? Quer dizer, não é como se eles fossem da sua idade para fazer parte do seu círculo de amigos.

— O loirinho com os dentes da frente separados é o Bento, irmão do Denis. Você o conheceu aquela vez em frente ao restaurante. — Theo parecia arrependido de ter se lembrado daquele momento constrangedor. — Enfim, ele costuma ser melhor do que foi aquele dia.

Assenti, cutucando o canto da unha.

— Os outros, eu conheci através do Bento — Theo continuou. — Como sempre venho treinar aqui, eles acabaram me incluindo no grupo. — Ele soltou um riso. — Não que eu tenha pedido por isso.

— Treinar? Você é jogador de basquete ou o quê?

— Digamos que eu seja.

Ergui as sobrancelhas.

— Você parecia mesmo bem profissional ensinando o Sam.

— Eu gosto disso.

— Ensinar?

— É.

— E os garotos parecem gostar de aprender com você.

Theo acompanhava a bola com os olhos. A dança dos meninos indo e vindo, com Sam participando, era bonita.

— Eu amo a energia que o esporte traz, sabe? A adrenalina, a força, a vida que vem da quadra. — Ele estendeu as mãos para os garotos. — No esporte, há lugar para todos. Até para quem acha que não é capaz. E eu amo isso.

Os olhos de Theo estavam incendiados. Sua paixão, visível.

— Sam nunca praticou nenhum esporte. Só no videogame, mas não conta. Ele passa muito tempo no videogame.

— De que tipo de jogo ele gosta?

— *Minecraft, Mario Kart,* alguns de super-heróis. Esses têm o coração dele.

— Ele é um nerd de carteirinha mesmo.

— Total. — Ri. — O super-herói preferido dele é o Homem-Aranha.

— Por isso aquele lance do com grandes poderes vêm grandes responsabilidades, modo Parker e tal?

Anuí.

— Quando ele era um pouco mais novo, assistíamos ao filme do Homem-Aranha com o Tobey Maguire várias, e inúmeras, e infinitas vezes.

— Supercompreensível — Theo disse. — É o melhor de todos.

— Claro que não! — Cruzei os braços. — O melhor é o do Tom Holland.

— Fala sério, Alissa. — Ele riu. — O do Tobey respeita a cronologia do personagem e é superfiel aos quadrinhos.

— Mas o do Tom é mais divertido.

— Você quer diversão ou uma história bem contada?

— Encontro as duas coisas no Homem-Aranha da Marvel. Mas, de um jeito ou de outro, meu filme preferido da vida é o *Homem-Aranha: Sem volta para casa*, quando os produtores conseguiram o feito de reunir os três Homem-Aranha em um único filme!

— Sim! Aquilo foi insano! — ele concordou, rindo.

— Enfim, na época em que assistíamos diversas vezes ao *segundo melhor* Homem-Aranha, tivemos que pegar um ônibus lotado — falei. — Vi na hora que Sam ficou desanimado com aquela coisa toda de chamar atenção, de ninguém ceder o lugar e tudo o mais. Aí me veio à cabeça essa história de Modo Parker. Percebi depois de um tempo que isso ajudava tanto a mim quanto a ele nessas situações difíceis, sabe? Fazia ele rir e deixava tudo mais leve.

— Como é mesmo? O poder de ser irmã mais velha traz a responsabilidade de defender e cuidar do irmão mais novo?

Concordei, me sentindo sem graça de repente.

— Parece meio besta, né?

— Besta? Foi a coisa mais sensível que escutei nos últimos tempos.

Arranquei algumas folhinhas de grama que escapavam entre uma rachadura no concreto, e um silêncio passou entre nós, até que Theo falou de novo.

— Você disse que Sam passa muito tempo no videogame. Ele gosta de ler?

— Alguns gibis, de vez em quando. Mas não temos muitos. — Chequei o relógio. —Bom, está na hora de ir. — Fiquei em pé em um impulso. — Daqui a pouco minha mãe chega em casa e vê que não adiantei nada da janta — falei sem pensar. Para que dar detalhes?

— Os três dias já passaram.

Olhei para ele de esguelha. Sobre o que ele estava...

— Ah! As aulas de violino. — Prendi os lábios e apontei um dedo para ele. — Vai ficar sem o seu pedido de desculpas, infelizmente.

— E lá vamos nós passar o restante das férias segurando arco e violino e olhando partituras que entendo bulhufas. — O tom dramático era engraçado. Mas eu consegui reter o sorriso para que ele não achasse que tinha esperança.

— Bora, Sam. Dá tchau para seus novos colegas. — Os cinco tinham parado o jogo e conversavam perto da trave da cesta.

— Mana, sabe o que o Bento acabou de me falar? Que vai ter uma competição de rapel aqui no condomínio!

— Ah, é?

— Meu irmão vai participar. Vai ser amanhã, lá na pedra da divisa — disse um dos garotos. — Você vai, Theo? Denis disse que te chamou.

— Eu quero ir! — Sam falou antes que Theo pudesse responder. — Deve ser irado!

— Mas pra chegar lá tem que passar por uma trilha no meio do mato. — Os olhos do Bento correram para a cadeira. E a alegria nos olhos de Sam se apagou. — Ah, mas se você for de carro, aí dá!

— Pedra da divisa? Aquela que separa o Village do condomínio do lado? — quis saber.

— É — Theo respondeu.

— Ah, Sam, nós podemos assistir do calçadão da praia — sugeri. — Eu já vi mesmo algumas pessoas fazendo rapel uma vez enquanto passava ali perto.

— Mas é longe! Qual a emoção em ver vários pontinhos distantes? Eu quero chegar lá pertinho!

— Com que carro, Samuel?

— Com o do Theo! — Ele abriu o sorriso, e eu esbugalhei os olhos. — Você me levaria?

Theo colocou as mãos na cintura e abaixou a cabeça para dar uma risada.

— Desculpa, Theo, o Sam parece ter perdido um pouco do senso hoje. — Franzi os olhos para ele.

— Perdi o quê? — Ele fez uma careta. — Qual o problema do Theo me levar? A única coisa que eu vejo ele fazendo é correr e jogar basquete. Talvez ele esteja precisando de um pouco de aventura nessas férias.

— Samuel! — Prendi as mãos ao lado do corpo, minha voz meio esgoelada.

— Não que você esteja mentindo, mas, em minha defesa, eu também encontro meus amigos, tá? — Theo riu e olhou para Bento. — Eu falei para Denis que ia sim. Ele só esqueceu de me confirmar o horário.

— Umas sete e meia da manhã. Bem cedo.

Theo olhou para Sam.

— Esteja pronto. Vamos sair às sete e quinze.

Sam deu pulinhos com o tronco sobre a cadeira.

— Você vai me levar mesmo?

— Ei, calma aí, amigo. — Estendi uma palma aberta para Sam. — Minha mãe não vai gostar nada disso.

— Deixa comigo. — Theo deu um toquinho na mão de Sam. — Eu falo com ela.

— Você não tem que fazer nada disso — falei entredentes.

— Não tenho, mas posso. — Ele deu de ombros. — Além do mais, não é como se Sam tivesse falado alguma mentira. Eu realmente não estou fazendo nada de mais nessas férias.

Lá vai a gente receber caridade de novo. *Controla sua bendita língua, Alissa.*

— Nem cria expectativa, Samuel. A mãe não vai deixar.

— É claro que pode ir, meu filho! — Minha mãe lascou um beijo na testa de Sam. — Theo me garantiu que o caminho é tranquilo. Achei uma gracinha ele se disponibilizar pra levar você.

Revirei os olhos.

— E você vai junto, Alissa.

— Eu? — Me desencostei da parede, de onde mexia no celular. — Ah, não, mãe. Eu acho que isso é ultrapassar os limites da relação patrão-empregado. Eu não falei nada sobre aquela carona da escola porque aquilo ajudou o Sam, mas isso, não.

— É pela alegria do seu irmão!

— Eu não vou.

Sam projetou um beicinho.

— Se não estivesse trabalhando, eu ia. — Cecília veio da cozinha. Tinha acabado de chegar em casa. — Andar na carona de um gato daqueles... Você não sabe aproveitar suas oportunidades

— ela falou baixinho quando passou por mim indo para nosso quarto.

Revirei os olhos de novo.

— Se você não for, Samuel não vai. — Minha mãe foi para a cozinha e começou a mexer nas panelas.

— Por favor. Por favor. — As mãozinhas de Sam cruzaram-se embaixo do queixo.

— Tá bom... — Mesmo não tendo sido a resposta com o tom mais agradável do mundo, Sam comemorou. E um sorriso discreto despontou em meus lábios. O que eu não fazia para vê-lo feliz?

Mais tarde, enquanto os grilos cricrilavam e os milhares de folhas das árvores ao redor farfalhavam como sussurros calmantes, vi os olhinhos de Sam quase fecharem de exaustão. O quarto dele estava a meia-luz, e um refletor da casa do lado incidia diretamente sobre a janela, transpondo seus raios pelas aberturas da cortina.

Naquele dia, após contar para ele a habitual história antes de dormir, me sentei na beirada da cama e passei a mão por seus cachinhos com cheirinho de shampoo.

— Como você está se sentindo? — perguntei.

— Cansado.

— Ah, isso, com certeza, depois de uma tarde jogando basquete. — Sorri. — Mas eu queria saber sobre o outro tipo de sentimento, sabe? Aquele aqui de dentro. — Coloquei uma mão sobre o coração.

— Acho que nunca me diverti tanto como hoje à tarde. — O sorriso dele se escancarou. — Foi uma das melhores tardes da minha vida!

— Uau. Só espero que sair de casa sem avisar não esteja incluído nisso.

— Foi mal, Li. — Ele baixou os olhos. — Não vou fazer isso de novo. Obrigada por não contar para o papai e a mamãe. Eu só estava um pouco pra baixo hoje. Mas aí o Theo me chamou pra jogar e tudo ficou ultra-power-melhor.

Dei uma risada.

— Sam, você não precisa sofrer sozinho, tá? Você não *tem* que sofrer sozinho. Você é a pessoa mais importante da minha vida, e eu nunca vou deixar que façam mal para meu cristalzinho.

— Credo! Cristal é coisa de menina.

Cutuquei a barriga dele com as mãos, e ele começou a dar risadinhas.

— Obrigado por ir comigo amanhã. Acho que nem vou conseguir dormir de empolgação!

Sorri e segurei seus ombrinhos entre meus braços e o beijei no alto da cabeça, desejando bons sonhos.

24

"Não te mandei eu? Sê forte e corajoso; não temas, nem te espantes, porque o Senhor, *teu Deus, é contigo por onde quer que andares." Josué 1.9*

Por que, quando os momentos difíceis vêm, nós duvidamos da bondade de Deus? Na maioria das vezes, na verdade creio que em todas, ele está passando nossa fé pelo fogo. Ele a está refinando. Todavia, ele está conosco dentro do fogo, dizendo: "Seja forte! Tenha coragem! Eu sou contigo". Eu sei que tu estás comigo, Pai. Ajuda-me.

20 de março de 1969

Theo abria a mala do carro quando Sam e eu chegamos à garagem dos Belmonte. Após muitos dias espiando o azul no alto através apenas de pequenas resgas no céu cheio de nuvens, erguer os olhos e vê-lo assim, tão nítido como uma imensa tela limpa, era animador.

Theo e Sam se cumprimentaram com um toquezinho de mãos e, logo depois de colocar Sam no banco traseiro, Theo guardou a cadeira de rodas na mala.

Sam não parava de falar. À medida que Theo cortava as ruas do Village até a tal pedra da divisa, ele fazia todo tipo de comentário. Os raios dourados do sol banhavam o interior do carro, e o cheiro da maresia matinal enchia tudo ao redor.

Levei uma mão à boca ao bocejar e pisquei seguidas vezes, me esforçando para manter os olhos abertos. Tinha, mais uma vez, ficado até tarde esperando uma mensagem de Eric. O que, como em todos os outros dias, não aconteceu.

— Uau! Essa mansão tem um hangar cheio de barcos! — O queixo de Sam caiu. Theo diminuiu a velocidade para que ele pudesse observar um pouco mais. A casa ficava na avenida à beira-mar e era uma das mais lindas da rua.

— Sabia que o dono está preso? — Theo informou, para nossa surpresa.

— Por quê? — Sam parecia ter levado um choque.

— Lavagem de dinheiro, infrações ambientais, um monte de coisa.

— Você o conhecia?

— Não. Quem eu conheci foi o Kai Fernandes, que trabalhou aqui por um tempo.

— Kai Fernandes? — repeti. — Aquele surfista que anda chamando atenção nos últimos tempos? Eu vi que ele era dessa região mesmo.

Theo concordou.

— Antes da fama, ele trabalhou de ajudante com o pai nessa casa. Topei com ele algumas vezes ali no centro comercial. Era gente fina, apesar de não dar muito papo.

— Caraca, Theo! O Kai Fernandes já foi pobre? — Sam parecia tão admirado. — Alissa, ainda há esperança pra gente!

Theo e eu não conseguimos segurar uma gargalhada. Pouco depois, entramos na estreita estrada que cortava o bosque e levava até a pedra da divisa. Ela ficava diante de um espaço aberto, cercada pelo verde do bosque. Havia alguns carros estacionados por ali. Gente preparando as câmeras para registrar a descida, outros curtindo a pequena cachoeira que passava ali perto e desembocava no mar, mais adiante. Algumas mesas com guarda-sol ocupavam o chão de terra, e banquinhos de madeira circulavam o lugar.

Quando tirei a cadeira do porta-malas e Theo acomodou Sam sobre ela, o queixo dele despencou.

— Uau! Isso aqui é muito legal! Não sabia que tinha uma cachoeira também!

Realmente, era lindo.

Havia dois banquinhos de madeira compridos milagrosamente vazios em um canto. Acomodei a cadeira de Sam ao lado de um deles e me sentei. Theo ocupou o banco do outro lado. De lá, podíamos ter uma vista privilegiada da pedra sem precisar quebrar o pescoço ao olhar para cima.

— Queria dar um mergulho naquela água — Sam comentou de olho no riacho adiante.

— E depois ficar sem irmã, né? Minha mãe arrancaria meu pescoço se eu deixasse você entrar nessa água gelada com esse frio todo.

— Tá bom. Não está mais aqui quem falou! — Ele ergueu as mãos em defesa de si.

Apesar do sol, o vento frio cortava a pele e bagunçava meu cabelo. Theo e Sam começaram uma conversa sobre rapel, escalada e esportes radicais, enquanto minha mente vagava tão longe quanto o topo da pedra à frente.

Eu estou ao lado do garoto que foi o motivo do meu término. De novo. Era melhor rir para não chorar.

— Hein, mana, eu posso?

Pisquei, olhando para Sam.

— Pode o quê?

— Ir até ali mais perto da cachoeira com o Bento.

Ergui os olhos e me deparei com o garoto loirinho de dentes separados.

— O que vocês vão fazer lá?

— Brincar de pescar, jogar pedrinhas, essas coisas — Bento respondeu.

— Ah, não sei se é muito seguro. Por que não ficam por aqui mesmo?

— Mas aqui não tem nada pra fazer! — Sam protestou.

— Você veio assistir ao rapel, não fazer outras coisas.

— Poxa, Li, por favor! — A voz dele era quase de choro. Olhei com insegurança para a margem da cachoeira.

— A gente pode levá-lo até lá e ficar por perto — Theo sugeriu.

Os olhos de Sam brilharam tanto com a possibilidade. E era a primeira amizade que ele fazia no Village.

— Tá bom. — Joguei as duas mãos sobre as pernas para me impulsionar a ficar de pé, mas, antes que eu pegasse a cadeira, Sam olhou para Theo.

— Você pode me levar?

Theo ergueu os olhos, me pedindo permissão pelo olhar. A empolgação no rostinho de Sam era tão nítida que eu só levantei minhas palmas em rendição.

— Pelo jeito, alguém está roubando meu posto de irmã mais velha.

Theo riu. Mas seus olhos escureceram aos poucos.

— Eu gostaria de ser um irmão mais velho.

— Você é filho único, né?

Ele concordou e logo estávamos perto do fluxo de água, onde Theo estacionou a cadeira. Bento correu para buscar varas de pesca infantis. Ele tinha um kit completo com duas varas e uma maleta cheia de anzóis e itens que eu não fazia ideia do que eram.

— Cuidado para não machucar o dedo. — Ergui os olhos por cima da cabeça de Sam, que olhou para mim com uma cara nada simpática.

— Deixa o garoto aproveitar. — Theo apontou com a cabeça para trás. Exalei o ar e regredimos alguns passos, dando distância.

Fixei os olhos em Samuel e Bento. Theo olhava para cima, onde Denis e os demais atletas se preparavam para descer. Cruzei os braços. Era estranho estar ali, com ele.

Esse cara não era o maior babaca de todos os tempos? Por que ele é tão legal com Sam? Babacas não deveriam ser legais com crianças.

Depois de um tempo, o silêncio pairou entre nós, e as palavras de dona Augusta escorregaram tímidas nos becos dos meus pensamentos, mas não demoraram muito para que se tornassem uma enxurrada. Na noite anterior, enquanto torcia para receber alguma mensagem de Eric, eu havia feito uma cabana com o cobertor e lido o diário de Augusta com a lanterna do celular por um bom tempo. Ela de fato poderia se gabar de ter uma leitora voraz.

De todas as páginas que eu tinha lido, a que eu tinha aberto ainda na sala de música continuava martelando em minha cabeça.

Que eu tenha a oportunidade de amar um homem que ama o Senhor.

— Você já conhecia esse lugar?

Ouvi a voz de Theo e olhei para ele, sendo arrancada de meus pensamentos.

— Seis meses morando no Village e não fazia ideia. — Deixei uma perna esticada e dobrei a outra para descansar. — Parece que estamos em um camping americano, com essas mesinhas, os bancos de madeira e a cachoeira ali na frente.

— Lá é assim mesmo. — Ele riu. — Já acampei algumas vezes em lugares assim com a galera do Trinity Youth.

— Trinity Youth?

— Grupo de jovens da minha igreja de lá.

Arregalei os olhos, mas me lembrei do que Mari tinha falado. Ele também ia à pequena igreja em Pontal.

— Você já acampou alguma vez? — Theo perguntou.

Neguei com a cabeça.

— Ah, precisa fazer isso um dia. É uma das minhas coisas preferidas. Como é sempre perto da natureza, aproveito para colocar a mente em ordem.

— Me parece uma boa oportunidade para pensar mesmo. — Uni as mãos nas costas. — Mal chegamos aqui e eu já estou analisando algumas coisas da minha vida.

— Isso sempre acontece comigo. É bom pensar, né? Sobre quem somos e quem queremos ser. Deus sempre me dá cada puxão de orelha.

Franzi a testa.

— Deve ser porque você apronta muito.

— E quem não? — Ele ergueu os ombros.

— Eu — respondi. — Sou uma moça comportada. — Falei para fazer graça, mas mal terminei a frase e Eric me veio à cabeça. Abaixei o rosto como se Theo pudesse ler meus pensamentos, porém um ruído grosso e contido me fez olhar para ele. Uma mão fechada tentava segurar a risada dentro de sua boca. — Ei! Está rindo do quê?

— É engraçado você se denominar assim.

Ergui as sobrancelhas.

— Por causa do jeito que tratei você semana passada? — Cruzei os braços. — Vai jogar meus erros na minha cara?

— Como se eu tivesse o direito de fazer isso. Na verdade, ninguém é comportado a ponto de não precisar que Deus dê uns puxões de orelha de vez em quando. Ou sempre.

— Como Deus puxa sua orelha? — Olhei para ele de esguelha.

— Quando leio a Bíblia. Não tem como ler e não se ver como diante de um espelho, sabe? Meus pecados ali expostos, como uma vitrine terrível. — Ele esticou as mãos à frente como se estivesse expondo o mostruário. — Pode ser quando escuto um sermão. Ou às vezes eu estou lá orando e pá! Não é uma voz audível, mas meu coração escuta.

Franzi a testa.

— Você tá brincando, não tá?

Ele me olhou sem entender.

— Por que eu brincaria? Essa foi a coisa mais séria que aconteceu na minha vida.

— O quê? Deus?

— É.

— Não imaginava que você era do tipo que orava.

— Você sempre achando que me conhece...

— Eu não ouvi as melhores coisas sobre você, então nunca pensei que... enfim.

— Claro que não ouviu. — Theo puxou o ar de forma quase imperceptível e soltou. — Ele terminou com você por causa da carona mesmo?

— Por que você acha que é por isso?

— Vi vocês dois discutindo na rua aquele dia quando eu estava indo correr. Não precisei fazer muito esforço para ligar uma coisa com a outra durante a nossa discussão.

— Da *minha*, você quer dizer. — Suspirei. — Por isso você perguntou se era por causa de Eric que eu estava chorando. Tinha nos visto antes.

Theo prendeu os lábios e aquiesceu. Um vento mais forte varreu meu cabelo, e eu decidi uni-lo em um coque no alto da cabeça.

— Quando Deus aconteceu na sua vida, Theo?

— No último ano da escola. Tinha um grupo de estudo bíblico no campus toda semana. Um dia, um cara da minha sala me convidou pra ir. E as coisas nunca mais foram as mesmas.

— Você nunca tinha sido cristão antes? Sua avó me disse que toca na igreja desde que era jovem.

— Ah, sim. Ela levou minha mãe. E minha mãe me levou. Mas as coisas ficaram meio confusas quando eu estava com meus treze, catorze anos. Aos quinze, quando me mudei sozinho para a Califórnia para jogar basquete e fazer o ensino médio, fiz muitas coisas das quais não me orgulho. Foi no início do *senior year*, dois anos atrás, que tudo mudou.

— Caraca! Sozinho?

— Morei com uma *host family*. Mas, na maioria das vezes, estava com a galera da escola.

— Hum, receita para problema.

Theo riu.

— E bota problema nisso. Mas, no final, Deus tinha um plano.

Os olhos dele pareciam soltar fogos de artifício. Seu rosto ficou mais leve. A mesma alegria que eu via em dona Augusta ao falar sobre sua fé. Sorvi o ar com dificuldade.

Será que Deus tem um plano para mim?

Theo parecia tão diferente do que Eric dizia. Tinha vontade de perguntar sobre as desavenças dos dois. Mas, bem, isso não era algo que eu podia citar numa conversa como se estivesse perguntando sua cor preferida.

25

Os competidores começaram a descida. Denis estava entre eles, bem protegido com seu cinto e os demais equipamentos de segurança. Pendurados por cordas presas no alto da pedra, eles controlavam a velocidade da queda. As pessoas tiravam fotos, gravavam vídeos e vibravam. Theo colocava os dedos dentro da boca e assobiava alto. E, embora não conhecesse Denis, Sam apoiava Bento na torcida.

— Eles devem estar congelando lá em cima — comentei. O sol brilhava, mas o vento que agitava as árvores era frio.

— Denis já me disse que a adrenalina fica tão alta que ele raramente sente frio.

— Theo! — Uma voz fina despontou da multidão. De forma instintiva, olhei. Uma garota de longos cabelos pretos, lisos e brilhantes como petróleo, vinha em nossa direção. Quando ela chegou mais perto e jogou os braços no pescoço de Theo, notei que era uma das meninas que estavam no carro no dia dos bolos no asfalto e também em frente ao restaurante na noite da confusão com Eric.

Theo deu um passo para trás, se afastando um pouco dela. Eu também me distanciei dos dois, mantendo os olhos fixos nos competidores. Não demorou e mais três pessoas despontaram atrás dela.

— E aí, cara! Por que não disse que ia estar aqui? — um garoto perguntou.

— Vocês falaram que não viriam. — Theo deu de ombros.

— A gente estava meio com preguiça de acordar cedo, mas no final a Madá perturbou todo mundo — explicou outro menino.

Madá, que ao que parecia era a do cabelo preto como petróleo, abriu o sorriso de novo. Seus dentes eram mais brancos que leite, e seus olhos ficavam como duas linhas encurvadas quando sorria.

— Eu te liguei umas três vezes. — Ela deu um toque no braço de Theo. — Você não atendeu.

— Não atendi, né? — Ele deu uma risada curta. — Foi mal.

— E aí, acha que o Fischer ganha dessa vez? — Um dos garotos cutucou o braço do Theo com o cotovelo e olhou para cima. Denis já estava quase na metade do percurso.

Disfarçadamente, dei mais alguns passos para longe.

— Vocês não conhecem a Alissa, né? — Theo olhou para mim e fui obrigada a parar. — Alissa, esses aqui são Madá, Tadeu, Rian e Analu.

— Oi. — Ergui uma mão. Todos aqueles olhos que já tinham testemunhado a minha vergonha duas vezes agora estavam diante de mim de novo. Que beleza. Eles vieram até mim e me cumprimentaram com um beijo e um meio abraço.

— Ei! — O tal Rian de repente esbugalhou os olhos castanhos para Theo. Um frio percorreu minha espinha e me preparei para o que viria em seguida. — Ela não é aquela garota que estava na frente da sua casa aquele dia?

— É verdade! Também lembrei agora — Madá confirmou.

— Era eu, sim. — Ergui o queixo. De humilhação, já bastava o que eu tinha passado daquela vez.

— Mas eu estou lembrando aqui... Não era você também com Eric no restaurante, umas semanas atrás? — A brisa mexeu os fios cor de mel meio bagunçados de Tadeu.

Droga. Era noite. Tinham sido poucos minutos. Como esse garoto podia ter uma memória tão fotográfica assim?

— Sim, era ela! — Rian balançou a cabeça.

— E o que vocês dois estão fazendo juntos aqui? — Analu uniu as sobrancelhas. Todos olharam para Theo de um jeito meio estranho. Por fim, ouvi uma risadinha sugestiva do Tadeu. Meu rosto assumiu uma máscara tão rígida como a rocha à nossa frente.

— Theo se ofereceu para trazer meu irmão — respondi e olhei para Sam, que continuava torcendo e observando atento a descida de Denis junto de Bento, alheio a toda aquela conversa.

— Nossa, ele usa cadeira de rodas? — Madá abriu a boca. — Coitadinho.

— Ele não é coitadinho. — Virei o rosto para ela. — Sam é uma pessoa com deficiência.

Ninguém falou mais nada e, quando o silêncio já começava a ficar desconfortável, Theo inspirou o ar.

— Vamos terminar de assistir. Denis tá quase finalizando.

Todos aceitaram de bom grado sua sugestão. Eu já nem consegui prestar mais atenção em nada. Sentia o pescoço e o rosto arderem. Todos fixaram a atenção no paredão de pedra, onde Denis dava as últimas passadas. Me afastei alguns passos e me posicionei atrás da cadeira de Sam, que nem percebeu minha presença. Quando Denis colocou os pés no chão, ocupando o terceiro lugar na competição, todos gritaram e comemoraram. Pela visão periférica, percebi que Theo se aproximava. Continuei olhando para a frente.

— Me desculpe pela Madá.

Prendi o maxilar.

— Tudo bem. Não é como se eu não estivesse acostumada a esse tipo de olhar e comentário. Infelizmente.

— Acho que agora ela aprendeu. Não vai acontecer de novo.

— Pode ficar tranquilo. — E aqui eu olhei para ele. — Não pretendo encontrá-la outra vez.

Quando Denis veio cumprimentar os amigos, Theo me chamou para ir até ele. Recusei o convite. Mas podia ouvir de longe os planos que o grupo fazia de ir à casa de Denis para comemorar o terceiro lugar. Quando me dei conta, Bento arrastava o irmão pelo braço até mim e Sam.

— Esse é o Sam, o amigo de que te falei. — Bento estendeu uma mão, apresentando Sam. — E essa é a Alissa, irmã dele.

Denis cumprimentou Sam com um toque de mãos, da mesma forma que Theo fazia, e olhou para mim. Demorou dois segundos para falar. *E lá vamos nós...*

— Eu te conheço de algum lugar. Não era você que...

— Estava com Eric no dia do restaurante — falei de uma vez. Denis arregalou os olhos e olhou para Theo.

Percebi que Theo fez um movimento mínimo de cabeça para Denis, daquele jeito que só um amigo íntimo conseguia entender, e Denis suavizou a expressão.

— Obrigado por terem vindo. — Ele sorriu para mim e Sam. — Querem ir lá pra casa? Vamos fazer um churrasco agora pra comemorar.

— Eu quero! — A voz de Sam foi nas alturas.

— Vocês moram aqui há pouco tempo? — Analu se aproximou com o restante do grupo, prendendo o cabelo claro em um rabo de cavalo. — Nunca tinha visto vocês pelo condomínio.

— Moramos aqui há seis meses — respondi.

— Em que rua? — Madá se meteu. — Quem são os pais de vocês? Geralmente todo mundo aqui sabe mais ou menos quem é quem.

Engoli em seco. Sam deu uma espiada para mim. E como, ah, meu Deus, como eu queria que não houvesse preocupação em seus olhos. Ele não deveria se sentir envergonhado por não fazermos parte do círculo social daquelas pessoas. *Eu* não deveria.

— Vamos, galera? Seria bom que a gente passasse no mercado antes. Seus pais provavelmente não vão ter carne para todo esse bando de esfomeados — Theo brincou, e teve início uma discussão sobre quantidade de carne e complementos para o churrasco. Eu saquei meu celular do bolso e comecei a rolar o feed do Instagram como se estivesse procurando alguma coisa muito importante.

O grupo começou a se dispersar para ir embora, e eu segurei a cadeira de Sam. Antes que se despedisse de Bento, Sam me olhou de novo com aqueles olhos do gatinho de Shrek. Mas, dessa vez, eu não seria convencida.

— Nós não vamos. E isso é um ponto-final. — Meus olhos eram firmes. Sam apenas abaixou os dele e se despediu do novo amigo. Empurrei a cadeira com um pouco de dificuldade sobre o cascalho. Theo esticou os braços, pedindo para tomar a direção. Deixei.

— Vocês querem ir? — ele perguntou. — A família do Denis é bem legal, vocês vão gostar deles.

Só alguns dos seus amigos que não.

— Eu queria...

— Samuel Venâncio! — interrompi. Ele se calou e seguimos em silêncio até o carro.

As palavras de Eric jorrando como água daquela cachoeira ali perto. Era impossível segurá-las. *Nós não valemos nada para essa gente.* A maneira como Denis havia tratado Eric aquele dia... De repente, meu peito pesou.

Theo acomodou Sam no carro e, em pouco tempo, estávamos cruzando o bosque rumo ao asfalto.

— Acho que Sam gostaria de ir brincar com Bento — ele comentou baixinho.

— Nos leve para casa, por favor — foi a minha resposta. Theo não disse mais nada. Apenas seguiu pelas ruas do Village em silêncio. Até Sam estava calado. Descemos do carro na garagem dos Belmonte e me ocorreu que, se algum dos amigos dele estivesse passando por ali, veria onde era a minha casa.

Por que eu estava tão incomodada com aquilo? Eu não fazia parte da realidade deles. E eles não faziam parte da minha. Era para ser simples assim.

Theo colocou Sam na cadeira, e meu irmão seguiu girando as rodas sem me esperar. Com um suspiro, fui atrás dele.

— Alissa — Theo me chamou. Retive meus pés e, virando-me, não esperei que ele falasse.

— Você ficou com vergonha da gente, não ficou? — Ergui o queixo e me agarrei a qualquer fiapo de dignidade que me restava.

— Claro que não! — Ele fez uma careta.

— Então por que desconversou antes que eu respondesse onde era a minha casa? Não queria que as pessoas soubessem que você anda com a filha do caseiro e da empregada?

Theo colocou as mãos na cintura e deu um riso.

— Você sempre reage assim quando se sente ameaçada?

Cruzei os braços.

— Do que você tá falando?

— Assim, julgando as intenções das pessoas e tirando sempre péssimas conclusões.

Prendi os cantos da boca e fitei a planta com folhas em formato de espada num vaso perto da parede.

— Não, Alissa, eu não fiquei com vergonha de vocês.

— Pareceu.

— Eu não levaria vocês para um lugar cheio de gente conhecida aqui no condomínio se tivesse vergonha de vocês, caramba! — Theo abriu os braços. — Eu só mudei o assunto porque seu rosto ficou vermelho! Você parecia prestes a abrir um buraco no chão para se esconder.

— Eu não estava prestes a abrir buraco nenhum! — falei um pouco alto e olhei para os lados depressa.

— Tudo bem, Alissa, eu interpretei errado. De novo. Me desculpe se deixei você desconfortável e fiz você se sentir assim. — Agora o rosto vermelho era o dele. — Isso é algo que eu nunca tive a intenção de fazer.

Sem responder, peguei o caminho lateral para casa e apertei os braços contra minha barriga. *Você tem razão, Theo. Eu parecia, sim, prestes a abrir um buraco no chão.*

Enquanto caminhava para casa, recebi uma mensagem de Mari. Ela estava me lembrando de que o culto de jovens seria naquela noite. *Theo vai ajudar na arrumação do culto de jovens.*

Respondi dizendo que não iria.

26

"Ouve, ó Deus, o meu clamor; atende à minha oração."
Salmos 61.1

Hoje é o jantar na casa de Afonso Marques. Meus pais vão oficializar o noivado, mesmo depois de minhas tantas lamentações. Oh, Deus. Se não for um milagre, o que será de mim?

2 de abril de 1969

Fechei o diário com um baque. Mordi o canto da unha. Coitada da dona Augusta! Onde aquela história ia dar? Abri novamente para continuar lendo, mas precisei parar quando escutei as vozes dos meus pais chegando em casa, seguidas de expressões de surpresa e empolgação do Sam.

Fui até a sala, curiosa com toda aquela agitação, e meus olhos se arregalaram ao ver Sam tirando várias revistas em quadrinhos de dentro de uma caixa.

— O que é isso? — questionei.

— Theo mandou para Sam — minha mãe respondeu, os olhos brilhando diante da alegria do caçula. Sam pegou mais algumas revistas da pilha e algo caiu em seu colo. Era um envelope pequeno. Ele ergueu para ler.

— "Que tal menos tela e mais papel? Muitas aventuras esperam por você nesta caixa. Abraços, Theo B. Obs.: Essas revistas fizeram parte da minha infância. Cuide bem delas."

O sorriso dos meus pais se escancarou.

— Ah, como ele é um bom menino! — Minha mãe pegou o cartão para ler de novo. — Como ele sabia que você gosta tanto de super-heróis?

Pensei na conversa que tive sobre Sam com Theo na quadra no dia anterior. *Ele lembrou.*

— Não faço ideia! — Sam começou a tirar as revistas da caixa como se fosse uma cartola de mágico. Não parecia ter fim. — Tem várias do Homem-Aranha! E do Capitão América, do Homem de Ferro, da Liga da Justiça... — ele falava quase sem fôlego.

— Desde ontem, o Theo estava procurando uma caixa — minha mãe disse, o sorriso de ponta a ponta. — Consegui encontrar essa no depósito hoje mais cedo, mal sabia eu que era para ele mandar tudo para o Samuel.

— Vou começar a ler agora! — Sam pegou um punhado, colocou sobre as pernas e foi para seu quarto.

Mais tarde naquele dia, já de banho tomado e preparada para dormir, me joguei na cama para mexer no celular. Tinha sido difícil fazer Sam largar as revistas para tomar banho, comer e dormir. Mas, ufa, conseguimos.

O diário de Augusta, parado em cima da escrivaninha, me chamava. Mas eu estava com tanto sono que seria capaz de dormir na primeira linha. Joguei o celular de lado e coloquei o braço sobre a testa. Escutei uma vibração. E depois outra. Com preguiça até de mover a mão até o aparelho, continuei imóvel como estátua. Mas as vibrações continuavam chegando, e a curiosidade falou mais alto.

Quando coloquei meus olhos sonolentos sobre a tela, recebi uma descarga elétrica no coração. Me sentei na cama na hora.

Eric havia respondido às minhas mensagens.

Meus pés se apressavam sobre o gramado iluminado pelos pontos de luz dos canteiros. Eu olhava para trás de dois em dois segundos, como se já não tivesse feito aquilo diversas vezes. E não era como se alguém fosse me seguir. O relógio marcava dez e quinze da noite, e meus pais, Cecília e Sam já estavam dormindo havia algum tempo.

A umidade gelada do início do inverno me fez estremecer. Ou seria outra coisa? Calei todos os pensamentos que diziam que aquela não seria uma boa ideia. Chequei o celular mais uma vez.

> Eric <3: Pensei bem sobre tudo que aconteceu e acho que consigo perdoar você. O que temos é especial, Alissa. Vamos conversar? No nosso lugar, daqui a quinze minutos.

Guardei o aparelho no bolso da calça e tive um sobressalto. Um carro parou em frente à casa dos Belmonte e eu fui para o canto lateral, onde era mais escuro. Me detive, esperando.

— Valeu, cara! Amanhã a gente se fala mais. Obrigada por ter ido ao culto comigo. — O porte alto e atlético ocupando a calçada não me deixava dúvidas sobre quem era. Denis, do banco do motorista, falou alguma coisa para Theo e seguiu seu caminho. Esperei um tempo para ter certeza de que ele havia entrado em casa e segui rápido, pelo canto. Alcancei a calçada e segui direto, sem olhar para trás.

— Alissa?

Apertei os lábios com força e cerrei os punhos. *E se eu continuar andando como se não tivesse escutado nada?*

— Tá tudo bem? — Escutei a voz dele mais próxima. Droga. Parei.

— Aham. — Não me virei por completo nem olhei diretamente para ele. Theo estava parado a uma boa distância, mas perto o suficiente para que pudéssemos ouvir um ao outro.

— Precisa de carona para ir a algum lugar?

— Por que precisaria? — Cruzei os braços.

— Está tarde.
— Eu tenho relógio.
Ficou tanto tempo em silêncio que achei que ele tinha ido embora. Arrisquei uma olhada e, não, ele não tinha ido embora. E me olhava com uma cara de quem estava analisando até meus antepassados.
— Bom, já vou indo. — Apontei com o polegar para a rua e recomecei a andar.
— Seus pais não sabem aonde você está indo, não é?
Parei outra vez e enchi o peito de ar, soltando em seguida.
— O que você tem com isso? — Evitei os olhos dele.
Ouvi o som da respiração pesada de Theo.
— Eu sei que não tenho nada a ver com a sua vida, mas, ainda que aqui seja um condomínio fechado, é muito grande, deserto, com muitas áreas escuras. E está de noite.
— Vou estar acompanhada daqui a pouco, pode ficar tranquilo. — Arregalei os olhos. Aquilo não era algo que eu deveria ter falado.
Theo prendeu os lábios e ergueu uma sobrancelha.
— Cuidado. Se precisa esconder, talvez não devesse fazer.
— Quem disse que estou escondendo alguma coisa?
— Linguagem corporal, já ouviu falar?
Revirei os olhos.
— Você se acha.
— É sério, Alissa. Não faça nada de que vai se arrepender depois.
— Eu não vou. — Com uma convicção frágil como pó, dei as costas para ele e segui meu caminho.

Meus velhos tênis de tecido azul-marinho pareciam pesados. Meu estômago, em queda livre. Passei os dedos suados, apesar do frio, sobre as laterais das calças. E, quando virei a parte de trás do salão de jogos e o vi encostado na parede com seu topete arrumado e os braços cruzados, os pelos da minha nuca se arrepiaram. Eric me olhou de cima a baixo.

— Senti sua falta.

Segurei as mãos nas costas, parando um pouco longe dele.

— Também senti a sua — sussurrei.

Eric se desencostou da parede e chegou mais perto. Pegou uma mecha do meu cabelo e enrolou no dedo dele à medida que aproximava a boca da minha. Antes, porém, que ele me beijasse, dei um passo para trás.

— Você ignorou todas as minhas mensagens e ligações por uma semana.

Ele abriu um sorriso de canto.

— Deu tempo de perceber que você não consegue viver sem mim?

Pisquei.

— Mas eu disse isso no dia em que você terminou tudo, Eric. Eu não precisava de uma semana para perceber.

— Tudo bem, amor. Você entendeu. — Ele se aproximou de novo.

Recuei mais uma vez.

— Não, não entendi. Foi por isso que você ficou longe esse tempo todo? Para que eu sentisse sua falta e depois voltasse correndo igual a um cachorrinho pra você?

— Minha linda, eu senti sua falta, você sentiu a minha. Vamos aproveitar.

— O que você acha que eu sou, Eric? Me deixou largada na calçada, me deu gelo por um tempão e agora chega como se nada tivesse acontecido?

Ele deu uma risadinha e me olhou de cima.

— Não sei se quero continuar fazendo isso, Eric. — Abaixei a cabeça, os olhos dele sobre mim. — Eu venho lendo um diário de uma pessoa muito sábia. E a maneira como ela descreve o desejo de viver um relacionamento debaixo da vontade de Deus... — Mordi o lábio inferior. — Eu não acho que o jeito como a gente fazia se enquadra nisso.

Eric deu uma risada.

— Que papo é esse, Alissa? Que diário?

— Deixa pra lá. Só não queria continuar fazendo as coisas do jeito errado.

— Quer virar santa agora?

— Não é isso. Mas eu não posso ignorar que, se um relacionamento começa errado, tem poucas chances de dar certo no final.

— Errado pra quem, Alissa? A gente só estava curtindo, se divertindo.

— Justamente! O amor não deveria ser algo sério? Algo pelo qual vale a pena lutar?

Ele balançou a cabeça, rindo, e se aproximou de novo. Pressionou o corpo contra o meu e passeou com suas mãos por baixo da minha camisa. Me encolhi, o poço aberto em meu peito parecendo ficar maior.

— Você disse que toca no louvor da sua igreja todos os domingos. — Me desvencilhei dele, dando alguns passos para trás. — Isso não faz você se sentir mal?

Eric liberou uma respiração pesada.

— Você acha que os outros caras não fazem a mesma coisa? Tem um colega meu que vai pra cama com a namorada dele há anos!

Acho que meus olhos se arregalaram demais, porque Eric passou a mão pelo topete e suspirou, se aproximando de novo, dessa vez com a voz mansa como a brisa que passava entre nós.

— Você quer falar desses papos de pureza e tal a essa altura?

Desviei o olhar, as lembranças de nós dois muito próximos um do outro ali naquele lugar enchendo meus pensamentos. Nossos beijos intensos. Nossa proximidade desmedida. Na verdade, durante esses momentos, eu parecia sempre querer mais. Como se estar com ele fosse a única coisa de que eu precisasse para ser feliz e completa de verdade.

Só que, de repente, pensar em nós dois tocando um ao outro de forma tão íntima me pareceu estranho. Estranho e errado.

— Alissa, eu sou a única opção que você tem. Na sua escola, você já disse que só tem garoto esquisito. Eu conheço a galera da igreja que você frequenta, nenhum daqueles caras combina com você. E aqui no condomínio? Nunca nenhum deles vai olhar pra você.

Abri a boca devagar e pisquei.

— Mas você não estava morrendo de ciúmes do Theo até semana passada?

— É só você manter sua promessa de não passar perto dele. — Eric deu de ombros. Em seguida, colocou a mão no meu pescoço e me puxou para um beijo. *Que eu tenha a oportunidade de amar um homem que ama o Senhor. Coloquei as mãos sobre o peito dele e o empurrei.*

— Você ama o Senhor, Eric?

Ele franziu as sobrancelhas.

— Do que você está falando?

Capturei a estranheza em seus olhos. E, de repente, percebi que todo aquele frio na barriga de quando tinha chegado ali se transformou em um poço de profundo desgosto. Por que mesmo eu tinha me apaixonado por aquele garoto?

— Agora é minha vez de falar, Eric. Chega. Está tudo acabado entre nós. — Virei as costas, mas senti a mão dele se fechar sobre meu punho.

— Me solta, Eric.

— E se eu não quiser?

— Eu vou gritar.

Ele riu.

— Alguém vai conseguir te ouvir daqui?
— Eu saio correndo. As câmeras vão gravar tudo.
Eric riu.
— Eu tenho acesso às câmeras, Alissa. Amanhã estaria tudo apagado.
— Não import... — As palavras morreram na minha boca ao mesmo tempo que a compreensão surgia em minha mente. — Você tem acesso às câmeras?
Eric soltou meu pulso e xingou baixinho.
— *Nós não temos valor para essa gente* — repeti as palavras dele.
— E eu não tenho pra você, não é, Eric? Por que mentiu pra mim?
— Não é assim, Alissa.
— Por que disse que não tinha acesso às câmeras quando te pedi ajuda? Você falou que não era autorizado a ver as imagens! E agora pode até apagar?
Ele olhou para cima e passou a mão pelo pescoço.
— Você tem ideia de como saímos humilhados daquela casa? — Meu lábio inferior tremeu. — Como até hoje tem gente aqui no condomínio que realmente acredita que meu pai usou o carro da Verônica?
— Ele está bem agora, não está?
— A questão não é essa! Minha família saiu escorraçada de lá!
— Alissa, olha só, eu não poderia simplesmente entregar uma filmagem pra você. Principalmente se isso fosse prejudicar um morador!
— Em que ela seria prejudicada se era ela quem estava prejudicando meu pai? — Engoli o ar. — Não era simples dizer que você não podia ou não *queria* fazer isso? Por que mentir assim... de graça?
Voltei a andar. Minha garganta ardia conforme eu tentava sufocar a emoção. Eric não veio atrás de mim. E, quando alcancei a rua, pude enfim permitir que as lágrimas inundassem meu rosto.

27

"Ainda que eu ande pelo vale da sombra da morte, não temerei mal nenhum, porque tu estás comigo; o teu bordão e o teu cajado me consolam." Salmos 23.4

Temo que minha letra não vá sair tão formosa dessa vez. Meu pai apertou a mão do senhor Marques, pai de Afonso, durante o almoço de hoje. O acordo foi selado. O casamento será no próximo mês.

3 de abril de 1969

— Por que você quer levar o chá da dona Augusta hoje? — minha mãe perguntou me olhando de esguelha. — Só veio aquele dia que eu pedi e nunca mais apareceu.

— Ela falou que a porta estava aberta para mim — respondi dando de ombros.

O som suave de notas flutuou pelo andar de cima e chegou até a cozinha. Era como se elas me convidassem a subir.

— Tá bom. — Ouvi um quê de satisfação em sua voz. — Já entendi por que você quer levar o chá hoje.

— O único motivo é que eu sou uma boa filha que deseja aliviar um pouco a carga da mãe, tá bom?

Cortei um pedaço do bolo e o coloquei em um pratinho sobre a bandeja, ao lado do bule com chá de camomila, e subi mais rápido do que meu senso deveria me permitir fazer. Meu coração batia um tanto irregular no peito. Abri a porta após duas batidinhas, a ansiedade me empurrando para dentro.

Dona Augusta me recebeu com as sobrancelhas erguidas de surpresa. Depositei a bandeja na mesinha de sempre, e as palavras escaparam antes que eu pudesse contê-las.

— Você se casou com ele?

Ela jogou a cabeça levemente para trás, a confusão estampada nos olhos. Após me fitar por dois segundos, soltou uma risada.

— Vejo que andou mesmo lendo o diário! — Ela foi até o pequeno bule e derramou o chá sobre a xícara. — Mas parou no meio do caminho?

— Folheei as páginas seguintes e tinha várias orações e poemas. Não consegui achar o dia do casamento! Não aguentei e tive que vir perguntar.

— A paciência é uma virtude, cara Alissa. Você quer a resposta de mão beijada assim?

Cruzei os braços e soltei um muxoxo.

— Arrisco dizer que as coisas não ficaram mais fáceis após aquele último dia em que conversamos, não é? — Ela me analisou, bebericando a xícara.

Não mesmo.

Era segunda-feira. A conversa com Eric no sábado à noite era como água em meus pulmões. Parecia me sufocar o tempo todo.

— Existem quatro coisas que eu preciso fazer quando estou em um momento difícil. — Dona Augusta guardou a xícara e caminhou até o violino. — Me envolver em atividades que me agradam, porque elas me lembram de que nem tudo é tão ruim assim. Essa é a quarta coisa.

Ela tocou as cordas do violino com o arco, e um som doce e calmo encheu a sala. Não conhecia aquela composição, mas me senti abraçada por ela. Estiquei os lábios em um sorriso.

— A terceira é fazer uma bela caminhada. Receber vento no rosto e arejar a mente. Nós precisamos pensar sobre as coisas para obter boas conclusões sobre elas. — Ela falava em tom solene. — A segunda é procurar o que pode elevar o meu humor. Encontrar amigos divertidos, assistir a uma comédia romântica, até ler um livro de anedotas está valendo! — Ela voltou a tocar. Dessa vez, um ritmo alegre e divertido. Dona Augusta fazia caras e bocas enquanto tocava, como se as notas fossem falas de um personagem de comédia. Não consegui conter a risada.

Quando ela finalizou, fez uma mesura de agradecimento como se estivesse em um concerto. Bati palmas e levei os dedos à boca para um assobio.

— Aí está o que eu estava procurando. — Ela apontou para mim. — Esse sorrisão de comercial de pasta de dente.

Estiquei mais o sorriso. Não lembrava a última vez que havia feito isso.

— Você consegue fazer o que quiser com seu violino, dona Augusta.

— E eu gostaria muito de saber o que você é capaz de fazer com o seu.

Meu sorriso foi se fechando aos poucos. Procurei algum outro assunto que me desviasse daquele. Então, me lembrei de algo.

— Dona Augusta, qual é a primeira coisa?

Ela pensou por um instante.

— Oh! É mesmo! Olha só que cabeça, a minha. — E bateu a palma na testa. — Esqueci de falar a mais importante de todas! Quando estou em um momento complicado, a primeira coisa que faço é orar, minha querida. Pouco adiantam todas as outras coisas se a primeira não for feita. Tempo com meu Pai. Essa é a parte que nunca me será tirada.

Minutos depois, desci as escadas digerindo as palavras de dona Augusta. Quarta coisa: fazer algo que me agrada. O que eu gosto de fazer? Além de tocar violino? Sei lá. Dormir?

Terceira: fazer uma bela caminhada. Apesar de fazer isso todos os dias nas idas e vindas do ponto de ônibus, Sam sempre matracava sem parar. *Para fazer uma caminhada e arejar a mente sem que minha mãe me mande voltar logo pra casa, só se eu aproveitar quando ela me mandar ir comprar alguma coisa.*

Segunda: elevar o humor. Dona Augusta havia feito isso muito bem por mim agora.

E, por fim, a primeira coisa: *orar*.

Havia quanto tempo eu não orava? *Pouco adiantam todas as outras coisas se a primeira não for feita.* Suspirei. O que eu ia orar? *Oi, Deus! Namorei escondido, fui enganada e agora estou com o coração partido. Pode me ajudar?*

Franzi a testa enquanto me despedia da minha mãe, passando pela cozinha rapidamente. Na varanda, diminuí os passos. Ruído de vozes vinha da garagem perto dali.

— Você precisa ver outros caminhos, filho! Administração, direito, arquitetura... sei lá.

Era a voz do senhor William. A porta do carro foi fechada com força.

— Vou escolher minha especialização ano que vem — Theo falou mais baixo, mas ainda assim dava para ouvir com clareza. — Mas não vou abrir mão do basquete. Você sabe que essa é a minha escolha.

— E eu respeito a sua escolha, mas estamos falando sobre coisas improváveis aqui. E é bem improvável que você consiga jogar por muito mais tempo.

— Já recebi alta e liberação. — A voz de Theo era impassível.

— Eu conversei com o médico, Theo! Existe uma grande possibilidade de seu ombro ficar ruim de novo.

Houve um silêncio. Olhei para trás, mas, antes que meus pés seguissem meus pensamentos e eu fosse embora pelo gramado, Theo entrou na varanda como uma tempestade. Ele me olhou de soslaio e fez menção de parar, mas logo seguiu adiante e desceu o ressalto da varanda para o gramado, cruzando o caminho que levava até o pergolado no jardim.

O senhor William veio logo depois. Com o rosto contraído, apenas me cumprimentou com um aceno de rosto e seguiu para dentro da casa. Fui rápido para o caminho lateral. Theo estava sentado no banquinho sobre o pergolado rodeado de ramos. Com as chuvas constantes, não vinha sendo fácil ocupar um lugar ali. Ele descansava os braços sobre as pernas, e seu cabelo pendia para baixo, seus pés parados sobre uma poça rasa de água.

Lembrei-me dos olhos vibrantes de Theo enquanto ele ensinava Sam a jogar basquete. E, depois, ao falar sobre o esporte. Diminuí os passos. Ele não se moveu um centímetro. Olhei reto e continuei andando. Mas, antes que desse mais do que dez passos, parei. Apertei meus dedos nas palmas e, reunindo coragem, me virei.

28

Olhei para ele por um momento e em seguida pisei na grama até o pergolado. Me sentei no banco à sua frente. A madeira ainda meio úmida gelou meu traseiro e minhas coxas. Quase me levantei. Theo não ergueu a cabeça.

— Sam encheu o saco mais cedo pedindo pra te ver. — Me arrastei até a ponta do banco. — Ele quer conversar sobre os quadrinhos. Está devorando um atrás do outro. E isso me lembrou de que eu não agradeci pelas revistas. — Abri um sorriso pequeno. — Obrigada.

Theo demorou um pouco para reagir, mas por fim abriu um sorriso de canto, ainda olhando para baixo.

— Ele saiu um pouco do videogame?

— Você conseguiu esse grande feito.

— Os super-heróis conseguiram. — Theo fitava seu reflexo na poça. — Saudade do tempo em que abrir uma daquelas revistas me ajudava a esquecer tudo ao redor.

Ficamos um tempo em silêncio. Fitei os ramos secos enroscados ao redor da madeira.

— Você tinha razão. — Minha voz cortou a serenidade dos ruídos da natureza ao redor. — Eu não devia ter ido ontem.

Theo demorou a falar. De novo.

— Comecei a sentir dores no ombro direito no ano passado. — Quando falou, ainda olhava para a poça. — Fui a vários médicos investigar o que era. Alguns disseram que era para eu dar uma pausa no basquete só para recuperar meu manguito rotador. Outros passaram algumas sessões de fisioterapia e disseram que não teria problema continuar jogando. Minha primeira temporada de basquete pela faculdade estava chegando. E eu havia esperado isso por muito tempo. Quem você acha que eu resolvi escutar?

Esperei que ele continuasse.

— Fiz a fisioterapia. Tomei os remédios. E dei tudo de mim nas partidas. Meu time, apesar de não ter ganhado, foi até a semifinal.

— Então você fez a escolha certa.

Ele puxou o ar e soltou.

— Minha lesão piorou, na verdade.

— E o que aconteceu depois? — Minha voz subiu o tom.

— Fui afastado da quadra. Fiz um tratamento mais complexo. E perdi a temporada deste ano.

Pisquei.

— Viu? Eu e minha vida perfeita também temos arrependimentos. — Os lábios de Theo se elevaram ligeiramente nos cantos quando ele olhou para mim.

— Assim como uma nota errada pode colocar todo um arranjo a perder, escolhas ruins podem comprometer o curso da vida — repeti a frase de dona Augusta. Logo arregalei os olhos e balancei as mãos. — Oh, não quis dizer que você comprometeu o curso da sua vida. É que essa história de arrependimentos me lembrou disso que sua avó me disse e acho que acabei falando mais para mim mesma.

— É o tipo de coisa que ela diria mesmo. — Ele riu, erguendo seu tronco até o encosto do banco. — Eu escolhi a quem ouvir e colhi os frutos. Porque se existe algo que a gente não pode fugir nesta vida é disso: das consequências de nossas escolhas.

Engoli em seco.

— Se eu ao menos tivesse pensado mais um pouco antes de... enfim.

— Ainda bem que Deus pode pegar nossos "e se" e transformar em algo bom, Alissa.

Baixei os olhos. *Será?*

— O que você vai fazer agora? — mudei o assunto. — Quer dizer, em relação ao basquete e tudo o mais.

Theo suspirou.

— Meu pai quer que eu desista de vez. E eu o entendo. Mas depois desse novo tratamento que fiz, estou esperançoso.

— Vou torcer por você. — Sorri. E resolvi que se, Theo estava sendo honesto, eu também poderia ser.

— Acho que você deve saber que a Verônica acusou meu pai de ter andado no carro dela sem autorização. Meus pais conversaram sobre tudo o que aconteceu com sua mãe naquele primeiro dia.

Ele assentiu.

— No dia em que fomos expulsos da casa da Verônica sem nem podermos nos defender, senti como se nossa dignidade tivesse sido jogada no lixo. E percebi o quanto um ser humano pode ser cruel e tratar o outro como se não valesse nada.

— Aquela mulher deveria ser processada.

Dei um riso amargo.

— Eu pensei nisso. Pedi a Eric as filmagens das câmeras de segurança da rua. Ali teria a prova de que meu pai não havia saído em nenhum momento. Mas Eric disse que não tinha acesso às câmeras, que ele era de outro departamento. Só que ontem ele deixou escapar que tem acesso a todas elas. E que pode até apagar imagens, se quiser. — Meus olhos se encheram de lágrimas. — Quando eu o questionei, ele disse que não poderia prejudicar um morador. Logo ele, que tanto critica as pessoas que moram aqui. — Dei uma olhadela rápida para Theo.

— Com uma ordem judicial, a administração seria obrigada a entregar os vídeos.

— Ah, meus pais não querem saber disso. Estão muito felizes trabalhando para a sua família.

— Nós gostamos muito dos dois. O Gilvan, claro, foi uma ótima referência por ser de confiança da família. Mas sabe por que minha mãe não acreditou em toda aquela lorota da Verônica? Ela conhece a peça há anos. E, infelizmente, não é a primeira vez que faz isso com funcionários.

— Não? — Franzi o cenho. — Viemos pra cá no escuro, sem ideia do que nos esperava.

— Seu pai era vigilante no Rio, não era?

— Como você sabe?

— Você falou aquele dia na praia.

Meu rosto esquentou com a lembrança.

— Ele tem curso de primeiros socorros. Quando houve o acidente em frente ao prédio em que ele trabalhava, não conseguiu ficar só olhando, sabe? Muitos moradores entenderam, mas algumas pessoas não. Disseram que ele deixou o condomínio exposto. E nisso foram meses de desemprego que quase o fizeram pirar. Receber a oferta de vir pra cá foi como um bote salva-vidas que chegou num momento em que a água já tinha passado da nossa cabeça.

— Eu senti tanta raiva da Verônica aquele dia. — Theo cruzou os braços. — O dia em que nos conhecemos.

— O que você estava fazendo na casa dela?

— Ela estava querendo fechar um negócio com a empresa dos meus pais, por isso procurava formas de agradar. Já tinha feito inúmeros convites e, por mais que minha mãe não quisesse parceria com ela, depois de tantos nãos, acabou aceitando aquele último convite, mais por educação mesmo. Como meu pai não estava aqui, eu fui para acompanhar minha mãe.

— Foi legal o que você fez por mim aquele dia. E eu nem disse um "obrigada".

— Tô acostumado.

— Ai! — Deitei o rosto nas mãos. — Eu estava tão cansada e frustrada. Sem amigos, com aquele tanto de serviço para ajudar minha mãe, as demandas com o Sam... Acabei não enxergando o que estava bem na minha frente.

— Você não está falando dos copos que deixou cair, né?

Anuí.

— No fundo, eu sabia que todo o lance com Eric era errado. Mas eu queria tanto.

— A carência é terrível.

— Meio vergonhoso, pra mim, admitir que estava carente, mas é bem isso mesmo.

— Vergonhoso por quê? — Ele ergueu um ombro. — Isso é coisa que todo mundo sente. A diferença é o que fazemos com isso.

— E o que você faz com isso, Theo?

— Oro, peço conselhos pra gente mais madura na fé, procuro estar com meus amigos, leio a Bíblia, me exercito, tomo um banho gelado.

— A lista é longa. — Dei uma risada.

— Mas a mais importante é: entender o propósito de esperar.

— Esperar o quê, uma boa namorada?

— Uma boa esposa.

Apertei os lábios e dei um tapa no ar.

— Até parece.

— Qual foi, Alissa? Não acredita em mim?

As coisas que Eric tinha me falado sobre ele voltaram à minha mente. E estava ficando cada vez mais difícil acreditar nelas.

— A Mari perguntou sobre você na igreja — Theo falou diante do meu silêncio. — Sua família toda foi ao culto ontem. Por que você não?

O carro do meu pai finalmente tinha ficado pronto, e ele e minha mãe resolveram visitar a igreja de dona Augusta mais uma vez. Eu tinha dito que estava sentindo dor e por isso não tinha ido. Dor no coração também valia, certo?

— Ah, é que... eu não estava muito bem, sabe?

Theo meneou a cabeça, e o assunto morreu. Os olhos dele se fixaram no nada, parecendo tristes de novo.

— Quer dar uma volta? — perguntei sem pensar muito. — Sam vai ficar feliz da vida.

Ele demorou tanto a responder que comecei a me sentir uma idiota por ter proposto aquilo.

— Ah, deixa pra lá, você deve ter outras coisas pra fazer.

— Bora. — Ele ficou em pé de uma vez. — Espero vocês ali fora.

29

— Não, cara, claro que a edição de 2014 é a melhor! Você não viu? Reúne todos os heróis da DC.

Desde que tínhamos saído de casa, Theo conversava com Sam sobre as HQs e às vezes, se Sam arriscasse a dizer que não tinha gostado de alguma que ele amava, Theo discutia como se também tivesse nove anos.

Eu era mera coadjuvante naquele papo todo enquanto as vozes dos dois ecoavam pelas ruas do Village. Andamos sem rumo por algum tempo e acabamos encontrando Bento pela rua batendo uma bola de basquete no chão. Ele cumprimentou Sam como se fossem amigos de longa data.

— Estou indo para a quadra. Bora jogar? — ele propôs.

Sam se virou para mim com olhos pidões. Olhei para Theo rapidamente, a conversa com o pai dele voltando à minha cabeça.

— Não, Sam. — Encostei a mão no ombro dele. — Hoje não.

— Vamos jogar, sim. — Theo me olhou por um segundo antes de responder. Os meninos vibraram. Não demorou muito e os outros garotos daquele dia também brotaram na quadra.

Me acomodei no mesmo canto da quadra do outro dia e fiquei observando o grupo jogar. E, como antes, depois de algum tempo, Theo pediu licença do jogo e se acomodou ao meu lado.

— Agora que você já sabe meu drama com o basquete, chegou a sua vez de contar seu drama com o violino.

— Não tem drama nenhum.

Ele estreitou os olhos para mim.

— Ah, tá.

Continuei olhando para o jogo.

— Você está no último ano da escola, né? — ele perguntou. — O que vai fazer ano que vem? Já escolheu seu curso na faculdade?

Dei um riso amargo.

— Nem todo mundo pode se dar ao luxo de escolher essas coisas.

— Ué, por que não?

— Minha família precisa de mim aqui.

— Existem algumas faculdades à distância e cursos em Ponte do Sol.

— Eu sei. — Cutuquei uma pele que escapava do meu polegar.

— Mas nenhum deles é o que você quer, né?

Puxei o ar e o expeli devagar.

— São poucas opções. Talvez no futuro eu acabe tendo que escolher entre elas, mesmo. Mas, por agora, vou trabalhar e continuar cuidando do Sam.

— Sem estudar? — Ele parecia tão chocado que eu achei graça. — Quer dizer, seus pais não cobram isso de você? Escolha de futuro e essas coisas?

Dei de ombros.

— Cecília sempre foi a filha inteligente, a dona das melhores notas e elogios. Ela passou em arquitetura na UFRJ, acredita? Mas não pôde cursar, porque viemos embora pra cá antes. E eu sei como isso acaba com meus pais até hoje. Por isso, eles se esforçam e pagam um curso de edificações pra ela. — Mirei minhas unhas. — Já eu sou aluna mediana. Não fico de recuperação quase nunca, mas também não tiro as notas mais incríveis. Nunca fiz nada de extraordinário na minha vida escolar. Enfim. Cecília sempre foi o sol, e eu só refletia a luz dela. Acho que meus pais já pressupõem que eu vou ser a filha que sempre vai estar ali por eles e por Sam. Alguém precisa fazer isso.

— Sam já parece ter tanta autonomia. Às vezes nem parece um garotinho de apenas nove anos.

— Não mesmo, né? — Abri um sorriso. — Embora ele já faça várias coisas sozinho, ainda é uma criança. Precisa de um adulto que o leve à escola e à fisioterapia, que o ajude no banho...

— Você não é adulta.

— Vou ser daqui a um mês.

Ele ergueu as sobrancelhas.

— Em que dia exatamente você já vai poder ser presa?

Eu ri.

— Trinta e um de julho.

Ele pensou um pouco.

— E no futuro?

Olhei para ele, e uma ruga surgiu entre minhas sobrancelhas.

— Quando Sam crescer e tal?

Fixei os olhos em meu irmão. As pontinhas de seus cachinhos estavam úmidas de suor e, com determinação no olhar, ele dava a vida pelo jogo.

— Eu sei que ele vai ser um grande homem. Vou fazer de tudo para que ele alcance seus sonhos, mesmo que para isso eu precise adiar os meus.

Theo abraçou as pernas dobradas.

— Isso é uma coisa muito honrada. Abrir mão de si pelo outro.

Puxei alguns fios soltos da minha bermuda.

— Seu plano para o próximo ano é trabalhar e continuar cuidando do Sam? — Theo voltou a perguntar. — Qual trabalho?

— Sei lá! O que aparecer. Não dá para ficar escolhendo muito também. — Apertei os lábios em uma linha fina. — Não me olhe com essa cara de pena. Eu estou bem com isso.

— E onde entra o violino nessa história?

— Você não vai me deixar em paz, né?

— Eu só queria entender. E acho justo, já que você escutou de forma indevida minha conversa com meu pai e, portanto, me deixou com dois quilos de vergonha nas costas.

— Indevida coisa nenhuma! Vocês estavam falando na maior altura. Não tenho culpa de ter ouvido. — Revirei os olhos e soltei um gemido. — Ai, tá bom! Se eu contar, você vai parar de encher o saco?

Ele riu e prestou uma continência, como um soldado. Inspirei o ar.

— No dia em que meu pai contou que nos mudaríamos pra cá, eu tinha levado Sam à fisioterapia mais cedo e ido à escola municipal de música. Sempre fazíamos assim às terças e quintas-feiras. Mas, naquele dia, choveu quando íamos para o ponto pegar o ônibus de volta pra casa. Uma chuva torrencial. Depois de eu ativar o Modo Parker e gritar um bocado, as pessoas abriram espaço para que eu fosse para a frente da fila com Sam. Só que, antes de chegar no ônibus, havia uma rampa. E eu não sei dizer no que pisei naquele momento, só sei que escorreguei o pé e caí para trás em uma corrente de água escura e fedorenta. Meu violino estava dentro do case nas minhas costas. Fim da história.

— Já ouvi minha avó dizer que violinos são instrumentos muito sensíveis e delicados.

— Então você já pode imaginar o que aconteceu com a queda.

Theo pensou um pouco, como que absorvendo o que eu havia acabado de falar.

— Por isso você não aceitou as aulas com a minha vó? Por que não tem um violino?

Evitei olhar para ele.

— Nunca contei isso pra ninguém.

— Nem para os seus pais?

Neguei com a cabeça.

— Obrigado pela confiança.

— Falou o cara que me encheu a paciência pra falar! — Empurrei o ombro dele de leve. — Você vai ter que me prometer que não vai contar isso pra ninguém. E, quando eu falo ninguém, a sua avó está na lista, ouviu? — Ergui o dedo em riste pra ele, olhando-o no fundo dos olhos. — Da última vez, você contou pra ela, então prometa.

— Mas você não disse que não era pra contar. — Ele ofereceu o dedo, e eu encaixei o meu mindinho nele.

— Estou tentando juntar dinheiro pra mandar consertar o Olive. Se eu conseguir, pago minha promessa com você.

— Olive?

Estalei a língua quando percebi meu furo. Aquilo era o tipo de coisa que ninguém além de mim deveria saber.

— É o nome do meu violino. — Senti as bochechas ruborizarem. — Meio bobo dar nome para as coisas assim, né?

— Eu acho fofo. — Seus olhos ficaram pequenos à medida que sorria. — Por que escolheu esse nome?

— Porque gosto de verde. — Dei de ombros. — Lembra a minha mãe.

— Sua mãe? Que bonito.

Apertei os lábios. Eu nunca havia explicado o nome do Olive dessa forma para outra pessoa. Não que alguém além dos meus antigos colegas da escola municipal de música tivesse perguntado.

Senti o celular vibrar dentro bolso da calça. Puxei o aparelho e, ao colocar os olhos sobre a tela, correu gelo em minhas veias.

> Eric: No final das contas, eu não era o maluco ciumento, né? E ainda veio com aquele papinho de vontade de Deus... Nunca pensei que você fosse tão baixa, Alissa.

Engoli o fôlego, meu coração batendo violento contra meus ouvidos.

Alissa: O que vc tá falando??
Eric: Comigo tinha que ser escondido, mas com o riquinho seus pais deixam na rua em plena luz do dia, né?

Ergui a cabeça, varrendo ao redor com os olhos arregalados. E, com um embrulhar de estômago, avistei o carro prata que eu já tinha visto Eric dirigir algumas vezes, estacionado do outro lado da rua em frente à quadra. Me levantei em um impulso, dei a volta por trás de onde os meninos jogavam e saí da quadra. Sem olhar para os lados, caminhei até a janela aberta do carona.

— Você acha que eu sou o quê? — Minha voz tremia.

Ele puxou o canto da boca em um sorriso curto.

— Acho que você já sabe.

— Até ontem, eu não era uma garota que "valia a pena?" — Cruzei os braços.

Eric olhou para os lados, forçando uma expressão de surpresa.

— Ué, você não vai me chamar pra ir pra algum canto? Seu pai não pode passar a qualquer momento? — Ele abriu a boca em formato de "o". — Ah, não, parece que ele não se importa mais, né? Você estava ali, quase aos beijos com o filho da patroa. Isso faz parte do pacote do serviço?

Mexi a boca, mas as palavras se recusavam a sair. E, à medida que meu peito sacudia com violência, assisti enquanto o vidro fumê se erguia diante de mim. Eric deu partida no carro e me deixou ali, plantada no meio da rua. Como uma idiota.

Apertei meus dedos contra as mãos até as unhas quase perfurarem minha pele. Prendi o maxilar em um esforço desesperado para segurar as lágrimas. Fitando o chão, voltei para a quadra. Antes de entrar, vi Theo próximo à saída, olhando para mim.

Passei direto por ele e, forçando a voz mais descontraída que consegui fazer, chamei Samuel para ir embora.

— Mas eu não quero!

— Eu não te dei opção.

— O Theo pode me levar depois. Não pode, Theo? — Sam esticou a cabeça para olhar atrás de mim. Não esperei a resposta dele.

— A sua responsável sou eu. Vem agora.

Dei meia-volta e saí da quadra. Não demorou meio minuto e escutei as rodas da cadeira de Sam. Fui até ele e o conduzi de volta para casa, sem olhar para trás.

30

Meu coração parecia uma bolinha de papel amassada enquanto eu cortava as ruas do Village. Minha mãe pediu que eu fosse ao mercado e escolhi ir de bicicleta. Talvez o vento no rosto e o movimento dos pés ajudassem a aplacar o mar revolto que se agigantava dentro de mim. Foquei os pensamentos na semana de provas que começaria na segunda.

Quando cheguei ao centro comercial, minhas mãos pareciam menos trêmulas. Meu peito, menos apertado. E até consegui dar um sorriso para a atendente do caixa. Ao sair da loja, senti o cheiro do brownie de uma cafeteria que havia na mesma calçada.

Momentos difíceis combinavam com chocolate. Marchei até lá.

O lugar era charmoso. Luminárias coloridas, balcão de madeira com vidro, de onde podíamos ver as diversas gostosuras que eram produzidas na loja. As mesas, quase todas cheias. E o cheiro de café misturado com chocolate impregnava o lugar.

Um grupo de meninas finalizou o pedido, e logo foi minha vez. Pedi dois brownies com bastante calda para levar. Um para mim e outro para Sam. Eram tão caros que eu estava desperdiçando boa parte do pouco dinheiro que havia guardado. Mas precisava compensar a forma rude com que tinha feito Sam ir embora da quadra. Fazia mais ou menos uma hora, mas quando saí de casa ele ainda estava com os lábios projetados para a frente em um bico magoado.

Estendi meu cartão para o atendente e percebi que o grupo de adolescentes em uma mesa próxima, que falavam alto como hienas até pouco antes, agora conversavam aos cochichos. Realizei o pagamento e fiquei em frente ao balcão, esperando. Os cochichos continuavam. Olhei de esguelha na direção deles. Percebi que duas meninas olhavam para mim e desviaram o olhar de imediato. A conversa diminuiu e ouvi apenas alguns risinhos.

Eles estavam falando de mim? Impossível. Quase ninguém naquele condomínio sabia quem eu era. Peguei as caixinhas de brownies e saí da cafeteria com uma péssima e crescente sensação na boca do estômago.

É coisa da sua cabeça.

Amarrei um pouco mais firme a sacola que guardava as embalagens dos brownies e, quando ergui a cabeça, vi duas garotas conversarem perto do porta-malas de um carro. Apesar do vento frio, elas tomavam sorvete de casquinha. Reconheci o longo cabelo preto como petróleo no mesmo instante.

Olhei para a frente e apertei o passo.

— É Alissa o nome dela, não é? — Ouvi a suposta tentativa de sussurro. Andei um pouco mais depressa. — Alissa!

Eu poderia fingir que não tinha ouvido?

— Oi! — A voz ficou mais próxima.

Droga. Não poderia.

Olhei para trás. Madá e Analu, as amigas de Theo que eu tinha conhecido no dia do rapel, pararam na minha frente. Elas se entreolharam.

— Tá tudo bem com você? — Analu segurava um sorvete que parecia de pistache. Olhei da casquinha para ela. Por que algo me dizia que havia alguma coisa estranha com aquela pergunta?

— Tudo — respondi.

Elas se entreolharam mais uma vez.

— Bem, se me dão licença, preciso ir para casa. — Dei as costas e, com mais cinco passos, alcancei o bicicletário. Antes de tirar a bicicleta, olhei para trás de novo. Madá e Analu, paradas no mesmo lugar, cochichavam entre si.

Primeiro, na cafeteria. Agora, as duas. O que eram aqueles cochichos todos?. A certeza de que algo estava errado bateu forte na minha nuca.

— O que está acontecendo? — Ergui o queixo. — Falem de uma vez.

Analu desviou o rosto para o lado, e uma sombra esquisita surgiu nos olhos de Madá.

— Você não faz parte do grupo no WhatsApp da galera do condomínio?

— Não.

As duas trocaram um olhar. De novo.

— Olha, eu não tenho o dia todo. — Tirei a bicicleta do suporte e mirava o guidom quando a voz de Madá me fez olhar para trás mais uma vez.

— Postaram uma foto sua lá.

— Foto minha? Por que alguém compartilharia uma foto minha...

As palavras morreram. E algo como uma sirene vermelha ecoou em minha cabeça. E ela me avisava que algo tinha dado muito errado.

— Que... foto?

— Você não sabe mesmo? — Analu arregalou os olhos. Ela parecia genuinamente alarmada.

E então a lembrança veio. Nítida. Clara como... *aquela foto*. Senti meu coração ser cortado de cima a baixo. Três segundos. Deve ter sido esse o tempo que levei para despertar do meu torpor. Joguei a bicicleta contra o chão e corri até elas.

— Onde está? Me mostrem.

Madá apertou os lábios e, um pouco hesitante, ergueu o braço dobrado com o celular na mão. Travei a mandíbula tão forte que chegou a doer. Ali, no celular de Madá, estava a foto que eu havia enviado para Eric.

Dentro de mim, parecia tudo oco. Um eco esquisito zumbia em meu ouvido. Arranquei o celular da mão dela e, com dedos desesperados, entrei no perfil do número que tinha postado a foto. Não tinha nome. Não tinha foto. Voltei para a página do grupo, e meus olhos vidrados liam cada comentário.

Quem é ela?
Acho que já vi essa garota andando de bicicleta pelo condomínio.
Caraca que piranha kkkk

Quem postou isso, gente?

Meus dedos tremiam sobre a tela. Os comentários não paravam de chegar. De repente, as letras começaram a ficar turvas. Pisquei seguidas vezes e entreguei o celular de volta para Madá.

— Foi um número desconhecido que entrou no grupo hoje — Analu explicou. — Sem nenhuma identificação.

— Eu preciso sair daqui... eu preciso... — Era como se uma bomba tivesse estourado meus tímpanos. Tudo ao redor parecia um vazio de som. Eu nem entendi direito o que Analu disse em seguida. Algo como me sentar para acalmar.

Calma? Eu não fazia ideia do que era isso.

— Ei, a foto foi excluída! — A voz de Madá foi tão aguda que me despertou do meu torpor. Puxei o celular da mão dela. Realmente. No lugar de onde estava a imagem, apenas uma mensagem informando a exclusão do conteúdo pelo administrador.

— O número que enviou a foto também saiu, olha. — Analu esticou o pescoço para a tela.

— Deve ter sido excluído pelo Theo.

Disparei os olhos para Madá. Ela deve ter visto o alarde em meus olhos.

— Ele é um dos administradores do grupo.

Levei uma mão ao pescoço. Respirar, de repente, ficou difícil. Fui até minha bicicleta e tropecei na roda. Me desequilibrei, mas consegui me segurar no guidom e no banco antes que minha cara parasse no chão.

— Você quer ajuda? — Analu disparou as mãos para segurar meu braço, mas eu o puxei para longe, ganhando equilíbrio de novo. Meio trôpega, consegui colocar a bicicleta em pé.

— Ei, minha mãe está ali no mercado — Madá disse. — A gente pode dar uma carona pra você.

Fixei os olhos no quadro da bicicleta.

— Não precisa. — Subi no selim e, em poucos segundos, cortava a rua como se estivesse em algum tipo de corrida. O vento gelado lambia meu cabelo para trás. Meu coração parecia estar sendo forçado para dentro de uma caixa apertada e estreita. O ar queimava meus pulmões.

Empenhei mais força nos pedais. *Quem é ela?* Apertei as mãos ao redor do guidom. *Que piranha.* E um borbulhar que havia começado fraco no meu peito de repente ferveu como água.

A caixa explodiu. E, com ela, as lágrimas que eu prendia desde que tinha deixado o centro comercial. Uma náusea subiu pela minha garganta a ponto de eu não conseguir mais pedalar. Desci com a bicicleta ainda em movimento, deixando-a caída de qualquer jeito sobre o meio-fio. Me joguei de joelhos sobre um canteiro gramado e olhei para os lados.

Tudo completamente vazio. Assim como dentro de mim.

O enjoo ficou ainda pior. Abaixei a cabeça e prendi os olhos úmidos enquanto aquela água amarelada e fétida era lançada através da minha boca. Passei as costas das mãos nos lábios trêmulos. *Como eu fui idiota! Por que acreditei em toda aquela história de tesouro que ele guardaria para sempre?*

Um riso amargo me escapou.

O que eu esperava? Algum dia minha vida tinha sido fácil? Alguma vez as coisas deram certo para mim?

A luz do sol começava a dar lugar à penumbra do crepúsculo quando virei a esquina da rua de casa. Ao contrário de antes, agora minhas pernas se esforçavam para colocar as rodas em movimento. Uma letargia tomava meu corpo. O gosto de vômito amargava minha boca.

Pedalei alguns metros e percebi que Theo estava na calçada em frente à garagem da casa com Denis, que ocupava uma moto de rally branca com adesivos vermelhos. Quase virei o guidom e entrei em outra rua. Mas, àquela altura, já não tinha rua para onde virar.

— Oi, Alissa — Denis me cumprimentou quando ainda faltavam alguns metros para alcançá-los.

— Oi — respondi e, antes que eu pudesse evitar o olhar de Theo, percebi seu maxilar marcado e aquela sombra em seu rosto. A mesma do dia em que ele havia me estendido o guardanapo. Fixei o olhar à frente e já ia passando direto por eles a fim de entrar no beco que me levaria até o portão lateral. Mas então eu vi.

A troca de olhares entre os dois. Denis erguendo as sobrancelhas de forma sutil. Theo negando com a cabeça. Tudo aconteceu em poucos segundos. Minhas narinas dilataram quando o ar passou por elas com força.

— O que foi? — Parei a bicicleta já quase em frente ao beco.

Os dois olharam para mim. Alguns metros nos separavam. Denis lançou um olhar para Theo, que encolheu os ombros no que parecia um esforço para parecer espontâneo.

— Nada.

Olhei de um para o outro.

— Vocês estavam falando de mim, né?

Theo engoliu em seco. Dei uma risada baixa, sem humor.

— Por que estão com essa cara de velório? Não era para estarem rindo ou me julgando depois do que aconteceu?

Denis desviou a atenção para sua mão e começou a cutucá-la. Theo colocou as dele na cintura e fitou o chão.

— Alissa, eu garanto que...

— Garante o quê, Theo? Eu tive tanta raiva de você por causa disso, e agora, ao que tudo indica, o *Eric* fez o mesmo comigo! Eu sabia que não deveria fazer aquilo. Sabia! Garotos não são confiáveis! — Arregalei os olhos ao perceber o que tinha falado. Abri minha boca e a movimentei sem som. Embora curiosa, nunca tinha tocado nesse assunto com Theo. Depois de perceber que ele não era tão ruim quanto Eric havia feito parecer, cheguei a pensar que isso devia ser uma página que pertencia ao seu passado. E, agora, eu simplesmente tinha jogado tudo como uma toalha esticada entre nós.

O rosto de Theo assumiu tons de vermelho.

— Se sabia, por que fez, Alissa? Por que caiu no papo daquele cara? — Ele abriu as mãos. Tentei controlar o bolo que crescia na garganta. *Ele está me julgando.*

E eu poderia condená-lo por isso?

— Você teve tanta raiva do Theo por quê? — Denis uniu as sobrancelhas e olhou de mim para Theo.

— Ela acha que eu já fiz isso. — Theo passou a mão no pescoço, a mandíbula travada.

— Isso o quê? — Demoraram poucos segundos até que a compreensão tomasse o rosto dele. Denis soltou uma risada incrédula e olhou para mim.

— De onde você tirou essa ideia maluca?

Pisquei algumas vezes.

— Eric disse que... — Ah, a situação já não estava ruim o suficiente? Puxei o ar e soltei. — ... o Theo compartilhou a foto de uma garota e ele a defendeu.

— Ah, é claro que o Eric contou essa versão que só existe na cabeça dele. — Denis revirou os olhos. — Aquele babaca. Quem defendeu a Yasmin foi o Theo!

Pisquei.

— Foi... ele? Esse tempo todo eu achei que...

— Sim, achou errado. Eric não te contou por que ninguém do nosso grupo fala com ele?

— Porque todos vocês ficaram a favor do Theo e contra ele.

— Exatamente o que aconteceu. — Denis balançou a cabeça rápido. — Mas não pelos motivos que ele falou. Theo fez de tudo para defender a Yasmin!

— Denis, chega — Theo falou com a voz enrijecida. — Isso não importa agora.

Segurei a bicicleta com mais força. No fim, eu estava me entregando de bandeja nas mãos do meu próprio algoz. Tudo dentro de mim começou a se revirar em repulsa.

Repulsa do Eric. Repulsa daquela foto. Repulsa de... mim.

— Alissa, me desculpa pelo que eu falei. É que... — Theo olhou para mim de novo. Sua expressão mais branda não impediu que sua voz ecoasse como um alto-falante em minha cabeça. *Se sabia, por que fez?*

Prendi meus lábios, sufoquei a vontade de gritar e entrei no beco sem esperá-lo terminar de falar. Marchei até em casa segurando o saco com os brownies e corri para o quarto. Minhas mãos tremiam. Peguei meu celular e o levei à orelha após teclar o número de Eric. Com o coração aos galopes, esperei.

Sua chamada está sendo encaminhada...

Tentei outra vez. E mais duas. Mais cinco. Quando o registro de chamadas marcava doze tentativas, parei. Segurei o guidom da bicicleta mais uma vez e, com os nós dos dedos brancos de tanto apertar, marchei até em casa.

Como eu podia ter me enganado tanto?

31

Nunca gostei muito de usar capuz de casacos. Até porque no Rio de Janeiro raramente fazia um frio que pedisse esse tipo de coisa. Mas no Village as coisas eram diferentes. E, naquele dia em especial, não tive escolha. Por mais que as ruas do condomínio ficassem vazias a maior parte do tempo, não queria correr riscos de ser vista. Ainda bem que o vento gelado não me deixava parecer uma marginal com capuz preto fazendo sombra no rosto.

Eu erguia os olhos o suficiente para que não batesse a cadeira de Sam em algum poste ou árvore. E o suficiente para procurar Eric pelas ruas. Depois de todas as minhas ligações terem ido para a caixa postal e nenhuma mensagem ter sido visualizada, o buraco profundo e dolorido que havia em meu peito desde o dia anterior só cresceu. Nem sei como tinha sido capaz de resolver as questões da prova de matemática aquela manhã.

Abri o portão lateral ansiando por chegar em casa e enfim poder me esconder lá dentro, mas uma voz me fez parar.

— Alissa?

Meu corpo enrijeceu.

— Oi, Theo! — Sam ergueu uma mão, balançando-a de um lado para o outro. Não levantei os olhos, mas, pela direção em que Sam acenava, Theo devia estar sentado sob o pergolado.

— E aí, meu amigo! Como vai você?

— Precisando falar sobre *Avante Vingadores*. Aquela história tá insana demais! A gente podia jogar basquete hoje e aproveitar para trocar uma ideia.

Theo riu.

— Claro! Três horas fica bom pra vocês?

Sam olhou para mim.

— Nós não vamos sair de casa hoje — respondi sem erguer a cabeça.

— Ah! Por quê?

— Você e eu temos muito o que estudar para as provas.

— Mas as minhas só começam daqui a dois dias!

— E é por isso que precisa começar a estudar hoje.

Coloquei a cadeira em movimento.

— Alissa, talvez meia hora não atrapalhe muito — Theo disse num tom excessivamente cortês. — Eu preciso falar com você.

Sem responder, apenas continuei em frente até chegar em casa, o que não ajudou na tromba que se formou no rosto de Sam. Era a mesma que o acompanhava desde o dia anterior e que nem o brownie fora capaz de desfazer. Quer dizer, só um pouquinho.

O restante da tarde foi mesmo de muito estudo. Sam tinha uma centena de deveres de casa, e eu mergulhei nas matérias que cairiam nas provas de biologia e português. Não deixava minha cabeça vazia por sequer um minuto. Das poucas vezes em que aconteceu, a vontade de gritar e socar alguma coisa só não era maior que a de chorar, coisa que eu tinha feito até alta madrugada da noite anterior.

Quando o relógio marcou oito e meia da noite, eu já estava esgotada de tentar segurar o dique das minhas próprias emoções. *Ninguém pode ver minha cara de choro aqui.* Apesar de já ter tomado banho à tarde, me vi sem escolha. Peguei um dos meus pijamas desbotados e minha toalha no varal, então segui para o banheiro. Me arrastava como a morta-viva que havia sido o dia inteiro.

Depois de alguns minutos, ouvi duas batidas na porta. Desliguei o chuveiro.

— O que foi?

— Saia logo do banho.

Era a voz do meu pai. Ele não costumava nos apressar, mas talvez eu estivesse demorando muito mesmo. Fazendo tudo de forma mecânica, finalizei o banho, me vesti e, quando coloquei os pés na sala, meu pai, minha mãe e Cecília olharam para mim.

— Credo. Parece que estou entrando em uma sala de tribunal. — Curvei os cantos dos lábios para baixo. — Cadê o Sam?

— Coloquei ele para dormir mais cedo hoje — disse minha mãe.

— Ah, você? Sou sempre eu que faço isso. — Eu já me dirigia para meu quarto quando a voz grave do meu pai me fez parar.

— Alissa. — Pelo tom dele, eu soube. De alguma terrível forma, eu soube. Senti as pernas ficarem moles. — Que história é essa de foto sua no grupo do condomínio?

Senti os músculos apertarem minha garganta. Por alguns segundos, o ar ficou suspenso. Tudo à minha volta era meio macilento, meio vazio, sem vida.

Aliás, que vida eu teria agora?

— Vire para seu pai e responda.

Girei com lentidão, minhas unhas enterradas nas mãos.

— Que foto...? — comecei falando baixinho.

— Nem adianta se fazer de desentendida — Cecília me cortou. — Eu vi a foto.

Minhas entranhas se contorceram.

— Viu onde? Você nem conhece ninguém daqui!

— Quem disse? — Ela cruzou os braços. — Fiz amizade com uma galera na lanchonete ali do centro comercial. Ontem alguns deles estavam na mesma esfirraria que eu em Ponte do Sol depois do curso. Seu lindo registro estava no celular de boa parte dos garotos da mesa.

Meu estômago bateu no pé.

— As pessoas salvaram a foto? — De repente, fiquei enjoada.

— *Alou!* Você vive em que ano, querida? Se nunca quiser que uma foto sua vaze, nunca envie. — Ela revirou os olhos.

Olhei para meus pais, que estavam calados, os olhos esbugalhados de choque.

— Você fez mesmo isso, Alissa? — Meu pai cerrou o punho. Fiquei de cabeça baixa, as mãos unidas na frente do corpo. — Fale logo!

E, depois de um dia inteiro dando tudo de mim para conter as lágrimas, a represa que apenas tinha começado a ser liberada durante o banho enfim encontrou seu caminho de saída. O piso para onde eu olhava ganhou marcas redondas de lágrimas. Mexi a cabeça, assentindo.

— Ele me pediu tantas vezes que acabei cedendo. — Um soluço oco escapou do meu peito. — Não imaginei que ele fosse compartilhar.

— Ele quem, Alissa? Você está namorando e não nos contou? E por que, pelo amor de Deus, você foi enviar uma foto nua para esse imbecil? — Meu pai continha a voz, provavelmente por causa de Samuel, mas seu rosto carmesim parecia a ponto de explodir.

— Eu não estava nua! — falei, mortificada. — Eu estava de... de...

— Roupa íntima e despida é praticamente a mesma coisa! — meu pai vociferou.

— Olhe pra nós! — minha mãe falou pela primeira vez. Um sussurro alto, raivoso. — Na hora de agir como uma mulher da vida, você não teve vergonha!

Me encolhi como se tivesse sido acertada por um soco. Teria doído menos. Ergui a cabeça, mas não conseguia enxergar nada através das lágrimas.

— Imagina se os patrões ficam sabendo disso! — ela continuou. — Com que cara vamos olhar pra eles? Isso se não quiserem nos demitir!

— Minha colega disse que o grupo é só da galera jovem do condomínio. Parece que o *administrador* removeu a imagem pouco tempo depois que foi postada e disse que compartilhar a foto também era crime — Cecília deu ênfase olhando para mim. — Por causa disso, parece que não se espalhou tanto assim.

Fiz um movimento breve com a cabeça e implorei a ela através do olhar. Meus pais não podiam sonhar que Theo sabia. Morreriam de vergonha, mais do que já estavam. Ela desviou os olhos e torceu os lábios.

— Fiz todos os garotos apagarem a foto na minha frente. E excluírem da lixeira — Cecília disse em tom monótono. — Quanto menos gente souber, melhor. Não tô a fim de ser olhada de rabo de olho por essa gente por causa de você.

Meus olhos ardiam. As lágrimas faziam caminho até meu pescoço. Era como se um contêiner estivesse sobre meu peito. Mal conseguia respirar.

— Eu coloquei *uma* regra em relação a namoros, Alissa. Uma! — meu pai cuspiu. — Como você pôde me desobedecer assim?

Abaixei a cabeça.

— Quem é esse moleque? E é bom que você fale a verdade!

A vontade de sair correndo pela porta da sala era quase sufocante. Mas depois eu teria que voltar. Então, falei com a voz abafada:

— Eric. — Passei as costas da mão no rosto. — Mas ele não é morador do condomínio, pai. Ele trabalha aqui.

— Eric... — Meu pai parecia vasculhar em sua memória. — Aquele garoto que anda pra cima e pra baixo naquele carrinho de golfe da administração com cara de nojento? Filho do Heraldo, administrador do condomínio?

Apertei meu rosto.

— Mesmo que ele não more, Alissa! Aqui é o local de trabalho dele e o meu! — Meu pai passou uma mão na testa. — Eu coloquei aquela regra por um motivo! Não sabe o que aconteceu com a sua mãe?

Meus músculos endureceram. Apertei os dentes e engoli com dificuldade. De repente, consegui controlar o fluxo das lágrimas. O suficiente para ver meu pai desviando o olhar.

Eu era uma vergonha. Como minha mãe havia sido.

— Você sempre foi uma menina diferente. Quieta, dedicada. Nunca achei que você seria...

— Como ela? — soprei.

Meu pai apoiou o cotovelo sobre a perna, fechou os olhos e colocou o polegar e o indicador entre eles. Olhei para as outras duas mulheres na sala. Peles brancas, cabelos lisos. Tão diferentes de mim. Tão *distantes* de mim. E aquele assunto, sempre enterrado, agora se erguia do chão espalhando suas raízes entre nós, e fazendo com que evitássemos os olhares uns dos outros. Fazendo com que o clima, que estava ruim, ficasse três vezes pior.

— Vamos. — Meu pai de repente se colocou de pé e seguiu para a porta. — Isso não vai ficar assim.

Arregalei os olhos.

— Ir aonde?

— Falar com esse garoto e com o pai dele.

32

— Mas, Venâncio, o Haroldo pode reclamar com a dona Cristine ou com o senhor William e isso trazer problemas pra nós! — minha mãe, ou quem por mim era assim chamada, contestou.

— É a honra da Alissa que está em jogo.

Pisquei, a defesa repentina do meu pai criando uma faísca quente em meu peito.

— Acho que esse jogo já foi perdido — Cecília comentou baixinho, e todo calor foi embora. Fuzilei-a com o olhar. — Estou mentindo? — ela sibilou.

— Vem, Alissa! — Meu pai já estava na varanda. Corri atrás dele.

— Não deve ter ninguém na administração a essa hora. — Meu coração batia com força.

— Esses dias fui até lá resolver um problema para dona Augusta, e o Haroldo disse que eles estavam fechando às sete.

— Faltam só quinze minutos.

— Vá trocar essa roupa. Rápido. — Seu tom encerrou qualquer objeção. Dei meia-volta, fui até o quarto e troquei o pijama puído por uma calça jeans e blusa preta. Calcei os chinelos e segui ao lado dele em completo silêncio. Eu não conseguia levantar a cabeça ou sequer olhá-lo de lado.

Marchamos pelas calçadas banhadas pelo anoitecer, seus passos firmes ecoando sob as folhas de amendoeiras caídas no chão. Quando chegamos à porta da administração, faltavam dois minutos para as sete da noite. Alguns funcionários que eu já tinha visto pelo condomínio saíram pela porta de vidro conversando e nos olharam com dúvida.

— Vocês estão precisando de alguma coisa? — uma moça perguntou.

Sim. Que você diga que o Haroldo e Eric não estão aqui.

— Preciso falar com o senhor Haroldo e o filho dele. Eles ainda estão aqui?

Ela olhou para trás.

— Ah, olha os dois vindo ali!

Senti tudo dentro de mim sacudir. Desde ontem, eu tentava falar com Eric. Tinha vontade de socá-lo, de gritar com ele. Mas agora, enquanto eu o via puxar a maçaneta da porta e descer para a calçada seguido por seu pai, tudo que consegui sentir foi um peso amargo no fundo do estômago.

Ele disse que me amava.

Os dois conversavam alguma coisa quando os olhos dele pararam sobre mim. E logo foram para meu pai. Vi uma sombra de apreensão neles que passou tão rápido quanto um pássaro. Eric colocou uma mão no bolso e apertou o canto dos lábios. Mas foi seu pai quem falou primeiro.

— Boa noite! Senhor... Venâncio, não é? — Ele estendeu a mão para meu pai, que a apertou. O homem de cabelos grisalhos nas têmporas acenou para mim com a cabeça. — E você é...?

— Pergunte a seu filho. — meu pai cortou. — Ele sabe muito bem quem ela é.

Haroldo olhou para Eric.

— Alissa, uma garota que conheci.

Uma garota que conheci. Meu rosto ficou quente, o peito ferveu.

— O senhor me desculpe, senhor Haroldo, de vir aqui na saída do seu expediente. Mas o seu filho, que diz que a minha filha foi uma garota que ele *conheceu*, namorou com ela e ontem espalhou uma foto inapropriada de Alissa no grupo dos jovens aqui do condomínio!

— O que você fez? — A voz do homem saiu meio estrangulada.

— Não fiz nada. — A tranquilidade com que ele respondeu fez voltar minha vontade de socá-lo. — Eu nem tenho foto dela no meu celular.

— Você deve ter apagado! — meu pai bradou.

— Ou será que ela não enviou para outras pessoas? — Ele repuxou o canto dos lábios.

— Como você tem coragem de falar uma coisa dessas? — questionei, incrédula. — Eu nunca quis te enviar aquela foto, mas você me perturbou tanto que acabei cedendo, como em tudo em nosso relacionamento!

— Agora você tem coragem de falar em relacionamento na frente do seu pai. — Ele abriu a boca fingindo espanto. — Veja como são as coisas.

— Eric — Haroldo chamou. — Você namorava mesmo essa garota?

— A gente só saiu um tempo.

— E você prometia mundos e fundos! — Ergui o dedo em riste. — Por que fez isso comigo? Por que compartilhou aquela foto? Eu confiei em você.

— Não fui eu. — Ele deu de ombros. — Eu apaguei assim que recebi.

— Larga de ser mentiroso, garoto! — As veias do pescoço do meu pai saltaram.

— E o senhor tem como provar que estou mentindo? — Ele abriu o celular e passou o dedo seguidas vezes por sua galeria de fotos. — Foi um número desconhecido que publicou a foto no grupo.

— Olha, senhor Haroldo, eu posso ser um homem simples, mas já vi no jornal que uma atitude como essa é crime.

O homem estreitou os olhos.

— O senhor está nos ameaçando?

— De forma alguma! Só estou dizendo que sabemos o que é justiça!

Haroldo olhou para o filho.

— Só espero que você esteja falando a verdade. — E virou-se para meu pai: — Eric já é maior de idade. Eu não tenho nada a ver com isso. — E saiu como se tivesse dado "boa noite".

Antes de segui-lo, Eric me deu uma olhadela. Foi rápida, mas suficiente para eu enxergar o prazer da vingança em seus olhos. Cerrei os punhos, e meu pai e eu ficamos ali, plantados, o peso da humilhação pesando sobre os ombros.

— Pegue um casaco quando chegarmos em casa. — Ele começou a andar. — Vamos à delegacia agora.

— Mas, pai, eu n-não s-sei se vou conseguir provar que...

— A gente vai, Alissa! — ele gritou. — Eu não tive pulso para defender sua mãe, mas você eu vou ter!

Fechei a boca devagar e olhei meu pai marchar como um soldado em missão pela rua. Fui atrás dele, o bolo da garganta difícil de descer. Ele nunca havia tocado nesse assunto, não dessa forma. Eu queria tanto perguntar mais. Saber mais. Mas, diante da minha situação, achava que não tinha esse direito.

Tudo passou como se eu estivesse observando de fora. Era como se não fosse eu respondendo às perguntas e tendo que repetir a mesma história várias vezes. Eu quase me afundava na cadeira a cada vez que precisava descrever a foto e meu relacionamento com Eric. E tudo isso com meu pai escutando do lado.

Por fim, a delegada de cabelos loiros na altura da cintura cruzou as mãos sobre a mesa e liberou um longo suspiro.

— Registramos o boletim de ocorrência e vamos chamar o rapaz para prestar depoimento, mas... — Ela balançou a cabeça. — Se nem você tem o print que comprove a postagem da foto, fica difícil. O ideal era que tivessem feito a captura de tela antes de pedir para removerem o conteúdo.

— Não pensei nisso. A foto foi apagada bem rápido. Mas, ainda assim, continua rolando por aí. — Minha voz tremeu.

Ela me fitou com olhos condoídos.

— Infelizmente, o compartilhamento on-line se dá na velocidade da luz. Em poucos minutos, uma única postagem pode alcançar milhares de telas. Mas, sem provas, como faremos? — Ela encolheu os ombros. — Por outro lado, se a foto foi apagada do grupo pouco tempo depois, é um bom sinal.

— E se Alissa conseguir o tal do print com o número do imbecil que colocou a foto dela lá, ele vai ser preso?

Ela suspirou.

— Se for comprovado que o número que postou é dele, o mais comum é que o culpado pague com multas ou trabalho voluntário.

Meu pai respirou fundo.

— Esses casos de vazamento de fotos íntimas estão se tornando muito comuns. Entre os adolescentes, principalmente. Na maioria das vezes, é difícil identificar o culpado, porque tudo na internet é muito rápido. Mesmo assim, é importante a denúncia. É o que cabe à vítima fazer. Se for comprovado, o culpado terá de arcar com uma série de consequências.

A volta para casa foi como a ida: meu pai com os olhos fixos na estrada, eu focando minha atenção na janela do carona. Meus ombros caídos denunciavam o cansaço. Parecia que meu corpo havia passado por uma máquina de moer. Encostei a cabeça no vidro e apertei os olhos com força. Minha mente trazia com clareza outra vez: *Na hora de agir como uma mulher da vida, você não teve vergonha.*

Era isso o que ela achava de mim.

Não sabe o que aconteceu com a sua mãe?

Era isso o que eles achavam de mim.

E não era isso que eu era?

Quando chegamos em casa, já era quase meia-noite. Tudo em silêncio. Minha mãe estava em seu quarto. Meu pai foi para lá sem me direcionar a palavra. O silêncio dele era como um cubo de gelo grudado à minha pele: incômodo e dolorido.

Quando entrei no quarto, Cecília estava enrolada em seu edredom. Não acendi a luz, embora tivesse vontade de fazer isso. Travei a mandíbula ao passar pela cama dela e me joguei na minha sem me preocupar em trocar a roupa.

— Por que o Theo Belmonte defendeu você no grupo? — A voz da Cecília cortou a escuridão. — Vocês estão saindo, por acaso?

Não movi um músculo. Se fizesse isso, não responderia por mim.

— Bem que eu desconfiei naquele dia que ele se ofereceu para levar Sam no rapel. Nenhum cara é tão gentil assim a não ser que queira alguma coisa. — Ela esperou um pouco. — Talvez uma foto íntima também?

De uma vez só, atirei meu travesseiro na direção dela.

— Por que você contou pra eles? Sente tanto ódio de mim assim?

Cecília jogou o travesseiro de volta.

— Só pensei que era o certo a se fazer.

— Ah, e você se preocupa muito em fazer as coisas certas! Sabe quantas vezes eu tive que repetir a história diante da delegada, para depois ouvir que eles não podiam fazer nada? Eu não queria ter ido àquele lugar horrível! Mas não pude falar um "a". Se você não tivesse contado pra eles, isso não teria acontecido. — Meu coração sacudia o peito. — Eu sei que você nunca me aceitou como irmã de verdade. Nunca gostou de mim. Mas precisava fazer isso?

Cecília demorou tanto a responder que me joguei na cama de novo e afundei a cabeça no travesseiro.

— Aprenda a não ser idiota — ela, enfim, disse. — Se for fazer algo errado, seja inteligente e faça direito.

— Eu nunca vou te perdoar — falei baixinho antes de sermos abraçadas pelo silêncio absoluto. Puxei a manta florida sobre mim e abracei Mint, a única lembrança da vida que tivera antes da família Venâncio.

Minhas pálpebras pesadas logo se entregaram à terra dos sonhos — ou pesadelos. Neles, minha mãe, uma mulher de braços finos e pele bronzeada, me puxava pela mão até uma casa pequena. Uma menina pouco mais velha que eu brincava em um canto com algumas bonecas. Eu sorri para ela e ofereci o ursinho verde-claro que trazia comigo. Ela me deu as costas, escondendo as bonecas para si.

Me acomodei ao lado de mamãe, que conversava com um homem e uma mulher sentados no sofá da frente.

— Cuidem dela, por favor. Só tenho vocês.

— A gente já passa tanta dificuldade, Alessandra — a mulher diante de nós falou.

— Alissa é muito boazinha. Ela não vai dar trabalho. — Os olhos aflitos daquela ao meu lado me fitaram. — Não é, filha? Você não vai dar trabalho, né?

As próximas cenas foram uma mistura macilenta de insegurança e medo. *Seu tio Venâncio e a tia Ana serão seus pais agora. Você tem uma nova casa!*

Eu não queria uma nova casa. Eu queria minha mãe.

Despertei com o suor escorrendo pelo pescoço. Sentia como se meus pés flutuassem sobre o vazio. Apertei Mint um pouco mais contra o peito, e o sorriso carregado de deboche de Eric piscou em minha mente.

Não tinha sido só mais um pesadelo.

Era real.

As cenas que voltaram à minha mente enquanto eu dormia apareceram outra vez. *Sim, Alissa, você está sozinha neste mundo.*

33

"Os que com lágrimas semeiam com júbilo ceifarão. Quem sai andando e chorando, enquanto semeia, voltará com júbilo, trazendo os seus feixes." Salmos 126.5-6

O coração, quando emocionado, tira a gente dos eixos. E hoje meu coração está assim: em festa! Faltando três semanas para o casamento, finalmente papai aceitou minhas petições.

Estou livre de Afonso Alencar!

4 de junho de 1969

Passei os olhos mais uma vez pela página. Então a dona Augusta tinha conseguido. Ela havia sido firme em suas convicções, e Deus havia atendido suas preces. As lágrimas se juntaram mais uma vez sob meus olhos. Como tantas vezes tinha acontecido nos últimos dias.

— Fico tão feliz por ela ter conseguido.

Fechei o diário e enfiei o rosto no travesseiro. *Escolhas ruins podem comprometer o curso da vida.* Que bom que você tinha feito uma boa escolha, dona Augusta.

Eu não.

Sem levantar a cabeça, passei pelo portão lateral empurrando a cadeira de Sam. Nos últimos cinco dias, eu só passava por aquele portão duas vezes. Ao ir e voltar da escola. Minha mãe não pedia que eu fosse à rua comprar nada, resolver nada. Ela também não reclamara quando eu não me oferecera nenhum dia para levar o chá de dona Augusta. Na verdade, ela nem falava comigo. Com exceção de Sam, todos eles mal olhavam pra mim. Não que eu pudesse reclamar. Eu mal conseguia olhar meu próprio reflexo no espelho.

E era por isso que, cada vez que Theo tentava falar comigo, eu tinha vontade de sumir. E isso tinha acontecido algumas vezes naqueles dias. Da última vez, numa sexta-feira ensolarada, quando eu e Sam chegávamos da escola, lá estava ele, sentado sob o pergolado.

— Não — respondi antes que Theo pudesse iniciar a frase.
— Mas eu nem falei nada! — Ele abriu os braços.
— Ia dizer.
— Tá bom, é verdade. Mas eu só queria...
— Não. — Continuei empurrando a cadeira de Sam.
— Eu acho isso uma tremenda injustiça! — Sam cruzou os braços com um bico enorme nos lábios. — Eu quero ir para a quadra com o Theo! Por que só sua vontade importa?

Ignorei suas reclamações, como havia feito nos outros dias. Abri a porta de casa. Aquele havia sido nosso último dia na escola antes das férias de julho. Pelo menos não precisaria mais sair de casa até a primeira semana de agosto.

— *Alissa, estou com uma dor de cabeça terrível e a dipirona acabou. Vá na farmácia e compre duas cartelas.*

Repeti o áudio da minha mãe três vezes. Ela estava mesmo falando comigo? Assim, abertamente?

Pelo jeito, o gelo só tinha durado até a necessidade surgir.

Queria retrucar, dizer que não iria a lugar nenhum. Mas o que diria? Ela estava com dor de cabeça. Eu era a faz-tudo em casa. Minha mãe me olharia com aquela cara de que eu havia estragado tudo.

Você estragou tudo, Alissa.

Ajeitei o capuz do casaco sobre a cabeça e tive que ir ao centro comercial pela primeira vez desde o dia em que tudo havia acontecido. Pedalei até lá e entrei na farmácia como se fosse uma foragida. Na fila do caixa, podia ouvir os ruídos da cafeteria próxima dali. Como em quase toda tarde naquelas férias, estava lotada. Ajeitei melhor o capuz sobre a cabeça.

Paguei o remédio e senti o celular vibrar no bolso da calça. Meu coração disparou e aterrissou com um baque ácido no fundo da barriga ao ver o nome que brilhou na tela.

> Eric: E aí, o papai bravo liberou o namoro com o filho do patrão? Já posso enviar flores?

Meu coração disparou. Saí da farmácia e ergui a cabeça, apenas o suficiente para espiar em volta. Na cafeteria, identifiquei Rian e Tadeu numa mesa com Denis. Dei um passo para trás. O restante era um monte de gente que eu não fazia ideia de quem era, todos envoltos em conversas e risadas. Nada de Eric.

> Eric: Procurando por mim? Ele vai ficar com ciúmes.

Aprumei os ombros e olhei em volta do estacionamento. E lá estava Eric, a poucos metros de mim, sentado em um dos bancos no canteiro de flores na lateral do centro comercial. Ele me fitou e descansou os cotovelos sobre o encosto do banco, voltando o olhar para a rua. O fogo estalou em meu peito e logo virou um incêndio. Desci os degraus e marchei em sua direção.

— Você não tem um pingo de vergonha na cara? — Parei ao lado do banco, de frente para ele.

— Era eu quem deveria perguntar isso a você. — Ele ergueu as sobrancelhas com cara de inocência. — Não é a minha foto que está rolando por aí.

— Como você tem coragem de falar isso pra mim? — Minhas orelhas queimaram. — Você me encheu a droga do saco por causa daquela foto! Eu não queria enviar. Você sabia disso. Mas acabou me vencendo pelo cansaço, e agora eu me sinto uma completa idiota!

— Já disse que não fui eu. — Ele deu de ombros.

Inspirei o ar.

— Eu não mandei aquilo pra mais ninguém. E você sabe disso.

— Sei? Quem garante que o filho da patroa não recebeu uma igual?

Projetei o corpo para a frente e levei a palma aberta até o rosto dele, mas Eric se levantou do banco e segurou meu punho, retendo minha mão no ar.

— Me solta — rosnei.

— Pra você querer me bater de novo?

— Solta ela agora. — A voz grave fez Eric e eu olharmos para o lado. Theo cruzava uma vaga do estacionamento vazia perto de nós. Eric emitiu um riso sem humor. — Quer que eu peça uma segunda vez? — A expressão de Theo estava dura como pedra. Ele parou perto de nós. Eric travou a mandíbula e metralhou Theo com o olhar por alguns segundos antes de soltar meu braço.

— Você gosta de usar o que eu já usei. — Eric puxou o canto da boca em um sorriso e, antes que eu pudesse processar o que ele tinha dito, Theo entrou na minha frente e segurou a gola da blusa de Eric.

— Pensei que você tinha virado gente. Mas, pelo visto, continua o mesmo babaca de sempre. — Theo firmou mais um pouco o punho fechado sobre o tecido, e os olhos dos dois quase soltaram faíscas. — Peça desculpas a Alissa.

Eric olhou com cara de deboche.

— Desculpas pelo quê?

— Agora — Theo ordenou.

— Você acha que manda em mim, é? — Eric riu e Theo deu um passo para a frente, chegando mais perto dele. — Por que você está tão irritado? A Alissa não é a Yasmin, cara.

Os olhos de Theo se inflamaram ainda mais.

— Se ela não é, significa que você fez o mesmo com outra garota. Você não tem vergonha? Aquele verão acabou para a Yasmin por sua causa, e ela levou muito tempo catando os pedaços. Você sabe o que ela tentou fazer depois de tudo, não sabe?

Eric desviou o olhar e trincou o maxilar.

— Como teve coragem de fazer isso outra vez? — Theo arrochou um pouco mais o aperto na gola de Eric. E, pela primeira vez, eu vi algum rastro de constrangimento nos olhos dele. — Eric, eu não vou falar de novo. Você vai reconhecer o que fez e pedir perdão à Alissa agora.

Demorou um minuto. Mas pareceu sessenta. Os olhos de Eric vasculharam em volta. E foi só naquele momento que percebi que a galera no café olhava para nossa direção como se fôssemos algum tipo de espetáculo. Bem que devia parecer mesmo. Abaixei a cabeça, meu rosto queimando.

— Foi mal, Alissa. Eu só estava com raiva. — A voz de Eric saiu reta e sem emoção. Theo o soltou com um arranque, e Eric cambaleou para trás.

— Raiva? — Meu peito ferveu e fui para cima dele. Bati com minhas mãos fechadas contra seu peito à medida que ele ia andando de costas. Eric se desvencilhou de mim e correu para a rua ao lado, onde seu carro estava estacionado.

— Covarde. — Parada, observei o carro arrancar a toda velocidade.

— Foi mal pela cena — Theo falou atrás de mim. — Mas tem algo bom nisso tudo.

— O que seria bom... — Virei-me e emudeci. Theo estava com a tela de um celular voltada para mim. Atrás dele, Denis tinha uma expressão de triunfo. Quando ele havia chegado ali? Prestei atenção na tela e percebi que nela se desenrolavam imagens de minutos antes.

— Acho que você pode levar isso à polícia. — Theo mexeu o celular, e minha boca se abriu devagar.

— E-eu não sei se a polícia vai aceitar esse vídeo. — Olhei em volta. A galera na lanchonete começava a dispersar. Mas todos os olhares ainda continuavam sobre mim.

— Você pode tentar. Acho válido tentar, Alissa. Esse canalha precisa...

Senti o peito sufocar.

— Eu não preciso que você me defenda. Afinal, *eu sabia o que estava fazendo*.

Ele parou com a boca aberta.

— Por favor, Theo, não se meta mais na minha vida.

34

Enquanto voltava para casa, as lágrimas lavavam meu rosto. Uma pena que não pudessem lavar também minha alma. Funguei antes de abrir o portão lateral. Daquele portão para dentro, as fraquezas não eram bem-vindas. A não ser tarde da noite, debaixo de um cobertor.

Encostei a bicicleta no muro para levar o remédio à minha mãe e, antes de virar, ouvi o som de pequenos toc-tocs sobre o piso.

— Gostando das férias?

Franzi a testa e virei para trás. Com seus mocassins marrons, roupas em linho e xale terracota, dona Augusta caminhava até mim. Nenhum fio escapava de seu coque baixo. Como sempre.

Abaixei o rosto.

— Ando tendo muitas coisas para fazer.

— Hum. Acho que ficou faltando uma.

Franzi a sobrancelha.

— A quarta coisa.

Me envolver em atividades que me agradam, porque elas me lembram de que nem tudo é tão ruim assim. Era tudo que eu queria.

— Ah, dona Augusta, não dá para fazer tudo daquela lista. — Eu não tinha feito nada.

— Não dá ou não quer? — Ela parou com as duas mãos unidas.

— Não quero... — sibilei.

— Às vezes o *preciso* deve ser maior do que o *quero*. E, minha cara Alissa, a necessidade está estampada em seu rosto. Até quando vai resistir?

Respirei fundo. Eu realmente *precisava* escoar para algum lugar tudo aquilo que vinha crescendo como massa fermentada em meu peito.

— Mas meu violino... — As palavras ficaram suspensas no ar. Apertei a sacolinha com o remédio contra meu corpo.

— Isso não será problema. O que não falta numa sala de música são instrumentos. — Dona Augusta me lançou uma piscadela e, antes de dar meia-volta, disse que me esperaria no horário do chá.

— Mas...

— Isso não é um pedido, querida Alissa. — Seu tom não era amistoso. — Na minha sala, três e meia.

E, duas horas mais tarde, cheguei de prontidão à cozinha dos Belmonte.

— Dona Augusta pediu que...

— Eu já sei — minha mãe me interrompeu. — Ela pediu para te dar aulas.

Sem dizer mais nenhuma palavra, esperei a bandeja ficar pronta. Em silêncio, como tudo vinha sendo ultimamente. Antes que eu saísse da cozinha, ouvi minha mãe dizer da pia:

— Faça essas aulas direito. Tome cuidado para não acrescentar mais uma vergonha a mim e a seu pai.

Pisquei seguidas vezes e caminhei até o andar superior. Dona Augusta me recebeu com o violino de abeto lustroso que eu a tinha visto tocar tantas vezes.

— Toque algo para mim.

Depositei a bandeja sobre a mesa de canto e sequei as mãos pelas laterais das pernas, mesmo que elas não estivessem molhadas. Sem conseguir erguer os olhos para dona Augusta, enfim peguei o instrumento. Meus dedos vacilaram um pouco, minha boca salivou, e a velha e conhecida sensação confortável inundou meu peito. Quando encostei o arco sobre as cordas do violino e ouvi as notas soarem, meu coração inflou. Como eu havia sentido falta de presenciar a música correndo por minhas veias! A saudade quase me fez chorar.

— Estou sem tocar desde o final do ano passado. — Corei ao terminar a música. Dona Augusta colocou um dedo dobrado no queixo e me analisou.

— Imagine se estivesse tocando. — Encarei aquilo como um elogio. — Mas, de fato, seis meses são muita coisa. Você está um tanto travada, e isso prejudica a fluidez do som. Nada que muita dedicação e estudo não deem jeito. Enfim, vamos colocar a mão na massa?

Meus olhos brilharam. Passei a próxima hora absorvendo tudo que podia. Dona Augusta não tocou no chá e nos biscoitos de gengibre. Ela era como uma maestrina regendo sua orquestra de uma só instrumentista. A maneira como ela ensinava era arte em seu estado puro. Ela não parecia nem um pouco o professor que tivera no centro municipal de música. Ela tinha destreza, técnica, *paixão* pelo que fazia.

Ao final da aula, dona Augusta pegou seu violino e, enquanto eu observava, tocou uma música. Não era uma canção estranha a mim. Mas também não me lembrava dela com clareza. Era intensa, vibrante, viva. À medida que o som crescia, meu coração também se expandia. E algo lá dentro de mim rompeu.

Mais uma vez, o choro lavou meu rosto como chuva. Será que sobraria algum líquido dentro de mim? Toda a dor de ouvir aquelas palavras cheias de rancor da boca do garoto que eu acreditava estar apaixonado por mim cobrando seu preço. E, oh, Deus, como eu não queria estar na frente de dona Augusta agora. Ela tocou mais um pouco, respeitando meu momento. Por fim, colocou o violino no suporte e disse, simplesmente:

— Sinfonia inacabada de Schubert. Número oito. Essa é a sua primeira tarefa.

Passei as bases das mãos nos olhos na mesma hora.

— O quê? Mas isso é muito difícil, eu não sei s...

— Você quer se tornar uma exímia violinista ou uma violinista medíocre?

— A primeira opção, por mais que eu ache que sempre serei a segunda. — Prendi os lábios, tentando conter a emoção que retornava. Droga.

— Isso não tem a ver com a Sinfonia de Schubert, não é, querida? — Ela passou a mão pelas minhas costas.

Funguei, negando com a cabeça.

— Espero que fazer a quarta coisa tenha ajudado um pouco. Mas a única que pode curar você é a primeira.

Orar. Eu não tinha feito isso. Nem um dia sequer. Dona Augusta esperou. Embora tocar depois de tanto tempo tivesse sido um sopro de alívio na minha alma, ainda que o resultado não tivesse sido o melhor dos mundos, a angústia continuava ali, me rondando como um fantasma

— Você pode desabafar comigo, se quiser.

Olhei para os lados. Com quem mais eu falaria sobre aquilo? Eu sequer tinha amigas para dividir um brigadeiro e chorar as mágoas. Passei as mãos no rosto.

— O que você diria... — *Você está mesmo compartilhando segredos com uma idosa a quem mal conhece?* — Na verdade... — *Que segredos, aliás? Toda a galera jovem desse condomínio sabe. Minha família sabe.* — Eu tenho uma amiga que gostava muito de um garoto. Mas ela foi descartada e exposta por ele. — Falar aquilo em voz alta era terrível demais. — O que você diria pra ela?

Dona Augusta inclinou a cabeça e me observou por cima dos óculos.

— Que ela deveria ter dado um pé na bunda dele primeiro! — Ela deu uma risada. Ri também, um riso quadrado, dissonante. *Meio tarde pra isso.* — Brincadeira, meu bem. Faz tanto tempo que não sei o que é sofrer por amor. Mas, a bem da verdade, não são só amores românticos que nos despedaçam o coração. Amigos podem fazer isso, família também.

Sim, eu sei disso. Um garoto, duas amigas, família. Todos eles despedaçaram meu coração. Dona Augusta segurou minhas mãos e me puxou até o sofá no canto, abaixo da janela.

— Eu diria para sua amiga que ela é amada pelo maior amor que existe. E que entender isso é o que vai salvá-la de se submeter a qualquer amor por aí. Eu imploraria a ela que não mendigasse afeição de ninguém. Pessoas não são objetos para serem descartadas. Se um rapaz fez isso com ela, significa que ele não merece ganhar seu coração.

Uma sensação de abandono tomou meu peito.

— Mas e se ela já tiver dado o coração a ele?

— Diga para ela pegá-lo de volta. — Ela abriu um sorriso. — E entregá-lo a quem de fato pertence: ao Senhor.

Alguma coisa estranha aconteceu dentro de mim. Eu não saberia bem dizer o quê, mas aquelas palavras pareciam ter ecoado em meu coração como um trovão. *Entregá-lo a quem de fato pertence?*

— Não sei se Deus vai se interessar pelo coração dela. Ele vê tudo, não vê? Então ele viu o que ela fez.

Dona Augusta pensou por um instante.

— Mas Deus ver o que fazemos é uma coisa boa. Significa que ele se importa. E que estende sua graça a todos que precisam dela, minha querida. A parte que cabe à sua amiga é se arrepender, pedir perdão e, a partir de agora, viver para ele.

— Como se fosse fácil. Acho que eu nunca vou me perdoar... — Arregalei os olhos. — Quer dizer, minha amiga. Ela nunca vai se perdoar.

Dona Augusta se levantou. Fixei os olhos nas minhas mãos unidas sobre as pernas. Elas tremiam. Minha mente parecia cheia e vazia ao mesmo tempo. O mesmo eco estranho zunindo lá dentro. Dona Augusta voltou segurando a xícara que eu tinha acabado de trazer e ofereceu a mim.

— Não precisa disso, dona Augusta. — Me levantei, recobrando um pouco o senso. — Não está certo. Esse é o meu papel.

— E qual seria o meu agora a não ser consolar um coração aflito?

— Eu preciso ir embora. — Olhei para o chão.

— Não quer conversar primeiro?

Passei as mãos nas laterais da perna, coloquei os cabelos atrás das orelhas e cutuquei as cutículas que escapavam pelas unhas.

— Tem a ver com aquele cara de fuinha que veio te encontrar aqui em frente de casa um tempo desses, não é?

Ergui os olhos arregalados.

— Eu vejo muitas coisas dessas sacadas. Por que acha que meu diário apareceu misteriosamente na sala de música? — Ela abriu um sorriso suave. — Foi ele quem descartou você e a expôs?

Meus lábios tremeram. Dona Augusta colocou a xícara sobre uma mesinha perto do sofá e esticou os braços para mim. Eles pareciam tão quentinhos. Tão reconfortantes. Havia quanto tempo eu não recebia um abraço?

Afundei o rosto em seu xale com cheirinho cítrico e, na segurança de seus braços, solucei. Ela passou as mãos com delicadeza sobre minhas costas.

— Eu era invisível nesse condomínio, mas agora, da pior forma possível, deixei de ser. — O soluço agarrado na garganta saiu alto e feio. — Por que eu fiz isso, dona Augusta? Por que tirei aquela foto?

Ela me afastou com cuidado, segurou minhas mãos e me levou a sentar no sofá outra vez. As pontas de nossos joelhos juntas, nossas mãos unidas.

— Que foto, querida?

— A que ele insistiu que eu enviasse... e que eu, boba, acreditei que ele tinha apagado do celular no mesmo dia.

— Como era essa imagem, querida? Você estava totalmente...?

— Não! — Mais um soluço. — Eric pediu algumas vezes que eu enviasse fotos de lingerie pra ele. Eu sempre recusava, mas ele sempre me enchia com tantos elogios... — Passei as mãos nos olhos, mas as lágrimas continuavam a descer. Dona Augusta deu leves tapinhas sobre minhas mãos e esperou. — Até que um dia eu tirei a foto.

Ela pegou a xícara e, dessa vez, não recusei. O aroma da camomila era bem-vindo. Funguei e bebi um gole.

— Um número desconhecido colocou a imagem no grupo. Mas eu não mandei para mais ninguém — falei depois de alguns segundos. —Ele me falou coisas horríveis hoje. — Dona Augusta pegou um lencinho de papel e me ofereceu. — A senhora conseguiu se livrar do Afonso. Sua persistência e coragem foram lindas, dona Augusta. Já eu... fiz uma péssima escolha, e agora estou chorando pelo leite derramado.

Ela apertou os lábios.

— Quando comecei a sair com Eric, meu estômago parecia se encher de borboletas cada vez que eu o via. Ele parecia ser o único que se importava comigo. — Uma mão parecia esmagar meu peito. Era difícil respirar. — Mesmo que meus pais tenham dito que não era para eu namorar ninguém do condomínio. Mesmo que tivéssemos que nos encontrar escondido. Então ele terminou tudo por um motivo idiota e me expôs dessa forma. Ele sempre foi uma nota errada em minha vida, eu só não percebia. O que faço agora, dona Augusta?

— Seus pais já sabem? — Os olhos dela eram carinhosos diante do meu olhar de horror. — Esse rapaz precisa ser denunciado. Isso é crime.

— Nós fomos à polícia. Mas ele fez de um jeito muito esperto. É difícil comprovar a culpa.

Ela suspirou.

— Quando eu estava prestes a me casar com Afonso, tudo parecia tão desesperador. Eu me sentia em uma jaula escura e sufocante. Como se não fosse respirar nunca mais. Mas Deus deu o escape. Confie nele, querida. Ele também dará o escape de que você precisa. O do coração.

— Você disse que eu posso pegar meu coração de volta. Mas e se ele foi quebrado? Como posso entregá-lo ao Senhor... *desse jeito*? — Minha voz estava tão desolada. Eu me sentia desolada.

— E existe alguma outra forma de entregar um coração ao Senhor? Pois eu lhe digo que ele quer é *desse jeito* mesmo. Quebrado. Afinal, como ser inteiro longe do Pai? Não sabe que ele é especialista em restaurar todas as coisas?

— Mesmo as coisas mais sujas? — Minha voz saiu em um fiapo.

Dona Augusta fechou a mão sobre a minha.

— Alissa, o que você fez foi de fato errado. Nosso corpo é templo do Espírito Santo, e a intimidade dele é reservada para dentro do casamento. Ele não deve ser usado como uma peça de carne para ser admirado e desejado pelos outros como em uma vitrine. Você entende isso?

Balancei a cabeça seguidas vezes.

— Mas, assim como você errou ao se exibir dessa forma, todas as pessoas também pecam. Em todas as áreas possíveis e imagináveis. Por isso, todos são cheios de sujeira. E o único que possui a bucha de limpeza é Jesus. Foi o sangue dele, naquela cruz, que hoje nos possibilita sermos limpos. Isso é perdão. Isso é graça e misericórdia. Depois leia em sua Bíblia o versículo nove do primeiro capítulo da primeira carta de João. — Ela deu algumas batidinhas em minha mão e, diante do meu silêncio, continuou.

— Minha querida menina, eu tenho orado esses dias por uma coisa.

Franzi a testa, questionando-a através do olhar.

— Para que o Senhor a ajude a olhar para o valor que *ele* enxerga em você. O valor que ele lhe deu ao se entregar naquela cruz em seu lugar, mesmo que você não merecesse todo esse sacrifício. Porque nenhum de nós merece. — Ela me fitou com olhos amorosos. — Você quer conhecer esse amor, querida?

Meneei a cabeça seguidas vezes enquanto limpava debaixo dos olhos. Dona Augusta circulou meu ombro e me levou para perto, aninhando-me em seu peito.

— Que tal fazer a primeira coisa?

Meu corpo ficou rígido. O que eu falaria para Deus? Dona Augusta percebeu meu constrangimento. Ela passou um braço sobre minhas costas.

— Quer que eu faça isso por você?

Concordei devagar e ela, com voz doce porém firme, pediu a Deus que se revelasse a mim em meio a toda aquela situação, trazendo arrependimento, perdão e renovo. Quando ela pronunciou o "amém", passei as mãos pelo rosto, que ardia, e abri os olhos, me colocando de pé.

— Obrigada, dona Augusta, mas preciso ir.

— Sinfonia Inacabada. Não esqueça.

Mordi o canto dos lábios. Como eu ia treinar? Olive estava em pedaços. Dona Augusta percebeu as palavras não ditas.

— Eu tenho outro violino. Posso deixá-lo com você por enquanto, o que acha?

— Ah, não, não posso.

— Mas que menininha orgulhosa!

— Não é orgulho! É que minha família não sabe que... É que estou juntando dinheiro para consertar o meu. Não queria preocupá-los com isso.

— Ah. — Ela suspirou. — Nesse caso, fique à vontade para vir treinar aqui. Sempre que quiser.

— T-tem certeza?

— É claro, minha querida. Agora eu tenho uma aluna. Como eu negaria algo assim a ela?

Antes que eu fosse embora, dona Augusta me deu mais uma tarefa.

— Comece um diário. Assim como eu narrei minha caminhada com Deus na juventude, você poderá registrar toda sua caminhada com ele também. No futuro, quem sabe sua neta ou alguma garota que precise poderá ser abençoada por ele?

35

Cheguei em casa poucos minutos depois. Pela primeira vez desde que toda aquela confusão havia começado, meu coração parecia, de forma estranha... um pouco mais leve. Só um pouco. Quando dona Augusta falara sobre eu escrever meu próprio diário, a lembrança dos meus diários de pré-adolescência tinha voltado mais uma vez à minha mente.

— Onde eles estão? — Parei no meio do meu quarto com vontade repentina de visitar a Alissa de anos atrás. Com a mudança, muita coisa ainda estava encontrando seu lugar. Cheguei dentro das gavetas da escrivaninha, nas caixas debaixo da cama e, por fim, na parte de cima do guarda-roupa. Subi sobre a cadeira giratória, que estava emperrada havia muito tempo, e coloquei minha cara dentro do compartimento.

Várias coisas que eu não sabia por que guardava estavam ali. Caixas de MDF de festas de aniversário aleatórias, cadernos velhos, caixa com flores secas. Tirei alguns envelopes plásticos com folhas e papéis antigos e encontrei minha Bíblia da infância.

Me estiquei sobre meus pés e puxei a capa roxa desgastada, não a tempo de ver que havia outra coisa por cima dela. Algo pontudo acertou minha cabeça e quase me arrancou um grito. E, justo naquele momento, a cadeira resolveu que era um bom momento para voltar a girar. Rodei quase trezentos e sessenta graus e caí com a bunda no chão. Dessa vez, não consegui sufocar o grito.

Sam apareceu na porta do quarto pouco depois. Os olhos esbugalhados.

— O que aconteceu?
— Só uma quedinha. — Ai, meu cóccix.
— Quer uma ajudinha para se levantar?
— Acho que vou ficar sem sentir minhas nádegas por um tempo, mas tudo tranquilo. — Me sentei no chão com uma careta. — Está lendo qual quadrinho?

Enquanto Sam se empolgava narrando sua mais nova HQ preferida (cada semana era uma diferente), vi no chão, aberto com letras miúdas e redondinhas, as páginas de um diário antigo. Sam voltou para seus personagens, e eu peguei o diário para folheá-lo ali mesmo, no chão. As letras com traços do início da adolescência narrando acontecimentos da vida comum de uma garota de doze anos me fizeram rir.

Escorei as costas no guarda-roupa e cheguei a uma página rodeada de corações e flores coloridas, de quatro anos. E, à medida que fui lendo, meu sorriso foi se fechando. Levantei os olhos enquanto as memórias desciam aos montes.

— Você não precisa de um namoro agora. Você não é mais especial porque alguém quer beijar você. Ou menos especial porque ninguém quer. A verdade é que, eu sei, você está em busca da felicidade, de pertencer a alguém e da empolgação que um romance pode trazer. Mas deixe-me dizer uma coisa: Deus tem muito mais para você do que qualquer relacionamento pode oferecer. E não é necessário um namorado ou uma namorada para experimentar qualquer um dos sonhos de Deus para estes primeiros anos de adolescência. Guarde o seu coração, criança. Entregue-o a Deus. E, sem medo ou pressa, espere, para que em momento oportuno possa confiá-lo a quem vai amar você de verdade.

Meus olhos mal piscam. A noite havia sido de muita risada e bagunça no quarto das meninas. As líderes simplesmente desistiram de tentar conter o entusiasmo das mais de quinze garotas após uma intensa noite de jogos. Nós tínhamos vencido os meninos no placar geral. Isso era um feito e tanto! Por volta das três da manhã, porém, o silêncio começou a dar sinais de vida. E, aos poucos, só se podia ouvir o som dos pequenos bichos na floresta do lado leste do sítio Lírio dos Vales. Eu, contudo, demorei a pegar no sono. Aquela era a terceira e última noite no acampamento anual de adolescentes, e eu só conseguia pensar no garoto de cabelo liso e no pedido que ele havia feito durante o intervalo de uma partida de queimada.

Ele queria me beijar.

Eu não dei uma resposta aos seus amigos que vieram perguntar. Disse que pensaria. E, de fato, pensei. E contei e recontei o acontecimento para minha melhor amiga dezenas de vezes. Um fato e tanto na vida de uma garota de doze anos. O primeiro olhar de um garoto. O primeiro pedido por um beijo. E minha decisão foi tomada: eu ficaria com ele antes de o acampamento acabar.

Mas aqui me encontro eu. Na manhã seguinte, sentada na cadeira branca de plástico, ouvindo pela última hora as palavras daquela mulher que eu nunca tinha visto antes. E era estranho admitir, mas tudo que ouvia causava um rebuliço diferente dentro de mim. Eu acreditei em cada vírgula.

Ali estava a pregadora fazendo a pergunta que entrou em cheio em meus ouvidos.

Você quer isso para sua vida?

Então, no auge dos meus doze anos, curvo a cabeça, limpo algumas lágrimas e faço uma promessa.

Eu esperarei pelo garoto certo, no momento certo.

Eu vou fugir das paixões que podem me levar a pecar e me afastar do Senhor.

Eu vou guardar meu coração em Deus, sabendo que ele tem o melhor para mim. Em todas as áreas da minha vida.

Pisquei. Meu coração parecia uma bolinha amassada dentro do peito. Como o tempo havia passado e todas aquelas promessas, virado pó?

— Ah, Alissa... você fez exatamente o contrário disso.

Precisava respirar. Peguei uma caneta, uma caderneta velha que tinha ganhado em um sorteio na escola de música no ano anterior, e os joguei dentro de uma bolsinha de algodão cru. Parei sobre o batente da porta. Mas e se alguém me visse na rua?

Inspirei o ar. Eu não podia me esconder para sempre.

— Sam, já volto.

— Vai fazer o quê?

— Tenho que... resolver uma coisa.

Passei pelo portão lateral e disse para minha mãe que ia dar um pulo na rua. Ela me deu quinze minutos.

E isso era tudo que eu tinha.

Caminhei pela calçada tentando puxar mais ar para os pulmões. O que eu tinha feito com a minha vida? Em que ponto as coisas tinham dado tão errado?

Um vento suave varreu as folhas secas caídas das amendoeiras que ladeavam a rua. Com a chegada do inverno, o Village estava cheio delas. Passei por baixo de uma e senti algo se enroscar em meu cabelo. Mexi nos cachos abertos meio bagunçados e puxei a folha que havia se prendido ali. Ergui as sobrancelhas. Ela era diferente. Marrom-avermelhada como as outras, mas em formato de coração.

E existe alguma outra forma de entregar um coração ao Senhor? Pois te digo que ele quer é desse jeito mesmo. Quebrado.

Levei a folha ao peito e a segurei ali até chegar à praia. Cruzei a areia e parei no ponto em que a areia seca encontrava a molhada, as lembranças daquele compromisso firmado havia tanto tempo voltando em minha mente como enxurrada.

E, com a mesma intensidade, as memórias com Eric voltaram. As saídas furtivas para encontrá-lo. As mentiras para meus pais. A proximidade inapropriada. A foto. De repente, enchi as duas mãos com a grossa areia da praia e comecei a esfregá-las com força em minhas mãos. Então, parei. O peito galopando. O olhar perdido sobre as ondas.

— Não é isso que vai me limpar, não é? — Sibilei para o céu pintado com rastros de nuvens como em uma aquarela. Devagar, limpei as mãos na calça, peguei minha Bíblia e funguei. Qual era mesmo o versículo que Augusta tinha me falado para ler?

Ah, sim. Primeira João, um, nove.

"Se confessarmos os nossos pecados, ele é fiel e justo para perdoar os nossos pecados e nos purificar de toda injustiça."

Acabei lendo o restante do capítulo e mais o seguinte. Em dado momento, olhei para o mar, que ia e vinha em um ritmo tranquilo e constante.

— Eu estou cansada de fazer as coisas do meu jeito e deixar o Senhor de fora — falei, a voz vacilante. — Sei que não sou digna, mas se o Senhor diz que pode me perdoar, eu acredito. Se eu não mereço a graça, mas ela foi oferecida a mim, não serei louca de recusá-la. Me perdoe, Jesus. Me faça ser uma nova Alissa. Uma que viva para o Senhor. Que faça escolhas que o agradem. Uma que no futuro possa ler seu diário e ver que tomou boas decisões, assim como dona Augusta pode fazer hoje... — Funguei. — Pai, eu quero cumprir minha promessa, dessa vez. Não quero errar de novo. Quero guardar meu coração e esperar pelo garoto certo, no momento certo, se o casamento for um plano do Senhor para mim.

Peguei a folha de amendoeira em formato de coração e registrei a data, como um marco do dia em que entreguei meu coração ao Senhor.

36

Hoje no culto aconteceu algo interessante. Aquele rapaz, João Neves, ofereceu carona para me deixar em casa. Ele morou por alguns anos na Argentina, realizando trabalhos missionários com sua família, e agora ensina na escola dominical. Parece ser um rapaz piedoso.

20 de outubro de 1969

— É muito difícil! — choraminguei.

Dona Augusta me analisava com um pequeno bico de reflexão nos lábios. Eu estava treinando a Sinfonia Inacabada havia mais de uma hora e parecia tão perdida como no começo. Meus dedos doíam, meu queixo parecia empedrado. Sem contar que me acostumar com o violino de dona Augusta não vinha sendo tarefa fácil.

— Mãos, mente e coração. Os três andam juntos quando o assunto é tocar um instrumento. E, bem, desde que você chegou aqui, eles parecem não estar se batendo muito bem.

Uma lufada de ar deixou meus pulmões.

— Acho que estou com dificuldade de me concentrar.

Toda a situação de três dias atrás ainda batia em minha cabeça como gotas insistentes sobre uma poça. A confissão de Eric, seu olhar de desprezo, as pessoas assistindo, o vídeo salvo em minha galeria. E, por fim, a delegada dizendo que o vídeo não configurava prova, porque não era possível ouvir com clareza a confissão de Eric.

Realmente. Ele tinha falado muito baixo, e Denis não tinha filmado de tão perto. Eu precisaria de um advogado se quisesse seguir adiante com o processo. Pagar um estava fora da realidade, e ir à defensoria pública era algo que eu não estava disposta a enfrentar.

— Tudo bem. Você pode voltar amanhã. A que horas quiser.

Me despedi de dona Augusta e, quando cheguei ao topo da escada, Theo vinha subindo pelos primeiros degraus. Nossos olhares se encontraram por um instante. Abaixei a cabeça, aumentei a velocidade dos passos e passei direto por ele.

Nos dias seguintes, decidi mergulhar com tudo que pude no violino. Minha alma parecia numa corrida para resgatar o tempo perdido. Durante os horários combinados com dona Augusta, subia e descia as escadas como um gato: silenciosa e rápida. E quase nunca encontrava Theo, exatamente como eu queria. A não ser durante os cultos aos domingos. Meus pais haviam decidido permanecer na mesma igreja de dona Augusta, o que, de uma forma ou de outra, acabava fazendo com que eu o encontrasse por lá. Mas eu me esforçava para ficar o mais longe possível dele, e isso nem era tão difícil. A galera o rodeava como se ele fosse uma estrela de cinema.

Apesar de dona Augusta ter marcado aula duas vezes por semana e de nos outros três dias o plano ter sido que eu apenas praticasse, depois de duas semanas ela me dava aula todas as tardes. Ainda assim, tocar a Sinfonia Inacabada parecia um sonho distante. Certa tarde, dona Augusta me deixou sozinha na sala de música para atender à chamada de vídeo de uma amiga que morava na Europa. Eu já tinha visto as duas conversando antes. Durava horas.

Aproveitei minha liberdade para treinar. E treinar. No final, joguei meu corpo sobre o belo sofá branco suave. Como uma música poderia ser tão difícil?

De repente, peguei o celular no bolso. Coloquei o aparelho sobre o apoio de partitura e abri a câmera. Olhei para mim mesma refletida na tela.

— Alissa, este vídeo é para você mesma daqui a seis meses. Hoje está sendo muito difícil tocar a querida Sinfonia Inacabada, mas eu, sinceramente, espero que a Alissa do futuro tenha conseguido. Por que hoje? Está uma bela porcaria.

— O que é uma bela porcaria? — A voz de dona Augusta invadiu a sala, e eu quase deixei o celular cair.

— Nada, dona Augusta. — Ri de nervoso. — Eu acho que já vou indo, tá?

Ela colocou o dedo dobrado sobre o queixo.

— Acho que você está precisando de mais tempo de treino.

— É que eu não posso ficar tanto tempo longe de casa, porque o Sam pode precisar de mim, sabe?

Ela pensou um pouco.

— Tudo bem, querida. Faça aquilo que estiver ao seu alcance.

As férias passaram entre muita prática no violino, idas à Ponte do Sol para levar Sam à fisioterapia e leituras. Ler o diário de dona Augusta, recheado com tantos textos bíblicos, me despertou ainda mais o desejo de me aproximar do Deus a quem eu vinha conhecendo.

Comecei lendo versos aleatórios da Bíblia, como os do diário, mas em pouco tempo eu já tinha mergulhado nos Evangelhos, começando por Mateus. Em meu caderninho, anotava trechos interessantes e dúvidas.

Julho já chegava ao fim, e me dei conta de que meu aniversário estava se aproximando. No ano anterior, eu tinha saído com Clara e Tuane para tomar um sorvete no bairro. Meu pai havia me dado o violino fazia pouco tempo, e aquele tinha sido meu presente. Apesar de não ter ganhado nenhum bolinho, não me importara. O maior presente estava dentro de meu case.

Para esse ano? Apesar de meu presente do ano anterior estar quebrado dentro do armário, me considerava sortuda. Eu tinha um violino para treinar. E podia fazer isso quase todos os dias. Assim, de alguma forma, não me senti mal quando ninguém além de Sam me deu parabéns naquele dia.

Nunca fomos uma família muito festeira. E não é como se meus pais estivessem soltando fogos de artifício por minha causa.

À tarde, quando cheguei para a aula, como se fosse qualquer outro dia, dona Augusta estava retocando o batom diante do espelho sobre a cristaleira na sala de estar.

— Hoje a aula vai ser diferente.

Cheguei o pescoço para trás.

— Vamos? — Ela passou por mim, indo para a varanda. Olhei para minha mãe na cozinha com as sobrancelhas franzidas.

— Pode ir. Dona Augusta falou comigo.

Com os olhos arregalados, fui atrás dela.

— A senhora não disse que sua família não deixa você dirigir? — Olhei ressabiada antes de entrar no carro.

— Só na rodovia durante a noite. Em dias de sol, quando não há outra pessoa que faça isso por mim, eu mesmo vou à luta. — Ela deu uma risada. — Venha, entre.

Um ritmo pop animado saía do som do carro. Franzi a testa. Dona Augusta gostava daquele estilo de música? Ela desceu de ré pela garagem e freou com força. Minha cabeça foi para a frente e voltou.

— Ops, estava vindo um carro. — Ela curvou os cantos dos lábios para baixo.

Dona Augusta dirigia pelas ruas do Village com a tranquilidade de um piloto de Fórmula 1. Por mais duas vezes, deu freadas que, se eu não estivesse de cinto, teriam me jogado no painel do carro. O tempo todo, ela mexia os ombros de acordo com o ritmo da música, como se nada tivesse acontecido.

Agarrei os cantos do banco e abri um sorriso quadrado.

— Aonde nós vamos? Não muito longe, né?

— *Surprise* — ela cantarolou, e eu prendi os lábios.

Não demorou muito e chegamos à rodovia. Eu ainda estava tentando fazer os batimentos do meu coração se acalmarem quando uma buzina ecoou em alto e bom som atrás de nós. Dona Augusta, com toda a tranquilidade do mundo, cortava um caminhão na pista.

Oh. Céus.

Após quase trinta minutos de puro desespero, ela imbicou o carro para uma entrada que logo reconheci como sendo em Ponte do Sol. Cruzamos algumas ruas, e dona Augusta estacionou em frente a um endereço que eu conhecia bem.

— O-o que nós viemos fazer aqui? — perguntei, a voz vacilante.

— O que as pessoas fazem em um ateliê de luthieria, querida?

O sorrisinho tranquilo dela era o oposto da agitação no meu peito. Meus ânimos ainda não tinham se acalmado após aquela aventura — para não dizer outra coisa — na rodovia, e agora eu estava ali, diante do mesmo lugar que tinha visitado meses antes.

O sino ressoou quando passamos pela porta, anunciando ao dono do lugar que clientes haviam chegado. Na pequena sala, lindos e lustrosos violinos e violoncelos estavam dispostos da mesma forma como os tinha visto quando estivera ali.

Não demorou muito e um senhor alto e magro, com o rosto rodeado por uma barba grisalha, apareceu. Ele abriu o sorriso quando viu dona Augusta.

— Quem é vivo sempre aparece! — O homem riu e esticou os braços para abraçá-la.

— Meu caro amigo Celso. Há quanto tempo! — Os dois trocaram mais algumas palavras enquanto eu admirava os instrumentos. — Hoje estou aqui para uma missão especial. — Ela olhou para mim e sorriu. — Uma musicista está precisando de um violino. E eu quero presenteá-la com o melhor possível!

Pisquei. *O quê?*

— Você... não me é estranha. — O homem estreitou os olhos para mim. — Ah, não foi você que veio aqui uns meses atrás perguntar sobre o conserto de um violino? Fiquei esperando que você voltasse.

Dona Augusta olhou dele para mim. Abaixei a cabeça com um meio-sorriso.

— E agora ela voltou. — Ela envolveu meus ombros com o braço e me levou para a parte de trás, onde ficava o ateliê.

Meus olhos brilharam. Várias ferramentas figuravam em cima de uma bancada no centro, com violinos e violoncelos em construção enfeitando as paredes. Passei os dedos pelos moldes e pelas ferramentas tão minuciosas, a emoção inundando meu peito. Era incrível como um pedaço retangular e opaco de madeira podia se transformar em um instrumento tão delicado.

— É assim que Deus faz com a gente, não é? — Dona Augusta se aproximou, parecendo ouvir meus pensamentos. — Pega uma madeira bruta e a transforma em algo refinado e belo.

— Eu acho que sou essa madeira bruta. — Sorri um pouco.

— E ele está transformando você em um lindo instrumento, querida. Cortado, esculpido e polido pela Verdade. — Ela ergueu a parte de trás de um violino em construção. — Para que ficasse delicado assim, a madeira precisou ser desgastada. Que, nesses dezoito anos, você gaste sua vida aos pés do grande luthier de nossas almas, Alissa.

Dona Augusta fechou a mão sobre minha bochecha, e eu fitei seus olhos cheios de amor. *Sim, é isso que eu quero.* O sentimento de graça que encheu meu peito me fez suspirar. Aquele aniversário estava sendo melhor do que eu poderia imaginar.

37

— Eu não posso aceitar. — Balancei a cabeça seguidas vezes, olhando para o violino diante de mim. — Deve ter sido uma fortuna.

Celso deu uma risada bem sugestiva.

— Presente, a gente não recusa — dona Augusta foi taxativa. — Toque só um pouquinho para você ver e me diga se essa modéstia não vai embora rapidinho.

Com as bochechas ruborizadas, peguei o instrumento. Era tão delicado. Tão perfeito. Como um livro novo, com aquele cheiro singular. Nenhuma marca, nenhum arranhão. Passei a ponta dos dedos pelo braço do violino, liso como uma pedra de gelo. Celso devia ter gastado muito tempo no polimento. Era tão aconchegante, o oposto do braço de Olive, áspero como uma lixa.

Acomodei o violino e passei o arco sobre as cordas. Eu ainda precisaria me acostumar, claro, mas a qualidade do instrumento me fazia acreditar que aquilo seria muito fácil. Sorri. Era divino.

— Agora treine bastante, porque você vai tocar em um casamento. — Dona Augusta lançou essa informação assim, do nada. Acho que meu rosto deve ter sido o retrato perfeito da confusão.

— Vou o quê?

— Obrigada, Celso. Seu trabalho é sempre brilhante. — Ela se despediu dele e se encaminhou para a porta.

Não saí do lugar. Como assim, tocar em um casamento? Eu estava ficando zonza.

Dona Augusta olhou para trás e voltou até mim outra vez.

— Querida Alissa, não fique tão chocada. Você vai tirar de letra.

Abri a boca, pronta para protestar. Mas dona Augusta ergueu um dedo.

— Não quero nenhum *mas*. Vamos.

Olhei para o violino em minhas mãos, ainda parada no mesmo lugar.

— Como assim, tocar em um casamento?

— São poucas músicas. E você só vai me acompanhar.

— Acompanhar você? — Arregalei os olhos. — Não me mate do coração, dona Augusta. Eu não estou preparada!

— Eu sou sua professora e digo que, para as músicas que preciso de você, sim, você está preparada.

O pânico fez meus dedos formigarem..

— Não se preocupe. O casamento vai ser em um jardim ali no Village mesmo, de uma família de conhecidos. Poucas pessoas estarão presentes. *Mini-wedding*, como dizem hoje em dia.

Tentei retrucar enquanto caminhávamos até o carro, acompanhadas pelas risadas de Celso. Foi em vão. Me vi sem saída. E, quando ela parou o carro em frente a uma lanchonete gourmet, meu coração já estava um pouco menos em pânico com a ideia.

Ela disse para eu pedir o que quisesse do cardápio e, um pouco sem jeito, solicitei um pão na chapa com cappuccino. Dona Augusta pediu uma série de coisas diferentes e, após encher a mesa, falou para que eu ficasse à vontade.

— Dezoito anos, meu bem. Isso é algo a se comemorar. — Ela bateu palminhas e colocou uma torrada com queijo e molho de pimenta na boca. Sorri, acompanhando-a.

— Dona Augusta, eu li no seu diário que você conheceu o João Neves. Você se casou com ele depois, não casou?

Um sorriso brotou em seus lábios.

— Você sabe que eu não sou de dar *spoilers*, como vocês dizem.

— Ah, casou com ele, sim! Tem umas dez páginas só narrando as gentilezas que ele fez pra senhora.

Seus olhinhos não me deixavam enganar. Ela pegou um sonho recheado com mousse de limão e colocou no meu prato.

— Este é uma delícia. Você vai gostar.

Dei uma mordida. Era muito bom mesmo.

— Ontem, no seu diário, a senhora escreveu mais uma vez aqueles versículos de Efésios — falei com a boca cheia. — Sabe, sobre a mulher ser submissa e o marido amar a esposa como Cristo amou a igreja.

— Ah, esse é um daqueles tesouros bíblicos, sabe? Amo esse trecho.

— Já ouvi pessoas criticarem isso de a mulher ser submissa.

Ela bebericou seu café.

— Tem mulher que acha uma afronta se submeter ao marido. Mas, quando os dois estão sob a mesma missão, fica mais fácil. Não é custoso se submeter a quem nos ama como Cristo amou a igreja. A tarefa dele é mais difícil. Jesus amou a igreja até a morte, e morte de cruz.

— Não tinha pensado por esse lado. Como um homem pode amar assim?

— Só se ele amar a Cristo mais do que ama a esposa. A verdade é que a vida a dois nem sempre é fácil, querida. Mas muitos fazem péssimas escolhas e depois choram pelo leite derramado. — Ela me fitou com olhos bondosos. — Alissa, que você nunca tenha pressa. Invista em seu relacionamento com Deus, como tem feito. O seu momento de viver um amor como Jesus deseja vai chegar.

— Eu não quero pensar nisso tão cedo, dona Augusta. Deus me livre.

— O Senhor está curando seu coração. — Ela colocou a mão sobre a minha. — E, quando o momento certo chegar, você verá como é lindo viver um amor com gostinho de obediência e direção de Deus.

Quando chegamos em casa, meu maxilar estava duro de tanto rir. Em vez de ficar tensa com a direção perigosa de dona Augusta, as histórias que ela contava sobre os micos que havia pagado em suas primeiras apresentações como violinista me fizeram gargalhar durante quase todo o trecho de volta.

Ao entrarmos na cozinha, os olhos da minha mãe dispararam para o case amarelo brilhante nas minhas costas. Pelo jeito como ela olhou, já sabia sobre o presente.

— Ah, pronto. Agora posso atender. — Dona Augusta tirou o celular de dentro da bolsa. — Caí na besteira de contar para Theo que ia dirigir hoje. Ele está me perturbando a tarde inteira.

Sorri sem os dentes.

— Diga, meu neto! — ela atendeu, indo para a sala. — Alissa e eu chegamos vivas em casa, pode ficar tranquilo!

Me afastei para a varanda quando vi o rosto dele aparecer na tela. Onde Theo estava? Não que eu o tivesse visto muitas vezes no último mês, mas de repente fiquei curiosa.

— Você ficou rejeitando minhas ligações, dona Augusta? — A voz dele inundou a sala. — É isso mesmo?

— Eu só queria curtir a tarde ao lado de Alissa sem você ficar enchendo a minha cabeça.

Ele soltou um ruído chocado.

— Vó, o que a gente combinou da última vez?

Ela prendeu os lábios.

— Menino, eu troquei as suas fraldas!

— A senhora não toma jeito. — Ele fez um tsc, tsc. — Da próxima vez, peça um Uber. Esse foi nosso acordo para a senhora pegar a rodovia depois daquele incidente.

Teve um incidente? Esbugalhei os olhos e fiz uma rápida prece de agradecimento.

— Como a Alissa está?

Olhei em direção à sala. Por que ele estava perguntando por mim?

— Está bem. Em breve vai tocar em um casamento. E tivemos uma agradável tarde comemorando os dezoito anos dela.

— Já entregou meu presente?

— Ah, não, que cabeça a minha. Espere um momentinho.

Olhei para os lados e apertei os passos.

— Oi, Alissa, você ainda está aí? — Ela foi até a varanda. O celular não estava em suas mãos, e ela segurava um pequeno pacote verde.

— Ah, sim. Eu estava esperando para te agradecer.

Ela deu um tapa no ar.

— Não precisa disso. Espero que sua tarde tenha sido agradável. Não que completar dezoito ao lado de uma velha como eu seja uma coisa muito empolgante, mas...

— Foi um dos melhores aniversários que já tive! — Eu a abracei. — Obrigada pelo violino. Obrigada por me chamar para tocar com a senhora no casamento. Obrigada pelo lanche. Obrigada por... tudo.

— Você é uma grande menina, Alissa. — Os olhos dela sorriram ao me fitarem. E então ela me estendeu o pacote. — Theo mandou te entregar.

Sem jeito, peguei o que parecia ser uma caixinha.

— Agradeça a ele por mim. — Por que Theo estava me dando um presente? — Não sei se vou vê-lo por aqui hoje.

— Ah, nem hoje, nem tão cedo, querida. Ele voltou ontem para os Estados Unidos. Conseguiu uma consulta com um médico muito renomado para ver a questão do ombro e teve que ir às pressas. Ele não te falou que ia?

Engoli em seco e neguei com a cabeça.

— A gente se viu muito pouco esses últimos tempos.

— Que menininho sem modos. Ele me disse que se despediu da sua família.

— Ah, é?

— Vó? Cadê você? — A voz dele berrou através do alto-falante do celular deixado na sala.

— Pode ir lá — falei. — Obrigada por tudo, mais uma vez.

Me apressei para casa. Quando cheguei, Sam quis ver o violino e pediu que eu narrasse detalhadamente como minha tarde havia sido.

— Será que no meu aniversário a dona Augusta vai me levar para fazer uma coisa legal dessas também? — Os olhos de Sam brilharam.

— Ei, a aluna dela sou eu! — Bagunçei o cabelo dele e o olhei de esguelha. — Sam, o Theo disse pra você que ia voltar para a Califórnia?

— Sim. Ele veio aqui anteontem quando você estava na aula com a dona Augusta.

Arregalei os olhos.

— Ele veio aqui? Sério?

— E ainda me trouxe umas HQs novas.

— Por que você não me disse?

— Acho que esqueci. — Ele deu de ombros.

Ninguém tinha me dito nada. Mas que importava? Eu não estava falando com Theo mesmo. Entrei em meu quarto e abri o pequeno pacote verde. Lá dentro havia um chaveiro em formato de violino na cor dourada e um bilhete.

> Alissa, nunca foi minha intenção julgar você. Me perdoe pelo que eu disse aquele dia? Tenho sido atormentado por isso desde então.
>
> E desculpe por não ter me despedido pessoalmente. Achei que você ia preferir assim.

Obs.: Não pude evitar ouvir você tocar com minha avó. No final, você acabou cumprindo sua promessa, né?

Não deixe de sonhar, Alissa. Com seu talento, você pode ganhar o mundo.

Abraços, Theo Belmonte

Lembrei-me do bilhete que Theo havia mandado para Sam com as revistas em quadrinhos. Ele gostava desse lance de bilhetes, pelo visto. Uma inspiração profunda escapou-me. Passei os olhos mais algumas vezes pelas letras miúdas e quadradas e guardei o papel dentro da minha Bíblia. Um sentimento esquisito tomou meu peito enquanto eu prendia o chaveiro no case do violino.

Algo quase como uma... perda. Theo tinha ido embora. Eu não o veria mais. Nem de relance, de vez em quando. Chacoalhei os ombros, como que a espantar aqueles pensamentos, e obriguei que eles não voltassem para lá.

Peguei nas mãos o pequeno chaveiro dourado em formato de violino e olhei para meu novo companheiro. Tão lindo e profissional, como nunca havia pensado que teria na vida.

— Qual nome darei a você, hein? — Passei os dedos pela madeira lustrosa, como se fosse porcelana. Meus olhos correram para o chaveiro. — Vocês dois combinam. Tá aí. Golden. Esse parece um bom nome.

38

— Como eu estou, Cecília? — Virei depois do último toque de blush no rosto. Ela estava estirada na cama, mexendo naquele notebook que não deixava nunca.

— Ridícula.

Revirei os olhos.

— Fala sério. Eu passei cinco horas fazendo essa maquiagem.

— E precisava de mais cinco para ver se dava jeito.

Fiquei de frente para o espelho da porta do guarda-roupa outra vez e gemi. Parecia que eu tinha levado um soco em cada olho com aquela sombra preta.

— Eu só queria um esfumado igual ao das blogueiras. — Meus ombros caíram.

Cecília soltou o ar pelos lábios e fez cara de tédio, vindo até mim.

— Não vá passar vergonha em seu primeiro trabalho. — Ela respirou fundo, me fez sentar em sua cama e começou a refazer minha maquiagem.

Trinta minutos depois, eu estava dentro de um vestido preto soltinho, com uma trança embutida transversal no cabelo e o esfumado escuro nos olhos que tanto queria.

— Uau! Quem é você e o que fez com a minha irmã? — Sam abriu a boca. Baguncei o cabelo dele e, com o case em mãos, me encaminhei para a porta.

Minha mãe me olhou de esguelha. E não sei por que esperei ouvir alguma palavra de incentivo. Elas não viriam mesmo. Atravessei o umbral de saída quando ouvi a voz do meu pai, que estava sentado no sofá com a atenção fixa na tevê. Ele nem tinha movido os olhos para mim.

— Boa apresentação. Você vai se sair bem.

Fiquei um tempo olhando para ele. Havia quase dois meses, meu pai mal me direcionava a palavra. Senti a ardência tomar meus olhos e agradeci baixinho, indo ao encontro de meu primeiro trabalho como violinista.

Ultimamente, eu vinha sentindo um desejo mais profundo de me envolver com a igreja e com as pessoas da igreja, mas ainda não tinha conseguido ir a um culto de jovens. Eu tinha um casamento para tocar. O quarto em dois meses.

Desde que havia tocado com dona Augusta naquele primeiro final de semana de agosto, outros convites começaram a chegar. A cerimonialista gostou de nós, ao que parecera. Mas quem não gostaria de dona Augusta? Minha surpresa foi o convite ter se mantido de pé para mim mesmo depois de ela ter recusado os convites. Ela dizia que só tocava em ocasiões muito especiais.

No segundo casamento, acabei conhecendo outra violinista, que me convidou para entrar em uma equipe que costumava tocar em eventos na região. Éramos três violinistas e dois violoncelistas. Eu me sentia tão pequena entre eles. Mas, graças à dona Augusta, não estava ficando muito para trás. Depois de já ter revisitado as lições básicas do violino, me formei rapidamente nos livros intermediários do método Suzuki. Absorvia, com avidez, tudo que ela me ensinava.

Ao final de seis meses, a galeria do celular me lembrou do vídeo que eu tinha gravado em uma das primeiras aulas, quando conseguir tocar a Sinfonia Inacabada de Schubert *acabava* comigo.

Um sorriso bobo brotou em meus lábios. Agora eu tocava. E com destreza, como dizia minha ilustre professora.

— Dona Augusta! — Entrei na sala como uma tempestade certo dia, o case do violino pendurado nas costas. — O meu batismo foi marcado! Vai ser dia vinte e seis de dezembro! A senhora vai estar lá, né?

— Oh, meu bem! Como eu poderia perder um momento tão especial depois de assistir a toda sua dedicação ao longo dos meses nessas aulas?

Desde setembro, todos os domingos de manhã, durante a escola dominical, eu estudava sobre minha fé. E, ao longo da semana, perturbava dona Augusta com as dúvidas que não conseguia tirar com o pastor.

"Como posso saber se é a voz do Espírito Santo ou meus próprios sentimentos?"

"Por que Deus permite o mal e o sofrimento no mundo?"

"Vai ter animais no céu?"

— Depois de quase enlouquecer comigo, é o que a senhora quis dizer.

Ela deu uma risada.

— Foi um ótimo tipo de loucura.

— Vai ficar tranquilo pra senhora ir? Provavelmente a casa vai ficar cheia por causa das festas de fim de ano. Talvez minha mãe nem vá, porque a família toda vai estar...

— Nem diga uma coisa dessas! Sua mãe não faz plantão, não, Alissa. Ela vai estar lá — dona Augusta assegurou. — Sem contar que não teremos muitas pessoas este ano. Os irmãos de William vão passar a virada em uma praia do Nordeste. Theo ficará na Califórnia.

— Ah, sim. — Desviei o olhar. — Achei que ele viria.

— Eu também... — Ela suspirou. E parecia haver naquele suspiro algo além do que ela dizia. — Mas o que me diz? Já estamos em dezembro. Temos alguma decisão a respeito daquele assunto?

— Eu... cheguei a ver alguns editais.

— E o que achou?
— Legais. Estou analisando. Talvez para daqui a um tempo.
— Mas, Alissa, você terminou o colégio agora. Já tem dezoito anos. E toca violino como um anjo. Você precisa ir para uma escola, entrar numa orquestra renomada, fazer algo com essa paixão que Deus te deu.

Abri um sorriso pequeno e tirei o violino do case para começarmos a aula. Nos últimos tempos, dona Augusta vinha sendo muito incisiva a respeito do meu futuro na música. Eu guardava tudo que ganhava tocando nos casamentos, mas, mesmo que tocasse todo fim de semana — o que não era o caso —, estava longe de conseguir juntar o suficiente para ao menos começar a me manter em um curso longe de casa. Porque, sim, todas as escolas de música e faculdades ficavam distantes do litoral sul.

— E o Conservatório de Música? Eles abrem inscrições sempre em janeiro e junho. E, geralmente, oferecem bolsas. Garanto que você conseguiria uma.
— A senhora tem muita fé em mim.
— Não é só fé, querida. É percepção.

Entre cuidar de Sam, treinar violino e tocar quando surgia a oportunidade, meu dezembro passou. No dia do meu batismo, toda minha família estava lá — menos Cecília. Nós nos víamos cada vez menos. O trabalho e o curso absorviam todo seu tempo e mais um pouco.

Como prometido, dona Augusta marcou presença. E o abraço com que ela me envolveu após o culto foi como se o próprio Deus tivesse se materializado para me abraçar. Demorei a soltá-la. Algumas pessoas são como sopros do céu em nossa vida. Elas nos enriquecem, nos ajudam a ver as coisas por uma perspectiva diferente, fazem que nosso coração pareça maior e mais leve quando estamos com elas.

Dona Augusta era isso para mim.
Uma mentora. Uma amiga. Uma... mãe.

O novo ano chegou e, com ele, muitas oportunidades para tocar. Durante a semana, levava Sam para a escola e, por causa da distância, o esperava por lá mesmo. Continuamos indo à fisioterapia duas vezes após a aula. Nos fins de semana, ia à igreja e tocava nos casamentos e festas.

Minha conta bancária começava a crescer. Não que fosse grande coisa, mas, quando o edital do Conservatório de Música abriu inscrições no início de junho, ousei sonhar.

— Eu deveria mesmo fazer isso? — Mordisquei o canto da unha olhando para a tela do celular. Andei de um lado para o outro no meu quarto. Me joguei na cama. Levantei. Orei. E, por fim, com dedos trêmulos, digitei meus dados no site e, conforme a exigência do curso, anexei um vídeo meu tocando. Escolhi um que tinha gravado na última semana na sala de dona Augusta.

Não pensei muito depois disso. Eu sabia que não teria como largar tudo e estudar a mais de cento e cinquenta quilômetros de casa. Mas era bom sonhar. Era bom sentir aquele gostinho de que era possível. Mesmo não sendo.

Quando saí do quarto naquela noite úmida e gelada de início de junho, fui para a cozinha lavar a louça do jantar. Meus pais e Sam já estavam na cama, e percebi pela luz escapando através das frestas da porta do banheiro que Cecília havia chegado e ido direto para o banho.

Eu começava a secar o primeiro prato quando ouvi uma fungada. Franzi as sobrancelhas. Outra fungada. Parei com o pano de prato na mão. Mais uma. Devagar, comecei a me aproximar. Colei o ouvido na porta do banheiro e tentei ouvir mais alguma coisa. Nada.

Voltei a secar as louças, e meus olhos disparavam em direção ao banheiro a todo momento. Será que Cecília estava precisando de alguma coisa?

Quando o barulho da porta abrindo soou na cozinha, tive um sobressalto. Abri o armário de cima para colocar os copos e evitar olhar para ela. Ainda assim, quando Cecília passou, não contive o olhar. Ela me observou de esguelha por um segundo e seguiu adiante, como um soldado, para o quarto. Seu rosto estava vermelho e inchado.

Você não tem nada a ver com isso. Deixa Cecília pra lá. Se você perguntar, ela só vai te dar uma grande patada.

— Você tá bem? — Virei para ela, desobedecendo a todas as minhas ordens mentais.

— Não é da sua conta — Cecília respondeu sem olhar para trás e entrou no quarto.

Suspirei fundo. *Nada novo debaixo do sol.*

Quando tudo estava finalizado na cozinha, fui para a cama e me enfiei debaixo das cobertas. Apenas a luz do jardim penetrava através das frestas da janela. Em meio à penumbra do quarto, consegui ver Cecília coberta da cabeça aos pés.

Dei de ombros, afofando o travesseiro que conduziria meu sono tranquilo durante toda a noite. Um soluço alto cortou o silêncio do quarto.

Bom, pelo jeito, não vai ser tão tranquilo assim.

Puxei o edredom para cima da cabeça e fechei os olhos. Tentei pegar no sono por um tempo. Mas, quando um quarto soluço irrompeu pelo ambiente, sentei na cama.

— Eu acho que, se dividimos um quarto e você vai chorar nele a noite inteira, eu mereço saber do que se trata.

Ela não respondeu. E Cecília sempre tinha coisas a responder. Me aproximei da cama dela.

— Agora falando sério. Pode falar comigo, Cecília. — Tentei a voz mais gentil que pude. — Às vezes tudo que a gente precisa é se abrir.

— Abrir pra quê? — Ela se virou para mim, seu braço descobrindo o rosto. — Você não vai poder me ajudar. Ninguém vai.

Um frio percorreu minha espinha.

— Te ajudar em quê?

— Em nada, Alissa! Em nada!

— Por que você não diz? Talvez tenha uma forma de...

— Não existe forma nenhuma, tá? Não é como se você pudesse me ajudar a pagar dez mil reais de dívida!

Meus olhos quase saltaram para fora. Cecília sustentou meu olhar por alguns segundos e voltou a cabeça para o outro lado, como estava antes. Mas, dessa vez, sem a coberta fazendo um casulo por cima dela.

— V-você está devendo dez mil reais?

Outro soluço fraco e cansado escapou de seus lábios. Me sentei ao seu lado na cama.

— Pra quem, Cecília? Como? — Minha voz estava meio esgoelada. — Você se envolveu com alguma coisa errada?

Ela ficou tanto tempo em silêncio que comecei a me levantar da cama.

— Ele me disse que era um bom negócio... — Sua voz saiu baixa. Me acomodei na cama outra vez. — Que, se eu chamasse as pessoas para investir, o dinheiro delas cresceria e eu poderia viver dos juros. Eu trabalhei tanto para aquele idiota!

— Ué, mas... esse tempo todo, era esse o seu trabalho?!

Ela assentiu. Pisquei, as palavras fugindo da minha boca.

— No começo, eu recebia um bom valor. Mas de uns meses pra cá as coisas começaram a dar errado, e agora eu estou devendo o dinheiro do investimento que as pessoas fizeram confiando em mim. E ainda tenho sorte de serem só dez mil reais. Podia ter sido muito mais. — Outro soluço lhe escapou.

Pisquei devagar.

— E agora... O que você vai fazer?

— Sei lá, Alissa. Eu estou... com muito medo. — A voz dela saiu em um fiapo, mas de repente, mesmo com a penumbra, pude ver o terror em seus olhos. — Não fala nada para meus pais, entendeu?

Anuí e, em silêncio, voltei para minha cama. Foi difícil pegar no sono aquela noite.

39

A cada dia que passava, crescia o aperto em meu peito. Quando Cecília estava em casa, o rosto dela era de um desespero que dava dó. Tentei falar com ela outras vezes sobre o assunto, mas ela me cortou de imediato. Acho que tinha se arrependido de ter me contado sobre sua dívida.

E, ah, aquilo consumia meus pensamentos. O tempo todo.

— Você já tem uma solução? — perguntei certa noite assim que ela se deitou para dormir. Cecília apenas cobriu a cabeça e me ignorou, como vinha fazendo havia mais de uma semana. O que, infelizmente, acabou não conseguindo fazer no dia seguinte.

Eu voltava da aula com dona Augusta pensando em uma música que ela havia me passado para treinar. Era um nível bem mais avançado do que eu estava acostumada. Tão distraída com isso, só percebi que toda a minha família estava na sala quando já tinha andado uns cinco passos.

Os olhos de Cecília estavam inchados. Minha mãe segurava a cabeça com as mãos, e meu pai parecia a ponto de ter um ataque do coração. Sam assistia a tudo com os olhos arregalados.

Ah, Cecília...

— E agora, o que nós vamos fazer? — A voz do meu pai saiu sufocada de desespero. Cecília passou as mãos sobre o rosto vermelho e trocou um olhar rápido comigo.

Pendi a cabeça para o lado e apertei os lábios. Eu sabia muito bem como era estar naquele banco dos réus.

— Você era tão inteligente, minha filha... O que aconteceu? — As lágrimas molhavam o rosto da minha mãe. — Como foi cair em um golpe desses?

Me aproximei de Sam e passei o braço pelo pescoço dele.

— Nós nos sacrificamos para pagar aquele curso pra você, Cecília! E agora, quando a formatura está chegando, você vem dizer que nem concluiu o segundo semestre! — Meu pai jogou as mãos para o alto. — E ainda está devendo dez mil reais!

— Seu pai e eu temos sete mil guardado, que juntamos desde que quitamos as dívidas. — Minha mãe fungou, a voz contrita. — Não sei como vamos conseguir os outros três. Eles deram o prazo até quando?

— Eu disse que pagaria semana que vem, para que as pessoas parassem de me encher de mensagens.

As lágrimas da minha mãe aumentaram. Meu pai passou as mãos na testa. Pensei na minha poupança. Em cada real guardado desde que tinha começado a tocar em eventos no ano anterior. Minha garganta estava seca, tudo dentro de mim sacudindo em um ritmo descompassado.

Oh, meu Deus... Eu vou ter que fazer isso? Mesmo?

A resposta veio como uma batida oca e dissonante em meu peito. *Sim.*

— Eu tenho três mil e quinhentos reais guardados — falei, a voz um pouco vacilante. — Juntando com o que vocês têm, Cecília fica livre da dívida.

O som do choro de minha mãe e de Cecília encheram ainda mais a sala.

— Mas, Alissa, não podemos aceitar uma coisa dessas. — Meu pai travou a mandíbula. — É o seu dinheiro suado, filha.

A última vez que ele havia me chamado de "filha" tinha sido na noite do meu batismo, seis meses antes. Meu pai nunca fora de muitas palavras. E, desde a situação com Eric no ano anterior, por mais que ele tivesse voltado a falar comigo normalmente, uma névoa sempre parecia estar entre nós.

— E nós estamos lá em posição de negar alguma coisa? — Minha mãe olhou para ele. — Obrigada, Alissa. Nós vamos dar um jeito de devolver esse valor pra você depois.

Com as mãos trêmulas, peguei meu celular e transferi o valor para a conta do meu pai.

— Está feito.

Meu pai parecia desconfortável ao olhar para mim.

— Olha a situação em que você nos colocou, Cecília. — Ele cerrou os punhos.

— Eu só queria uma vida melhor, tá? — ela explodiu. — Quando percebi que poderia ganhar muito dinheiro com isso, achei que conseguiria ajudar vocês! Achei que conseguiria juntar o suficiente para nos tirar daqui e comprar uma casa!

O rosto do meu pai parecia uma chaleira.

— Pois achou muito errado, já que vamos ter que sair desta casa de um jeito ou de outro! E não vai ser porque você nos comprou uma nova, e sim porque seremos demitidos! De novo!

Cecília, Sam e eu soltamos uma respiração chocada.

— Venâncio! — minha mãe o repreendeu. Ele respirou fundo.

— Dona Cristine vai vender a casa — continuou em um tom mais controlado. — Ela disse que só ia fazer isso depois que conseguíssemos um lugar para ir. O que, graças a Deus, acabou acontecendo.

— Como... assim? — Meu coração retumbava como uma escola de samba.

— Uma outra família aqui do condomínio está precisando de caseiro. Mas só daqui a três meses, que é quando o caseiro deles vai embora para o Nordeste. Por causa disso, dona Cristine disse que nós continuaremos aqui durante esse tempo e depois a casa irá para venda.

— E a dona Augusta? — Minha voz saiu esgoelada.

— Ela vai morar com a filha no Rio — minha mãe respondeu.

Sem fôlego, saí pela porta de casa e corri, desabalada, até a casa dos Belmonte.

Abri a porta sem bater e encontrei dona Augusta esticada no sofá, com a Bíblia aberta sobre o peito e um braço descansando sobre a testa. Seus olhos estavam fechados. Seus pés não chegaram ao outro braço do sofá. Ela parecia tão magra e pequena. A porta rangeu quando a fechei e dona Augusta despertou, olhando para os lados.

— Oh, minha linda, acho que meus olhos se cansaram enquanto eu lia. — Ela esfregou o olho direito por baixo da lente dos óculos de gatinho. — Está tudo bem?

Olhei para os lados, hesitante. Dona Augusta me analisou por um momento e liberou um suspiro.

— Você já sabe. — Ela deu dois tapinhas no sofá ao seu lado, e eu caminhei até lá devagar, numa tentativa de postergar o inevitável. Ela puxou minhas mãos e as segurou entre as suas.

— Em Eclesiastes, Salomão diz que há tempo para todo propósito debaixo do céu. — Por que ouvi-la citar um versículo não me parecia uma coisa boa agora? — Eu ando mais cansada ultimamente. Meus exames tiveram algumas alterações. E Cristine acha que chegou o tempo de nós vivermos perto uma da outra.

Pisquei seguidas vezes. Nenhuma de nós falou nada por um tempo que parecia ter durado a vida inteira.

— Você vai morar no Rio? — quis saber.

Um suspiro profundo escapou de seus lábios.

— Quando combinei com minha filha e meu genro de ocupar esta casa, eles não foram muito a favor. *Você vai ficar longe de nós*, e blá-blá-blá. Eu tinha voltado de uma longa temporada cuidando de uma orquestra no Chile. Como você sabe, depois que João morreu, eu voei por muitos lugares. Descansar aqui parecia uma ótima coisa. Mas Cristine só ficou em paz com a ideia quando sua família veio para cá. Ana e Venâncio cuidam tão bem de mim que fico constrangida.... — Ela deu um sorriso, mas havia tristeza em seus olhos. — Eu estava disposta a lutar pelo meu lugar aqui no Village. Mas Cristine me expôs a situação financeira da família. Por causa de alguns investimentos que não deram certo, William e Cristine tomaram a decisão de vender esta casa.

— Eles vão esperar três meses, né? — perguntei, a voz baixa.

— Sim. Não é nada tão urgente. A estabilidade de vocês está em primeiro lugar. Com isso, acabei convencendo Cristine a me deixar passar os últimos três meses aqui também.

Mirei sua mão branquinha com pequenas manchas caramelo e soltei o ar por entre os lábios.

— O que eu vou fazer sem você? — murmurei.

Dona Augusta passou o braço pelos meus ombros, seu cheirinho doce invadindo minhas narinas.

— Você está pronta para viver tudo que Deus tem para você, meu bem. Tanto na música quanto na vida. — Ela chegou o pescoço para trás e fitou meus olhos. — E ai de você se se esquecer de mim por causa de algumas horinhas de distância, viu?

Sorri, uma lágrima solitária fazendo seu caminho por minha bochecha.

— Isso nunca vai acontecer.

Havia algo bonito sobre o mar durante o inverno. Em alguns dias, as águas pareciam brigar com tudo e todos. Como agora. As ondas quebravam com violência e espirravam seus borrifos esbranquiçados de maresia sobre mim. Limpei uma lágrima, e depois outra. Chorei pelo dinheiro que poderia ter sido o pontapé inicial para meu sonho. Chorei por dona Augusta, que dali a três meses eu não veria mais. Chorei porque, por mais que eu precisasse ser grata pelo que os Belmonte fizeram por nós, só conseguia sentir a perda se agigantando em meu peito.

— Me ensina a enxergar o Senhor nisso tudo, meu Deus...
Fechei os olhos, relembrando os momentos de nossa vida na Rua dos Corais, número 20, naquele último ano.
E era impossível não enxergá-lo em cada detalhe.

40

— Eu já disse que odeio usar isto aqui? — Sam apontava para o plástico que envolvia suas pernas abaixo da capa de chuva.

— Toda santa vez. — Sorri.

— As pessoas ficam olhando. E isso é um saco.

Ele revirou os olhos. Sam estava com dez anos agora. Faria onze dali a alguns meses. E a pré-adolescência precoce gritava por cada poro seu. Estávamos voltando da escola após pegarmos um ônibus lotado que tinha atrasado vinte minutos para passar. Passei a mão sobre meu rosto desprotegido pela capa de chuva.

— Por que o carro do papai teve que quebrar de novo justo agora que o dinheiro acabou? — Sam fez um bico.

— Porque a vida não é um mar de rosas.

Ele liberou um muxoxo resignado.

— Li, será que a Cecília vai ficar bem?

Pensei por um minuto.

— Ela vai ficar, Sam. Situações como essa podem servir para amadurecimento, sabe? Tomara que ela aprenda alguma coisa com tudo isso. — Assim como eu tinha aprendido na minha vez.

— Você viu que ontem ela até lavou a louça do jantar? Acho que, além de amadurecimento, milagres também estão acontecendo.

Dei uma gargalhada.

— Nada é impossível para Deus, meu caro.

Enquanto nossas risadas se misturavam às gotas grossas de chuva que despencavam do céu, um carro diminuiu a velocidade ao se aproximar de nós. Um déjà-vu passou por minha mente. Cerca de um ano antes, Theo Belmonte parava um Audi ao nosso lado em um dia chuvoso como aquele. Era um carro grande e preto, assim como... o que estava ao nosso lado agora. Franzi o cenho ao mesmo tempo que o vidro da janela do carona desceu. Um grito escapou dos lábios de Sam:

— Theo!

— Vai uma carona aí? — O sorriso dele ocupava quase todo o rosto enquanto olhava para Samuel. Quando direcionou o olhar para mim, seus lábios se uniram, contidos, e ele deu de ombros com uma expressão que pedia desculpas. — Não ia conseguir passar direto por vocês.

— É claro que eu quero carona! — Sam segurou as rodas da cadeira e começou a se direcionar para o carro.

Assim como um ano antes, Theo desceu do carro, acomodou Sam no banco de trás e guardou a cadeira na mala. Eu observava tudo em silêncio.

Como ele estava assim, andando no carro do pai pelas ruas do Village depois de todo esse tempo, *do nada*?

Theo evitava meus olhos. Ele passou por mim, abriu a porta do carona e foi ocupar seu lugar atrás do volante. Continuei parada.

— A porta do carro está ficando toda molhada, Li! — Sam colocou a cabeça no espaço entre os bancos da frente. — Entra logo!

Como que despertando de um devaneio, tirei a capa depressa e a enrolei nas mãos enquanto me sentava na poltrona confortável ao lado de Theo.

— Cara! — Sam gritou. — Quando você chegou?

— Hoje de manhã.

— Eu sempre perguntava para sua avó quando você viria, e ela me falava que avisaria quando acontecesse. Mas ela não avisou.

Theo deu um meio-sorriso.

— Ela não sabia.
— Uau! Fez surpresa, hein? Vai passar as férias aqui de novo?
— Tipo isso.
— As últimas nessa casa, né? — O tom de Sam diminuiu. Percebi pelo canto do olho que Theo engoliu em seco. Um silêncio desconfortável surgiu no carro, mas, com Sam entre nós, quando é que o silêncio tinha vez? — Eu tenho muito o que conversar com você sobre as novas HQs da Marvel. Meu pai comprou várias pra mim. Aquelas que crianças podem ler, claro.
— Tá brincando? Me conta quais são.

E assim os dois emendaram um papo empolgado sobre super-heróis, como se um ano inteiro não tivesse passado. Permaneci em silêncio durante todo o percurso. Estar naquele carro, ao lado de Theo, era como tentar encaixar uma peça errada em um quebra-cabeça: difícil e incômodo.

Com os braços cruzados sobre a barriga, fui até em casa mirando o lado de fora. Na garagem, quando Sam já estava acomodado na cadeira, me posicionei atrás dele e agradeci pela carona.

Havia quanto tempo eu não direcionava a palavra ao Theo? O bilhete deixado por ele veio à minha mente e encarei os cachos de Sam.

— Não há de quê — foi a resposta dele.
— Me leva para jogar basquete qualquer dia desses de novo? — Sam pediu. — Só joguei com Bento no carnaval, quando ele veio passar o feriado. Depois, nunca mais vi nem ele, nem uma bola de basquete.

Ergui o rosto e vi Theo mirar meu irmão por dois segundos. Um estranho vazio passou por seus olhos.

— Ah, tudo bem. Podemos, sim. — Ele sorriu, dando um toque na mão de Sam, mas aquela sombra ainda estava em seu rosto.

Puxei a cadeira de Sam e seguimos para casa.

Só ouvi o nome do Theo pela próxima hora.

— Fala com ele, Alissa! Eu queria tanto jogar.

Revirei os olhos. Pela quinquagésima vez.

— Sam! Ele chegou hoje de manhã! Deixa o garoto respirar.

E seguiram-se sessões de choramingos. Eu ia ficar louca. Quando o relógio marcou cinco para as três, dei um pulo do sofá.

— Hora da minha aula. Tchau. — Peguei o case e o arrumei sobre as costas.

— Fala com ele, Alissaaaa!

— Larga de ser enjoado, Sam — Cecília reclamou vindo da cozinha. — Ninguém gosta de criança perturbando, não.

— E ninguém gosta de irmã mais velha insuportável passando o dia em casa. — Ele mostrou a língua.

— Ei! Me respeita!

— Então me respeita também.

E, enquanto eles discutiam sobre quem era mais merecedor de respeito, escapuli pela porta, aliviada por ter um momento de silêncio. Mas, quando me dei conta de que dona Augusta não estava mais sozinha em casa, senti as mãos suarem.

Alissa, se recomponha.

Com esse pensamento, peguei a bandeja de chá e subi as escadas depressa.

— Como você está, minha querida? — Dona Augusta colocou as mãos em meu rosto com delicadeza quando entrei na sala. Seus olhos marcados pela lembrança do dia anterior.

— Me recuperando do baque... Mas disposta a sugar tudo que eu puder da minha professora até sua partida.

Ela deu uma risada alta.

— Então, vamos lá! — Ela se virou para abrir a partitura e me olhou por cima do ombro. — Sabe quem chegou hoje de manhã depois de tanto tempo?

Mirei a Orquestra Filarmônica de Viena no quadro pendurado atrás de dona Augusta.

— Sei.

— Você viu o Theo? — Ela ergueu as sobrancelhas. — Onde?

— Ele deu carona para mim e Sam na volta da escola, mais cedo.

— Ora, ora. Ele não me disse isso. Aliás, o que Theo anda dizendo ultimamente? — Ela lançou um suspiro profundo.

A curiosidade fez cócegas na minha barriga. Quase perguntei o que isso significava. No fim, acabei ficando quieta.

Nos dias que se seguiram, Sam continuou enchendo minha cabeça como um pernilongo com fome. *Falou com Theo? Cadê o Theo?*

— *Eu-não-sei!* — Era a minha resposta. E, realmente, não sabia. Apesar de ir à sala de música todos os dias, em nenhum deles vi Theo pela casa. Ou fora dela.

Será que ele andava se divertindo tanto por aí com Denis e sua trupe que sequer tinha tempo de ficar em casa? Certa tarde, porém, quando as sobrancelhas de dona Augusta ficaram unidas o tempo todo durante a aula e me vi impelida a perguntar se estava tudo bem, descobri a resposta.

— Estou preocupada com Theo. — Ela contraiu a boca em uma linha estreita. — Ele não saiu de casa nem para correr desde que chegou. E você sabe como ele ama correr. Nem a chuva era capaz de desanimá-lo.

— Por que ele está assim? — Guardei Golden no case. — Aconteceu alguma coisa?

— Theo não gosta muito que comentem sobre as coisas dele, por isso vou esperar que ele mesmo te conte o motivo. Mas ele já está assim há algum tempo. Apático. Estava torcendo por essas férias, acreditando que um tempo aqui no Village fosse ajudá-lo a espairecer. Só que essa história da venda da casa só pareceu piorar as coisas.

Sem saber muito o que dizer, me despedi de dona Augusta, coloquei Golden nas costas e saí da sala. Os pensamentos fervilhavam com o que ela tinha dito. Quando desci as escadas, vi uma silhueta sair da cozinha e entrar no corredor que dava para a sala de tevê. Meus pés estancaram sobre os degraus e observei enquanto ele se afastava.

Os pedidos intermináveis de Sam encheram meus pensamentos. O olhar condoído de dona Augusta também. *Ele já está assim há algum tempo. Apático.* Terminei de descer a escada e olhei para a cozinha. Minha mãe já tinha ido para casa. Inspirei o ar e me virei para o corredor por onde Theo havia acabado de passar.

Você não vai fazer isso, vai? Forcei meus pés, antes que a razão voltasse ao seu lugar. *Vou.*

Marchei até a porta da sala de tevê e dei três batidas. Logo depois, a corrente de ar da porta sendo aberta balançou os fios soltos do meu coque. Minha nossa. Não deu tempo nem de pensar em fugir.

Theo me observou com a sobrancelha erguida. *Algumas coisas nunca mudam.* Abri minha boca, mas não saiu nada. Era tarde para correr?

Espiei dentro da sala. Um filme pausado. Uma coberta jogada no sofá cinza enorme. Um pacote de biscoito aberto na mesinha de centro.

— Você vai ficar aí dentro até quando?

Ele franziu a testa.

— Por quê? Vai me chamar para sair?

Meu rosto corou, mas não me deixei abalar. Respirei fundo, entrei na sala e marchei até as cortinas de blecaute, abrindo-as de uma vez.

— O que você tá fazendo?

— Eu não vou te chamar pra sair. Você vai sair daqui sozinho. Vai colocar uma roupa de esporte como aquelas que você amava usar e vai chamar sua avó para uma caminhada na praia. Ou vai correr depois de levá-la para tomar um café no centro comercial.

— Cruzei os braços. — É isso que você vai fazer.

Ele deu um riso incrédulo e virou a cabeça para o lado, as mãos na cintura.

— O que está acontecendo? — Segurei as alças do case. — Eu engoli minha vergonha para vir aqui porque não aguento ver sua avó com aquele olhar preocupado no rosto. Ela está esquisita a semana inteira. Sem contar o Samuel, que não para de me perturbar querendo ver você.

Agora foi a vez de as bochechas dele corarem. Theo olhou para baixo e começou a cutucar a própria mão. E eu comecei a me questionar se tinha tomado um chá de doideira ou o quê. O que eu estava fazendo ali? Pequenos choques invadiram meu estômago.

— Vergonha? — Ele ergueu a cabeça, por fim. E, naqueles segundos de silêncio, as lembranças de um ano antes flutuaram como bolhas ao nosso redor. Theo engoliu em seco.

Toda minha coragem de segundos antes se desfez em uma poça, e eu me encaminhei para a porta. Parei sobre o batente, e minhas entranhas deram um nó.

— Eu...

— Alissa.

Falamos ao mesmo tempo. O pequeno intervalo de hesitação que se seguiu foi o suficiente para que as bolhas estourassem. O amargor das memórias pulverizados sobre minha pele.

— Acho que falei mais do que deveria. Tchau, Theo. — E segui pelo corredor a passos rápidos.

41

O sol jogava seus raios tímidos através da janela quando me levantei naquela terça-feira fria. Esfreguei os olhos e me assustei ao ver a cama de Cecília arrumada. Na sala, nenhum sinal de Sam. Me joguei numa das cadeiras da cozinha, ainda muito sonolenta, quando ouvi um ruído de algo correndo sobre a mesa. Abri os olhos. Era um copo de vitamina de banana.

Olhei para o lado e me deparei com Cecília.

— Ai, que susto! O que você está fazendo aqui a essa hora da manhã?

— Tomando café. — Ela bebeu um gole do seu copo com o líquido branco até a borda. — Beba o seu logo.

Olhei de esguelha para o copo de vidro diante de mim.

— Não tem veneno aqui, né?

— Cala a boca.

Com um meio-sorriso, tomei tudo de uma vez só. Ainda não tinha me acostumado com Cecília em casa o dia todo fazendo benevolências. Ela pegou meu copo e o lavou com o seu. Quando cruzava a passagem entre a cozinha e a sala, ela hesitou.

— Eu vou hoje a uma entrevista de emprego. Um emprego de verdade. — Cecília olhava para a parede. — Vou juntar cada centavo para pagar meus pais e você.

Ela não esperou uma resposta e continuou andando para o quarto. Embora Cecília não tivesse aberto seu coração de novo, eu sabia como seu orgulho estava amassado como um pano velho. Por isso, deixei o assunto ir embora com ela.

— Samuel ainda não acordou? — perguntei de repente, antes que ela sumisse de vista. — Ele costuma estar de pé antes das sete. — Mesmo em dias de férias, como aquele.

— Ele não só está acordado como já saiu de casa há uma meia hora, mais ou menos.

— Saiu com quem? Ele não tinha nada programado pra hoje.

— Foi jogar basquete com o Theo Belmonte.

Pisquei devagar.

— E por que eles foram sem mim? — Abri a boca sem pensar, assaltada pelo susto.

A cabeça de Cecília se esticou para fora da porta do quarto.

— Por que eles não deveriam ir sem você?

— Não que eu precisasse ir, mas...

Um sorriso brotou nos lábios dela.

— Não quer dividir o Theo com o irmão, Alissa?

— Vai te catar, vai. — Revirei os olhos. — Minha mãe deixou?

— Não, ele sequestrou o Sam.

Bufei e desisti de conversar com ela. Cecília saiu pouco depois para a tal entrevista de emprego. E eu passei a hora seguinte tentando descobrir por que havia sido deixada de fora do jogo na quadra. *Eu que falei com Theo sobre Sam ontem.* Fiz meu devocional. *Eles nunca saíram sem mim.* Arrumei minha cama. *Theo não quer ficar perto de mim?*

— Você ainda tem dúvida?

Sam falou a manhã inteira sobre o jogo com Theo. Ele narrou as cestas. Falou quantos pontos tinha feito. E repetiu cinco vezes que Theo tinha levado garrafa d'água e maçãs para os dois.

— Hum, como ele é prestativo. — Não sabia mais o que responder a cada frase.

— Quando a mamãe veio me chamar, nem acreditei! Eu devia ter pedido pra ela falar com Theo ao invés de você. Eu já teria jogado com ele há muito tempo!

— Ah, é? — Lancei sobre ele aquela almofada desnutrida que rolava pelo nosso sofá havia uns dez anos. — Eu que falei com ele ontem sobre você, viu?

— Então por que ele pediu pra minha mãe se eu podia jogar hoje de manhã, e não pra você?

— Porque... — Mexi a boca, mas não sabia o que dizer. — Sei lá, Samuel!

Passei as primeiras horas da tarde ensaiando o repertório do casamento em que tocaria no sábado. Errei as notas várias vezes. O que estava acontecendo comigo?

Às três da tarde, peguei o chá de dona Augusta e subi sem olhar para os lados. A porta da sala de tevê estava aberta, mas não havia ninguém lá.

— Como estamos com as músicas de sábado? — O sorriso de dona Augusta brilhava.

— Nada bem — resmunguei.

— Vamos dar um jeito nisso agora. — Ela cantarolou ao buscar seu violino.

Franzi o cenho, abrindo um sorriso.

— Você está feliz hoje.

— Adivinha quem me levou para jantar ontem? — Ela virou para trás com um floreio. — Theo finalmente saiu daquele quarto.

— Que bom, dona Augusta. — Sorri. Pelo menos minha humilhação gratuita tinha valido para alguma coisa.

Uma hora e meia mais tarde, desci as escadas movimentando meus dedos da mão esquerda. As novas notas tinham exigido um bocado deles. E, ao olhá-los, percebi que as unhas precisavam de um trato. Como fazia um tempo que não tocava — e eu só as fazia quando ia tocar —, elas estavam pedindo socorro.

— Venâncio está na luta com a tubulação do banheiro principal, que voltou a dar problema, senão pedia a ele para ir ao invés de você. — Ouvi a voz da minha mãe antes de entrar na cozinha e levantei os olhos das unhas. Theo estava escorado sobre a ilha no meio do cômodo, analisando um pedaço de papel em sua mão. Não sei se meus pés fizeram algum tipo de ruído, mas ele olhou para trás.

Antes, porém, que nossos olhares se cruzassem, abaixei a cabeça e passei direto por ele.

— Preciso ir preparando pelo menos as sobremesas, seus pais chegam em menos de duas horas — minha mãe continuou.

— Eu não faço ideia do que seja metade das coisas dessa lista. Coentro? Páprica defumada? Arroz arbório?!

— Não tem muito segredo. Tudo isso tem no mercado.

— Mas, querida dona Ana, acho que minha mãe disse que você podia preparar algo simples, já que ela avisou em cima da hora. — Apesar de estar do lado de fora, escutava os dois com clareza.

— E quem disse que eu vou deixar meus patrões, que quase nunca estão aqui, comerem uma coisa simples se eu posso preparar a comida preferida deles? — Ela fez uma pausa. — Pode ser que essa seja uma das últimas.

Diminuí o passo. Ouvi um suspiro. Acho que foi de Theo.

— É uma pena, dona Ana — lamentou ele. — Vocês já conseguiram um novo emprego, né?

— Sim. Estamos orando para serem tão bons como vocês.

Voltei a andar. Não queria pensar sobre a mudança de emprego. Porque isso me fazia lembrar que teria de dar adeus a dona Augusta. Só de pensar, meu coração ficava do tamanho de uma amêndoa.

— Tem problema se Alissa for com você? — Ouvi minha mãe perguntar. — Ela vai saber escolher todas as coisas.

Me detive, já quase na metade da varanda. *Diz que sim, tem problema!* Theo demorou um pouco a responder, mas por fim disse:

— Por mim, tudo bem.

Droga.

— Alissa! — minha mãe gritou. — Vá ao mercado com Theo. Ele precisa de ajuda para comprar algumas coisas.

Virei para trás.

— Eu posso ir sozinha — respondi. — O mercado é aqui do lado.

— Nesse mercado aqui não vende alguns dos itens da lista. Só no supermercado em Pontal. E se você for de ônibus vai demorar uma vida pra voltar. Preciso desses ingredientes o quanto antes. — Ela estava parada sob o batente da cozinha. Percebi pela larga janela de vidro que Theo olhava para qualquer ponto aleatório, as mãos guardadas dentro dos bolsos.

Minha mãe me olhou com firmeza. Se não quisesse ganhar uma bronca diante do Theo e carimbar mais uma vez meu cartãozinho de vergonhas pagas na frente dele, teria que aceitar a ordem.

Fiquei parada no corredor. Minha mãe voltou para a cozinha e começou a mexer nas panelas. Theo foi até uma cestinha em um dos armários, pegou a chave do carro e, quando passou por mim, fez um aceno de cabeça discreto. Dessa vez, respondi ao cumprimento e fui atrás dele.

Uma sequência de músicas reflexivas tocava no som do carro. Enquanto as casas bem cuidadas do Village iam ficando para trás, meus braços permaneciam cruzados sobre a barriga. E, embora minha atenção estivesse concentrada do lado de fora, a presença de Theo ao meu lado fazia com que uma sensação de formigamento subisse por minhas pernas.

As lembranças despertadas desde a conversa na sala de tevê se recusavam a ir embora. Queria abrir a janela, mas para isso eu teria que falar com Theo, e o meu plano era que ele esquecesse que eu estava ali. Tentei respirar fundo sem alarde e contei até dez.

Passamos pelas árvores que faziam muros naturais nas laterais da rodovia, depois pelas casas e comércios de Pontal até, um bom tempo depois, Theo estacionar em frente às enormes portas iluminadas do supermercado. Durante todo esse tempo, não trocamos uma só palavra. Meu plano parecia estar dando certo.

Descemos do carro, cada um olhando para um lado, e Theo pegou um carrinho de compras. Fui à frente dele para a seção de hortifrúti. Parei diante das verduras e dos temperos frescos e olhei para ele, que descansava os antebraços sobre o puxador do carrinho.

— A lista, por favor.

Ele puxou o papel meio amassado do bolso da calça e o estendeu para mim. Peguei coentro, escolhi tomates e os temperos secos. Coloquei no carrinho e segui pelas seções do mercado até encontrar o arroz arbório. Theo me seguia como se fosse um robô.

Em menos de dez minutos, estávamos na fila do caixa. Coloquei tudo sobre o balcão e fui para a parte posterior. À medida que a atendente passava as coisas pela registradora, eu guardava nas sacolas. O problema é que tudo chegava a prestação. E a razão de tanta demora para passar meio gato pingado de coisas estava bem ao meu lado. A garota do caixa olhava para Theo como se ele fosse um pedaço de filé mignon na churrasqueira, o sorriso de canto não-quero-deixar-na-cara-que-gostei-de-você-mas-já-deixando.

Revirei os olhos e, enfim, guardei o último item. Ergui as sacolas enquanto Theo pagava, mas ele olhou para mim e balançou a cabeça depressa.

— Deixa aí, eu levo.

— Não está pesado.

— Mesmo assim, eu posso levar.

A garota do caixa olhou dele para mim e vice-versa. Larguei as sacolas lá e fui esperá-lo no estacionamento. Ouvi a porta ser destravada antes que Theo alcançasse o carro. Entrei e coloquei meu cinto. Ele guardou as sacolas no banco de trás e fez a manobra para retornar à pista.

O céu, que já vinha prometendo chuva desde cedo, enfim resolveu abrir as comportas. Uma garoa fina e constante fez os para-brisas começarem a trabalhar. Já estávamos na metade do caminho quando Theo precisou diminuir a velocidade. Uma fila de carros se estendia pela rodovia com as luzes traseiras ligadas. Nenhum automóvel passava na outra pista.

Estiquei a cabeça, tentando ver alguma coisa através do vidro molhado. Nada. Um carro do corpo de bombeiros seguido por uma viatura da polícia rodoviária cortaram a pista da esquerda a toda velocidade. As sirenes só pararam de berrar bem mais à frente. Fiz uma oração rápida para que tudo ficasse bem com quem quer que estivesse envolvido no acidente.

Cinco minutos se passaram. Dez. Vinte. Nenhum carro ia, nenhum vinha. Theo tamborilava os dedos no volante. À nossa volta, as paredes de árvores balançavam com o vento. E, com as nuvens cinzentas tomando o céu, tudo ficava com um tom mais escuro, como se estivesse prestes a anoitecer. Destravei a tela do celular. Quatro e meia. Minha mãe com certeza já estava aflita com nossa demora.

— Seu celular tem sinal? — Depois de tanto silêncio, era até estranho falar.

Theo meneou a cabeça.

— Está fora.

Guardei o aparelho de volta no bolso. Ela já devia estar tentando ligar. Abracei meus braços e me encolhi, fixando o olhar no caminho que as gotas faziam pelo vidro ao meu lado. O interior do carro parecia uma caixa de gelo. Percebi pela visão lateral que Theo começou a mexer nos botões do painel. Em poucos segundos, um bafo quente começou a escapar pelas saídas de ar. Relaxei um pouco os ombros.

Olhei para ele de esguelha. Eu deveria dizer obrigada? Ah, mas e se ele tivesse ajustado a temperatura porque também estava com frio? O que era muito óbvio.

Comecei a mexer no celular. Mas, sem internet, não tinha muito o que fazer. Guardei-o de volta e comecei a contar a quantidade de gotas coladas na janela. E, depois de um tempo fazendo isso, eu só conseguia pensar na bronca que levaria da minha mãe. Porque, ah, sim, a culpa certamente encontraria um jeito de cair sobre mim.

Já estávamos parados havia trinta minutos. *Quando essa pista vai ser liberada?*

Fechei os olhos e tentei dormir para o tempo passar mais rápido. Contudo, antes que conseguisse fazer isso, ouvi o barulho da porta sendo aberta. Vi, através do vidro, Theo colocar o capuz do casaco branco na cabeça. Ele andou na chuva até mais à frente, onde um grupo de homens conversava olhando adiante. Poucos minutos depois, ele voltou. Secou o rosto com o braço do casaco, também úmido. Esperei.

— Sem previsão de abertura da pista. O acidente parece ter sido feio.

Murchei sobre o banco. Enquanto pensava em minha mãe tentando arrancar meu pescoço, minha cabeça se mexeu de forma brusca com o arranque que Theo deu no carro. Ele mexeu o volante, fazendo uma volta com o veículo, e entrou na outra pista. De repente, não estávamos mais na fila de carros. Eles ficavam para trás à medida que íamos no contrafluxo.

— O que você está fazendo? — Elevei a voz.

— Conheço um atalho.

42

— Só se esse atalho for pelo mar, porque não consigo enxergar maneira de chegar ao condomínio indo na direção contrária.

— Sim, Alissa, vamos pegar carona com os golfinhos.

Me joguei de volta contra o banco e revirei os olhos. Dentro de alguns minutos, Theo fez a curva em uma rotatória na entrada de um bairro e conseguiu um espaço para cruzar o congestionamento quilométrico em que estávamos pouco antes. Ultrapassando a fila, ele seguiu pelo acostamento, até virar em uma estradinha deserta do lado oposto.

— Theo, como esse lugar vai dar no condomínio? O Village fica do outro lado. Você tá doido?

Ele fez uma curva para a esquerda e, aos poucos, o carro começou a subir. Estiquei o pescoço, olhando em volta. O ruído do cascalho sob os pneus se misturava com o farfalhar das árvores, que, assim como na pista, ladeavam o carro dos dois lados.

— Nós vamos cortar caminho pelas colinas e sair após a altura do acidente.

— Não sabia que tinha como fazer isso.

— Pouca gente sabe.

A extensão da cidade era cortada pela BR-101. De um lado, entre o oceano e a rodovia, costumavam ficar os ricos. Era o lugar de boa parte dos condomínios de alto padrão, por ficarem à beira do mar. Do outro lado da rodovia, ficavam os bairros mais pobres e uma porção de colinas que faziam parte da Serra do Mar, que cortava todo o litoral sul do Rio de Janeiro.

Essas colinas, em sua maioria, eram cobertas de vegetação,

por serem área de preservação ambiental. Descemos e subimos algumas delas, até nos depararmos com uma espécie de porteira aberta. A partir dela, o chão de cascalho e terra ficou para trás, dando lugar a um asfalto bem cuidado. A sensação era de que agora estávamos em um tapete macio.

— Por que não é tudo asfaltado? — questionei.

— Não faço ideia. — Theo quicou os ombros. — Mas sei que a partir daqui tem várias torres de telefone e satélite nos pontos mais altos dos morros. Talvez o asfalto seja para ajudar quem faz as manutenções.

A estrada começou a ficar mais perto da beirada das colinas, o que dava uma visão mais ampla de toda a região abaixo de nós. E foi então que eu vi. E o fôlego foi arrancado do meu peito.

A imensidão do mar da costa verde, agora cinzento como chumbo, com suas pequenas ilhas espalhadas cobertas por nuvens e neblina. As nuvens pareciam se derramar sobre o oceano como grandes tufos de algodão-doce. A costa, carregada pelo verde-escuro da Mata Atlântica, projetava-se para o mar, criando uma mistura de verde, cinza e branco que capturou minha atenção. E era tudo tão grande, tão majestoso, que me parecia um desperdício de vida não observá-lo por mais tempo.

— Quer que eu pare?

Olhei para mim mesma e percebi que eu estava toda torta, uma mão segurando o painel do carro e a outra, o banco. E eu me projetava para perto demais do Theo. Na verdade, não era para perto dele, e sim da janela do motorista, que era por onde eu conseguia ver melhor todo o cenário.

Cheguei para trás.

— Não precisa.

Senti o carro diminuindo a velocidade.

— Eu falei que não precisa — murmurei.

— Seus olhos dizem o contrário. — Ele girou a chave, e o leve ruído do motor se aquietou.

Cutuquei o canto das unhas tentando bancar a durona, mas em dois segundos abri a porta e corri para próximo da borda da colina, onde havia uma espécie de cerca de madeira e arame.

O mar se estendia até onde minha vista não conseguia alcançar. Entre mim e ele, havia o condomínio vizinho do Village, as casas se assemelhando a caixinhas de fósforos cercadas pela imensidão do mar cinzento, e a rodovia com a fila infindável de carros lá embaixo. Tudo parecia tão pequeno.

Ouvi a porta do carro bater. Theo parou a certa distância de mim, de frente para a incrível paisagem. Ficamos ali por um tempo curto, contemplando o esplendor nublado diante de nós. A chuva tinha dado uma trégua. À nossa volta, a neblina se enroscava entre as árvores.

— Há quanto tempo eu esperava uma oportunidade para conversar com você. — A voz de Theo soou estranha em meio àquele ambiente plácido, quase como se não combinasse. Preferia que continuássemos com o som dos restos da chuva batendo nas folhas, do vento movimentando as árvores, dos grilos cricrilando ao longe.

— Não fui eu que passei a semana inteira isolada do mundo naquele quarto. — Ergui um ombro. — Até fui lá falar com você ontem.

— Falar comigo ou me colocar contra a parede?

Estalei a língua.

— Também não vi você puxar assunto comigo no carro.

— Você estava sentada tão colada na porta que, se possível, teria ido do lado de fora. — Ele deu um riso fraco. — Também não queria que você tivesse vindo.

— Ah, é? — Olhei para ele, os braços cruzados. — Não queria ficar perto de mim?

Você ainda tem dúvida?

— Não queria te deixar desconfortável. Você parecia ter visto um fantasma nas últimas vezes que nos vimos. Até mesmo ontem, enquanto tentava bancar a durona, vi seu desconforto. Parece ter sido um esforço tão grande que até tive que seguir seu conselho para que sua ida até lá tivesse valido a pena.

Meu rosto começou a pinicar.

— Por que não disse pra minha mãe que viria sozinho?

— Porque eu queria uma oportunidade pra conversar sem que você me deixasse falando sozinho. — A voz dele saiu baixa, meio sufocada. — Eu nunca consegui fazer isso. Desde o ano passado.

Apesar do frio, minhas mãos começaram a suar.

— Você recebeu meu bilhete, não foi? — O vento bagunçou o cabelo dele, levando alguns fios para a testa. Theo deu um passo para perto de mim, e em seus olhos havia um ar incerto. — Sei que você ficou chateada pela minha reação naquela época. Eu fiquei tão mal depois, porque pareceu que eu estava culpando você ou algo do tipo. É que eu lembrei da Yasmin, de tudo que aconteceu depois e... enfim. — Ele colocou as mãos na cintura e liberou o ar dos pulmões. — Só queria me desculpar.

As bochechas dele ficaram vermelhas, como da primeira vez que o tinha visto. Dessa vez, porém, o motivo não era a exposição solar.

— Eu apelidei o violino que sua avó me deu de Golden. A mesma cor do chaveiro que acompanha meu case e que veio pra mim em uma caixinha verde com seu bilhete. — Fitei as duas poças escuras de seus olhos. — Você está desculpado, Theo. Há muito tempo.

Ele abriu um sorriso sutil e o vento levou seus fios para o outro lado. O silêncio voltou a se instaurar entre nós.

— Você levou Sam para jogar basquete hoje. — Mirei o horizonte nebuloso. — E sua avó para almoçar.

— Não disse que segui seu conselho para que sua ida até lá tivesse valido a pena? — Ele sorriu de canto.

— Por que tão rápido? — Franzi a testa. Não era possível que só por causa de umas palavras que eu tinha dito...

— Eu sabia que não poderia ficar daquele jeito pra sempre. Na verdade, eu já não estava aguentando a mim mesmo. Tinha falado com Deus ontem de manhã que daria um basta naquilo. — Ele parou por um instante. — Aí à tarde você apareceu.

— Por que... — Pensei se deveria perguntar. Mas, ah, nós já estávamos ali mesmo. — O que aconteceu para você ter ficado assim? No dia em que você nos deu carona, seu olhar parecia tão... apagado, não sei.

Ele suspirou.

— Pensei que minha avó tinha te contado.

— Ela só compartilhou como estava preocupada com você. E disse que você não gostava quando ela expunha seus assuntos.

Ele enfiou as mãos nos bolsos e chutou uma pedrinha com o tênis branco.

— Tive que desistir do basquete. — A frase dele foi como um eco seco e duro no meio de tanta umidade ao redor. Minha boca se abriu devagar. A conversa que tivéramos tanto tempo antes sob o pergolado retornou à minha cabeça.

— Você não foi embora ano passado quando conseguiu marcar com um bom especialista lá fora? — Minhas sobrancelhas estavam unidas. Meu coração, apertado. — Ele não deu nenhuma solução?

— Que eu parasse de jogar. — Theo olhou para a frente, mas deu tempo de ver seus olhos brilharem mais que o normal. — De todo modo, no final, a decisão foi minha. E eu quis continuar. Não demorou muito tempo até que não tivesse mais escolha. Eu mal conseguia levantar o braço durante os últimos jogos.

Pisquei devagar.

— Eu pensei, durante todo esse tempo, que as coisas tivessem dado certo.

Theo abaixou a cabeça e vi seu pomo de adão subir e descer. Parabéns, Alissa. Uma ótima coisa a se dizer agora.

— Sinto muito. — Uma ardência subiu pelo meu rosto, tomando a área dos olhos, me fazendo piscar sem parar. *Para com isso, Alissa. Se controla.* Uma película translúcida tomou minha visão e, a despeito de todos os meus esforços, senti o líquido quente escorrer pelas minhas bochechas.

— Você tá chorando? — O tom de Theo era tão incrédulo que eu virei o rosto para o outro lado.

Oh, chatice. Por que eu tinha que ser assim?

— Eu pedi para você jogar com Sam. — Funguei, tentando controlar o borbulhar dentro de mim. — Me perdoe.

— Foi a primeira vez que joguei desde que recebi o ultimato do médico. — Havia riso em sua voz. — E, de certa forma, foi libertador.

— Hã? Você não sentiu dor?

— Não é assim. É o esforço contínuo, repetitivo, que piora a lesão e causa as dores. Jogar com o Sam não provoca nada disso. Eu até tentei deixar que ele ficasse o maior tempo possível com a bola. Foi bom vê-lo tão feliz. Acho que isso me lembrou que o esporte não é só sobre títulos, carreira e tudo o mais. Para a maioria das pessoas, não é.

— Obrigada por fazer isso por ele.

Theo deu de ombros.

— Eu gosto do Sam. Estar com ele hoje me lembrou que eu posso dar risada mesmo quando a vida é difícil. — Depois de meio segundo de pausa, ele abriu seu sorriso alinhado e estendeu a palma aberta.

— E então? Amigos?

Olhei por uns segundos para a mão dele e lancei um suspiro curto antes de encaixar minha palma na sua.

— Amigos.

Theo soltou minha mão e olhou seu relógio digital de pulso.

— Caramba, olha a hora. Qual a chance da sua mãe cortar nosso pescoço?

— O *meu* pescoço, você quer dizer. O filho da patroa vai receber só sorrisos.

Ele revirou os olhos. Corremos para o carro, e Theo desceu a colina a uma velocidade que me deu frio na barriga. Em poucos minutos, saímos na rodovia em um ponto depois do acidente. Havia ali também uma fila de carros parados no sentido contrário ao nosso. Theo conseguiu passar para o outro lado da pista e, em poucos minutos, alcançamos a entrada do condomínio.

— Uau. Se as pessoas soubessem sobre esse caminho, nem teria fila na rodovia agora. Como você conheceu esse lugar?

— Benefícios de ter amigos que curtem esportes radicais. Além do rapel, Denis adora trilhas, contato com a natureza e tal. Há alguns anos, ele e o pai descobriram essas estradas aqui. Por causa deles, já acampamos lá em cima algumas vezes durante as férias.

— Acamparam com aquela vista? — Abri a boca. — Se com o dia chuvoso é fenomenal, imagino como não deve ser assistir a um pôr do sol lá de cima.

— Da próxima vez que acamparmos, vou chamar você.

Pensei nos amigos dele. Madá e Analu piscaram em minha mente, e a lembrança daquele dia no estacionamento, um ano atrás, também. Eu só tinha visto as duas uma vez depois daquilo. Tinha sido nas férias de janeiro no calçadão, enquanto eu levava Sam para dar uma olhada no mar. Nós nos cumprimentamos de longe e, quando elas vieram puxar assunto, eu logo dei um jeito de voltar pra casa.

— Não precisa. — Levantei o canto dos lábios e balancei a cabeça rapidamente.

Quando chegamos em casa, o céu já estava tomado pelo

manto escuro da noite. E havia mais um carro na garagem.

— Não precisa pegar nada — Theo avisou quando eu parei em frente à mala do carro.

— Tem várias sacolas. — Meus olhos, de forma inconsciente, correram para seu bíceps direito. Ele seguiu meu olhar.

— Calma, não é como se meu braço tivesse ficado inválido. — E sorriu, pegando todas as compras. Seguimos para a cozinha.

— Você colocou o azeite em duas sacolas? — Ele olhou para baixo, procurando. — Uma vez uma sacola rasgou com um que eu tinha comprado pra minha mãe, o vidro se espatifou e ela quase teve um treco.

Ri.

— Por que tá rindo? Você já viu o preço do azeite?

— Você precisa ver a sua cara de assustado. Sua mãe deve ter brigado muito mesmo com você. Mas é claro que eu coloquei em duas sacolas. — Pisquei. Ele deu uma risada e entramos na cozinha.

Parei meu riso no meio quando dei de cara com Cristine Belmonte em pé diante da bancada.

Ela olhou para o filho e depois para mim.

— Oi, dona Cristine. — Uni as mãos na frente no corpo e fiz um aceno com a cabeça.

— Olá, Alissa. Tudo bem? — Ela veio até mim e depositou um beijo em cada bochecha, como sua mãe fazia, porém um pouco mais reservada. — Demoraram por causa do acidente, né?

— Como você já está aqui? — Theo perguntou após dar um abraço nela. — A pista está toda parada.

— Cheguei pouco depois de vocês terem saído. Vi agora há pouco na internet sobre o acidente.

— Acabamos pegando aquele caminho pelas colinas, senão estaríamos na rodovia até agora — Theo explicou.

Minha mãe começou a retirar as compras das sacolas e, com mãos ágeis, a preparar o risoto para sua futura ex-patroa.

43

— Li, você sabia que o piloto mais rápido da história da Fórmula 1 é brasileiro?

Fechei um pouco mais os punhos sobre as alças da cadeira de rodas, olhei para os dois lados da rua e atravessei cortando a faixa de pedestres.

— Não fazia ideia.

Sam pendeu a cabeça para trás e me olhou com aquela cara de eu-sou-esperto-pra-caramba.

— Ayrton Senna. O cara morreu há trinta anos e ninguém até hoje ultrapassou a marca dele.

— Ele era fera. Mas aposto que, nessa corrida aqui, não seria páreo pra mim. — Flexionei meus braços, inclinei os ombros para a frente e impus força sobre a cadeira, deslizando com ela sobre o canto da calçada. Sam largou uma gargalhada enquanto o vento jogava para trás seus cachinhos cor de chocolate. Diminuí a velocidade quando alcançamos a frente da casa dos Belmonte. Sam espichou o pescoço para a varanda lateral e abriu o sorriso.

— Theo!

Eu ainda tentava acalmar o fôlego quando vi aquela figura esguia se erguer na varanda. Ele estava próximo à rede e segurava um livro nas mãos.

— E aí! — Theo acenou. Um pedaço de jardim decorado com canteiros de flores separava a calçada da varanda. — Quando vai rolar aquele jogo de novo?

— Eu estou sempre pronto — Sam respondeu e logo depois fez uma cara de sofrimento. — Mas vou ficar superocupado nesse feriado porque tenho que fazer um trabalho muito difícil da escola.

— Que trabalho? — questionei. — Você não me contou nada.

— Eu ia contar. O professor de português mandou a gente fazer uma maquete sobre uma cena do nosso filme ou história favorito. É para a feira cultural. Eu escolhi o momento que o Peter Parker se pendura com a teia e a roupa de Homem-Aranha pela primeira vez.

— Uma maquete?! — Arregalei os olhos. — Pra quando?

— Segunda-feira. — Sam moveu a cabeça com tranquilidade.

— Mas hoje é quinta! Por que você não me falou isso antes? A gente podia ter ido comprar as coisas em Ponte do Sol pela manhã. Agora à tarde, por causa do feriado, está tudo fechado. Vou te deixar em casa e ver se a papelaria do centro comercial está, por algum milagre, aberta. — Agora eu corria com a cadeira por necessidade, e não mais brincadeira.

— Ei! Espera! — Theo chamou. — Eu posso ajudar.

Parei a cadeira.

— Você? — Sam e eu olhamos para trás e falamos ao mesmo tempo.

Cheguei em casa com sacolas penduradas nos dois lados do guidom. Isopor, cola quente, palitos, tinta colorida e o que mais havia pensado que pudesse ajudar para a maquete de Sam. Por uma provisão divina, a papelaria do condomínio realmente estava aberta.

Eu só havia tido que gastar três vezes o valor que teria gastado em Ponte do Sol, mas tudo bem.

Pouco antes de chegar à varanda de casa, que era escondida por plantas altas, escutei o ruído de vozes. Quando entrei, me deparei com Theo sentado ao lado de Sam na mesinha de madeira. Os dois folheavam revistas em quadrinhos e conversavam sobre elas.

Olhei o relógio. Tinha marcado com Theo às duas horas. Eram duas e um. Encostei a bicicleta e fui até eles erguendo os sacos.

— Bora?

Theo e Sam prestaram continência ao mesmo tempo. Eu ri enquanto começava a espalhar os materiais pela mesa. Durante as próximas horas, até perguntávamos a opinião de Sam, mas, no fim, os mais empenhados em fazer aquela maquete parecer uma obra-prima de arquitetura éramos Theo e eu.

— Mas, se você deixar o prédio na cor branca, não vai soar real — disse ele.

— Mas nada daqui é de verdade. — Dei de ombros.

— Ah, faz o Homem-Aranha lançando confete pelo pulso ao invés de teia, já que nada é de verdade. — Ele piscou para Sam, se achando o máximo.

— Que cor deve ser, então? — Coloquei as mãos na cintura.

— Ah, sei lá. Um marrom-escuro, um cinza... podemos ver.

— Não temos tempo para isso. — Parei com o tubo de cola quente no ar. — Decida logo.

Theo franziu o cenho e olhou para Sam.

— Ela é sempre tão assustadora assim?

— Pode apostar.

Os dois riram, e eu prendi os lábios, me contendo. Joguei as tintas preta e branca para Theo, que, desprevenido, ergueu as mãos meio atrapalhado, mas no final conseguiu segurar.

— Essa parte é com vocês.

O sol já começava a se esconder quando nós três paramos em frente à maquete pronta.

— Ficou incrível! — Sam vibrou ao analisar seu boneco do Homem-Aranha lançando teia de barbante sobre um prédio de papelão pintado de cinza.

— Agora é só esperar secar. Nem acredito que conseguimos terminar tudo hoje! Se fôssemos só Sam e eu, provavelmente ainda teríamos trabalhado o feriado inteiro. — Uni os lábios em um sorriso curto e olhei para Theo. — Obrigada.

Ele respondeu com um aceno de cabeça.

— A feira cultural vai ser no horário normal de aula na segunda, né? — Comecei a guardar o resto dos materiais nas sacolas. Theo me acompanhou.

— Não sei. Vou ver no bilhete. — Sam abriu a mochila e me estendeu o papel colado no caderno.

— Sam! — Olhei para ele. — A feira cultural é na outra segunda! Não nessa.

Ele piscou, alternando o olho entre mim e Theo.

— Eu vi errado, é?

Theo deu risada.

— Toda essa correria... — Passei as mãos pelo rosto.

— Pelo menos já está pronto. — Theo deu de ombros, ainda rindo. — E que tal a gente fechar com chave de ouro tomando um sorvete?

— Claro! — Sam se animou, mas eu fechei o saco com os materiais e olhei para Theo.

— Já ocupamos muito seu dia hoje.

— Para quem andava só deitado, lendo e assistindo filme o dia inteiro, essa tarde foi no mínimo animada. — Ele se colocou de pé. — E aí, vamos?

Pouco depois, nós três ocupávamos uma mesa na sorveteria do centro comercial. Não que estivesse calor para isso, mas tive que abrir mão do meu café porque, pelo visto, Theo era como Sam: não importava a temperatura, sorvete era sempre bem-vindo.

Comecei a me preocupar com o quanto teria que tirar do meu caixa praticamente inexistente para pagar todos os três sorvetes que Sam havia pedido, quando Theo puxou a nota do caixa da minha mão e se levantou.

— Ei. — Uni as sobrancelhas. — Eu vou pagar!
— Quem chamou vocês? — Ele me olhou de cima.
— E quem fez um favor para nós a tarde inteira?
Ele me ignorou e seguiu para o caixa.
— O Theo é irado, né? — Sam deu uma colherada na mistura marrom, branca e vermelha de seu copo. — Tomara que ele chame a gente pra tomar sorvete mais vezes.

Estiquei os lábios e coloquei as mãos na cintura.
— Pode tirando seu cavalinho da chuva. Nem pense em sugerir uma coisa dessas, ok?

Sam riu.
— Prometa, Sam.
— Tá bom! — respondeu fazendo voz de tédio.

Na volta para casa, Theo se ofereceu para empurrar a cadeira. O sol já dava adeus, derramando sobre os montes seus últimos suspiros de claridade. A brisa gelada levou meu cabelo solto para trás e bagunçou os fios de Theo.

— Por que vocês estão andando como se não tivessem mais nada para fazer na vida? — Sam olhou para trás.
— Samuel! — repreendi. — Que jeito de falar é esse?
— É que estamos indo tão devagar que daqui a pouco vou perder o horário que marquei pra jogar.
— Não seja por isso, cara. — Theo começou a praticamente correr, e Sam deu risada.
— Quando eu for motorizado, vou conseguir andar sozinho e chegar super-rápido nos lugares.
— Vai achando que você vai andar sozinho por aí, Samuel. — Cruzei os braços, e Sam começou a protestar.
— Seus pais não planejavam dar uma cadeira pra ele? — Theo sussurrou para mim, quase inaudível.

— Planejavam — Sam respondeu na maior altura. Theo olhou em minha direção, incrédulo. Como ele tinha ouvido? — Mas aí a Cecília se envolveu em esquema de pirâmide, ficou devendo um monte de gente, e meus pais tiveram que pagar todas as dívidas dela com o dinheiro que seria da minha cadeira. — À medida que Sam falava, eu arregalava os olhos implorando que ele parasse. Mas ele não parou. — E o negócio ficou tão feio que Alissa também acabou dando todo o dinheiro que ela guardava das apresentações de violino para ajudar.

— Vocês tiveram que fazer isso? — Theo parecia chocado.

Fixei o olhar no outro lado da rua.

— Ela foi enganada. As pessoas começaram a cobrar e fazer ameaças. Não tivemos escolha.

— Nossa, Alissa. — Theo apertou os lábios, pensativo. — Ficou tudo bem agora?

— Graças a Deus, sim.

— Alissa tinha bastante dinheiro dos casamentos em que ela toca, mas abriu mão de tudo. — Que horas Sam ficaria quieto? — Você vai conseguir juntar mais, irmã, você vai ver.

— Minha avó contou que você está tocando em vários eventos. — Theo voltou os olhos para mim. — Parabéns.

Meus lábios se apertaram em um sorriso sutil e seguimos em silêncio, a mente dele parecendo a quilômetros dali. Pouco depois, uma gargalhada alta nos fez olhar para a frente. Estávamos bem perto de casa. Diante da porta principal em madeira branca entalhada da residência dos Belmonte, um grupo conversava alto. Havia um carro estacionado na rua. Denis saiu dele e se juntou aos outros, que pareciam esperar sobre a pequena varanda frontal.

— Olha lá ele chegando! — Madá apontou em nossa direção. Várias cabeças se viraram ao mesmo tempo. E eu quase enfiei a minha em um dos arbustos do jardim. Theo soltou uma das mãos que seguravam a cadeira e a ergueu, cumprimentando os amigos.

— Fala, cara! Como assim, você veio pra cá e não contou nada pra gente? — Rian, um dos amigos dele que eu tinha conhecido rapidamente no ano anterior, desceu os degraus da frente e o cumprimentou com um toque de mãos e um meio abraço.

Seus olhos pararam em mim por um instante e depois seguiram para Sam. Então, voltaram para mim de novo. *Ele lembrou.* Abaixei o rosto.

— Alissa, né? — Ele estendeu a mão e me deu um beijo no rosto.

Os outros também desceram e encheram Theo de cumprimentos empolgados. E, cada vez que os olhos passavam por mim, permaneciam por um tempo a mais do que o que seria confortável.

Eles lembraram. Todos eles.

A maioria oferecia um cumprimento comedido a mim e Sam, inclusive Madá e Analu.

— Você sumiu — Analu comentou. — Só vem passar as férias aqui também?

Apertei os lábios em uma linha fina e, sem responder, segurei as alças da cadeira de Sam. Comecei a me afastar, mas a inspiração chocada de Theo prendeu minha atenção.

Olhei para trás. Os outros abriram caminho para uma garota chegar até ele. Ela tinha a pele bronzeada, cabelos lisos escuros até o pescoço e covinhas nas duas bochechas. Todos olhavam para ela com um ar tão festivo que me perguntei quem seria.

— Yasmin! — A voz de Theo era uma mistura de admiração com choque. — Você está aqui mesmo ou é uma miragem?

44

Yasmin, repeti em minha cabeça. Uma onda de memórias varreu minha mente. E, de forma inevitável, ele surgiu. Eric. Senti um gosto amargo no céu da boca. *Aquele verão acabou para a Yasmin por sua causa e ela levou muito tempo catando os pedaços.*

Com passos rápidos e sem olhar para trás, segui para o beco que levaria a mim e Sam até o portão lateral. Minhas mãos tremiam quando chegamos em casa.

— Aqueles são os amigos do Theo, né? Se o irmão do Bento estava lá, significa que ele também deve ter chegado para o feriado — Sam disse. — Acho que posso ir lá perguntar sobre o meu amigo.

— Na-na-ni-na-não. O Theo está com os amigos dele. Já o ocupamos bastante por hoje.

Sam murchou como uma bexiga.

— Vou tomar meu banho. E depois preciso treinar minhas músicas antes que todo mundo chegue e eu não possa mais fazer isso.

Não tinha cinco minutos que eu estava debaixo do chuveiro quando escutei batidas na porta.

— Alissa, preciso de você. — Era a voz da minha mãe.

— Pra quê? Eu tenho que trein...

— Cristine, William e a dona Augusta foram passear em algum lugar e só vão chegar mais tarde. Acabou de chegar um monte de amigo do Theo, e não tem nada para eles comerem. Se você me ajudar, vou conseguir terminar tudo mais rápido.

Me enrolei na toalha e coloquei apenas a cabeça na fresta da porta.

— Por que você tem que fazer comida pra eles?

— Eu não *tenho* que fazer, mas Theo é um garoto tão bonzinho e andava meio pra baixo esses dias, que fiquei feliz em vê-lo rodeado de amigos. Quero fazer um agrado a ele, que sempre nos trata tão bem.

— Mas, mãe, eu preciso treinar.

— Credo, Alissa. Ele passou a tarde inteira ajudando no trabalho do Samuel e ainda levou vocês para tomarem sorvete! Custa retribuir?

Apertei a mandíbula e, por fim, me rendi. Em poucos minutos, eu estava dentro da cozinha dos Belmonte, cortando cebolas e mexendo em panelas. Coloquei um protetor auricular mental para bloquear a bagunça que vinha da sala e fazia tudo que minha mãe mandava de forma mecânica.

— Dona Ana? — Theo entrou na cozinha pouco depois. — Alissa?! O que vocês estão fazendo aqui?

Olhei para ele por um instante e voltei a fixar a atenção nas cebolas.

— Estamos preparando uma comidinha especial para você e seus amigos. — Minha mãe jogou o macarrão na panela de água fervente. — Macarrão à bolonhesa e ao molho branco todos devem gostar, né?

— A senhora não precisa fazer isso. O seu horário de trabalho já acabou. — Ele olhou para mim e franziu a testa em questionamento.

Dei de ombros.

— Não me importo, querido. Você é sempre tão prestativo com Sam. Dedicou sua tarde inteira para ajudar na maquete dele.

— Eu estou de férias, dona Ana. Não me deu trabalho algum ajudar. Já você, trabalhou o dia todo. E Alissa não tem que fazer esse tipo de coisa.

Minha mãe o dispensou com um movimento de mãos.

— Já, já nós terminamos. Pode ir lá se divertir que quando estiver pronto nós colocamos na mesa. — E continuou separando os ingredientes para o molho branco.

Theo fixou os olhos em mim.

Não o olhei de volta. O que eu poderia dizer?

— Coloque as travessas na mesa. — Minha mãe apontou para os dois grandes refratários de vidro carregados de espaguete sobre a bancada da ilha.

— Eu?

— Estou terminando de cortar a salada, Alissa. Vá logo.

Senti o coração bater nos ouvidos. Mordi o lábio inferior. Durante a quase uma hora que estava dentro daquela cozinha, só tinha ouvido as vozes. As risadas. As perguntas a Theo a respeito do basquete e as formas como ele fugia do assunto. As lembranças das outras férias em que Yasmin também estivera.

Além de Denis, nenhum deles sabia onde eu morava. Quem eu era. A não ser por *aquela foto*.

— Alissa, leve as travessas de uma vez! Depois coloque os pratos e copos na mesa.

Devagar, fiz o que minha mãe mandou. Segurei o refratário o mais firme que consegui, tentando não pensar no fato de que minhas mãos trêmulas poderiam fazer tudo se espatifar a qualquer momento.

Sem mover os olhos do macarrão, entrei na sala e caminhei até a grande mesa após a escada. O grupo de nove pessoas estava espalhado pelos sofás da sala. Pensei que, se eu não fizesse nenhum barulho, talvez conseguisse passar despercebida.

— Alissa?!

Um raio cortou meu estômago de cima a baixo. O ruído de vozes foi diminuindo. Fechei os olhos, de costas para eles, e depositei o refratário sobre a mesa. Os segundos sem resposta fizeram Madá insistir um pouco mais. O tom incrédulo perpassando cada palavra.

— Por que você está na casa do Theo colocando a comida na mesa?

Seria ainda mais estranho se eu continuasse de costas. Quando me virei, nove pares de olhos me fitavam como se eu fosse uma espécie de atração exótica de um circo. E, antes que o sentimento humilhante continuasse se erguendo como um monstro diante de mim, ergui o queixo.

— Meus pais trabalham para a família Belmonte. Estou ajudando minha mãe a preparar um jantar pra vocês.

Por três segundos, o fôlego foi arrancado da sala. Madá e Analu se entreolharam. Denis abaixou a cabeça, e Theo se levantou da poltrona onde estava.

— Obrigado, Alissa. Vocês não precisavam ter se preocupado com a gente. Pode deixar que eu pego o resto das coisas. — Ele parou perto de mim e se virou para os outros: — Preparem-se, porque a macarronada da dona Ana é a melhor que vocês vão comer na vida. — Theo seguiu para a cozinha, e eu fui ao lado dele, sem erguer a cabeça.

— Tem que levar os pratos e os copos — disse minha mãe quando entramos na cozinha. Ela lavava alguma coisa na pia, de costas para nós. Theo segurou a pilha de pratos no momento em que ela olhou para trás.

— Pode deixar que eu levo as coisas, dona Ana. Vocês já trabalharam demais por hoje.

— A Alissa está levando.

— Somos nove jovens nessa casa hoje. Cada um poderia até pegar seu prato e seu copo aqui.

— Mas...

Theo se aproximou dela e colocou uma mão em seu ombro.

— Podem ir pra casa. Eu fiquei muito lisonjeado pela preocupação da senhora, dona Ana. Mas eu me sinto incomodado em atrapalhar a noite de descanso de vocês. De verdade. — Theo passou o braço pelo ombro dela e a abraçou de lado. Minha mãe secou as mãos no avental e deu um sorriso sem graça.

— Tudo bem... — Ela parecia hesitante. — Está tudo pronto. Só colocar na mesa. Mas e a louça suja?

— Eu coloco na lava-louças mais tarde. — Ele piscou pra ela. — Obrigado, vocês duas, pela consideração.

Apertei os lábios em uma linha fina e, seguindo minha mãe, escapei para fora daquela cozinha o mais rápido que pude. Ela foi andando na frente, arrastando os pés cansados. Na varanda, ouvi Theo me chamar e olhei para trás. Ele estava parado na porta da cozinha.

— Nós vamos jogar Perfil daqui a pouco. Fica com a gente. Queria que eles conhecessem você. Você saiu tão rápido com Sam mais cedo que nem consegui te apresentar direito.

— Eu já conheço a maioria.

— Só de encontros rápidos. — Ele mexeu no cabelo. — Tem uma amiga que eu queria te apresentar.

A Yasmin? Por quê?

— Preciso descansar.

— Entendo. — Ele hesitou. — Vamos ficar aqui até tarde, caso mude de ideia.

Assenti e escapei logo dali. Depois de colocar Sam para dormir, me joguei solta como uma boneca de pano na cama. Fiquei um tempo olhando para o teto. Cecília ainda não tinha chegado. Ela havia começado no dia anterior como recepcionista de uma clínica de saúde e fazia alguns horários diferentes.

Dobrei o braço sobre a testa e fechei os olhos, as expressões boquiabertas de todos aqueles amigos do Theo piscando na minha mente. Cobri a cabeça com a coberta e, liberando um gemido, me virei para o lado. Pensei que dormiria rápido. O dia havia sido intenso. Porém, depois de vinte minutos rolando na cama, fiz uma careta de sofrimento e bati com as bases das mãos na testa.

— Por que minha mãe teve que me fazer entrar lá? — choraminguei baixinho e parei um gemido no meio. Um barulhinho oco veio da janela. E mais outro. Levantei a cabeça. O que era aquilo? Um momento de silêncio se seguiu e eu deitei a cabeça de novo. Mas o ruído voltou. Um assaltante dentro do Village? Ah, eu não tinha saído do Rio de Janeiro para ser assaltada em um condomínio de luxo no litoral, não é?

— Alissa?

Ouvi um sussurro forte me chamar e quase caí da cama. Me equilibrei rápido e, com o coração na boca, tropecei pelas cobertas até chegar às frestas da janela. Não conseguia ver muita coisa lá fora. E não seria louca de abrir a janela.

— Quem está aí? — sussurrei de volta.

— Sou eu, o Theo.

45

— O que você tá fazendo aqui? — Coloquei as mãos sobre a boca após falar alto demais. O susto me fez esquecer que meus pais e Sam estavam dormindo e que, pela maneira como Theo havia chegado, ele não pretendia acordar ninguém. — Espera um pouco.

Eu ainda estava com a roupa que tinha usado para ir à casa dele, o que me poupou tempo de trocar o pijama. Com cuidado, abri a porta da sala. E a presença de Theo parecia tomar toda a varanda. Alto, a franja dividida ao meio cobrindo as laterais da testa, as mãos dentro do casaco escrito "Lakers".

— Foi mal ter feito isso. — Ele coçou a orelha com uma mão e com a outra apontou para a janela. Theo estava ficando vermelho? — Eu não tenho seu número.

Franzi as sobrancelhas e encostei a porta atrás de mim.

— Aconteceu alguma coisa?

— É que... bem. Eu sei que você disse que ia descansar, mas a galera lá em casa vai assistir a um filme agora e eu vim perguntar se você queria ver com a gente.

Ergui uma sobrancelha, exatamente como ele fazia.

— Por que eu deveria assistir a um filme com seus amigos?

— Porque você é minha amiga também. — Ele esticou os braços para dentro dos bolsos do casaco e apertou o canto da boca.

— E eles se empolgaram com a ideia de conhecer você.

Se empolgaram? Ah, conta outra.

— Theo, está tudo bem do jeito que está. Você lá, com seus amigos, e eu aqui, no meu quarto. Não era isso que você queria quando nos mandou pra casa?

Ele piscou devagar e um vinco surgiu entre suas sobrancelhas.

— Alissa, você não pensou que...? — Theo passou uma mão pelo cabelo e liberou ar pelas narinas. — Eu não queria incomodar fazendo sua mãe trabalhar de noite depois de já ter trabalhado o dia inteiro! Isso é exploração, cara. E você não deveria trabalhar na cozinha se não é contratada pra isso. Fiquei preocupado que você ficasse desconfortável com toda aquela situação... — Ele deu um passo para a frente. — Alissa, nós não fizemos um trato? Você, como eles, é minha amiga.

Cruzei os braços e fitei as árvores que, como um muro, separavam minha casa da dele. Minha realidade da dele.

— Nós vamos assistir *Homem-Aranha: Sem Volta pra Casa*.

— Sério? — Voltei a atenção para ele.

Um sorriso curto surgiu no canto dos lábios de Theo.

— Eu sabia que você ia gostar.

— Você lembrou disso? — Franzi o cenho. — Eu te falei que era meu filme preferido há tanto tempo.

— Uma coisa que você precisa saber sobre mim é que a minha memória é de elefante. — Ele riu.

— Eu não posso ir, Theo. — Uni minhas mãos nas costas. — A não ser que eu acorde meus pais para avisá-los.

— Eu pensei que todo mundo ainda estivesse acordado a essa hora. — Ele passou uma mão pelo cabelo. — Devia ter ido embora quando vi tudo fechado. Não sei o que deu em mim para atirar pedrinhas na sua janela. — Theo abaixou a cabeça, e o tom avermelhado estava lá outra vez, tomando seu rosto. Pensei em todas as gentilezas que ele já havia feito e resolvi baixar a guarda.

— Espere um momento. — Voltei para dentro e encostei a porta, pensando em alguma forma de acordar minha mãe sem que ela cortasse meu pescoço por causa disso. De repente, estanquei os pés na sala de estar. Não seria preciso nenhum esforço. Ela estava ali, bem à minha frente.

— O que você está fazendo no meio da sala? Não tinha ido dormir? — Ela rastejou os pés até a cozinha e encheu um copo de água.

— É que... — Juntando coragem em três, dois, um... — Theo me convidou para assistir a um filme com os amigos dele agora.

— O Theo? — Ela me olhou como se eu estivesse infectada com algum vírus mortal. — Por que ele convidaria você?

— Ah, deixa pra lá. — Dei as costas.

— Pode ir. — A voz dela soou baixa. Olhei para trás. — Ele tem um coração de ouro. Deve ter ficado com dó de você. Ele é cheio de amigos e você aqui, sempre só com a companhia do seu irmão ou da avó dele. Vá se distrair um pouco.

Pisquei, pensando se agradecia a permissão ou ria da humilhação gratuita. Theo tinha ficado com pena de mim?

Voltei para a varanda pronta a dizer que não iria, mas o sorriso esperançoso que ele abriu quebrou minhas defesas.

Droga.

Passei direto por ele, seguindo pelo caminho lateral.

— Vai ficar parado aí? — Olhei para trás.

Theo arregalou os olhos e, sorrindo, correu até mim.

— Galera, a Alissa chegou!

Por que ele tinha que me apresentar como se eu fosse uma atração de programa de auditório? Todos voltaram os olhos para mim. De novo. Theo me apresentou aos dois garotos que eu não havia conhecido no ano anterior e, por fim, apontou para a garota sentada na ponta do sofá mais próximo de nós.

— E esta é a Yasmin. Todos estamos muito felizes porque depois de um bom tempo ela veio para o Village outra vez.

Yasmin se levantou e me surpreendeu com um abraço. As covinhas apareciam a cada lado do rosto.

— Prazer, Alissa. Theo disse que você adora o Homem-Aranha do Tom Holland. Eu também. Vamos ver? — Ela me puxou pela mão e fez um dos garotos se levantar do sofá para que eu me sentasse.

— Mais uma garota pra mandar na escolha dos filmes... — Um menino de cabelo baixinho, quase raspado, fez cara de sofrimento. Theo o havia apresentado como Douglas.

— Claro, vocês só escolhem coisa ruim. — Analu jogou uma almofada nele.

— Você tem que agradecer, cara. — Denis olhou para ele. — Da última vez, foi um musical da Disney. Com filme de super-herói, estamos no lucro.

— Quem disse que *La La Land* é ruim? — Madá ergueu a voz.

Eles começaram uma discussão sobre gostos cinematográficos com tanto ânimo que achei graça. Por fim, Theo colocou o filme, calando a todos. Ele e Denis se deitaram sobre o tapete.

— Uma pipoquinha agora não cairia mal, hein.

— Caraca, Denis. A gente acabou de comer duas travessas de macarrão — Lucas, o outro garoto que eu tinha conhecido naquela noite, respondeu.

— Que, inclusive, foi o melhor macarrão que eu comi na vida mesmo, Theo. — Rian olhou para Theo e, em seguida, para mim. — Dê os parabéns a sua mãe por mim. Deve ser incrível comer a comida dela todo dia.

Todos os outros aumentaram o coro dos elogios. Estiquei os lábios em um sorriso.

— Obrigada. — Por mais que quem mais fizesse a comida na minha casa fosse eu.

— E a pipoca? — Denis insistiu. — Vão me dizer que não querem mastigar alguma coisa?

— Ai, tá bom, Denis. — Theo se levantou do chão. — Vou lá fazer.

— Eu ajudo. — Me levantei.

— Não precisa.

— Vai ser mais rápido. — Estreitei os olhos para ele, encerrando a discussão. Theo deu de ombros.

— Beleza.

— A gente pode ajudar também. — Madá deu um pulo do sofá. — Vamos fazer doce e salgada.

Assim, as meninas, Theo e eu seguimos para a cozinha. Ele pegou milho, sal e açúcar. Eu tirei a panela de pipoca do armário e passei uma água.

— Tem Nescau e leite condensado? — Yasmin pediu. — Fica uma delícia.

— É pra já. — Theo colocou os pacotes na bancada, e eu joguei a manteiga na panela.

— A doce, pode deixar a Yasmin fazer? — Analu, escorada na ilha, olhou para mim. — Ela faz uma que é divina.

— Claro. — Voltei a atenção para a panela.

— Alissa, eu disse que eu ia fazer. — Theo se aproximou.

— Você estourando pipoca, Theo? — Fiz cara de tédio. — Conta outra.

— Está duvidando da minha capacidade, é?

— Pega o milho, por favor.

Ele abriu o pacote para mim e derramou um bocado das bolinhas sobre o líquido amarelo da panela.

— Você é realmente uma negação na cozinha, Theo. — Yasmin riu. — Lembra daquele camping que a gente fez na Colina do Mar? Você deixou todos os marshmallows queimarem!

— Ei, em minha defesa, eu nunca tinha feito antes. Não sabia que se eu saísse por dez segundos o negócio viraria uma pasta derretida — Theo se defendeu.

— E aquela vez que ele fez o chocolate quente e ficou parecendo chá de terra? — Madá deu risada.

Eles começaram a contar histórias de campings que já tinham feito juntos. Eu mantinha meu foco na pipoca, que começava a espalhar seu aroma pela cozinha. Em silêncio, despejei os milhos estourados em uma tigela grande e liberei o fogão para Yasmin.

As meninas a rodearam, dessa vez se lembrando de quando Yasmin havia torcido o pé em uma trilha e Theo e Denis se revezaram para trazê-la nas costas pelo resto do caminho. Lavei minhas mãos sem pressa e as sequei com o pano de prato.

— E se a gente acampasse na Colina de novo? — Madá ocupou uma das banquetas da ilha. — Quando foi a última vez? Uns dois anos atrás?

— Eu ouvi acampamento? — A voz de Denis retumbou da sala. Em um segundo, ele estava na porta da cozinha. — Já estou com a roupa de ir!

— Mas nesse frio, gente? — Analu reclamou. — Vamos congelar lá em cima.

— Nada que uma boa fogueira não resolva. — Denis encheu a mão de pipoca e enfiou na boca. — Vou ficar no Village até segunda. Quem topa?

— Tô dentro. — Theo foi o primeiro. — Vamos ver a previsão do tempo.

— Sábado o tempo vai firmar — Yasmin respondeu checando seu celular. — Podemos acampar de sábado para domingo.

Tadeu e os outros meninos também foram para a cozinha, e logo todos estavam comendo pipoca e fazendo planos para o camping. Eu fui para a pia e comecei a lavar a panela suja de pipoca.

— Eu disse que convidaria você para nosso próximo camping. — Theo parou ao meu lado. — Não pensei que seria tão rápido.

Ergui os olhos para ele.

— Eu não vou, Theo.

— Por que não?

— Ah... Eu nunca acampei e...

— Alissa vai, né? — A voz de Yasmin se sobressaiu na bagunça.

— Acho que não. — Esfreguei a bucha mais uma vez pela panela.

— Por quê? Você já acampou alguma vez?

Neguei com a cabeça.

— Você tem que ir! — Denis abriu as mãos. — É uma experiência que todo mundo deve ter na vida.

— Mas eu não tenho barraca e... — comecei a balbuciar e minha voz morreu.

— Ela vai sim. — Theo olhou para mim. — Que horas saímos no sábado?

— Oito da manhã, todo mundo na minha casa — Denis determinou. — A gente sai de lá.

Embora Tom Holland, Tobey Maguire e Andrew Garfield brilhassem na tela, ninguém mais quis assistir ao filme. O assunto só girava em torno do acampamento e de lembranças da amizade deles. Chequei o celular. Era quase meia-noite.

Me coloquei de pé.

— Bom, já vou indo. — Apontei com o polegar para a porta. — Obrigada pela noite, galera.

— Você vai mesmo no sábado, né? — Denis apontou o dedo para mim.

Meus olhos correram para Theo sem que eu planejasse. Ele assentiu para Denis.

— É claro que ela vai.

— Theo disse que você toca violino. Por que não leva? Eu vou levar meu violão e a gente faz um som lá.

— Tudo bem. — Pressionei os lábios e, antes que me movesse para sair, Yasmin me envolveu com outro abraço.

— Vai ser ótimo ter você com a gente. Sua pipoca estava uma delícia.

— A sua também. — Sorri e me despedi de todos.

Theo caminhou ao meu lado até a varanda.

— Não se preocupe com a barraca, eu tenho algumas aqui. Vou levar a sua. Um saco de dormir também. É bem quente, então você não vai passar frio, mas ainda assim é bom levar coberta e roupas grossas. À noite, a temperatura cai bastante. — Ele parou de falar e mirei seus olhos por um instante.

— Meus pais não vão deixar.

— Eu posso pedir, se você quiser.

Virei o rosto e suspirei.

— Não sei, Theo.

— Alissa, sabe onde fica a Colina do Mar?

Acenei que sim.

— Você se apaixonou por aquela vista. Eu vi seu olhar. Imagina ver aquilo de novo no pôr e no nascer do sol?

Ajeitei o cabelo atrás das orelhas e, por fim, soltei o ar.

— Vou pensar.

46

Pensei durante o dia seguinte inteiro. E decidi que não adiantaria pedir para meus pais. Eles diriam um belo e sonoro "não" mesmo. Por isso, precisei piscar duas vezes quando minha mãe chegou em casa na sexta no final da tarde e disse que eu poderia ir.

— Theo falou comigo. Ele pediu permissão pra você ir e disse pra eu não me preocupar, porque ele vai cuidar de você lá.

Minha boca se abriu devagar.

— Você já vai fazer dezenove anos. Aqueles amigos do Theo parecem decentes como ele. Sábado, o ritmo na casa vai estar tranquilo. Não tem muito problema em relação ao Sam. — Ela fez um movimento com a mão. — Vai arrumar suas coisas.

— Mas e meu pai? — Ainda estava difícil acreditar naquilo.

— Ele foi pescar hoje à noite, lembra? Eu o aviso quando ele chegar amanhã.

Os pássaros cantavam como se estivessem em um conto de fadas. Também, pudera. O sol brilhava logo cedo, coisa rara nas últimas semanas. Faltavam quinze para as oito quando cheguei à garagem dos Belmonte com uma malinha verde na mão e o case do violino nas costas.

Não sabia a que horas exatamente Theo sairia de casa, mas, como Denis tinha marcado às oito, fui esperá-lo na garagem.

Ouvi o som de passos e olhei em direção à varanda. Theo caminhava sobre o porcelanato com uma mochila nas costas, as mãos nos bolsos da calça de moletom slim preta e tênis escuros de trilha. O casaco tinha a mesma logo que os apresentadores de programas daquele canal de esportes radicais costumavam usar.

Olhei para minha jaqueta jeans preta cobrindo o moletom verde. Estava vestida com duas leggings e meu tênis de tecido azul-marinho, velho de guerra. Fora o máximo que conseguira para me proteger do frio.

Quando me viu, o sorriso de Theo se abriu e seus olhos se transformaram em duas linhas.

— A sua barraca e o saco de dormir já estão na mala.

— Já? Mas eu nem cheguei a confirmar se viria ou não.

Theo se encaminhou para o banco do motorista.

— Outra coisa que você precisa saber sobre mim é que sou um cara precavido. — Theo entrou no carro.

Por que eu precisaria saber coisas sobre ele? Franzi a testa e ocupei o banco do carona.

— Obrigada por ter falado com a minha mãe. Eu já tinha desistido de pedir.

— Imaginei que isso pudesse ter acontecido mesmo. — Ele colocou o carro em movimento e, quando virou o pescoço para checar a rua antes de terminar a saída da garagem, percebi sua atenção sobre o zíper do case.

— Ficou bonito aí.

Brinquei com a pequena réplica de violino em meus dedos.

— É o chaveiro mais bonito que eu tenho. Obrigada.

Theo sorriu e, em pouco tempo, chegamos à casa de Denis. Na garagem, havia uma confusão de vozes e risadas. Yasmin correu como um coelhinho saltitante até mim e me abraçou. E, para minha surpresa, Helena e Analu fizeram o mesmo. Elas começaram a falar dos planos para o dia, que envolviam trilhas, roda de música, fogueira e marshmallows.

Yasmin se afastou de nós por um instante e correu até Theo. Circulou a cintura dele pela lateral e permaneceu ali. Ele não tinha chegado a entrar na garagem, já que Denis o havia encontrado na calçada para resolverem algo sobre a divisão das malas e barracas em cada carro. Ele pareceu assustado com o abraço repentino, mas retribuiu o gesto e os dois começaram a conversar. Theo se afastou do abraço dela.

— Os dois ficam lindos juntos, né? — A voz de Madá me fez mexer a cabeça depressa. Foi só então que percebi que estava havia tempo demais olhando para Theo e Yasmin. Madá passava o dedo em seu cordão de prata com uma conchinha na ponta. — Todo mundo sempre apostou que eles acabariam juntos. Quem sabe isso não acontece dessa vez?

Movi os olhos para a extensão da rua. E foi para ela que continuei olhando pelos próximos minutos.

— E aí, Alissa? Tudo bem? — Alguém colocou o braço sobre meus ombros e eu me retraí, olhando para o lado com as sobrancelhas unidas. Era Lucas. — Theo disse ontem que você toca violino muito bem. Quero muito ouvir você lá na colina.

Abri um sorriso quadrado. Por que ele estava com aquele braço em volta do meu pescoço?

— Já colocou suas coisas na mala do meu carro, Lucas? — Theo se aproximou. Sem Yasmin.

— Opa, tô indo fazer isso agora. — Ele tirou o braço dos meus ombros, e Theo acompanhou o movimento com o olhar.

— Vamos? — Ele apontou com a cabeça para seu carro. Segui atrás dele e, de forma instintiva, me direcionei para o banco do carona, mas antes que eu chegasse Yasmin abriu a porta e pulou lá dentro.

Desviei o olhar e entrei no banco de trás. Lucas e Madá entraram logo depois. No caminho até as Colinas do Mar, me mantive em silêncio, embora as vozes no carro não parassem um minuto. Não demorou muito para que Theo começasse a subir os morros como se fôssemos chegar ao céu. E era bem isso que ocupava quase toda a visão da minha janela enquanto o carro era içado contra a gravidade.

Por fim, Theo estacionou em uma parte mais plana da estrada. Denis parou logo atrás. Ali, o caminho pavimentado havia terminado, dando lugar à estrada de terra e cascalho. Descemos dos carros e cada um começou a pegar suas bolsas. Como as minhas haviam sido colocadas primeiro, esperei um pouco. Os outros se afastaram ajeitando as mochilas nas costas, e eu me estiquei sobre a enorme mala para pegar minha bolsa verde no fundo. Ela não era muito grande e estava tão abarrotada que parecia um daqueles pacotes gigantes de salame que ficavam pendurados no açougue.

Theo chegou e começou a pendurar bolsas em suas costas e braços: sua mochila, pacotes de barracas e sacos de dormir, bolsa térmica.

— Qual é a minha barraca? — Estendi a mão. — Eu levo.

— Não precisa. — Ele ajeitou as alças nos ombros. — Nós vamos caminhar um trecho relativamente extenso até a área de camping. Deixa sua mochila aqui e eu volto pra buscar depois.

— Eu não sou nenhuma fracote. Fica em paz.

Theo repuxou o canto dos lábios em um sorriso.

— Quando você ficar cansada, eu levo pra você.

— E quem disse que eu vou ficar cansada? — Cruzei os braços.

Theo deu uma risada que fez alguns do grupo olharem para nós.

— Gosto do seu otimismo.

Começamos, junto aos outros, uma caminhada. A vista se expandia à medida que íamos subindo pelo ambiente carregado de árvores. Entre uma e outra, era possível ver a imensidão esverdeada que se estendia sem fim na retaguarda da colina. O mar ficava para o outro lado, por isso ainda não era possível vê-lo. O sol banhava as copas das árvores, brilhando cada vez mais conforme o orvalho da manhã dava seu último adeus.

— Nem acredito que essa tranquilidade toda vai se transformar em desespero quando voltar para o Rio. — Tadeu olhou para a vista lá embaixo com melancolia. — Esse semestre tá osso. As matérias, cada vez mais complicadas.

— Nem fala... — Denis estalou os lábios. — Já falei pra vocês. Qualquer dia desses, eu largo a engenharia e vou viver subindo e descendo pedra por aí.

— Seu pai arranca seu pescoço antes disso — Theo brincou, e a concordância foi geral.

— E você, Theo? Como foi a temporada esse ano? — Yasmin quis saber. — Não vi nada no seu Instagram.

Eu andava um pouco atrás de Theo e olhei para sua nuca.

— Ah, meu time ficou em segundo lugar de novo. — A voz dele pareceu um murmúrio.

— Mas isso é muito bom mesmo assim, cara. Chegar à final significa estar na mira dos olheiros. — Rian esticou os polegares e indicadores, formando um quadro imaginário. — Um dia, nosso Theozinho vai estar no banner da NBA, tirando a maior onda.

Todos eles começaram a fazer coro com Rian, comentando sobre basquete, torneios e o futuro de atleta de Theo. Ele respondia pouco. Seu pomo de adão descia e subia seguidas vezes.

Theo não havia contado sobre seu fim no basquete para os amigos.

— Vocês fazem qual faculdade? — perguntei de repente, minha voz parecendo um corpo estranho no meio de toda aquela conversa. Todos me olharam. Desde que havíamos começado a trilha, eu não tinha falado um "a" sequer, e agora chegava com aquela pergunta, do nada.

— Direito — Yasmin respondeu e foi seguida pelos outros. Medicina. Design de Interiores. Engenharia. Veterinária. E o assunto, que estava no basquete, voltou para a universidade outra vez.

Theo olhou para mim rapidamente. Uma espécie de alívio tomou sua expressão. Ele falou um "valeu" apenas com os lábios.

— E você, Alissa? — Analu quis saber. — Estuda o quê?

Pisquei. Eu não tinha planejado que a pergunta voltasse para mim.

— Terminei a escola ano passado.

— E aí? — Madá ergueu as sobrancelhas.

— Estou me dedicando ao violino, agora. Eu toco em casamentos e alguns eventos.

— Sem fazer faculdade? — Ela chegou o queixo para trás.

— Qual o problema? — Foi a vez de Theo me salvar. — Cada pessoa tem seu tempo.

— E sua oportunidade — completei.

O assunto morreu em uma sequência de "uhum", "verdade", e "é mesmo", e mudou completamente quando Yasmin pisou sem jeito em um pedregulho solto no meio da estrada e se agarrou a Theo para não cair. E o assunto de quando ela havia torcido o pé voltou outra vez. A partir dali, piadas internas sobre outros encontros deles tomaram a conversa, e eu voltei a me sentir um peixe fora d'água.

Fiquei um pouco mais para trás, enquanto eles curtiam suas lembranças engraçadas. Bebi um gole de água da minha garrafa olhando para as árvores lá embaixo e não percebi quando Theo se aproximou.

— Me dá sua bolsa.

Virei o rosto franzido para ele.

— Por que deveria fazer isso?

— Você ficou pra trás. Deve estar com os ombros doendo.

Olhei para as costas dele carregadas de coisas.

— Eu estou bem. — Não tão bem, na verdade. O violino e a bolsa pesada eram uma combinação incômoda para uma trilha.

— Tem certeza?

Assenti e caminhamos em silêncio.

— Obrigado por ter mudado o assunto aquela hora. — Ele tinha os olhos fixos à frente. — Eles ainda não sabem.

— Por quê?

O peito dele se inflou e logo esvaziou com uma lufada de ar lenta.

— Eu estava preso a um quarto até poucos dias atrás. Esse não é o tipo de coisa sobre a qual eu já estou disposto a falar.

Então por que falou comigo?

Denis lançou um grito animado que terminou nossa conversa. Tínhamos chegado ao local do camping. Era um extenso pedaço de terra plana em cima de um monte. As árvores haviam ficado para trás durante a subida na trilha. Ali, o campo era liso, formado por mato baixo e cascalhos.

Caminhei mais alguns passos e minha visão foi tomada pelo estonteante Oceano Atlântico rodeado pela serra do mar e salpicado de ilhas verde-escuras. O sol batia na água, que o refletia como se fossem milhões de cristais. Ver aquela paisagem assim, sem nuvens ou neblina, fez minha boca se abrir. Era ainda mais fascinante.

— Espere até ver o nascer do sol. — Theo sorriu. — Está vendo aquele pico? — E apontou para outra área elevada, que se estendia a partir de onde estávamos e parecia carregada de pinheiros. — É um dos pontos mais altos das colinas. Sempre que acampo aqui, gosto de subir até lá para assistir ao sol nascendo. Poucas coisas na natureza me emocionam mais que isso. — Ele olhou para mim. — Quer ir comigo amanhã?

47

As próximas horas foram marcadas por montagem das barracas e preparação da comida. Basicamente, macarrão de milho com carne moída e legumes. Havia algumas mesas rústicas de madeira e dois banheiros improvisados — e um tanto rústicos — em um canto. Pelo jeito, era um lugar que estava acostumado a receber acampantes.

O fogão portátil trazido por Denis tinha duas bocas e era alimentado por uma latinha de gás. Yasmin, Analu e Madá pareciam um pouco perdidas com os preparativos do almoço.

— Quem teve a ideia de trazer carne e legumes? A comida oficial do camping sempre foi miojo e besteiras — Madá reclamou.

— Eu sou fitness agora. — Denis unia dois pedaços da estrutura de uma das barracas. — Nada de industrializados.

Ela revirou os olhos.

— Querem que eu faça isso? — perguntei. — Estou acostumada.

As três se entreolharam.

— Podemos te ajudar. — Yasmin se levantou, sem graça, seguida pelas outras.

— Não precisa. Eu cozinho para minha família inteira.

Levantei as mangas do casaco e me inclinei sobre a pequena mesa de madeira onde a cebola estava descascada pela metade. Em pouco tempo, estava tudo pronto. Os meninos tinham montado todas as barracas e nos sentamos em círculo para comer.

— É tão bom como o da sua mãe! — Douglas exclamou, fios

de espaguete escorrendo pela boca. Outros elogios se seguiram e eu ri, sentindo um leve rubor nas bochechas.

A tarde correu entre jogos de mímica e uma pequena trilha até o outro lado da colina, onde havia uma pequena cachoeira. Apesar do sol, a água gelada funcionava como um repelente natural da cachoeira. A não ser para os meninos, que pularam dentro dela sem dó.

Eles jogaram água em mim e nas meninas, e nós saímos correndo. Paramos a certa distância com as mãos nos joelhos, dando risada. E talvez, pela primeira vez, eu tivesse começado a me sentir parte daquele grupo.

À noite, nos sentamos ao redor da fogueira, no centro do camping. As barracas formavam um círculo. Assamos os hambúrgueres que Denis havia trazido em sua caixa térmica e depois espetamos marshmallows em palitos de churrasco e colocamos sobre o fogo.

De barriga cheia, chegou a hora da música. Denis pegou seu violão e eu, meu violino. Nunca imaginei que violinos pudessem combinar com campings, mas ali estávamos. Denis e eu tentamos combinar os sons das cordas ao tocar "The Scientist", do Coldplay.

— Você parece um anjo tocando! — Analu bateu palmas quando terminamos. — Toquem mais!

E assim seguiu-se uma sessão de canções sob o céu escuro. Depois de umas cinco músicas, a temperatura começou a baixar drasticamente. Fiquei preocupada que isso pudesse desafinar o violino. Pedi licença, fui até a barraca que Theo tinha montado para mim e guardei Golden no case.

A barraca era pequena, com espaço para uma pessoa. O saco de dormir estava disposto e ocupava quase todo o espaço. Peguei a coberta felpuda que havia preenchido metade da minha mochila e, ao tirá-la, Mint saltou de lá de dentro. Ele tinha tomado outro bom espaço. Mas, o que eu podia fazer? Nunca havia dormido sem ele.

E, parando para pensar, aquela era a primeira noite em muito tempo que eu dormia fora de casa. A última vez havia sido na casa de Clara, mais de dois anos antes. Pensar nela e em Tuane, minhas duas ex-melhores amigas, me deixou um pouco pra baixo. Assim como aquela fogueira ali fora precisava ser alimentada por madeira para continuar acesa, amizades também precisavam de cuidado mútuo para funcionarem bem. Apesar dos meus esforços, elas se foram e eu não tinha sido capaz de segurar.

Saí da barraca e o grupo tinha se dispersado. Denis e Theo estavam envolvidos em uma conversa particular. Lucas, Rian, Tadeu e Douglas jogavam cartas. Madá, Analu e Yasmin gargalhavam dentro da barraca que dividiam. Enrolei a coberta sobre os ombros, peguei um palito com marshmallow e o coloquei sobre o fogo, que ainda ardia. Não sei se fora a lembrança de Clara e Tuane, mas aquela sensação de peixe fora d'água se ergueu como um monstro de novo.

Um aperto tomou meu peito enquanto eu comia a pequena peça doce branca sem sequer perceber o gosto. *Como deve ser ter amigos de longa data dessa forma? Pessoas que viram você crescer e com quem divide tantas memórias especiais?*

Será que algum dia eu teria pessoas assim em minha vida? Pensei em Mari e em como ela vinha sendo uma boa amiga. Desde que eu havia começado a ir à igreja com regularidade, ela sempre se mostrara interessada na minha vida. De vez em quando, marcávamos de nos encontrar fora dos cultos e sempre trocávamos mensagens.

Deus, me ajude a cultivar nossa amizade de um jeito que a faça permanecer.

Não demorou muito e me levantei outra vez. Peguei minha Bíblia na barraca e segui para um ponto mais distante dos outros. O vento cortava minha pele como uma lâmina. Enrolada ao tecido florido, deixei espaço apenas para minhas mãos. Uma segurava as páginas, que dançavam com o vento, e a outra direcionava a lanterna do celular para as páginas. Não demorou muito e um ruído próximo chamou minha atenção. Olhei para trás, e o sorriso de Yasmin brilhava na escuridão.

— Atrapalho? — ela perguntou antes de se sentar ao meu lado. Um casaco fofinho, de tecido impermeável, a envolvia.

— Não. Só estava fazendo minha leitura bíblica diária.

— Bíblia, é? — Ela puxou o capuz que havia caído da cabeça. — Então você é como o Theo.

— Você não é?

— Ah... Ele já me falou algumas coisas. Muitas, na verdade. — Ela deu um sorriso fraco. — Mas não sei se isso é pra mim.

— Eu também não achava que era. — Fechei minha Bíblia e a segurei no colo. — Mesmo tendo crescido indo à igreja. Tem coisas que a gente faz só por causa dos nossos pais, né? Ou por costume. A vida cristã era isso pra mim. Até que passei por uma experiência terrível e Deus se revelou a mim de um jeito especial.

— Especial como?

— Eu passei a vida inteira acreditando que Deus estava interessado em meu comportamento perfeito. E que, se eu falhasse, não seria mais uma boa menina aos seus olhos. Mas eu aprendi que nem o pior dos meus pecados pode me afastar do amor de Deus. Aprendi que ele carregou a minha vergonha na cruz para que eu não precisasse viver nela.

Pequenos ruídos da floresta ao redor preencheram os segundos seguintes.

— Você passou por uma grande vergonha — Yasmin cortou o silêncio. — Assim como eu. Deve ser por isso que simpatizei com você desde o início.

— Theo te contou? — Minha voz saiu em um fiapo.

— Ele nunca contaria uma coisa dessas. — Yasmin dobrou as pernas e passou os braços ao redor delas. — Assim como aposto que ele não te contou sobre mim, né?

Meneei a cabeça.

— Foi o Denis — respondi. — Quando eu acreditava que o Theo havia compartilhado a foto íntima de uma garota.

— Theo? — Ela abriu a boca e esbugalhou os olhos. — Por que você pensaria uma coisa dessas? Ele é o cara mais honrado que eu conheço.

Me enrolei um pouco mais na coberta.

— Mais uma das várias mentiras do Eric.

Ao ouvir o nome dele, Yasmin endureceu o corpo.

— Bem típico dele. — Ela deu um riso sem humor.

— Eu me enganei tanto, sabe? Me deixei ser usada como massinha nas mãos dele. Eric manipulou em mim suas vontades, e eu simplesmente... deixei. Até que recuei, ele não gostou, e você sabe o resto da história.

— Um grande babaca, — Yasmin bufou. — Comigo, não foi diferente. Quando as meninas me contaram que ele tinha feito o mesmo com você, fiquei arrasada. Aquelas palavras bonitas, a voz mansa... E essa é a primeira vez que volto ao Village depois de tudo.

— Quanto tempo você ficou longe?

— Dois anos. — Ela suspirou.

Lembrei-me da discussão entre Eric e Theo, quando ele dissera que ela havia tentado fazer *algo* depois de tudo. Eu já podia imaginar o que teria sido. A humilhação de ser exposta podia trazer consequências terríveis.

— Você parece feliz — comentei.

— Eu acho que superei. Fiz terapia, sabe? Tinha muito medo de voltar aqui e topar com ele. Mas fiquei sabendo que ele não trabalha mais no Village.

— Desde o ano passado. Foi um mês depois de ele ter compartilhado a minha foto, acho. Não sei o motivo, mas também fiquei aliviada. — Parei por um momento. — Você não conseguiu denunciá-lo?

— Na época, eu estava destroçada demais para pensar nisso. Minha foto rodando o condomínio inteiro, não quis contar para meus pais. Criei uma capa em volta de mim. Mesmo tendo os prints que comprovavam que tinha sido ele.

— Você conseguiu provas? — Olhei para ela. — Eu tentei denunciar, mas no meu caso ele foi mais esperto. E também, como tudo foi apagado muito rápido do grupo, não tive como comprovar. — Fixei o olhar na escuridão à frente. Apenas alguns pontinhos de luz vinham dos navios-plataforma que ficavam na linha do horizonte. — Sabe o que rasga meu coração? Saber que ele vai acabar fazendo isso de novo.

— Por esse motivo, eu já pensei em denunciá-lo. Mas é tudo tão dolorido.

— Se algum dia você decidir fazer isso, te darei todo o meu apoio. — Sorri para ela.

— Por que nós caímos na lábia dele? — Yasmin fez uma careta. — Os riscos não eram tão óbvios?

Dei de ombros.

— No meu caso, a carência e o medo de ficar sozinha fecharam meus olhos.

— Você conseguiu confiar em alguém depois do que aconteceu?

— Descobri uma confiança profunda em Deus, Yasmin. — Sorri. — Ele nunca vai me decepcionar.

— Não é disso que estou falando.

— Você diz... me envolver com outro garoto?

Ela mexeu a cabeça, afirmando.

— Fiz um compromisso de que só me envolveria com alguém quando eu tivesse certeza de que seria algo pra sempre.

— Pra sempre? Não acha algo muito ousado? E se nenhum príncipe encantado pedir sua mão em casamento?

— Vou ficar solteira. O que vale mais? Umas trocas de carinho frágeis e passageiras que vão deixar meu coração quebrado, ou um compromisso firme que vai proteger meu corpo e meu coração? A vida é mais que as afeições, Yasmin.

— Afeições? Parece que estou em um romance da Jane Austen agora. — Ela deu risada, e eu a acompanhei. — Theo tem umas convicções parecidas com as suas. Acho isso bonito.

— Ele... — Hesitei, pensando se deveria realmente falar aquilo. Acho que eu nunca tinha expressado uma opinião sobre Theo em voz alta. Talvez nem para mim mesma. — Ele tem um coração bondoso. Não é fácil encontrar garotos que sejam convictos da sua fé. Ele é diferente.

— Sim, ele é. Theo me enviou mensagem todos os dias, por semanas, depois que tudo aconteceu. Foi pra ele que eu liguei quando estava em crise. Ele orou comigo no telefone... — Yasmin me olhou de esguelha. — Ele daria um ótimo namorado, você não acha?

— É... bem... não sei. — Puxei um pouco mais o cobertor ao redor de mim.

— Eu tenho certeza. As pessoas sempre diziam que nós dois combinávamos, acredita? Eu dizia que era apenas amizade... mas desde ontem... sei lá. Algo virou aqui dentro. Eu não quero mais namorar moleques. É por isso que decidi investir nele. Sei que não vai ser tão fácil assim, mas ele vale o esforço.

Mexi a boca algumas vezes, minha mente tentando abraçar uma resposta no vento.

— Legal. — Foi a única coisa que consegui dizer.

A brisa gelada começou a movimentar as árvores à nossa volta com mais vigor. Era como se ele ultrapassasse os tecidos e chegasse até os meus ossos.

— Seu queixo está tremendo — Yasmin notou. — Quer entrar?

— Acho melhor. — Dei um sorriso. Eu não estava vestida com um corta-vento como a maioria deles. — Boa noite, Yasmin.

— Boa noite, Alissa. — Ela me deu um abraço rápido e, com um sorriso, foi para dentro da barraca onde as outras estavam. E eu dei um boa-noite geral aos meninos que ainda estavam do lado de fora antes de entrar na minha.

48

Ainda enrolada no cobertor, entrei no saco de dormir e fechei o zíper lateral. Me deitei de lado e movi a mão para pegar Mint onde o tinha deixado. Meus dedos capturaram o nada. Estiquei os braços para procurar em volta. Remexi a mochila. Nem sinal do urso.

Saí da barraca, encurvada.

— Está precisando de alguma coisa? — Theo, ainda envolvido na conversa com Denis, afastou as costas da cadeira como se fosse levantar.

— Não, eu... — Cocei a cabeça, meus olhos varrendo o chão.

— Perdeu alguma coisa? — Theo se aproximou.

— É que meu... — Olhei em volta. Os outros meninos nos observavam. — Deixa pra lá.

Dei mais uma volta na barraca e comecei a fazer o mesmo caminho de quando tinha saído com a coberta. Ele podia ter ido junto sem que eu tivesse visto.

— O que você perdeu? — Theo foi atrás de mim. — Preciso saber o que estamos procurando.

Cheguei ao local onde havia conversado com Yasmin pouco antes, e meus olhos arderam. *Você não vai chorar por isso.*

— Desde sempre eu durmo com um... — *Como falar isso sem soar como uma garotinha de cinco anos?* — ... ursinho de pelúcia. Eu o trouxe e e-ele sumiu.

— Como ele é?

Desviei a atenção para a noite densa que envolvia a floresta.

— Pequeno, verde, velho...

— Vamos encontrá-lo. — Theo saiu com determinação e fez os garotos entrarem na busca com a gente. Depois de procurar por tudo ao redor, ele chamou as meninas.

— Não sabemos de ursinho nenhum. — Madá fez cara de paisagem.

— Meninas. — O tom de Theo foi de alerta.

— Será que você realmente o trouxe? — O questionamento veio de Denis.

Um soluço oco escapou da minha boca.

Não, não. Por favor, não.

— Você está chorando? — Analu perguntou baixinho. Seu tom era meio de riso no início, mas ela logo ficou séria. Assim como todos os outros.

Theo veio até mim e segurou meus ombros com os braços esticados.

— Alissa, nós vamos encontrá-lo, tá? Eu prometo. — Ele mirava meus olhos com firmeza. — Nem que eu tenha que buscar seu urso na toca das onças.

— Onças? — Meu tom saiu estridente, e meus olhos quase saltaram para fora.

Todos riram.

— Ele está brincando. Acho que o bicho mais perigoso por aqui talvez seja um certo ursinho verde. — Yasmin saiu da barraca e olhou para sua mão, onde Mint descansava tranquilo. Ela o estendeu a mim. Soltei uma inspiração chocada. — Era pra ter sido só uma brincadeira. A gente não sabia que você ficaria desesperada assim. — Ela olhou para Helena e Analu. — Eu disse que não seria uma boa ideia.

— Vocês não param com essas coisas, né? — Denis balançou a cabeça.

— Falou o senhor certinho que nunca pregou uma peça em ninguém. — Madá estreitou os olhos para ele, e se iniciou uma discussão, cada um se lembrando de brincadeiras feitas em acampamentos anteriores.

— Chega — Theo silenciou a todos. — A Alissa veio acampar com a gente pela primeira vez hoje. Acho que não foi a melhor escolha de alvo, não é?

— Desculpe, Alissa. A gente não sabia que o ursinho era tão importante assim pra você. — Madá baixou os olhos.

— Foi o batismo dela para a entrada no grupo — alguém disse, mas não prestei atenção. Agarrava Mint como se ele pudesse evaporar a qualquer momento de novo.

Toda aquela agitação tinha espantado o frio. Ou boa parte dele. Eu estava agora deitada sobre o saco de dormir, sem conseguir pregar os olhos, Mint preso aos meus braços. Virei de um lado. Virei de outro. Senti sede e lembrei que minha garrafa de água havia ficado sobre uma das mesinhas lá fora. Protelei um pouco, mas por fim me sentei, me certificando de que Mint estava seguro dentro do saco de dormir, e saí da barraca.

Risadas vinham da barraca de Tadeu e Rian. Sons de vozes, das barracas das meninas. O farfalhar das folhas no vento e o cricrilar de insetos eram os outros sons que enchiam o lugar. Fui até uma das mesas de madeira envelhecida e peguei minha garrafa rosa-bebê. Bebi um gole e meus olhos capturaram alguém deitado sobre a grama, mais adiante.

Pelos cabelos pretos sedosos e inconfundíveis, não tinha dúvida de quem era. Resolvi ir até ele.

— Obrigada pela ajuda com o Mint. — Me sentei ao seu lado.

Theo recuou, alerta com minha chegada. Quando percebeu que era eu, recolocou os braços atrás da cabeça e deitou o tronco na grama novamente.

— Mint?

— É o meu urso.

Ele riu.

— Você gosta de dar nomes fofos para as coisas. Qual era mesmo o nome do seu antigo violino? Olive?

Anuí, sorrindo.

— Preciso dizer que fiquei lisonjeado com a escolha do nome do novo. Golden me lembra algo sólido e brilhante, como sei que sua carreira está começando a ser. — Os fios escuros de seu cabelo caíam pelas laterais enquanto ele fitava o manto negro do céu. — Tem alguma história especial por trás de Mint?

Pensei um pouco. Eu deveria contar aquilo para ele?

— Se não quiser dizer, sem problemas. Tem coisas que eu também não gosto muito de falar.

A conversa na trilha mais cedo piscou em minha mente. Olhei para o rosto de Theo mirando o céu, e as palavras só... saíram.

— Poucas pessoas sabem disso, mas eu não sou filha biológica dos meus pais.

Ele moveu o rosto para mim.

— Venâncio, na verdade, é irmão da minha mãe. Quando eu tinha cinco anos, ela me deixou com ele e com a Ana. — Arranquei um pedaço de grama e comecei a girá-lo entre os dedos. Theo se sentou e envolveu as pernas com os braços. Havia tantas interrogações nos olhos dele. — Meu avô também era caseiro, como meu pai. Ele cuidou de algumas propriedades em Petrópolis antes de morrer. E foi lá que minha mãe engravidou de mim. Meu pai diz que a família sempre a alertou, mas ela vivia uma vida meio louca, sabe? Saía com vários homens, bebia muito, e no final acabou comigo nos braços, sem saber quem era meu pai biológico. O que todos sabem é que era de algum dos caras ricos das casas onde meu avô trabalhava.

— Você nunca o conheceu?

Neguei com a cabeça.

— Meu pai acha que ela recebeu algum dinheiro para ficar quieta e não incomodar a família do cara. Mas são só suposições.

— E onde sua mãe está agora?

Cortei o pedaço de grama em dois.

— Ela se foi pouco depois de ter me deixado. Acho que já estava doente naquela época, pra falar a verdade.

Theo se manteve em silêncio por longos segundos.

— A cor preferida dela era verde?

Meus olhos procuraram os dele. E se encheram de emoção. Theo lembrou que eu tinha falado sobre isso, tanto tempo atrás. Movi a cabeça para a frente, assentindo, e permanecemos quietos por algum tempo. Havia algo reconfortante em ter aberto para ele essa parte da minha vida que pouca gente sabia.

O frio começou a apertar de novo, e eu me coloquei de pé.

— Vou dormir.

— Se precisar de algo, me chame, tá? — disse ele. — Desculpe pelas meninas. Eu não imaginava que elas pregariam uma peça em você. Mas essa é uma coisa comum nos nossos campings.

— Foi criancice. — Dei de ombros. — Mas todo amigo quando se junta vira um pouco de criança, né?

— Às vezes, muito. — Ele riu. — Obrigado por ter vindo.

— Obrigada por ter insistido. Eu nunca tinha participado de algo assim. Está sendo legal. Eles são legais.

Comecei a me afastar, mas a voz de Theo me fez parar de novo.

— Vai mesmo amanhã ver o sol nascer comigo? — A mão dele apontava para o pico mais alto, o mesmo que ele havia me mostrado mais cedo. — O Denis disse que vai também.

— O esforço vai valer a pena?

— Vai, sim. Você vai ver. Te espero amanhã às seis.

— Fechado. — Me afastei, animada com a ideia. Antes de ir para a barraca, porém, decidi dar um pulo no pequeno banheiro improvisado. Após fazer minhas necessidades, caminhei devagar por trás das barracas para não correr o risco de assustar ninguém, quando ouvi uma risada alta escapulir de uma delas.

— Ri baixo, cara! — Ouvi a voz do Lucas.

— Você fala as coisas e depois não quer que eu ache engraçado? — Douglas retrucou.

Alguém cochichou algo baixinho, e eu já me distanciava dali quando uma onda de choque me fez petrificar.

— Theo sempre gostou de fazer boa ação, né? Pegar a empregada deve fazer parte do pacote.

— Pô, mas fala aí, a garota é gata. Você lembra da foto dela ano passado?

Um uivo de concordância encheu a barraca.

— Mas será que ele vai pegar ela mesmo? Theo sempre diz que quer encontrar a garota certa. — Um tom de descrença tomou a voz de Douglas. — Ela não parece ser do tipo.

Uma tensão gelada e sufocante tomou meu peito, tornando difícil até mesmo respirar. Me apressei até minha barraca e me joguei lá dentro com pressa. Fechei o zíper, agarrei Mint e me enrolei na coberta dentro do saco de dormir, esperando que aquele aperto passasse.

49

Devo ter pegado no sono lá pelas duas da madrugada. Quando o celular, com seus últimos resquícios de bateria, despertou às 5h45, soltei um gemido. Por dois segundos, não lembrei. Me virei dentro do saco de dormir e me encolhi de novo, as palavras ditas sem dó na noite anterior trazendo de volta para meu coração o buraco fundo, tão difícil de transpor.

Peguei meu celular para avisar Theo que não iria mais ver o sol nascer e deixei o aparelho cair sobre a barriga quando percebi que eu-não-tinha-o-número-dele. Fiquei olhando para o teto escuro da barraca, as mãos segurando com firmeza o edredom, até que ouvi um ruído do lado de fora.

— Alissa?

Meu coração afundou até os joelhos. Puxei o cobertor sobre a cabeça, como se isso fosse mandá-lo embora.

— Alissa? Vamos?

Continuei debaixo da coberta. Theo chamou mais algumas vezes. Por quanto tempo ele ficaria ali?

— Ela deve estar cansada — ouvi Theo comentar para si mesmo, a voz carregada de empatia e doçura se distanciando. Tirei a coberta de uma vez só. Por que ele tinha que ser assim, tão educadinho e legal?

Puxei o ar com força e, antes que desistisse, saí da barraca. Senti o golpe gelado atravessar minhas camadas de roupa — basicamente todas as que eu tinha levado. Uma neblina branca e espessa tomava todo o lugar, a luz pálida do alvorecer tentando abrir espaço no céu.

Bati a mão, como se meu gesto fosse espantar o nevoeiro, e vi Theo caminhando um pouco à frente. Tropecei no pé da barraca e soltei um "ai" sufocado. Ele olhou para trás.

— Só vou escovar os dentes — murmurei, indo em direção ao banheiro. Quando saí, Theo, com braços cruzados, contemplava o mar. Vestido com seu casaco corta-vento azul-marinho, calças grossas e sapato de trilha, ele estava bem protegido contra qualquer mísera brisa. Deixei a escova na barraca e amarrei o cabelo em um coque no alto na cabeça, sentindo um calafrio percorrer meu corpo. O frio da madrugada não havia perdoado, e o da manhã também não.

Eu esperava que a caminhada me ajudasse a aquecer. Parei ao lado dele, que abriu o sorriso.

— Vamos?

— Mesmo com toda essa neblina? Vai dar pra ver alguma coisa?

— Só chegando lá pra saber. O tempo deu uma virada inesperada. A previsão era de sol.

Olhei para os lados.

— Onde está o Denis?

— Acordou com dor de cabeça. Tomou um remédio e voltou a dormir. — Theo seguiu para a trilha que levaria ao cume do monte. Olhei para os lados e minha atenção parou sobre uma barraca em específico. Era como se minhas emoções estivessem socadas dentro de uma caixa de fósforo. *Não pense. Não sinta.* Apertei o passo e o alcancei. Ele fez perguntas triviais sobre a noite.

— Foi tudo bem. — Fixei os olhos nos meus pés. — E a sua?

— Tive um sonho muito louco. Escuta só...

À medida que subíamos pela trilha, os pinheiros se fechavam diante de nós como graciosas e leves plumas cobertas por algodão. Theo ria enquanto narrava o sonho. Eu não conseguia prestar muita atenção.

Olhei para trás. Será que alguém tinha nos visto sair juntos? E quando voltássemos? Se os outros já estivessem acordados, poderiam pensar besteira. A fala dos garotos na noite anterior retornou à minha mente. *Eles já pensam.*

Cruzei forte os braços, a náusea contraindo meu estômago. Theo me olhou e interrompeu a narração. Em seguida, tirou o casaco pesado e colocou em cima dos meus ombros.

— Está bem frio, né?

Subi mais alguns passos, o calor preso ao tecido do casaco dele liberando em mim uma onda de conforto. Mas, de repente, meu corpo ficou rígido e tirei o casaco. Estendi a ele de volta.

— Pode ficar. — Theo reteve a mão. — Seu casaco não parece tão grosso.

Olhei de leve para trás de novo.

Mas será que ele vai pegar ela mesmo? Theo sempre diz que quer encontrar a garota certa. Ela não parece ser do tipo.

— Não precisa. — Minha voz saiu como um golpe. Joguei o casaco. Ele esticou as mãos depressa e quase se desequilibrou para segurar. Continuei subindo, o rosto queimando. Por que eu tinha feito aquilo, falado com aquele tom ríspido? A mesma questão parecia pairar na cabeça dele, deixando o ar entre nós mais denso que a névoa em volta. Theo subiu atrás de mim, o silêncio sepulcral.

Uma subida um pouco mais íngreme parecia ser o último trecho do caminho. Coloquei o pé sobre um pedregulho e ele se deslocou do chão, escorregando pela trilha abaixo.

— Cuidado. — A mão de Theo disparou para meu braço. — Esse caminho é um pouco traiçoeiro. — Ele passou à minha frente e, ao soltar meu braço, estendeu a mão para que eu segurasse. Desviei o olhar, medindo o caminho à frente. A mão dele continuou estendida.

Fixei o olhar na ponta afilada de um dos pinheiros que dançava com a brisa da manhã e, por fim, coloquei minha palma sobre a dele. Theo me amparou até alcançarmos a área plana em cima do pico. Era um espaço grande, mas ainda assim a altitude fez meus pelos se arrepiarem. Os fios soltos do meu coque se moveram com furor. O vento fez minha pele latejar.

Uma camada branca tomava quase tudo abaixo de nós. Era como se estivéssemos entre as nuvens — e, de certa forma, estávamos mesmo. O sol parecia se esforçar para lançar seus primeiros raios dourados para fora da densa faixa embranquecida. Através dela, era possível ver pequenos trechos do mar e de poucas ilhas espalhadas pela baía.

Theo parou a certa distância de mim e não se moveu. Não disse nada. Apenas continuou olhando para o cenário à frente. Assim como eu. Cruzei os braços e fixei minha atenção em uma ilha específica perdida no meio do oceano. As nuvens cobriam quase todas as outras, menos aquela. Era pequena, parecia formada em sua maioria por rochas, já que não dava para ver muito verde sobre ela.

De repente, meu coração apertou. Quão patética eu era por me sentir deprimida por causa de uma ilha isolada das outras?

— O que está acontecendo? — Theo quebrou o silêncio.

— Você deveria tomar cuidado. — Fixei meus olhos nas nuvens, que pareciam cada vez mais densas, cobrindo qualquer possibilidade de o sol brilhar em toda sua majestade. — Se alguém me visse com seu casaco, poderia interpretar mal. Aliás, se alguém me visse *com você*, poderia interpretar mal. Nós nem deveríamos estar aqui.

Vi pelo canto dos olhos que Theo mexeu a cabeça, as sobrancelhas franzidas.

— O que você está querendo dizer?

Um suspiro trêmulo escapou dos meus lábios.

— Pelo menos aqui os passarinhos e as árvores não vão julgar você.

— Mas por que alguém julgaria... — A voz dele morreu e depois ressurgiu, grave e seca. — Quem falou besteira pra você?

Apenas balancei a cabeça, dispensando sua pergunta.

— É como as coisas são. Quando a gente pisa feio na bola uma vez, parece que aquilo vai sempre correr atrás de nós e, uma hora ou outra, erguer suas garras feiosas pra cima da gente.

Theo se aproximou dois passos, mas ainda estava longe. Seu peito subiu e depois murchou, o ar saindo pelo nariz.

—Você falou aquele dia sobre engolir sua vergonha. — Ele balançou a cabeça, um vinco na testa. — Esse foi um dos motivos para você ter me ignorado ano passado? Naquela época, depois de um tempo, eu parei de tentar falar com você porque eu sabia que tinha pisado na bola. E, depois daquela situação com Eric no estacionamento, imaginei que tivesse cruzado a linha, sabe? A gente não era próximo o suficiente para que eu me envolvesse tanto, mas, como eu disse... Fiquei meio desesperado com tudo, porque tinha visto de perto as consequências emocionais que Yasmin tinha enfrentado. Mas eu não imaginava que toda aquela frieza e distância era por... vergonha.

— E por que mais seria? Você era o administrador do grupo e... ah! — Passei as mãos pelo rosto.

— Alissa, eu não vi a foto.

Olhei para ele com os olhos estreitados. Até parece.

— Estou falando sério. Não tenho download automático no meu WhatsApp. Eu só baixo o que sei o que é. Eu soube da foto por causa do Denis. E excluí o mais rápido que pude.

Um formigamento subiu pelas minhas pernas e se espalhou pelo rosto. Era quente como brasa. Um dia aquela humilhação teria fim?

— Eu entendo você. — Ele fitou o tapete de nuvens à nossa

frente, e eu foquei a atenção em meus tênis sujos de terra molhada. Theo se virou para mim de novo. — Mas, Alissa, até quando você vai se lembrar de algo que Deus já apagou?

— As pessoas não apagaram. — Evitei olhar para ele. — E você deve saber bem disso. Uma coisa dessas, ninguém esquece. E é difícil ignorar o que elas dizem.

— Quem falou besteira pra você, Alissa? — ele repetiu.

Por que eu estava falando todas aquelas coisas para ele? Ah, céus. Ficaria ainda mais esquisito se eu simplesmente descesse e fosse embora? Um caroço de ameixa parecia entalado em meu peito. Ficamos tanto tempo calados, que engoli em seco e olhei de soslaio pra Theo. Seus olhos estavam sobre mim. Virei para a frente de novo.

— E o que Deus diz, Alissa? Você perguntou? — Sua voz saiu baixa.

Abracei meu tronco. As nuvens densas se moviam sem pressa. Elas agora pareciam juntar forças para um round de chuva.

— Está escutando esse som? — Theo perguntou um tempo depois.

— Tem inúmeros sons aqui. — Franzi a testa.

— Mas preste atenção. Há um uivo baixinho. — Ele ergueu o dedo perto do ouvido. — Quando eu era criança, achava que esse som vinha das nuvens. Por coincidência ou não, sempre que eu o ouvia, o céu estava cheio delas. Era quase como se elas estivessem falando alguma coisa, sabe? — Theo riu um pouco. — Essa semana, eu estava lendo Êxodo, naquela parte em que uma coluna de nuvem cobria o tabernáculo durante o dia, e durante a noite havia uma nuvem de fogo. Sabe uma coisa interessante? Sempre que a nuvem se erguia sobre o tabernáculo, os israelitas seguiam viagem. Mas, se a nuvem não se erguia, eles não prosseguiam. Não era uma nuvem comum. Era a nuvem da presença de Deus que conduzia o povo. Eles só se moviam diante da ação da nuvem. Era quase como se, por meio da nuvem, Deus falasse com eles: "Vão adiante" ou "Fiquem aqui". Eu gosto de imaginar que, se a voz do Senhor naquela nuvem fosse audível, ela seria forte, imperiosa. Mas também seria doce. Como uma música de arranjos perfeitos. — Theo olhou para mim. — Olhe para as nuvens, Alissa. Qual música elas estão cantando pra você?

Pisquei algumas vezes, contemplando a imensidão embranquecida. A conversa da noite anterior com Yasmin de repente ganhou meus pensamentos. Eu tinha dito para ela que Deus me amava por quem *ele* era, e não por minhas ações, mas parece que, tão rápido como o vento corria agora, eu havia deslizado dessa verdade. Bastara ouvir algumas palavras maldosas para que eu tivesse me abalado por inteiro.

Onde estava minha fé? Como pudera, tão depressa, esquecer as verdades que me salvaram?

— A minha avó falou muitas vezes sobre você ao longo deste ano. — *Ela o quê?* — Ela me contou como viu a fé nascer e crescer em seu coração. Você se arrependeu e começou um novo caminho, Alissa. Então Jesus apagou. Já era. Você está limpa. Jesus se entregou para que fôssemos perdoados, feitos limpos de novo. E isso é definitivo. Repreenda qualquer um que disser o contrário.

Meus olhos arderam sob as lágrimas. Pisquei depressa, olhando para o outro lado cercado de neblina. Com o aroma profundo dos pinheiros verdes pairando ao meu redor, senti dentro de mim algo como um sopro suave, que começou fraco, levantando as folhas das incertezas, e em pouco tempo se tornou um vendaval, levando-as para longe. Era Deus me lembrando de que o amor dele por mim não muda.

E eu perdoarei sua maldade e nunca mais me lembrarei de seus pecados.

Qual música as nuvens estavam cantando para mim?

Nenhuma condenação há para os que estão em Cristo Jesus.

Exatamente essa.

50

A chuva não demorou a cair. Quando chegamos ao acampamento, Denis berrava nas portas das barracas, agitando a todos para irmos embora. Soquei todas as coisas na minha mochila depressa, só pensando no meu violino. Minha mente evocava o tempo todo imagens minhas caindo para trás com o case nas costas. Comecei a enrolar a coberta sobre ele quando Theo se aproximou. Ele olhou para o casaco impermeável que vestia desde cedo e me olhou. Em seu rosto, uma sombra de dúvida. Eu aceitaria seu casaco dessa vez?

Pensei em Golden e não tive escolha. Enrolei o casaco de Theo sobre o case e o coloquei nas costas. Denis e Theo desmontaram minha barraca e, com todos ajudando — menos Madá e Analu, que ficaram com cara de sono, paradas sobre a marquise dos banheiros —, levantamos acampamento em pouco tempo.

Na descida até os carros, o aguaceiro se intensificou. Theo estava um pouco à frente, mas esperou até que eu o alcançasse.

— Cuidado para não cair. — A terra escorria em um caldo marrom sobre a estrada íngreme. — Quer se apoiar em mim?

Antes que eu abrisse a boca para responder, Yasmin chegou ao lado dele.

— Caraca, quase escorreguei agora. — Ela colocou uma mão sobre o ombro de Theo. Ele olhou para ela e reteve os lábios, depois estendeu a mão em minha direção. Meus olhos pararam sobre o apoio firme de Yasmin em Theo.

É por isso que decidi investir nele. Theo vale o esforço.

— Eu consigo ir sozinha. — Segurei as alças do case e foquei minha atenção no caminho escorregadio. Cheguei até o carro de Theo sem danos. Ufa. Yasmin seguiu se escorando nele até lá.

— Fui a um casamento em um sítio uma vez que choveu como agora. — Yasmin ajeitou o cinto no banco do carona. Theo ligou o aquecedor do carro. — Estava tão frio e lamacento. O vestido da noiva ficou com a barra toda suja de lama.

— Ah, deve ter sido traumático pra ela. — Madá passava as mãos por seu casaco impermeável, que já começava a secar. Aliás, todos eles estavam vestidos com aquele mesmo tipo de tecido. Menos Theo e eu. Abracei meu violino, ainda protegido pelo casaco dele, o ar quente em choque com meu moletom encharcado.

— Que nada. Nunca vi uma noiva tão feliz! — Yasmin virou para trás e me olhou por cima do banco. — Você toca violino em casamentos, né?

Assenti.

— Conta como funciona isso? Os noivos escolhem as músicas e passam o repertório pra você? E se você não souber tocar?

— Eu aprendo.

— Ai, que chique! Acho tão maravilhoso quando alguém sabe tocar um instrumento assim. Vou te contratar para tocar no meu casamento.

— Com quem? — Analu, que dessa vez voltou no mesmo carro que a gente, riu. — Você nem tem namorado.

Os olhos de Yasmin pararam sobre Theo.

— Posso ter em breve.

Analu e Madá se entreolharam. Theo continuou com os olhos sobre a estrada, e o assunto decoração de casamento passou a dominar a conversa.

— Eu prefiro ao ar livre, com decoração rústica. Fui a um assim no Alto da Boa Vista e fiquei simplesmente apaixonada. — Yasmin sorriu. — Como você gostaria que fosse seu casamento, Theo?

Meu rosto, que estava virado para fora, voltou-se para ele.

— E garotos pensam nessas coisas? — Madá revirou os olhos.

— Até parece.

— Realmente. Nunca parei pra refletir nisso. — Theo franziu um pouco a testa. — Acho que essa parte é uma preocupação maior da noiva, né? Desde que eu escolha uma boa noiva, está ótimo.

— E o que é uma boa noiva pra você? — Madá perguntou, seus olhos indo para Yasmin.

Percebi, pelo canto, a bochecha de Theo corar. Ele pigarreou.

— Você deixou ele sem graça, Madá! — Yasmin colocou a mão sobre o ombro de Theo e riu, voltando ao assunto da decoração. Fitei a mão dela, com unhas bem-feitas em um tom claro, seu sorriso em dentes perfeitamente alinhados. Ela continuava bonita, mesmo após pegar um temporal. Olhei para Theo. Os dois eram bonitos, tinham realidades parecidas, experiências de vida parecidas. Ele não resistiria por muito tempo aos avanços de Yasmin.

Mesmo com o aquecedor ligado, quando chegamos à garagem da casa do Denis, eu ainda lutava para meus dentes não baterem uns nos outros. As meninas desceram, e eu esperei no banco de trás. De repente, vários rostos apareceram na janela, balançando as mãos e sorrindo.

— Tchau, Alissa! — Denis, Tadeu, Rian, Madá, Helena e Yasmin se despediam de mim. Douglas e Lucas estavam mais afastados, mas também ergueram suas mãos. Evitei o olhar deles.

— Obrigada por tudo, gente — disse. — Eu amei acampar com vocês.

— Até a próxima! — Denis prestou continência, e Theo, dando uma buzinada, colocou o carro em movimento. Quando viramos a esquina, ele esticou o braço para trás, tirou o casaco que envolvia o case e jogou em cima de mim.

— Se cubra até chegar em casa.

— Não prec...

— Alissa, sua boca está roxa de frio. — O tom dele encerrou qualquer objeção.

Seguimos em um silêncio confortável até a garagem dos Belmonte. Quando descemos do carro, Cristine, William e meu pai vinham conversando pela varanda lateral. Ele estava vestido com sua blusa de gola e botões que costumava usar para ir à escola dominical.

Peguei minha mochila e deixei o casaco de Theo sobre o banco. Os três pararam ao verem nós dois. Os olhos do meu pai, marrons e estreitos, passaram de mim para Theo.

— Como foi o camping? Pegaram uma chuva e tanto, não? — Cristine veio até o filho e o envolveu em um abraço. Em seguida, me abraçou também.

— Estou toda molhada — me desculpei.

— Vá para casa trocar essa roupa e se agasalhar, antes que fique resfriada. — A voz firme do meu pai ecoou pela garagem. Pedi licença aos Belmonte e, fazendo um aceno de cabeça, segui para o caminho lateral.

Sam quis saber os mínimos detalhes. E tive que repeti-los uma dúzia de vezes nas horas seguintes. *Como era o lugar do camping? A vista era bonita? Deu pra ver estrelas no céu? O que vocês comeram?*

Eu estava enrolada em uma coberta no sofá, curtindo a preguiça de domingo à tarde, e Sam folheava as novas revistas que tinha ganhado de Theo. Cecília estava na casa de uma amiga e meus pais, resolvendo algum problema de tubulação que tinha surgido na casa dos Belmonte pouco antes de chegarmos.

— Agora eu preciso marcar alguma coisa só o Theo e eu, já que você foi a um acampamento com ele sem mim.

— Mas isso é uma competição por acas... — A porta da sala se abriu e meu pai bateu os chinelos, um pouco forte demais, antes de tirá-los para entrar.

— Não precisa se preocupar, Samuel. Ela não vai a mais lugar nenhum com o Theo.

Meu coração recebeu uma descarga elétrica. O rosto do meu pai estava mais fechado que o tempo lá fora.

— Ana deixou você ir nesse negócio de camping. Mas eu fiquei pensativo desde ontem. — Ele parou no meio da sala e balançou a mão em negativa em minha direção. Com a outra, amparava a cintura. — E, olha, Alissa, isso não vai prestar. Esse negócio de amizadezinha com filho de patrão. Você sempre soube a regra número dois.

Me inclinei sobre meu cotovelo dobrado.

— Pai, eu não estou "dando confiança" para o Theo.

— Mas quer.

Endireitei o corpo, me sentando no sofá de pronto.

— De onde o senhor tirou isso?

— Você acha que eu nasci ontem, Alissa? Eu vi vocês dois chegando juntos hoje. Aquele dia, quando foram ao mercado, também. — Meu pai balançou a cabeça. — Você sabe como esses mauricinhos são!

— O Theo não é assim!

— Ah, eles nunca são! Até compartilharem uma foto sua quase nua pra todo mundo ver.

Uma onda de calor subiu do pescoço e tomou todo o meu rosto. Um golpe duro no peito que quase me tirou o ar.

— Eu aprendi a lição, pai. Nunca mais vou fazer aquilo de novo. — Meu queixo tremeu. A expressão de dúvida no rosto do meu pai fez minha autoestima sair voando como uma bexiga sendo esvaziada. Contudo, a lembrança da conversa com Theo mais cedo chegou como uma certeza clara e nítida em meu coração. *Nenhuma condenação há para os que estão em Cristo Jesus.*

— O que estou dizendo, Alissa, é que nenhum cara bom de vida como o Theo vai querer uma menina como você! — ele vociferou. — Sua mãe acreditou nisso, e você sabe bem o fim da história.

Tirei a coberta de cima de mim. O fôlego foi arrancado do meu peito, o ambiente de repente ficando abafado, sufocante.

— Você acha que eu vou ser como a minha mãe? — Minha garganta doía pelo esforço em manter o controle.

O ruído da porta se abrindo novamente anunciou a chegada da minha mãe. Não aquela que me abandonara quando eu tinha cinco anos, mas a que me criava desde então. Seus olhos arregalados analisaram meu pai e eu. Logo atrás dela, Cecília esticava o pescoço.

Ah, que maravilha!

— Hein, pai? — Cruzei os braços. — Você acha que eu vou me enroscar no primeiro cara que aparecer, engravidar e depois deixar o filho pra vocês cuidarem? — Minha voz tremeu.

— Eu não falei isso, Alissa!

— Mas foi isso o que quis dizer! — Fitei os olhos dele. — Eu sei que vocês dois fizeram das tripas coração para poderem cuidar de três crianças, quando uma nem era de vocês. E tudo porque um dia minha mãe se envolveu com um cara que brincou com ela e não quis saber mais depois. Eu sei que fui um peso pra vocês. — Prendi os lábios por um instante, o gosto amargo forçando passagem pela garganta. Eles me olhavam quase sem piscar.

— Você nunca foi um peso pra gente! — A voz do meu pai era pungente, vibrante.

— Mas foi assim que me senti ao longo de todo esse tempo. — Me coloquei de pé, meus olhos injetados tentando não se desfazer em lágrimas. — Quando Cecília sempre tinha passe livre pra não fazer nada em casa porque estava estudando, eu, se não lavasse a louça antes de vocês chegarem, levava bronca. Quando a gente veio pra cá, vocês pagaram o curso técnico pra ela e nunca sequer perguntaram por que eu parei de tocar violino. Nunca me deram nenhum incentivo para eu fazer meus bolos pra vender, enquanto ela podia fazer tudo o que quisesse!

— Alissa, isso não. — Minha mãe começou a mexer a cabeça. — Nunca fizemos diferença entre vocês duas. Venâncio te deu aquele violino caro!

— E vocês só me criticaram por eu ter parado de tocar, mas nunca quiseram saber o motivo. — Disparei para o quarto e, sem pensar, peguei o velho e empoeirado case do Olive. Coloquei-o sobre o sofá e abri, expondo o violino quebrado dentro dele.

Uma inspiração chocada, quase em uníssono, tomou a sala.

— No dia em que caí na água no ponto de ônibus, meu violino quebrou com o impacto da queda. Eu tentei vender bolos para consertá-lo sem falar nada pra vocês porque eu sabia que meu pai tinha dado duro para comprar e não teria condições de pagar o conserto ou me dar um novo. — Ergui os olhos para minha mãe. — Eu não fiz nenhuma desfeita aquela época. Eu não abandonei o instrumento. Eu só... não queria ser um peso pra vocês mais uma vez.

— Por que você nunca disse? — A voz dela saiu em um sopro.

— Vocês nunca perguntaram. Como dizer que você deseja algo quando tudo que você sempre teve foi um sentimento de dívida?

O ar ficou suspenso por segundos que pareceram horas. Ninguém dizia nada. Ninguém me olhava nos olhos. Com o peito prestes a explodir, corri para meu quarto e me escondi entre as cobertas, como se aquilo fosse me esconder de tudo que acabara de acontecer.

51

Abri os olhos devagar e minha visão tentou se acostumar à penumbra. Por quanto tempo eu havia dormido? A luz opaca do dia chuvoso entrava pelas frestas da janela. Soltei um espirro.

— Finalmente.

Virei depressa com o susto. Cecília estava sentada na sua cama, de braços cruzados.

— Quanto tempo eu dormi? — Esfreguei o nariz, que começava a escorrer. Parecia que um caminhão tinha passado por cima de mim.

— Umas duas horas.

— Puxa... — Deixei o corpo cair na cama por completo de novo. E as lembranças do que eu tinha dito na sala me vieram à mente. Cobri a cabeça. — Você deve estar com raiva de mim — murmurei.

Cecília se arrastou para fora de sua cama e se sentou na beirada da minha.

— Era um dia quente. Eu me lembro de estar suando litros, a pasta d'água escorrendo das minhas brotoejas, enquanto brincava com minhas bonecas. Então, você chegou. A prima que eu via de vez em quando agora moraria com a gente. A prima que virou irmã e que, aos poucos, se tornou um dos principais suportes para nossa família. Você sempre se doou com o coração, Alissa. Fez tudo sem pedir nada em troca. E eu sempre te admirei por isso. E te invejei também.

Tirei a coberta de uma vez só, arrepiando meus cabelos.

— Invejou o quê? — Franzi a testa diante daquele absurdo.

Ela deu um riso fraco.

— Nem sempre a inveja é de coisas. Seu coração é uma coisa bonita de se desejar ter.

Revirei os olhos, mas uma pontada dolorida atingiu minha garganta.

— Quando você abriu mão de suas economias para me ajudar, foi como se brasas vivas se amontoassem sobre minha cabeça. — Ela piscou algumas vezes. — E talvez meu orgulho ridículo tenha me impedido de fazer isso antes, mas... Alissa, eu queria dizer que serei eternamente grata pelo que fez por mim. Eu quero me tornar uma irmã melhor pra você.

Ergui a mão e enxuguei uma lágrima que escorria pelo rosto dela.

— Você já tem se tornado, Cecília. — Me sentei na cama e, com cuidado, como duas peças que não se encaixavam direito, envolvi-a com meus braços. No início foi um pouco desajeitado, mas depois nossos ombros relaxaram e nos abraçamos com força, como eu não me lembrava de já termos feito algum dia.

— Me perdoa pela péssima irmã que fui? — Ela fungou. — Eu não devia ter exposto toda a sua situação com Eric ano passado para nossos pais. Eu fui tão mesquinha.

— As misericórdias do Senhor se renovam cada manhã, irmã. — Sorri. — Se ele me perdoou, quem sou eu para não fazer o mesmo?

Cecília disse que ia tomar um banho, e eu coloquei a cabeça para fora do quarto. Sam brincava na varanda, e não havia sinal dos meus pais. Dei uma olhada no tempo. Fechado, porém sem chuva.

Passei a mão sobre meu peito pesado. Eu precisava de uma conversa com o Senhor. Peguei minha Bíblia e meu caderninho e saí, pé ante pé. O case de Olive estava fechado e apoiado sobre o sofá. Peguei-o e levei-o de volta ao meu quarto. Mas, antes de alcançar a porta de saída da sala, escutei aquela voz característica.

— Aonde você está indo?

Parei no meio da sala.

— Pensei em dar uma volta na praia. — Olhei de esguelha para trás.

— Leve um guarda-chuva. Pode cair água a qualquer instante. — Foi o que minha mãe disse. Arregalei os olhos com o tom sereno em sua voz, mas saí antes que ela mudasse de ideia. Dei um beijo na cabeça de Sam e não esperei que ele falasse também. Na verdade, eu ainda precisava criar coragem para olhar nos olhos dele de novo.

Toda aquela situação de mais cedo tinha caído como um manto de vergonha sobre mim. *Eu não devia ter despejado tudo daquela maneira. Oh, meu Deus, eu sei que não devia.*

Em cinco minutos, cheguei diante do mar. A areia gelada fazia cócegas nos meus pés. Meu coração batia contra meu peito, como as ondas arrebentavam sobre a praia.

— Não imaginava que guardava tudo aquilo no peito. Fui como uma arma carregada, pronta para atirar. — Fixei os olhos sobre as espumas brancas deixadas para trás a cada ir e vir das águas. — Assim como um dia fui perdoada por Cristo e continuo a ser todos os dias, me ajuda a perdoá-los com todo meu coração. Me limpa de toda mágoa, Pai. Me ajuda a olhar minha família com olhos de bondade. Com os olhos do Senhor.

Escolhi um cantinho da areia vazia e me sentei. Coloquei uma playlist para tocar e abri minha Bíblia. Em minha leitura diária, caiu o verso de Efésios 1.6: *"Tenho certeza de que aquele que começou a boa obra em vocês irá completá-la até o dia em que Cristo Jesus voltar"*.

Ele tinha começado a boa obra em mim. E não era de agora. Aquelas palavras me fizeram relembrar todos os momentos em que tinha visto a mão de Deus em minha vida, direcionando cada passo, iluminando o caminho à minha frente. Decidi listar tudo isso como um memorial, uma lembrança para que eu nunca esquecesse que, embora minha vida não fosse perfeita, o Dono dela era. E seus olhos estavam sempre sobre mim.

- Quando minha mãe pediu a uma boa família para cuidar de mim.
- Quando meus tios me disseram para chamá-los de pai e mãe, porque agora eu seria filha deles.
- Quando eu ganhei Samuel e, desde então, seu sorriso passou a iluminar cada um dos meus dias.
- Quando eu descobri que amava tocar violino e isso mudou minha vida.
- Quando conheci dona Augusta e, por causa dela, voltei a tocar.
- Quando o Senhor me chamou para perto, mesmo depois de tantos erros meus.
- Quando, todos os dias, eu era chamada de "filha amada" e sabia que poderia confiar nesse amor.

Com os olhos diminuídos pela emoção, reli a lista e passei um bom tempo falando com o Senhor sobre ela. Ao fechar minha Bíblia, algo escapuliu das páginas. Era a folha de amendoeira em formato de coração onde eu havia escrito o marco da entrega do meu coração a Jesus, um ano antes.

Ali, naquela praia de areia grossa, eu havia entregado meus sentimentos ao Senhor. Meu desejo de amar e ser amada, que fora completamente satisfeito em Cristo. Mas também o desejo de ter alguém que amasse o Senhor para dividir a vida no futuro.

Passei o dedo pela folha seca e um pouco rugosa. *Nenhum cara como o Theo vai querer uma menina como você.* Franzi a testa, a fala do meu pai piscando em minha mente. O assunto que havia desencadeado tudo aquilo em casa. E, recarregada pelas Escrituras, não permiti que mais uma vez palavras a meu respeito dominassem minhas emoções. Eu sabia quem era em Cristo. E isso bastava.

Do alto-falante do celular, uma melodia simples me chamou a atenção. Aumentei o volume e, enquanto Rafael Silva cantava os versos de "Colado a ti", abracei meus joelhos, contemplando as diversas formas brancas e espessas espalhadas pelo céu.

E antes eu estava sujo e só
Mas tu me estendeu a mão
Me abraçou com o seu amor
E me prendeu ao seu olhar
E eu quero estar junto a ti
Correndo pelas nuvens
E eu quero estar colado a ti
Correndo pelas nuvens
E no final eu sei que cantarei
A nossa história de amor

Aquela canção foi como um lembrete precioso de um Pai de amor. Limpei o canto dos olhos, pensando mais uma vez em meu pai desta terra. Não é como se ele não tivesse razão. Theo nunca tentaria flertar comigo para me destruir depois, como Eric havia feito. Mas nós dois juntos? Dei uma risada.

Mas então, por que, de repente, meu sorriso diminuiu? Olhei mais uma vez para a folha em formato de coração.

Não, não é possível. Eu não estou gostando do Theo.
... Estou?

Minha cabeça parecia a ponto de sair fumaça. A lembrança do sorriso dele deu um nó na minha barriga. Agarrei minha Bíblia contra o peito e tentei organizar os pensamentos enquanto caminhava pelo calçadão. Mais à frente, algumas pessoas jogavam vôlei na areia, enquanto alguns bancos estavam ocupados por outras assistindo. De repente, dois garotos conhecidos se aproximaram de mim.

E senti meu coração parar na garganta.

Eram Douglas e Lucas.

Theo sempre diz que quer encontrar a garota certa. Ela não parece ser o tipo.

Abaixei o rosto e fiz que ia atravessar a rua. Antes que conseguisse, fui impedida por eles.

— Alissa. — Lucas abriu um sorriso meio apagado. — A gente queria falar com você.

— O-o quê? — gaguejei, agarrando mais a minha Bíblia.

Os dois se entreolharam.

— Queríamos nos desculpar por uma coisa que falamos lá no camping. — Douglas parecia a ponto de cavar um buraco no calçadão. — Você sabe a que estamos nos referindo, não sabe?

— Como vocês sabem que eu sei?

Os dois se entreolharam. De novo.

— Theo pressionou todo mundo que estava no camping para saber quem tinha falado besteira pra você. Imaginamos que você devia ter ouvido. — Lucas estava vermelho.

— Eu passei bem na hora atrás da barraca de vocês. E não é como se as vozes estivessem num volume muito baixo.

— A gente pisou na bola feio — Douglas reconheceu. — Desculpa.

— Estão perdoados. — Olhei para a Bíblia que eu segurava. — Talvez escutar aquilo tenha me ajudado a relembrar que meu passado não me define, e sim o que Deus diz que eu sou.

Logo eles partiram. Uma sensação boa invadiu meu peito. Theo havia procurado quem tinha falado besteira para mim. E tinha me defendido.

Um afago tomou meu peito enquanto seguia pelo calçadão, observando as pessoas sentadas nos banquinhos perto dali. Desviei os olhos para a rua, mas voltei-os no mesmo instante.

Em um dos bancos, um mais afastado dos demais, estavam Theo e Yasmin. Eles pareciam envoltos em uma conversa profunda. Parei de andar. Meu coração bateu alto nos ouvidos. Antes que eles me vissem plantada ali olhando para eles, atravessei a rua e disparei para casa.

Não seja boba, Alissa. Theo fez isso porque é seu amigo. Corte todo e qualquer sentimento. Agora.

Quando cheguei, meu pai, sentado na mesa da cozinha, não ergueu os olhos do café. Minha mãe me ofereceu um pedaço de bolo.

— É de milho. Acabei de fazer.

Peguei o prato e olhei para os dois. Ela lavava louça na pia, ele dava um gole na xícara de vidro.

— É... eu... — comecei a falar, mas o ruído estridente da cadeira arrastando no chão me deteve. Meu pai depositou a xícara de volta na mesa e saiu da cozinha sem me esperar concluir.

Observei-o se afastar. Minha mãe olhou brevemente para mim.

— Me desculpa — falei baixinho, quase um sussurro, e comecei a me afastar, mas me detive ao ouvir a voz da minha mãe.

— Você não tem que se desculpar por nada. — Ela parou com os punhos fechados na pia, mas depois voltou a lavar a louça e não falou mais nada.

Voltei para meu quarto.

Pouco mais de duas horas depois, segurei as alças do meu case e esperei com minha mãe e Sam na varanda enquanto meu pai ia buscar a chave do carro — que havia sido consertado de novo. Da próxima vez que ele fosse para a oficina, acho que não teria mais volta.

Eu faria o prelúdio do culto naquele domingo e segui até a igreja com aquela péssima sensação de que havia feito algo errado.

Mas meu pai não parecia disposto a conversar, então orei e procurei acalmar os ânimos. Assim que entramos no templo, Mari veio até mim. Nós batíamos papo quando vi dona Augusta subir os degraus do templo. E, logo depois dela, Theo surgiu.

E, talvez, só talvez meu coração estivesse... batendo mais forte?

— Theo! — Sam agitou as mãos.

— Menino. — Minha mãe cutucou o braço de Sam. — Não grite na igreja.

— Senta aqui com a gente. — Ele apontou para o banco que meus pais ocuparam. — Ah, mas se bem que... — Os olhos de Sam dispararam para mim. Houve um breve silêncio.

— Dona Augusta. — Meu pai se levantou e a cumprimentou com um aperto de mão. Em seguida, ofereceu a palma desgastada para Theo.

— Oi, senhor Venâncio. — Ele devolveu o cumprimento e deu um beijo no rosto da minha mãe. Em seguida, cumprimentou Mari, que ainda estava ao meu lado.

Ela abriu um sorriso alegre demais.

— Sentem conosco. — Minha mãe abriu espaço, e enquanto dona Augusta se sentava, os olhos de Theo se fixaram no meu violino.

— Você vai tocar hoje?

— Vou. — Segurei as alças do case.

— Para quem nunca tinha te visto tocar, estou me sentindo muito privilegiado por ser a segunda vez em dois dias. — A voz dele estava cheia de uma empolgação meio infantil. Apertei os lábios, evitando o olhar dos meus pais. — A galera está marcando um vôlei pra amanhã. Bora? — Ele mudou o assunto.

— Vou estar ocupada.

— Amanhã é o dia da feira cultural da minha escola, Theo! — Sam informou.

— Caraca, é verdade! O seu dez já está garantido! Vocês vão como?

— De ônibus — respondi.

— Eu levo vocês.

— Não precisa. — A voz grave do meu pai cortou Theo. — Meu carro já está bom. Eu levo o Samuel.

Theo abriu um sorriso curto, e suas bochechas coraram um pouco. Ele ocupou o lugar no banco ao lado de Sam. Olhei para seu cabelo penteado, o cordão fino e prateado despontando no pescoço. Senti um formigamento invadir meu corpo todo.

Ah, não, Alissa. Pode parando. Agora.

Me virei, puxando Mari comigo para longe dali. Pouco depois, fui chamada para o altar. *Que a minha adoração seja sincera, Senhor. Tira tudo aquilo que possa turvar minha visão de ti agora.* Essa era minha prece enquanto tocava "Hallelujah" no prelúdio do culto. E, aos poucos, fui sentindo o peso ser retirado do meu peito. *Ele é o construtor da minha história. Ele é o Senhor dos meus sentimentos e emoções. Ele é o Deus que vai fazer com que toda essa situação com meus pais coopere para o bem, no final.*

Ao finalizar a música e abrir os olhos, eles correram para a oitava fileira à direita. Os olhos do meu pai estavam... vermelhos? Ele abaixou a cabeça. No rosto da minha mãe, vi uma emoção diferente. Alguma coisa que eu não sabia bem dizer o quê, mas parecia bom. Dona Augusta sorria com orgulho. E Theo? Eu não sei. Não olhei para ele.

Sam fez um movimento com as mãos, me chamando. O único lugar vazio era entre meu pai e Theo. Vasculhei a igreja em busca de um socorro. Mari sorria para mim de outra fileira. E foi para lá que eu fui.

Durante todo o culto, procurei fazer aquilo para o qual tinha ido à casa do Senhor: adorá-lo. Cantei, li as passagens bíblicas e tomei notas no sermão, como vinha fazendo todos os domingos.

52

O vento agitava os cachinhos de Sam, jogando-os para trás. Em seu colo, a maquete do Homem-Aranha esperava tranquila. O mesmo não se podia dizer sobre seu rosto.

— Eu queria que o Theo me levasse. — Era segunda de manhã e estávamos na varanda, esperando nosso pai.

— Samuel, existe uma coisa chamada *noção*. E é ela que devemos ter. Se o carro do pai está bom, por que perturbar o Theo?

— Não é só por causa disso... — Sam passou os dedos pelo telhado dos prédios que Theo e eu havíamos construído. — O papai não quer que você fique perto do Theo.

Liberei um suspiro profundo.

— Eu não queria que você tivesse ouvido aquelas coisas. Crianças nunca deveriam ouvir brigas de adultos. Mas, sim, Sam. Eu preciso obedecer ao que o papai disse. E ele não quer que eu fique perto do Theo.

— Isso é tão injusto! — Ele cruzou os braços. — O Theo nunca usaria você. Ele é o cara mais legal que eu conheço.

E eu não saberia explicar por quê, mas a emoção subiu sobre meu rosto, formando uma piscina em meus olhos.

— Ele é, Sam. Ele é.

A feira cultural era fechada apenas para os alunos. Aproveitei que precisava resolver um problema em minha conta — que estava respirando por aparelhos — e fui ao banco durante o período da aula. Meu pai voltou ao Village para trabalhar, e nós pegaríamos um ônibus na volta.

Depois de fazer tudo que precisava, coloquei meus fones de ouvido e voltei a pé tranquila até o colégio. Ao olhar para a tela a fim de mudar a playlist, acabei entrando no aplicativo de mensagens. A foto de um garoto de costas olhando o pôr do sol era uma das primeiras.

> Theo Belmonte: Peguei seu número com a minha avó. Espero que não se importe. Queria lembrar você do vôlei hoje. Yasmin e as meninas estão preparando uma espécie de lanche coletivo e tal. Vai ser legal :)

Yasmin.

Engoli em seco, fitando a foto de Theo, e liberei um suspiro. Quando olhei para a frente, havia uma movimentação estranha diante do portão da escola. Continuei caminhando, olhando com curiosidade. Um grupo fazia um cerco na rua, e pessoas iam e vinham do portão do colégio. Os carros já começavam a engarrafar a rua, mas abriram espaço para a ambulância do SAMU, de onde saíram alguns paramédicos com pressa. Passei em frente a uma loja em que duas senhoras observavam a movimentação — como todo o restante das pessoas.

— Foi um garotinho. É o que estão dizendo — uma delas falou.

— O carro pegou ele com tudo. Mas como ele foi sair assim da escola? Ninguém estava olhando?

Passei por elas e franzi a testa. Garotinho? Balancei a cabeça, espantando a dúvida ao mesmo tempo que uma fresta no círculo de pessoas fez surgir a visão de duas rodas. Grandes. Finas. Como as da cadeira do Sam.

— Disso, não sei. — A conversa entre as senhoras continuou atrás de mim. — Só ouvi falar que ele usa cadeira de rodas.

Meus tênis estancaram na calçada cinzenta. Um calafrio percorreu minha espinha como uma pedra de gelo. Então, como se uma onda tivesse quebrado sobre mim me levando a toda velocidade para a areia, corri até o alvoroço de gente, forçando passagem, pedindo licença aos gritos.

Quando enfim consegui furar o bloqueio e vi a maquete do Homem-Aranha amassada sobre o asfalto, minhas pernas vacilaram. *Não pode ser.* Ali adiante estava Samuel, meu caçula, minha alegria, sendo imobilizado em cima de uma maca pelos paramédicos.

— Sam! — O grito cortou o ar, cru e estridente. A equipe da escola, ao redor dele, olhou para trás. E enquanto suas vozes se misturavam ao meu redor, eu corri até ele, colocando as mãos sobre seu pulso, sobre seu peito, sobre seu pescoço. Soltei o ar quando percebi que havia batimentos. — Fala comigo, meu irmão. Fala, por favor.

— ... Nós não o vimos sair...

— ... O carro saiu sem prestar socorro...

— ... Consegui falar com seus pais agora, Alissa...

As vozes das pessoas pareciam um ruído distante.

— Ele está inconsciente — a paramédica informou. — Quem é o responsável?

— Eu! — Me aproximei em um pulo e agarrei a mão de Sam. — Sou a irmã dele.

— Nós vamos levá-lo ao hospital agora. Como é menor de idade, o ideal é que você vá junto.

— Eu vou. — Subi na ambulância e olhei para a diretora, cujo rosto estava petrificado de terror. — Avisa meus pais para irem ao hospital, por favor.

— Farei isso. — Ela subiu conosco na ambulância. — Mas vou com vocês.

Ouvi-a avisar meus pais do outro lado da linha. E, enquanto a sirene anunciava sua urgência pelas ruas da cidade, eu não desgrudava minha mão da de Sam.

Oh, meu Deus. Faz ele acordar, por favor. Faz ele acordar.

Os quinze minutos em que esperei sozinha no corredor do hospital foram agonizantes. Me sentei nas cadeiras, andei de um lado para o outro, me ajoelhei para orar. E, quando as silhuetas conhecidas de meu pai e minha mãe surgiram no final do corredor, eu corri. Mas me detive antes de jogar os braços sobre eles e esfreguei as mãos sobre as laterais das pernas.

— E-ele está lá dentro — gaguejei. — Na sala de cirurgia.

Meus pais estavam pálidos como as paredes.

— Cadê? Onde? — Os cabelos de minha mãe estavam desalinhados, como se ela tivesse tirado a toca às pressas e esquecido de ajeitar os fios depois. — Ele pode ter acompanhante. É menor de idade.

— Eu não sei, eles só o levaram às pressas para o centro cirúrgico. — Tudo à minha volta ainda parecia abstrato demais. Sufocante demais.

Os dois seguiram pelo corredor, batendo em portas e procurando informações. Com o coração aos pulos, fui atrás. Uma enfermeira apareceu e foi encurralada pelos meus pais.

— Ele teve que entrar em cirurgia para conter uma hemorragia — ela respondeu. — Assim que ele for para a enfermaria, eu chamo vocês.

— Hemorragia onde? — A voz do meu pai saiu meio espremida.

— No cérebro.

— Ai, meu Deus. — As pernas da minha mãe vacilaram, e eu segurei seus braços.

— A médica vai explicar tudo pra vocês. — A enfermeira segurou a mão da minha mãe. — Ele está em ótimas mãos.

— Meu Deus, como isso foi acontecer? — minha mãe repetia sem parar. Ainda tentando ampará-la, comecei a conduzi-la até as cadeiras de encosto azul alinhadas à parede. E precisei olhar uma segunda vez quando percebi quem surgia no final no corredor. De imediato, meus olhos correram para meu pai. Ele desviou a atenção para minha mãe, ignorando meu questionamento silencioso.

— Meu menininho, meu menininho... — A voz de minha mãe foi sumindo e seu corpo amoleceu sobre meus braços. Tentei segurá-la, mas meus braços finos fraquejaram. Ouvi passos se acelerarem e, de repente, as mãos de Theo se lançaram para os ombros de minha mãe, amparando-a com firmeza. Meu pai segurou as costas dela, e eu saí depressa, em busca de socorro.

De longe, percebi que Theo ajudava meu pai a colocá-la sobre a cadeira, a consciência dela voltando aos poucos. Em pouco tempo, os técnicos a levaram em uma cadeira de rodas para ficar em observação. Antes de segui-la, os olhos do meu pai correram para Theo.

— Muito obrigado por ter nos trazido até o hospital, rapaz, mas fique livre para ir embora. Não queremos prendê-lo aqui. — E, fazendo um meneio de cabeça, apressou-se atrás da minha mãe.

Theo olhou para mim e deu de ombros.

— Não tenho nenhum compromisso hoje.

— A galera não tinha marcado um vôlei? — questionei baixinho. Ele colocou as mãos nos bolsos da calça e suspirou, como se responder àquilo fosse um absurdo. Desviei os olhos. — Você veio trazer meus pais?

— Eu estava por perto quando sua mãe recebeu a ligação da escola. Seu pai ficou nervoso demais para vir dirigindo. — Sua voz em seguida saiu cuidadosa, como se estivesse pisando em um chão de vidro. — Como o Sam está?

— Na sala de cirurgia. Os médicos estão contendo uma hemorragia na cabeça. — Fixei o olhar na placa de silêncio presa na parede. Theo continuou de frente para mim, me observando.

— Alissa. — Ele caminhou até mim e, com cuidado, colocou suas mãos em meus braços. Enrijeci o corpo, alerta. — Você pode chorar.

Os cantos das sobrancelhas dele estavam unidos enquanto olhava para mim. Meu queixo tremeu, o peito de repente inflado como um balão prestes a explodir.

— Você não está sozinha.

Foi como um clique. E o balão explodiu para todos os lados. Uma lágrima escorreu atrás da outra. Theo me envolveu com seus braços, e eu afundei o rosto em seu casaco. Mantive as mãos retas ao lado do corpo enquanto tentava, em vão, controlar a emoção. Theo deitou o rosto sobre minha cabeça e passou a mão com leveza sobre minhas costas. Meus ombros ficaram mais leves aos poucos. Depois de um tempo, ouvi sua voz doce e calma de novo.

— Pai, nós sabemos que tudo coopera para o bem daqueles que te amam. Mesmo quando é difícil entender ou quando a dor é forte demais. Por isso, Senhor, fortalece a nossa fé e nos ajuda a te enxergar no meio desse turbilhão. Porque nós sabemos que o Senhor está aqui. Que a tua boa mão esteja sobre Samuel. Dê a ele a recuperação necessária. Guarde sua saúde. Proteja sua vida valiosa. É o que nós oramos, em nome de Jesus.

— Amém — falamos juntos.

Me afastei passando as mãos no rosto. Meus olhos ardiam. Theo segurou meu cotovelo e me levou até uma das cadeiras. Quando me sentei, ele deu meia-volta e desapareceu pelo corredor. Fiquei ali sentada, fungando, e o vi voltar com um copo d'água nas mãos, que estendeu a mim.

— Obrigada — balbuciei. Após beber a água, fixei os olhos nas minhas mãos movimentando o copo. Theo estava sentado a uma cadeira de distância. — A diretora disse que Sam saiu da sala sem ninguém ver. O portão já estava aberto por causa dos alunos do ensino médio que tinham sido liberados mais cedo. Quando o guarda o viu, a cadeira estava descendo a rampa de saída a toda velocidade. Ele entrou na rua quase no mesmo momento em que um carro passava. O motorista foi embora sem prestar socorro.

O pomo de adão de Theo subiu e desceu.

— A escola ligou para você?

— Eu estava chegando para buscá-lo e vi a movimentação na rua. Percebi as rodas da cadeira primeiro. E, naquele momento, eu soube.

— Alissa. — Ele me olhou consternado. — Você descobriu dessa forma?

Apertei o canto dos lábios e concordei, uma lágrima solitária me escapando. Pelas próximas duas horas, Theo se manteve ao meu lado.

Em dado momento, meu pai apareceu de volta no corredor. Theo e eu ficamos de pé. Eu estiquei a perna para ficar o mais longe possível dele.

— Notícias do Sam? — perguntei. — E minha mãe?

— Ana conseguiu se estabilizar e está com Sam agora. Ele foi para a UTI. — Ele colocou as mãos na cintura. Percebi que elas tremiam. — Parece que deu tudo certo na cirurgia. Graças ao bom Deus.

— Posso falar com ele? — Meu coração batia nos ouvidos.

— Ele ainda não acordou, Alissa.

Desabei de volta na cadeira, os ombros murchando.

— A médica disse que isso pode acontecer nas próximas horas. Vamos ter que aguardar.

— Eu quero pelo menos vê-lo um pouco, mesmo que seja de longe.

— Acho que só na hora da visita. Eles me mandaram sair. Só pode ficar um acompanhante.

— E quando é o horário da visita?

— Das duas às três da tarde.

Chequei o celular. Eram quatro e dez.

— Só amanhã, agora?

— Só.

Uma sensação de abandono tomou meu peito.

— Eu só vou sair daqui quando tiver certeza de que está tudo bem — garanti.

— Também vou esperar. — Meu pai olhou para Theo. — Não precisava ter ficado aqui até agora. Pode ir para casa, não queremos atrapalhar você.

— Não fui atrapalhado em nada. — Theo se sentou outra vez.

— Theo, vá para casa. Ficar em hospital é uma coisa muito cansativa e...

— Senhor Venâncio, eu gosto muito do Sam. Também estou preocupado com ele.

Meu pai olhou para ele por um instante e suspirou, rendido.

— Você quem sabe. — Agora havia duas cadeiras entre mim e Theo. E foi em uma delas, a mais próxima de mim, que meu pai se sentou. E, pela próxima meia hora, eu, meu pai e o garoto de quem ele não queria que eu ficasse perto, permanecemos lado a lado naquele corredor, o silêncio pesando sobre nós como um cobertor desconfortável.

53

— Vou buscar um café pra vocês. — Theo se levantou.

— Não precisa se preocupar... — Meu pai tentou impedi-lo, mas Theo já caminhava a uma boa distância. E, se a situação estava estranha com nós três juntos, quando ficamos apenas meu pai e eu naquele corredor, ficou ainda pior.

Ele dobrou os braços sobre a barriga levemente avantajada e mirou o chão por tanto tempo que achei que tinha pegado no sono. Mas eu ouvi. Um bramido baixinho, quase imperceptível diante dos ruídos do hospital. O tronco do meu pai se mexeu um pouco mais forte que o normal. Fitei-o de esguelha. Meu pai estava... chorando?

Me aprumei na cadeira e tudo dentro de mim se agitou. Ele precisava permitir que o seu balão também explodisse. Mas como eu poderia ajudá-lo nisso? Ele mal olhava nos meus olhos desde o dia anterior.

Prendi os olhos e, sem pensar nem mais meio segundo, passei o braço pelos ombros largos e cansados do meu pai.

— Deus está cuidando dele, pai. Melhor do que qualquer um de nós poderia cuidar.

E, como uma comporta se arrebentando com a força da água, o peito do meu pai se movimentou aos solavancos, o choro rompendo seu equilíbrio. Apertei um pouco mais o abraço e deitei a cabeça sobre seu ombro. Aquele homem, que era firme como um muro de pedras, estava desmoronando. Ficamos assim por um bom tempo. Ele passava as costas das mãos nos olhos à medida que os soluços se abrandavam. Fui pega de surpresa quando seus dedos encontraram minha bochecha e deram pequenos tapinhas com delicadeza.

Nós ficamos ali, ouvindo as fungadas um do outro por um bom tempo. Meu pescoço reclamou e ergui a cabeça. Nós dois nos aprumamos e, no momento em que pensei em como Theo estava demorando a voltar, ele reapareceu.

— Acho que o café está um pouco frio, mas o pastel de forno é o melhor da cidade, segundo a moça da padaria. — Ele estendeu dois copos com tampa branca para nós dois e, em seguida, dois saquinhos de papel pardo com os salgados. — Ah, tem água aqui também.

— Obrigado. — Meu pai começou a devorar tudo no mesmo instante. Theo se sentou no mesmo lugar de antes e, entre um papo aleatório e outro, o relógio correu.

À noite, Cecília chegou com o peito subindo e descendo de quem tinha corrido para chegar até ali. Ela nos fez responder a todas as perguntas que já tinha feito dez vezes pelo celular enquanto estava no trabalho. Quando percebeu Theo sentado ali, me questionou através do olhar. Fingi que não vi.

Os ponteiros marcavam mais de oito da noite quando tivemos mais uma amostra do cuidado de Deus. A pediatra plantonista responsável pelo novo plantão da UTI foi até nós para avisar que Sam tinha acordado e estava estável. E, mesmo que estivéssemos longe do horário de visita, ela permitiu que entrássemos para vê-lo. Meu pai e eu fomos primeiro. Minha mãe esperou do lado de fora com Cecília e Theo. Caminhei até lá como se minhas pernas fossem se desfazer a qualquer momento.

Havia mais cinco leitos na extensa sala, dois deles ocupados por outras crianças. Era tudo muito branco e cheio de aparelhos que emitiam zumbidos e bipes. Sam sorriu quando me viu. Um sorriso pequeno e esforçado. Mas perfeito, como tudo nele era. Voei até meu caçula e, com medo de encostar nele, segurei seu rostinho gelado com as duas mãos e depositei um beijo suave na faixa sobre sua cabeça.

— Como você está, meu cristalzinho?

— Dizem que meio quebrado, mas vou me recuperar. — O sorriso pálido dele fez um nó em meu peito.

— Vai, sim, meu bem. — Passei os dedos sobre seu rosto. — Você é nosso milagrinho.

— Você e essa mania de diminutivo. — Ele revirou os olhos e eu ri, agarrando suas mãozinhas. Meu pai também deixou um beijo em sua testa e ficou olhando o filho com alívio. Acariciei nossos dedos entrelaçados devagar.

— O que aconteceu, Sam? O sinal ainda não tinha tocado, por que você saiu da escola?

Ele ergueu os olhos para mim e depois para meu pai. E rapidamente os abaixou. Depois, fixou a atenção em suas unhas mal cortadas. Demorou tanto a falar que olhei para meu pai.

— Pode falar, meu filho. — A voz do meu pai estava rouca.

— Você vai brigar comigo igual brigou com a Alissa? — O lábio inferior de Sam se projetou para fora.

Prendi o ar. Meu pai gaguejou.

— Aquilo foi outra coisa, Sam — respondi depressa.

— Vocês voltaram a se falar? — Ele ergueu os olhos. E, pela primeira vez desde que tinhamos entrado na sala, os vi brilhar. Meu coração rasgou.

— Sim, meu filho. Eu não vou mais ser tão cabeça dura com a sua irmã.

— Realmente, você foi muito cabeça dura com ela, pai. Alissa é a melhor irmã do mundo.

— Shiu. — Olhei para a porta, mesmo que Cecília estivesse do lado de fora. — Não fale uma coisa dessas.

Meu pai riu. Sam também, mas logo seus olhos se fixaram na mão com o acesso de novo.

— Nós não vamos brigar com você, Sam — garanti, minha mão acalentando seu ombro. Ele deu um suspiro.

— Eu estava muito feliz com o dez que tinha ganhado. Todo mundo elogiou minha maquete, sabia? Foi a mais bonita de todas. Eu queria tanto contar pra você que pensei em te esperar lá no portão, Li. Você sempre chega mais cedo. Eu estava tão empolgado que topei uma corrida com alguns garotos do sexto ano. Mas acabei não medindo a velocidade e esqueci da rampa da entrada. Não sei o que aconteceu, mas não consegui frear a cadeira, nem gritar, nem nada. Quando vi, já estava no chão da rua.

— Aquela maldita rampa! — rosnei. — Eu já falei que foi construída fora do padrão e ninguém naquela escola se mexeu para fazer nada. Mas isso vai mudar a partir de amanhã!

— Mamãe disse que você veio comigo na ambulância. Obrigado por acionar o Modo Parker.

Segurei sua mão.

— Ele sempre vai estar aqui, pronto para ser usado. — Sorri. — Mas tem outra coisa, muito melhor e superior que o Modo Parker. E sabe qual é?

Ele franziu a testa.

— O Modo Cristo.

Sam deu uma risada. Eu também.

— Ele é o seu verdadeiro super-herói, meu irmãozinho. Aquele que te protegeu hoje. Que te guarda todos os dias. Que fez você assim, todo especial. E não porque você precisa de uma cadeira de rodas para se locomover, mas sim porque foi criado por ele. De um jeito admirável. — Passei a mão por seus cachinhos. — E, ainda que muitas vezes a gente não entenda os propósitos dele a princípio, tudo que Jesus faz é sempre para o nosso bem e para a glória de Deus.

— Jesus é meu super-herói? — Ele ergueu uma sobrancelha. Devia ser muita convivência com o Theo.

— Quem além de vencer a morte e perdoar nossos pecados, ainda nos garante vida eterna?

Ele movimentou o rosto devagar, as pecinhas se juntando em sua cabeça.

— Jesus é mais poderoso que todos os outros porque ele é de verdade, né? Os outros podem ajudar minha imaginação, mas quem pode me socorrer de verdade é o Senhor.

Meu sorriso se abriu. O do meu pai também. Depositei um beijinho em sua testa, e deu a hora de Cecília entrar. Meia hora mais tarde, Theo nos levava de volta para casa. As ruas frias e silenciosas da noite combinavam com o interior do carro. Meu pai estava no banco do carona, e Cecília e eu, atrás.

— Como vai ser agora? Os médicos sabem quanto tempo Sam vai ficar internado? — Theo perguntou durante o caminho.

— Ainda não tem previsão — meu pai respondeu. — Vou precisar conversar com seus pais. Não sei como as coisas vão ficar agora comigo e Ana.

— Fica tranquilo, senhor Venâncio. O foco principal agora é a recuperação do Sam.

Nos dias que se seguiram, eu me dividia com meus pais no hospital. Dormia lá a maior parte das noites para deixá-los descansar em casa. Levei as revistas em quadrinhos de Sam, cadernos para brincarmos de adedonha, jogo da memória. E nesses momentos em que a risada escapava alta de seus dentinhos curtos e eu precisava emitir um "shhh", era como se Deus me presenteasse com porções do céu em meio ao sofrimento.

O hospital ficava em Ponte do Sol, e Theo sempre se disponibilizava para nos levar ou buscar. Não foi muito necessário, já que meu pai conseguia fazer isso com seu Fiat. Apesar disso, quase todos os dias ele aparecia para ver Sam no horário da visita.

Em um desses dias, eu estava no hospital desde cedo. Pouco antes de Theo entrar, fui ao banheiro. Quando retornei, Sam estava colocando meu celular de volta na mesinha lateral. Franzi a testa. Ele não era de mexer nas minhas coisas. Olhei para a tela e não havia nada diferente ali.

— Theo! — Ele se animou ao vê-lo entrar. Theo deu um toque na mão de Sam e sorriu para mim. — O que é isso? — Sam pegou um pacote vermelho que Theo estendeu a ele. Estiquei o pescoço, curiosa. Sam abriu sem cuidado. Uma capa dura e bonita com imagens dos super-heróis apareceu diante de nós.

— Um livro que traz as histórias dos heróis de uma perspectiva bíblica. É como se o autor fizesse uma ligação entre o mundo geek com o mundo espiritual, sabe? — Theo explicou. Sam abriu a boca, encantado.

Pisquei ao olhar para Theo. Em uma das visitas dele ao hospital, eu tinha contado sobre a minha primeira conversa com Sam pós-acidente sobre Jesus ser seu super-herói.

Ele ajudou Sam a encontrar a página que falava sobre o Homem-Aranha e ficou com os olhos fixos nela enquanto Sam lia. Meus olhos enfocaram aquela cena. Theo era próximo de Sam como se fosse da família.

A imagem de Yasmin piscou em minha cabeça, e logo tratei de espantar aqueles pensamentos.

Theo e Sam nunca seriam da mesma família. *Acorda, Alissa.*

54

Os dias passavam divididos entre casa e hospital. Sam estava se recuperando bem. Embora Cristine, William e dona Augusta tivessem garantido todo o tempo de que meus pais precisassem para cuidar de Sam, eles não queriam deixar os patrões sem apoio nenhum, então acabei assumindo boa parte do tempo no hospital.

Certa noite, depois que Sam já tinha saído da UTI e estava dormindo na enfermaria, e os típicos ruídos de hospital preenchiam o ambiente, peguei um livro para ler. Me ajeitei na poltrona desconfortável, mas com a qual, depois de tantos dias, eu já tinha me acostumado. A tela do celular brilhou assim que abri as páginas. Era o e-mail da cerimonialista de um dos casamentos que eu tinha precisado desmarcar.

Depois que li sua resposta, acabei caindo na caixa de entrada do aplicativo e rolei a tela. Havia tantos dias não checava meus e-mails. Propagandas, spams, newsletters e, de repente, meus olhos se arregalaram.

CONSERVATÓRIO BRASILEIRO DE MÚSICA
Resultado da Seleção de Bolsistas

Minha boca ficou seca. Aprumei o corpo e meu dedo tremeu ao clicar sobre o e-mail. E, em letras simples e pretas, envolta por um retângulo pequeno, estava a palavra que eu não esperava ler ali.

Aprovada.

Meu corpo ficou dormente. Passei os dentes seguidas vezes por meu lábio inferior. Uma alegria pura, um sentimento novo de satisfação brotou no fundo do meu peito e cresceu, em pouco tempo tomando tudo em mim. Meus olhos, porém, se moveram para o lado. O peito de Sam subia e descia devagar, seguindo o ritmo de sua respiração tranquila. O acesso no braço magro, a faixa na cabeça no local onde havia sido a cirurgia.

Olhei de novo para a palavra que brilhava na tela do meu celular. Início das matrículas: 25/07. Início das aulas: 08/08. Era dia 10 de julho.

Observei por mais alguns segundos a tela. Com um aperto no peito, lancei um suspiro, fechei o e-mail e desliguei a tela. Em seguida, segurei a mão de Sam e fechei os olhos até pegar no sono.

Segui desmarcando participações em casamentos e fiquei ao lado de Sam o máximo de tempo que pude. Enfim, dezesseis dias depois do acidente, meu irmão recebeu alta. Meus pais estavam no hospital no momento e me ligaram para contar a boa notícia.

Mandei mensagem para Theo, mas não aguentei esperar a resposta. Ele estivera tão presente durante a recuperação de Sam, que achei que ele deveria saber da notícia o mais rápido possível. Saí andando depressa, olhando ao redor para ver se o encontrava na área externa da casa. Quando estava na metade do caminho lateral, o vi entrar pela garagem. Theo estava com roupa de exercícios e passava as mãos pelos cabelos quando me viu. O sorriso dele cresceu.

— Tudo bem? — Ele veio em minha direção.

— Mais que bem! — Meu sorriso era tão grande que chegava a doer. — O Sam teve alta!

Sua boca abriu e seus olhos se arregalaram.

— Alissa! Que notícia maravilhosa! — Seus braços se abriram e, sem que eu pensasse no que estava fazendo, corri até ele e enlacei seu tronco. Theo fechou os braços ao meu redor e nós ficamos ali um tempo, entre sorrisos e exclamações de alegria, até que dei um passo para trás e desviei o olhar. Theo passou as mãos pela camisa e olhou para os lados.

— Desculpe, eu estou todo suado.

— Eu nem percebi. — Dei um sorriso fraco.

— Quer que eu vá ao hospital buscá-lo?

— Não precisa. Meus pais estão lá e vão trazê-lo. Eu só pensei... — Hesitei um pouco.

— Pode falar. Do que você precisa?

— Queria receber Sam com uma mesa de café da manhã bem bonita, com o bolo de prestígio da padaria que ele ama. — Trazer o bolo na bicicleta seria arriscado, mas omiti essa parte.

— Vamos. Eu te levo lá.

A playlist no carro era animada. Combinava bem com o momento festivo. A mão de Theo fez um movimento circular sobre o volante com destreza enquanto ele dava a ré para tirar o carro da garagem. Olhei de esguelha. Uma veia saltava de seu braço esticado, com um relógio preto preso ao pulso. Desviei o olhar.

Ele passou a mão pelo cabelo, que tinha caído nos olhos, e o movimento me fez olhá-lo de novo.

— Está deixando crescer? — perguntei e prendi os lábios ao me arrepender no mesmo segundo.

— Percebeu? — O sorriso dele se abriu de canto.

— Está na sua cara. Meio difícil não perceber.

Theo deu uma risada. Ao longo daquelas duas semanas, entre tantos encontros no hospital, nós conversamos sobre muitas coisas. Ele estava arrasado com a venda da casa no Village, mas entendia que era uma decisão importante para os pais, do ponto de vista financeiro. Sua comida preferida era lasanha. Já tinha quebrado o braço duas vezes quando era criança. E agora estava focando sua atenção em buscar uma direção de Deus para o futuro.

— Ele tem te falado alguma coisa? — perguntei.

— As únicas palavras que têm rondado a minha mente nesses dias são: esteja disponível. Isso veio ao meu coração depois de uma das nossas conversas. Por enquanto, estou flertando com a ideia de voltar de vez para o Brasil e concluir aqui a faculdade de Educação Física. Meus pais querem isso. Estou à disposição de Deus agora para saber o que ele quer de mim. E você? Os planos para o futuro continuam os mesmos?

Pensei no e-mail do Conservatório de Música. E na minha conta zerada no banco. E em Sam. Mexi a cabeça.

— Os mesmos.

— Por favor, Alissa — Sam choramingou. Ele estava deitado no sofá, escorado por alguns travesseiros, o controle do videogame nas mãos.

— O Theo tem vida, Sam. Não dá pra ele vir todo dia jogar com você.

— Mas ele disse que viria sempre que eu quisesse, até eu poder voltar a jogar basquete.

— Ele já veio dois dias seguidos. — Peguei minhas coisas e fui tomar um banho. Minhas aulas com dona Augusta tinham voltado e eu estava desesperada para sugar tudo que podia dela antes que ela fosse embora. Demorei alguns bons minutos no chuveiro, enrolei uma toalha nos cabelos e saí do banheiro cantarolando com o som do celular nas alturas.

— *I'll sing my soul into your presence, whenever I say your name, let the devil know not today, not todaaaaay.* — O celular fazia as vezes de microfone e meus olhos se fecharam enquanto eu incorporava a Taya, mas sem todo o talento musical, claro. Ouvi uma risadinha e mandei língua para Samuel. E o meu erro foi abrir os olhos depois.

Parei, petrificada.

Theo estava sentado no sofá, olhando para mim com aquele sorrisinho gaiato no rosto.

— Ah! — gritei. — O que você está fazendo aqui?

— Sam me chamou pra jogar.

— Como você fez isso? — Olhei para Sam de cara feia.

Ele deu uma risadinha. Meu celular estava sobre seu colo. Revirei os olhos e respirei fundo.

— Desculpa, Theo, eu falei pra ele que não era para ficar te perturbando.

— É melhor ele aproveitar enquanto estou de férias. — Ele deu de ombros e se virou para Sam com o outro controle na mão. — Bora?

Cheguei ao quarto com meus batimentos ainda irregulares. Segurei a toalha sobre a cabeça e a mexi várias vezes, com uma careta.

— Ai, que droga.

Dez minutos mais tarde, reuni todo o resto de coragem que tinha e saí do quarto com o queixo erguido, por mais que quisesse ter pulado a janela para não passar na frente do Theo de novo.

— Estou indo para a aula — avisei. — Minha mãe já vai chegar. Tchau, Theo. — Fechei a porta e dei três passos na varanda antes que ouvisse a voz dele atrás de mim.

— Sexta-feira que vem você tem compromisso?

Uni as sobrancelhas.

— Não — respondi. — Por quê?

— Nada... — Ele continuou com os olhos sobre a tevê. Por fim, dei de ombros e segui para a aula.

Entre os cuidados com Sam e os estudos no violino, a semana passou rápido. Reabri minha agenda para os casamentos e estava animada. Sentia saudade de tocar. Mas naquele fim de semana não havia aparecido nada. Só na segunda-feira, o dia em que completaria dezenove anos.

Assim como em todos os anos, não pensei muito sobre meu aniversário que se aproximava. Como tocaria no casamento no fim da tarde, decidi que minha comemoração seria acordar cedo e fazer meu devocional na praia com o nascer do sol. Enquanto ia para a aula naquela sexta-feira, fazia planos mentais sobre talvez fazer um cupcake para cantar os parabéns com Jesus, uma comemoração particular com ele diante da beleza da criação. Me parecia uma boa ideia.

Quando coloquei os pés na sala de estar dos Belmonte, levei um susto ao ver dona Augusta ali, mais arrumada que de costume. Ela vestia um conjunto em alfaiataria preto, coberto por um xale com detalhes dourados. Seu cabelo estava ajeitado com um coque baixo, e o batom vinho trazia cor ao seu rosto. Ela sorriu ao me ver.

— Primeira porta à direita no corredor — foi o que ela disse.

— Por quê? — Fiz uma careta. — A aula não vai ser na sala de música hoje?

— Não. — Ela me enxotou com as mãos. — Vá logo.

A primeira porta à direita era o banheiro. Devagar, entrei no cômodo. Um cabide estava pendurado sobre o gancho da parede. Nele havia um vestido preto acinturado, com a base levemente rodada. Um scarpin, também preto, esperava sobre o tapete.

— O que é isso?! — exclamei.

— Vista-se. — A voz de dona Augusta veio da sala. — Hoje será um dia memorável.

— Mas, dona Augusta... — Saí do banheiro. — Foi a senhora que... mas como...

— Sem tantas perguntas, meu bem. Já não percebeu que tudo hoje é uma surpresa? Somente aproveite.

Um tanto confusa, finalmente fiz o que ela ordenou. O vestido e os sapatos couberam perfeitamente. De repente, escutei três batidas na porta. E a coisa toda ficou ainda mais esquisita quando abri e dei de cara com Cecília.

— Vamos logo, me deixe entrar. Não temos muito tempo.

— Muito tempo pra quê? — Dei alguns passos para trás e ela adentrou o pequeno espaço. Com mãos ágeis, tirou maquiagens de dentro de sua nécessaire e me fez sentar no vaso sanitário.

— O que está acontecendo, Cecília? O que você está fazendo aqui?

— Pela sua roupa já não deu pra perceber? — Ela espalhava a base no meu rosto. Fechei os olhos, as cerdas macias brincando sobre minha pele.

— Onde a dona Augusta vai me levar?

— Não sei de mais nada. Minha missão aqui é tirar essas olheiras que estão tatuadas no seu rosto desde que tudo aconteceu com Sam. E, claro, te deixar pronta para arrasar corações.

Bufei.

— Ah, sim, uma fila de *cavalheiros* vai desmaiar quando me virem tão maravilhosa assim — debochei.

— Não precisa ser uma fila. Garantindo que um caia aos seus pés, é o suficiente. — Ouvia o barulho de tampas abrindo e fechando. — O que, na verdade, acho que já aconteceu.

— Aconteceu o quê? — Abri um olho.

— Psiu. Fecha esse olho e me deixe trabalhar.

Em pouco tempo, Cecília havia realmente dado um bom jeito em minha cara de exausta, além de fazer uma trança lateral embutida que fechou toda a produção. Olhei para o espelho e gostei do que vi. Saí do banheiro mexendo nas ondas da saia do vestido e falei para dona Augusta, antes de erguer os olhos:

— E então, era o que a senhora estava imaginando?
— Muito além, minha querida! Você está deslumbrante!

Abri um sorriso e levantei a cabeça. Dona Augusta vinha até mim com os braços estendidos e, atrás dela, Theo, com o sorriso aberto de uma ponta a outra. Meu rosto queimou.

— Vamos? — Ele olhou para o relógio. — Estamos com o tempo contado.

— Você vai também? — perguntei com a voz meio estrangulada. Ele vestia uma blusa de botão com blazer por cima. Eu nunca tinha visto Theo com roupas sociais. E gostei tanto do que vi que desviei o olhar.

— Eu sou o motorista hoje. — Ele se aproximou de nós e estendeu os dois braços dobrados, para que dona Augusta e eu segurássemos. — Nenhuma novidade, né?

— Mas e meus pais? Não sei se....

— Querida, nós não tiraríamos você de casa sem um "sim" bem grande dos dois — dona Augusta garantiu.

Com relutância, me apoiei no braço que Theo ofereceu. Dona Augusta fez o mesmo e, antes que seguíssemos para a garagem, Cecília se despediu, segurando minhas coisas em suas mãos. Ela me lançou uma piscadela e sussurrou:

— Aproveita.

55

Uma. Duas. Três horas se passaram. Guardei todas as perguntas para mim à medida que o carro seguia pela rodovia. Árvores, condomínios, casas e o mar iam ficando para trás. Dona Augusta e Theo conversavam sem parar.

Eles me contaram histórias antigas da família. Theo compartilhou lembranças do avô João Neves, e eu também contei algumas boas memórias da minha infância. A certa altura, reconheci, pelas placas, o lugar onde estávamos. Cinelândia, Rio de Janeiro. Theo deu algumas voltas e parou o carro em um estacionamento privativo. Quando descemos, a iluminação dourada da construção imponente à direita arrancou o fôlego do meu peito. Senti a mão de dona Augusta sobre minhas costas e me virei.

— Espero que você goste.

Caminhei ao lado deles em silêncio. Theo fez questão, outra vez, de conduzir dona Augusta e eu com seus braços, como um verdadeiro *gentleman* dos livros de Jane Austen.

Meu coração batia nos ouvidos quando paramos em frente à escadaria que terminava em três enormes portas. Em cima, em letras antigas e douradas, lia-se o nome que arrancou o resto de fôlego que havia em meu peito: Theatro Municipal.

À medida que subíamos, percebia os olhares de Theo e dona Augusta sobre mim. O projeto arquitetônico era de tirar o fôlego. A riqueza de detalhes em dourado, mármore, bronze e cobre fazia, de fato, com que eu me sentisse em um livro clássico de romance. Antes de entrar na recepção do teatro, um cartaz me fez piscar seguidas vezes.

Aquela noite seria o concerto da Orquestra Sinfônica do Rio de Janeiro, com a participação de Elijah Nolan, um dos maiores violinistas da atualidade. Olhei para dona Augusta e Theo, meus olhos brilhando mais que o normal.

— Feliz aniversário adiantado! — Theo sorriu.

Com as pernas bambas, tive que treinar todo meu autocontrole ao entrar no teatro. Prendi minha atenção em cada detalhe minuciosamente entalhado. Os magníficos vitrais, os revestimentos luxuosos, a profusão de adornos. Quando ocupamos nossos lugares sobre os bancos acolchoados vermelhos na enorme casa de espetáculos, uma profunda reverência tomou meu coração. Um enorme lustre central, todo em bronze dourado com centenas de lâmpadas e cristais, parecia iluminar minha alma.

Eu nunca imaginaria ir a um lugar como aquele.

— Estamos celebrando a sua vida. — Dona Augusta, sentada ao meu lado, apertou minha mão.

Pisquei seguidas vezes.

— Obrigada.

Durante as quase uma hora e meia de concerto, sentia como se pudesse tocar o céu. A beleza do som, a reverência das melodias, a grandiosidade da expressão de dezenas de músicos e instrumentos, todos funcionando como um único corpo.

A técnica de Elijah era impecável, e diversas emoções diferentes passavam dentro de mim à medida que ouvia seu violino tocado com tanta destreza.

— Elijah toca um Stradivarius de 1713 chamado *Gibson ex Huberman* — foi a única coisa que dona Augusta sussurrou em meu ouvido durante toda a apresentação. — Esse violino é considerado um dos melhores instrumentos já criados e possui uma sonoridade rica e poderosa.

Eu percebi. E fiquei hipnotizada por isso. As composições de Mozart, Schubert e Fauré foram reproduzidas de forma tão impecável que era difícil até mesmo piscar.

Durante boa parte da apresentação, meus olhos iam para algumas moças jovens, talvez da minha idade ou pouco mais velhas, que tocavam violino e violoncelo. Em determinado momento, percebi por que minha atenção recaía mais sobre elas do que sobre Elijah, o grande astro da noite.

Eu queria estar no lugar delas.

E senti como se meu coração fosse rasgado de cima a baixo ao perceber os milhares de quilômetros que existiam entre mim e aquele palco. Um sentimento de perda me tomou por inteiro. Talvez esse fosse um dos motivos para que meu rosto estivesse banhado de lágrimas quando nos colocamos de pé para aplaudir o final do concerto.

Aplaudi com toda minha força, a tristeza misturada com satisfação que enchia meu peito. E, quando as cortinas se fecharam e as pessoas começaram a deixar o teatro, minhas bochechas ainda não haviam secado.

Theo e dona Augusta olharam para mim. Tentei sufocar os sons do choro, mas quanto mais eu me esforçava, pior a coisa toda ficava. Passei as costas das mãos no rosto e soprei, tentando me acalmar. A mão pequena de dona Augusta encontrou minhas costas.

— Você tem talento para viver isso, minha querida.

Fechei os olhos com força, as lágrimas quentes encontrando meus lábios. Ela colocou as duas mãos sobre meu rosto, tentando secar as lágrimas, e deu duas batidinhas de leve. Em seguida, agarrou minha mão e me conduziu por uma saída que tinha um fluxo menor de pessoas. Entramos por uma bela porta adornada e chegamos ao banheiro.

Ela me entregou alguns papéis, que usei para secar debaixo dos olhos, e me ofereceu sua garrafa d'água.

— Eu sei que você se inscreveu no Conservatório. — Os olhos dela encontraram os meus com gentileza. — E que ganhou a bolsa.

Franzi a testa.

— C-como?

Ela suspirou.

—Theo e eu tivemos a ideia de trazer você aqui para que seus olhos brilhassem como brilharam durante todo o concerto, Alissa. Para que você se permitisse sonhar com isso.

Fitei o chão de pisos antigos e bem conservados.

— Eu não posso, dona Augusta... — Dei um sorriso fraco. — Estou grata a Deus com as coisas como estão. Eu já trabalho com a música, que é o que eu amo. Já é o suficiente.

— Tem certeza?

Assenti, e no meu coração o peso da meia-verdade afundou como um bloco de cimento duro e pesado.

Ao sair dali, fomos a um restaurante fino, com cadeiras acolchoadas e cardápio requintado. Dona Augusta pediu um prato de que eu não saberia pronunciar o nome e, entre tantas conversas, meu coração foi reencontrando o ritmo normal. Ela não tocou mais no assunto, mas fez diversos comentários e análises sobre o concerto, e eu absorvia cada um deles, procurando aprender.

— A combinação da habilidade de Elijah com o som excepcional de seu violino resultou em uma performance memorável mesmo. Coisa linda de ver. — Theo levou uma garfada de salmão à boca.

— Para quem não queria ver o violino da avó nem pintado de ouro, você entende muito. — Ri.

— Ei, eu sempre gostei de música clássica e te falei isso. Mas só para admirar, claro. — Ele deu um sorriso de desculpas para a avó. — Mas vai dizer que a troca que fiz com você não fez efeito. Olha só você hoje em dia, fazendo maravilhas com aquele violino.

— Não exagere.
— É verdade. E minha avó fala a mesma coisa. Quando você vai tocar de novo?
— Na segunda tenho um casamento.
— Segunda? No dia do seu aniversário?
— Rico gosta de ser diferentão. — Ri, mas logo ergui uma mão. — Desculpem. — Eles deram risada. — Eu estava com muita saudade de tocar, mas só aceitei esse porque o pagamento havia sido adiantado desde o último mês e a cerimonialista chorou muito por não ter conseguido mais ninguém.

Theo passou um bom tempo me perguntando sobre o repertório de segunda. Percebi que dona Augusta estava quieta havia muito tempo e a questionei.

— Não é nada. Gosto de ver vocês dois conversarem.

Abri um sorriso sem jeito e ela chamou o garçom. Em poucos minutos, o homem voltava com uma pequena tortinha com uma vela por cima. Eles cantaram parabéns para mim, e meu coração foi inundado com a certeza de que, mesmo que meus maiores sonhos nunca se realizassem, eu já era grata por tudo que Deus havia me permitido viver até ali.

A casa estava silenciosa quando cheguei. Tomei um banho, coloquei o pijama e me enrolei nas cobertas, ainda sem acreditar que poucas horas antes eu estava assistindo à Orquestra Sinfônica do Rio de Janeiro com Elijah Nolan no Theatro Municipal.

Agarrei minha coberta e lancei o provável centésimo suspiro da noite. Meus olhos pesados quase se fecharam quando senti algo em cima de mim. Sufoquei um grito.

— Quero saber como foi tudo!
— Cecília! Você quase me matou do coração.

— Anda, anda. Conta tudo. No final do concerto, o Theo se ajoelhou com um anel de compromisso na sua frente?

— O que você tá falando, doida?

— Ué, o cara tá caidinho na sua.

— Cecília, você vê muito filme de romance. Dona Augusta me levou para ver o concerto como um presente de aniversário, e o Theo só foi para dirigir. Ele é um amigo, nada mais que isso.

— Aham, amigo, sei. O garoto parou as férias dele para ajudar nossa família.

— Ele tem um bom coração.

— E é por isso mesmo que *você* não pode dar uma de maluca e deixar ele passar. Irmã, nesse assunto eu sou mais experiente que você. E eu sei quando vejo o olhar de um homem apaixonado.

— Ah, Cecília, para. — Me enrolei na coberta de costas para ela. — O Theo vai namorar a Yasmin, tá?

— Que Yasmin?

— Uma amiga dele. A qualquer momento eles vão anunciar o namoro. Estou só esperando.

— Ai, sério? — Ela parou um pouco. — Então ele é um tremendo galinha. Porque eu não ia querer namorar um garoto que olha pra outra como Theo olha pra você.

Revirei os olhos.

— Vai dormir, Cecília.

56

Pensei muito se deveria ir ou não. Li outra vez a mensagem de Theo. E depois a de Yasmin. Eles estavam me chamando para o luau que a galera faria na praia naquele sábado à noite. Para falar a verdade, talvez eu estivesse fugindo. Assim como ultimamente havia fugido de todos os convites que envolviam Yasmin e Theo.

Mas chegou mais uma mensagem dela. E eu fui obrigada a me render.

> **Yasmin Belchior:** Vamos hoje, Alissa, por favor. Você está muito sumida. Todos estão com saudade de você.

Respirei fundo e fui até a cozinha perguntar para minha mãe. Ela já havia deixado a cozinha dos Belmonte naquele sábado e preparava um bolo para nós. Não comentou muito sobre minha ida ao Theatro na noite anterior, mas eu via seus olhos prestando atenção em tudo enquanto eu narrava os detalhes para Sam.

— Mãe, posso ir a um luau hoje na praia?

— Com quem? — A voz que ouvi veio do banheiro. E senti um frio na espinha. Aquela maldita nuvem de assuntos mal resolvidos continuava ao nosso redor. Ele, assim como minha mãe, também não havia comentado nada sobre o concerto.

— Yasmin, Analu, Madá, Denis... — Hesitei. — Theo.

Meu pai saiu do banheiro.

— Eu disse que não queria você perto dele.

Abaixei a cabeça.

— Desculpe, pai, eu...

— Mas ele parece querer ficar perto de você.

Ergui a cabeça.

— Theo é um bom garoto. — Meu pai olhava para qualquer ponto que não fosse para mim. — Pode ir.

Abri a boca, mas não saiu nada além de um "obrigada" sussurrado. Me virei em direção ao quarto. Precisava escolher uma roupa. Mas, antes que eu saísse da cozinha, a voz do meu pai encheu o cômodo de novo.

— Eu não queria aceitar. Durante todo esse tempo, relutei. — Olhei para trás. Ele continuou falando. — Como assim a gente tratava Alissa diferente dos outros filhos? Como ela teve coragem de falar uma coisa dessas? Mas desde aquele dia eu não paro de pensar que você entrou no meio entre uma menina de temperamento forte e um garotinho que precisava de cuidados. E esse ponto, essa metade, engoliu você. — Ele segurou a beirada de uma das cadeiras com firmeza. — Oh, Alissa. Perdoe Ana e eu por termos ignorado isso. Por termos ignorado você.

Meu queixo tremeu.

Minha mãe deixou a massa do bolo de lado e também olhou para mim.

— Eu também pensei muito sobre o que você falou, Alissa. E meu coração se apertava cada vez que você se doava além do necessário para cuidar de Sam naquele hospital. E acho que... minha ficha caiu de que eu fui dura demais com você durante esses anos todos. Me perdoe por não ter sido a mãe de que você precisava.

Minha garganta apertou e me aproximei deles, pegando uma mão de cada um.

— Eu sei que assumir uma criança que não é sua é um desafio grande, principalmente quando a situação financeira não é a das melhores. Por isso eu sou grata por terem feito o que podiam por mim. Fui cuidada e amparada durante todos esses anos por vocês e vejo a graça de Deus nisso tudo... — Circulei os dois com os braços e falei algo que não me lembrava de já ter dito a eles antes. — Amo vocês.

Meu cabelo era jogado para trás pelo vento que varria a praia. Apertei os braços protegidos pelo moletom e vi a movimentação distante da galera. Algumas cestas e travessas com lanches estavam por cima de cangas unidas sobre a areia, e uma fogueira rodeada por tochas com chamas traziam um brilho amarelado, no melhor estilo de luau.

Algumas pessoas terminavam de ajeitar os detalhes, e reconheci Theo entre elas. Ele colocava mais lenha sobre a fogueira quando Yasmin se aproximou. Ela falou alguma coisa, e ele tirou seu casaco e entregou a ela. Yasmin sorriu e vestiu o tecido longo e preto, que quase a engoliu.

Os dois, de costas para mim, não pararam de conversar. Meus passos diminuíram à medida que meu coração era reduzido ao tamanho de uma azeitona. Por que vê-la vestida com o casaco dele doía tanto?

Por que eu tinha ido até ali, se já sabia que teria meu coração partido? *Guarde-o, Alissa. Guarde-o.* Virei de costas e comecei a voltar por onde vim.

— Alissa? — Ergui os olhos. Denis parou com o carro perto de mim. — Está indo embora? O luau ainda nem começou.

— Ah, é que... — *Se controla.*

Denis ficou esperando que eu continuasse. Pisquei algumas vezes.

— Já vou indo. — Voltei a andar antes que minhas emoções me traíssem. Pouco depois, ouvi passos de alguém correndo. Olhei para o lado e Denis estava ali, com o peito um pouco arfante. Olhei para trás. Seu carro estava parado ao lado do calçadão, em um local proibido.

— Eu esqueci mais umas coisas em casa, mas meu carro já está cheio — ele disse. — Por que não me ajuda a levar as coisas que eu trouxe lá para o luau? Theo está esperando.

— Por que não pede para ele mesmo te ajudar a pegar? — Cruzei os braços. — Ele e Yasmin estão lá conversando.

Denis soltou um riso curto.

— Alissa, você acha que Theo e Yasmin têm algum lance?

Olhei para ele de esguelha.

— Por que você está me perguntando isso?

— Seu tom foi bem sugestivo. — Ele sorriu.

Fitei o chão. Minha respiração ficou entalada. Denis deu um suspiro.

— Alissa, você sabe por que o Eric não trabalha mais aqui no Village, não sabe?

Parei de andar. O que o Eric tinha a ver com aquilo? Balancei a cabeça, sem entender. Denis colocou as mãos na cintura e suspirou.

— Depois do que aconteceu com você ano passado, Theo e a vó Augusta foram conversar com Haroldo, o administrador. Mostraram o vídeo que eu filmei. Na justiça, ele não pôde ser usado, pelo que soube, mas serviu bem para que o pai de Eric percebesse o que o filho havia feito. Theo falou sobre a Yasmin também e a possibilidade de tudo isso acabar com advogados e tudo mais. Então o pai dele o demitiu.

Pisquei devagar.

— O Theo e a dona Augusta fizeram isso? Por que eles nunca me contaram?

— Você pediu que ele não se metesse mais na sua vida, lembra?

Pisquei devagar, numa tentativa de processar toda aquela informação.

— Denis, por favor, não diz para o Theo que você me encontrou aqui, tá? — Comecei a caminhar de novo.
— Por quê?
— Eu só... não quero que ele saiba. — Minha voz tremeu. Ele faria um milhão de perguntas sobre o motivo para eu ter ido embora. E, depois de saber de tudo isso, eu não sabia se conseguiria vê-lo ao lado de Yasmin e agir como se tudo estivesse bem. Porque não. Nada estava bem. — Prometa, por favor.
Denis assentiu, a expressão séria como garantia de que ele manteria a promessa. Minha cabeça parecia um turbilhão enquanto voltava para casa. Eu precisava organizar os pensamentos. Estava tudo uma completa bagunça.

57

"Hallelujah" era um clássico que eu tocava em quase todos os casamentos. Naqueles minutos de cerimônia, enquanto embalava o cortejo matrimonial com minhas cordas, acompanhada pelos outros instrumentos, lembrei-me de sexta à noite. O impacto do concerto ainda ecoava em meu peito como se eu tivesse acabado de ouvi-lo. E, desde que havia chegado, a conversa com dona Augusta era como um pássaro dando revoadas sobre minha cabeça. *Você tem talento para viver isso.*

Toda vez eu agitava minha cabeça, dispensando aquelas palavras. Procurei me concentrar na música, aquela que eu podia fazer, e aproveitar a beleza da cerimônia bucólica celebrada em frente ao mar. A noiva havia nos contratado para tocar durante um tempo na recepção também. E, após quase três horas mexendo dedos, mãos e braços quase sem parar, voltei para casa.

O casamento ocorrera em um condomínio ao lado do Village, por isso peguei o ônibus e em pouco tempo estava cruzando as ruas do Village com meu case nas costas. Meus pés doíam e meus ombros pareciam carregar cinco quilos de cada lado. Um pouco desse cansaço eu creditava ao fato de ter acordado às cinco e meia da manhã para comemorar meu aniversário com Jesus em frente ao mar. Fora, definitivamente, o ponto alto do dia.

Eu havia despejado todos os sentimentos confusos a respeito de Theo diante de Jesus e renovado meus votos de confiança e entrega. Tinha lido a Palavra e agradecido cada momento vivido no último ano. O ano em que, verdadeiramente, havia entendido que era uma filha amada.

Em casa, tinha recebido os parabéns costumeiros. No mais, um dia normal como qualquer outro. Até ir tocar no casamento, coisa que eu não fazia havia um tempo.

A lua brilhava, imponente e prateada no céu, quando entrei pelo portão lateral. Contava os segundos para tirar aqueles sapatos dos pés. As luzes da varanda de casa estavam apagadas e as janelas, todas fechadas. Franzi o cenho. Eles já estavam dormindo? Mas ainda eram oito da noite. Fui em direção ao interruptor quando um som oco e alto irrompeu. Me encolhi, o coração pulando como um coelho assustado. E, antes que eu alcançasse o interruptor, a luz surgiu com um alto e profundo grito.

— Surpresa!

Pisquei, paralisada. Na minha frente, atrás da mesa da varanda decorada com bolo e docinhos, estavam meus pais, Sam, Cecília, dona Augusta e Theo.

Mexi a boca, mas nenhuma palavra conseguiu se formar.

— Reage, Alissa! — Cecília gritou e todos riram.

— O que é isso, gente? — balbuciei e, aos poucos, comecei a receber abraço e felicitações de todos. Eu ainda estava meio em choque. Então era assim que as pessoas se sentiam quando recebiam uma festa surpresa?

Theo se aproximou para me abraçar e meus olhos foram, de imediato, para meu pai. Ele desviou, focando a vista no bolo com uma vela em formato de violino. Theo fechou os braços ao redor de mim e depositou um beijo em minha cabeça.

— Feliz aniversário. Dessa vez, no dia certo.

— Obrigada. — Abaixei a cabeça, evitando olhar para meu pai.

As vozes foram diminuindo, até que o senhor Venâncio deu um pigarro.

— Alissa, tudo foi simples, mas de coração. Nessa noite, nós queremos, como sua família, honrar você e agradecê-la por tudo que é e faz por nós. Nesses últimos tempos, você tem sido incansável no cuidado do seu irmão, mais do que já estava acostumada a ser. E, bem... talvez, como você disse em certo momento, nós tenhamos nos acostumado a ter você sempre por perto, sempre cuidando de tudo e todos. E Ana e eu nunca perguntamos a você sobre seus sonhos e objetivos de vida. Estávamos tão envolvidos em nossas próprias lidas que acabamos colocando uma responsabilidade sobre seus ombros que não era sua.

— Pai, não...

Ele ergueu a mão direita, me impedindo de continuar.

— Alissa, nós demoramos um pouco para deixar a ficha cair, mas, agora que ela caiu, eu quero que você saiba que nós abençoamos os seus sonhos e nos alegramos com eles.

Uni as sobrancelhas. Sonhos? Eu nunca tinha falado com meus pais sobre sonhos. Olhei em volta, questionando a todos com o olhar. Meu pai lançou um suspiro.

— Apesar de você não ter contado para ninguém sobre sua inscrição no conservatório de música, quero dizer que você tem a minha bênção para ir. — Ele piscou seguidas vezes. — Parabéns pela bolsa integral, Alissa. Você é um orgulho para nós.

Fiquei petrificada por alguns segundos e olhei para dona Augusta. Ela ergueu as mãos, como que dizendo "não fui eu".

— Você pretendia manter isso em segredo até quando? — Sam cruzou os braços. — Eu já estava quase tendo um treco vendo você com essa boca fechada.

Abri minha boca, relembrando o dia em que havia visto Sam com meu celular nas mãos. E, agora me dava conta, eu encontrado o e-mail da faculdade na pasta dos já lidos. Coloquei a mão na cintura.

— Samuel! Você mexeu nas minhas coisas?

— Foi sem querer! A notificação chegou quando eu tinha pegado o celular para jogar. Mas o seu celular não tem nenhum jogo.

— Você tinha que ter falado comigo primeiro! Eu... eu...

— Sam fez uma boa coisa, Alissa — minha mãe interveio. — Caso contrário, você nunca contaria e ficaria aqui para toda a vida.

Meus olhos arderam.

— Mas como eu poderia ir? Apesar da bolsa, eu não tenho onde morar e...

— Eu tenho um apartamento fechado há anos no Rio, querida. — Dona Augusta sorriu. — Fica em um prédio bem próximo da casa de Cristine e William. Eu já vou me mudar para lá mesmo. E tenho três quartos.

O entendimento demorou a ser processado na minha mente, mas quando veio...

— Dona Augusta! Não ofereça uma coisa dessas! Eu vou te atrapalhar.

— Eu disse a mesma coisa — resmungou meu pai.

— Quantas vezes vou precisar dizer que tudo que uma velha precisa é de um pouco de companhia? — Ela sorriu.

Passei meus olhos de um lado para o outro. Theo tinha o sorriso aberto de ponta a ponta. Os olhos de Sam brilhavam como duas jabuticabas lavadas.

— Como eu vou deixar você? — sussurrei para ele.

— Nem me olha com essa cara. Vai viver, garota!

A gargalhada foi geral. Eu engoli um soluço. Cecília se aproximou e segurou meus braços.

— Vai voar, irmã.

— Mas e você? Você também tinha o sonho da faculdade...

Ela deu um tapa no ar.

— Depois de tudo que aconteceu, eu fui para o final da fila. — Ela riu. — Brincadeira. Trabalhando no centro médico, eu descobri uma nova paixão. Pretendo ano que vem me inscrever para fazer Enfermagem. Uma faculdade em Ponte do Sol vai trazer o curso pra cá. — Ela passou os dedos sobre meu rosto. — Chegou a minha hora de assumir a ajuda à família.

Ela me puxou para um abraço e, ao ouvir sua fungada, as comportas se romperam dentro de mim.

— Obrigada. — Era só o que eu conseguia dizer.

— Nós somos sua família, Alissa. E é isso que famílias fazem: apoiam uns aos outros. — Minha mãe circulou o abraço de nós duas. — Agora está na hora de retribuir tudo que você fez por nós.

Pelo restante da festa, eu parecia anestesiada. Enquanto meu pai orava, enquanto o parabéns era entoado, enquanto comíamos o bolo. Era possível que tamanha bênção tivesse me encontrado?

Tentei ajudar minha mãe a limpar tudo, mas ela e Cecília me enxotaram. O olhar delas entre si estava estranho, meio conspiratório.

— Theo, você não tem um convite para fazer à Alissa? — Sam questionou na maior altura.

O rosto de Theo ficou vermelho como o casaco que ele usava.

— Samuel! — Cecília e minha mãe falaram ao mesmo tempo.

— Tenho, sim. — Theo mexeu a cabeça. Ele era outro que estava estranho também. — É que a galera está nos esperando na pizzaria.

— Por quê?

— Denis e todo mundo. Eles querem comemorar seu aniversário lá.

Olhei para meus pais. Ele virou o rosto, fingindo não ser com ele. Minha mãe deu uma risadinha.

— Pode ir, Alissa. Seu pai já permitiu também.

— Tem certeza? — Olhei para ele.

— Vai logo, garota. — Cecília me segurou pelos dois braços e me colocou virada para a saída. Theo sorriu para mim e eu o acompanhei.

— Esse povo está esquisito de verdade — comentei.

— Gostou da surpresa? — Theo colocou as mãos nos bolsos do moletom.

— De quem foi a ideia?

— Adivinha? Desde que o Sam descobriu sobre sua bolsa no conservatório, ele só tem falado disso.

— Da festa ou da bolsa?

— Primeiro, da bolsa. Ele me contou em uma das visitas no hospital, depois que descobriu. Disse que não sabia o que fazer. Falei pra ele esperar, porque era uma coisa sua e ele deveria respeitar o momento que você ia contar. Mas aí você nunca contava.

— Então foi você que disse para dona Augusta?

— Eu juro que queria manter sua privacidade, mas eu sabia o que estava acontecendo. — Descemos a saída da garagem e estranhei quando Theo seguiu na direção da praia, e não do centro comercial, onde ficava a pizzaria. — Ah, queria conversar com você antes de ir pra lá. Tudo bem?

Curvei os lábios para baixo e o segui pela calçada.

— O que você sabia que estava acontecendo?

— Você perdendo essa oportunidade. Minha avó teve a ideia do concerto, pra ver se isso te motivava a pelo menos colocar essa notícia pra fora. Quando nem isso foi o suficiente...

— Vocês contaram para meus pais.

— Nós, não. O Sam. Ele só estava esperando a nossa ida ao concerto. Quando ele viu que ainda assim você não falou nada, finalmente contou para seus pais. E seu pai teve uma longa conversa hoje à tarde com minha avó. Ele quis saber tudo sobre o curso.

— Uau. — Pisquei. — Eu ainda me sinto meio anestesiada... como se tudo fosse um sonho bem louco.

— Pode sonhar, Alissa. O céu é o limite pra você agora.

Caminhamos em silêncio por um tempo. As estrelas brilhavam no céu, a lua derramava seu rastro prateado sobre o mar tranquilo, e uma pitada de dor se espalhou sobre a alegria que tomava meu peito. O caminhar despreocupado de Theo, suas mãos no bolso do moletom e sua expressão contemplativa causaram um nó em minha garganta. Foquei a vista nas árvores, que dançavam ao ritmo da brisa úmida.

Chegamos ao calçadão, e eu parei. A maresia gelada balançou o cabelo dele, levando os fios para cima dos olhos. Theo os jogou para trás e eles desceram como cascata. Engoli em seco e reuni toda a pouca coragem que eu tinha e falei, antes que saísse correndo dali.

— Por que você me apoia tanto, Theo?

Ele estreitou os olhos levemente.

— Eu sei, você é neto da dona Augusta e ela gosta muito de mim. E eu sei também que seu dever cristão te impeliu a ajudar minha família em toda a situação com Sam. Mas por que você é tão gentil e prestativo comigo se gosta de outra pessoa? Quer dizer, também faz parte do dever cristão ser gentil e prestativo com as pessoas, mas... ah! — Joguei as mãos contra as pernas. — Tudo isso me deixa tão confusa!

— Gosto de outra pessoa? — Havia um sorriso em sua voz? Ele estava achando graça do que estava quase partindo meu coração ao meio?

— É! Gosta! E acho que um garoto não deveria ser tão prestativo para uma garota se ele gosta de outra. Isso acaba confundindo as pessoas, que vêm falar abobrinha no ouvido daquela que é o alvo da gentileza toda, deixando a garota mais confusa do que já estava e...

— Você acha que eu gosto da Yasmin.

Engoli em seco e desviei os olhos para o mar. Theo deu um passo à frente.

— Eu nunca dirigi três horas para ir e três horas para voltar num único dia para levar a Yasmin a um concerto de música porque aquilo a faria feliz e a ajudaria a sonhar. Eu nunca fui dormir de madrugada preocupado com a forma como um acidente com o irmão dela poderia deixá-la triste. Eu nunca passei horas visitando lojas e checando sites para encontrar isto aqui para a Yasmin.

Theo enfiou a mão no bolso da calça e tirou um pacote quadrado de veludo azul. Meu estômago bateu no pé. Olhei para o objeto estendido a mim e depois para ele. Com os dedos trêmulos, peguei a caixa e a abri. Lá dentro havia um colar prateado com dois pingentes pequenos e delicados.

Um violino e uma bola de basquete.

58

"O amor é paciente, o amor é bondoso. Não inveja, não se vangloria, não se orgulha. Não maltrata, não procura seus interesses, não se ira facilmente, não guarda rancor. O amor não se alegra com a injustiça, mas se alegra com a verdade. Tudo sofre, tudo crê, tudo espera, tudo suporta. O amor nunca perece." 1Coríntios 13.4-8a

Aprendi que eu deveria olhar para esses versos de 1Coríntios e pensar no amor de Deus por mim. Mas creio que ele também possa ser usado como um bom parâmetro para as características de um futuro marido. Ele é paciente? É bondoso? É orgulhoso? Procura apenas seus interesses? Outra coisa que ouvi em um chá de mulheres esses dias foi uma lista de quatro itens para se observar em um rapaz que esteja me cortejando.

1) Ele deve amar a Deus mais do que a você. 2) Deve ser trabalhador e capaz de prover e proteger. 3) Deve ter o casamento como objetivo. 4) Deve ter sonhos e objetivos que sejam compatíveis com os seus.

Ah, meu Deus... o João Neves atende a todos esses requisitos!

22 de novembro de 1969

Minha boca se mexeu, porém não fui capaz de produzir nenhum som. Meus olhos permaneceram sobre os pingentes por um tempo e depois seguiram para o rosto de Theo.

— Mas... — balbuciei. — No luau você e a Yasmin estavam tão próximos, e você até deu o seu casaco pra ela usar... — Arregalei os olhos. Quando ele me perguntou através de uma mensagem porque eu ainda não tinha chegado ao luau, respondi que não iria mais porque havia acontecido um imprevisto.

Um imprevisto chamado coração partido.

Theo uniu as sobrancelhas.

— Como você sabe disso?

Travei o maxilar.

— É que... eu... — Fechei os olhos e soltei um suspiro rendido. — Eu vi vocês aqui do calçadão.

O rosto dele se tornou uma confusão de interrogações. Fixei os olhos nos meus sapatos. Ainda estava com os saltos que havia usado para tocar no casamento.

— Por acaso o Denis te encontrou naquela noite?

Ergui a cabeça.

— Ele te contou?

Theo riu.

— Não, Alissa. Mas ele me chamou pra conversar no luau e disse para que eu procurasse você e me declarasse de vez. Denis deu a entender que talvez você acreditasse que a Yasmin e eu tínhamos alguma coisa. — Theo não desviou o olhar do meu.

Minhas bochechas esquentaram.

— Aquele casaco era do Rian — ele continuou. — Eu estava desde a tarde na praia e não tinha levado nenhum, aí quando começou a esfriar muito ele me emprestou. Acho que ninguém esperava aquela maresia mais gelada que o normal. Quando as meninas chegaram, começaram a reclamar e Rian falou pra Yasmin pegar o moletom comigo.

Fiz um bico com os lábios.

— O Rian não sente frio, não? Precisa ficar emprestando o casaco pra todo mundo?

Um sorriso surgiu no canto dos lábios dele.

— Basicamente isso. Rian não é muito friorento, mas a mãe sempre faz ele sair de casa com um casaco.

Meus olhos se voltaram para os pequenos pingentes na caixinha em minhas mãos.

— Você... resolveu ouvir o conselho do Denis? — perguntei baixinho.

— Eu já estava com o colar comprado, esperando que seu aniversário chegasse.

De repente, uma fraqueza tomou conta das minhas pernas. Theo chegou mais perto.

— Um dia, eu vi uma garota colocando pratos e guardanapos sobre uma mesa. Havia uma pequena ruga entre as sobrancelhas dela enquanto arrumava tudo milimetricamente. Gostei de como ela parecia dar o melhor de si em uma tarefa aparentemente tão simples. E, ao longo dos meses, enquanto eu a via cuidando do irmão mais novo, essa característica ficou ainda mais marcante. Ela dava o seu melhor. Era como se ela saísse de cena para cuidar dele o melhor possível. E, no fundo, acho que isso me ensinou muitas coisas. Mesmo quando ela me insultava e me tratava como o pior dos pecadores... — O sorriso de canto dele surgiu. Meu rosto esquentou.

— Ah, Theo, eu fui tão dura com você naquela época. Por causa das experiências ruins que tivemos com outros patrões dos meus pais, eu não acreditava que você podia ser bom com a gente. E depois que Eric falou aquelas mentiras, eu acreditei nele sem questionar. Fui tão idiota. Me perdoe por ter julgado você sem ao menos dar o benefício da dúvida, sabe? Como se eu fosse a grande juíza todo-poderosa.

— Acho que até isso me ensinou depois de um tempo. — Ele deu de ombros. — Você defendia as coisas em que acreditava com paixão. Era meio irritante, mas eu percebi naquela primeira discussão na praia que Eric tinha inventado alguma coisa sobre mim. Isso me ajudou a entender aquele seu jeito.

— E por que você não me alertou sobre ele? Por que, sei lá... não se defendeu?

— Você ia acreditar em mim? — Ele deu um suspiro profundo.

Meneei a cabeça, negando. Eu estava cega pelo Eric naquela época.

— Denis disse que você e dona Augusta correram atrás para que ele fosse demitido daqui. — Pisquei algumas vezes. — Ah, Theo...

— Se ele não seria punido pela justiça, pelo menos alguma punição deveria receber. — Theo deu de ombros. Em seguida, esticou o braço e encostou a mão no meu rosto.

— Durante todo esse tempo em que estive fora, minha avó me contava sobre suas vitórias, sobre seu avanço como musicista e como cristã, e eu te admirava um pouco mais. E, agora, no último mês... Puxa, Alissa. O que foi a sua entrega pelo Sam? Você cuida, serve e ama quem está à sua volta. Sem reclamar. Sempre com um sorriso no rosto. Uma pessoa como você é uma riqueza que pouca gente tem a chance de encontrar.

Não conseguia falar. O olhar de Theo era intenso, vivo, e percorria meu rosto com doçura.

— Já faz um tempo que eu venho pensando se... — Seus olhos não se desgrudaram dos meus por nem um milímetro. — Se eu também poderia ter essa riqueza em minha vida.

A luz do poste próximo deixava uma sombra em seu rosto. A maresia bagunçava os fios do cabelo dele e eu inspirei a brisa salgada, me perguntando se alguma coisa naquela noite era real.

— Então, sim, Alissa — ele continuou. — É meu dever cristão ser gentil e prestativo com todas as pessoas, mas existe um tipo de gentileza e dedicação que um cara só deve reservar para a garota que tem o seu coração. E, ao longo do tempo, eu tenho descoberto que, para mim, essa garota é você.

Prendi os lábios, o fôlego arrancado do meu peito. Pequenos fogos de artifício começaram a explodir na minha barriga, mas um rosto castanho e cansado piscou em minha mente.

— Meu pai... — balbuciei.

— Você acha que eu estaria aqui falando tudo isso pra você se eu não tivesse conversado com ele antes?

Me lembrei de Sam, Cecília e minha mãe me expulsando de casa para sair com Theo.

— Todos eles... sabem?

Theo esticou os lábios em um sorriso orgulhoso.

— Adivinha?

Abri a boca.

— Como assim toda a minha família sabia que você gostava de mim, e eu não?

— Eles ficaram sabendo hoje à tarde, quando fui conversar com seu pai. — Ele sorriu e se aproximou um passo. — E então, existe algum espaço para mim na sua vida?

— Um espaço? — Ri. — Se ultimamente tudo que você faz é tomar meus pensamentos desde a hora que eu acordo até a hora que vou dormir?

O sorriso de Theo se abriu. Ele pegou o colar na caixinha e se colocou atrás de mim, prendendo o fio prateado no meu pescoço. Olhei para baixo, passando a mão nos pingentes. E, de repente, outro rosto piscou em minha mente. Um mais fino e hidratado.

— E a Cristine? Ela sempre parece observar tanto quando nos vê juntos. — Baixei os olhos. — Cheguei a pensar que ela não gostava da nossa amizade.

Theo levou a mão até meu queixo e o ergueu com o dedo dobrado.

— Por que ela não gostaria da garota incrível que você é? Mais de uma vez ela elogiou sua educação para mim, sabia? E acho que, depois da minha avó, ela foi a segunda a perceber meus sentimentos.

— A dona Augusta sabia?

— Minha avó sabe tudo, Alissa. Ela me chamou para orar algumas vezes nas últimas semanas. As orações eram bem específicas sobre namoro, casamento, essas coisas. Até que fui praticamente obrigado a falar sobre você. E adivinha? Ela já desconfiava.

— Ela nunca deixou transparecer nada pra mim. — Sorri.

— Minha mãe só ficou preocupada com a questão de os seus pais serem nossos funcionários e tal, mas como isso já não vai ser uma realidade daqui a alguns meses...

Theo acabou com a distância entre nós com um abraço e beijou o alto da minha cabeça.

—Aceita namorar comigo?

Por dois ou três segundos, me permiti sentir o aroma do perfume dele impregnado no casaco. E, de súbito, me afastei. A lista de dona Augusta surgindo em minha mente.

Chegou! Finalmente chegou o dia de usá-la!

O rapaz a quem você considerar um relacionamento deve:

1) Amar a Deus mais do que a você.
2) Ser trabalhador e capaz de prover e proteger.
3) Ter o casamento como objetivo.
4) Ter sonhos e objetivos que sejam compatíveis com os seus.

Ao pensar em Theo: número um, *check*. número 2, *check*. Olhei para ele.

— Só posso te dar uma resposta depois de algumas perguntas básicas. — Cruzei os braços. Theo apontou para um banco de cimento perto dali.

— Tenho todo o tempo do mundo.

— É meio estranho falar isso agora, mas... depois de tudo que aconteceu na minha vida eu assumi um compromisso com Deus, Theo, e não tenho a intenção de quebrá-lo. — Olhei para minhas unhas. — Eu... disse ao Senhor que só namoraria quando tivesse a intenção de me casar.

— E quem disse que eu tenho uma intenção diferente dessa?

Ergui os olhos. O sorriso dele estava largo e mais brilhante do que nunca.

— Eu estou orando por você há um bom tempo, Alissa. Esse pedido não foi do nada. É fruto de oração. — Ele pegou um fio de cabelo e colocou atrás da minha orelha. — Qual a próxima pergunta?

— Uma vez, enquanto esperávamos para visitar Sam, você me disse que seu maior sonho era construir uma família. — Meu rosto queimou. — E quais são os outros sonhos? Que objetivos você tem?

Segurei o pingente com o violino e a bola de basquete. Theo inspirou fundo.

— Eu tive que abrir mão do basquete como carreira, mas não como paixão. Decidi terminar a faculdade aqui no Brasil. Vou me formar em Educação Física e usar minha profissão para algo que ajude as pessoas. Não sei o quê ainda, mas quero que de alguma forma tenha a ver com o basquete. Mas é isso. Eu não tenho grandes sonhos, Alissa. Só quero dar uma boa vida para minha família enquanto sirvo a Deus e o glorifico no meio disso tudo. Quero estar disponível a ele durante todos os meus dias.

Sorri. Theo era paciente. Bondoso. Não era orgulhoso. Não procurava apenas seus interesses. Ele era muito mais do que eu havia sonhado.

Uma piscina se formou debaixo dos meus olhos. Concentrei meus olhos nas ondas espumantes que quebraram com tranquilidade sobre a areia. Me aproximei um pouco mais de Theo e acabei com a distância entre nós colocando a cabeça sobre seu ombro.

— Hoje, parando pra pensar, a minha admiração por você também começou há muito tempo, por mais que eu tenha demorado a perceber isso — falei. — Quando você deu carona pra Sam e eu na chuva. Quando nos levou para ver Denis fazendo rapel e separou garrafinhas de água e maçãs pra nós. Quando deu uma caixa cheia de HQs para Sam depois de eu ter falado que ele ficava muito tempo no videogame. Quando você cuidou dele na quadra aquela primeira vez e o ensinou a jogar basquete. Quando me deixou um pingente com o bilhete que eu guardo até hoje, mesmo que eu estivesse evitando falar com você naquela época. Também quando você parou na Colina do Mar ao perceber que eu queria ver o oceano lá de cima, mesmo que eu não tenha pedido por isso. Ou ainda quando questionou todos os seus amigos e descobriu que tinha sido Lucas e Douglas que falaram besteira sobre mim. E fez os dois irem me pedir perdão...

Ele cruzou nossos dedos e depositou um beijo sobre nossas mãos entrelaçadas.

— Aqueles dois são colegas que de vez em quando andam com a minha galera, sabe? Depois dessa, não vão andar nunca mais.

Um sorriso tímido se abriu em meu rosto. Ficamos um tempo em silêncio, absorvendo a beleza daquele momento.

— Quer dizer que agora eu sou namorada do Theo Belmonte? — Dei uma risadinha. — Alissa do passado, você nunca acreditaria numa coisa dessas.

De mãos dadas, caminhamos até o centro comercial. Quando nos aproximamos da pizzaria e vimos toda a galera sentada numa mesa rindo e brincando, soltei a mão de Theo. Ele a pegou de volta e segurou com firmeza. Não demorou muito para que todos nos vissem e erguessem as mãos em cumprimento — e os olhos em curiosidade.

Analu e Madá se entreolharam sem disfarçar e Yasmin, após olhar nossas mãos unidas por um instante, sorriu. Sorri, com cautela, de volta.

— Ei, sentem aqui! — Denis chamou. O interesse em nós era nítido, e Theo agia com naturalidade, como se nada diferente estivesse acontecendo.

Eles me abraçaram e desejaram parabéns. As pizzas começaram a chegar e, de vez em quando, entre um pedaço e outro, Theo segurava minha mão por baixo da mesa. Nesses momentos, meu olhar corria para Yasmin. Ela não parecia estar prestando atenção em nós, mas o medo ainda farfalhava em meu peito. Quando a vi se levantar para ir ao banheiro, decidi ir também. Eu não aguentaria mais um minuto sem esclarecer as coisas.

No entanto, antes que eu me levantasse, ela olhou pra mim.

— Alissa, vamos ao banheiro comigo?

Houve um breve silêncio na mesa. Os olhares se fixaram em mim e em Yasmin. *Ah, droga.*

— Claro! — Sorri, acompanhando-a como se não fosse capaz de me desfazer ali mesmo no chão da pizzaria. Ao alcançá-la, Yasmin enroscou seu braço no meu e seguiu com aquele sorriso saltitante de sempre. Mas havia algo diferente nele. Como se fosse uma tensão diferente, deixando seus lábios meio quadrados, meio vacilantes.

— Yasmin, eu...

— Shiu. — Ela colocou o indicador sobre meus lábios. Paramos em frente ao largo espelho do banheiro. O aroma de capim-limão enchia o lugar. — Não precisa dizer nada. O Theo me contou tudo faz tempo.

— Faz tempo? — Um vinco surgiu entre minhas sobrancelhas. — Mas nós acabamos de...

— Como você já deve bem saber, não era de agora que ele estava de olho em você.

Olhei para minhas unhas.

— Ah, eu me senti mal por causa disso e...

— Não se sinta. — Ela segurou meus ombros com os braços esticados e olhou em meus olhos. Enxerguei sinceridade neles. — Um dia, Theo e eu conversamos lá na praia. E eu percebi que o que ele quer é bem diferente do que eu procuro agora. Isso me fez perceber que aquilo que eu te disse no camping era tudo fogo de palha.

— Então você não está chateada?

— Claro que não! — Ela deu um tapa no ar. — Não era amor para que me fizesse sofrer. Theo foi muito honesto quando percebeu que eu estava interessada nele. Disse que não queria que eu criasse expectativas e tal. Um fofo. — Ela sorriu. — Não precisa se conter por minha causa, tá?

— Obrigada, Yasmin. De verdade.

— Tem outra coisa que queria te contar. Mas não queria falar na mesa para não chamar atenção dos outros. Não é um assunto que eu queira que as pessoas fiquem sabendo. — Aguardei que ela continuasse. E o sorriso meio vacilante apareceu de novo. — Resolvi entrar na justiça contra o Eric.

Soltei uma inspiração chocada.

— Depois do que conversamos, pensei muito. E acho que, se eu não fizer nada, outras garotas podem acabar sofrendo o que nós duas sofremos. — Ela olhou para as mãos. — Como eu tenho todos os prints, registros e testemunhas, vou tentar e ver no que vai dar.

Coloquei minhas mãos sobre as dela.

— Conte comigo no que precisar. Eu posso ajudar com meu depoimento. E em oração, para que a justiça seja feita.

Ela assentiu em tom solene, e eu a envolvi com meus braços.

— Que Deus honre a sua coragem, Yasmin.

59

Cinco meses depois

— O Sam já mandou dez mensagens perguntando se você está chegando! Dez! — falei olhando para a tela do celular. — E detalhe: ele não quer saber se nós estamos chegando, e sim se você está.

Theo, com o braço direito esticado para o volante e o cotovelo esquerdo encostado no ponto entre a porta e o vidro da janela, sorriu.

— Fazer o quê, se o cunhado dele é incrível?

Dei um empurrão de leve em seu ombro.

— Para a irmã que faz tudo por ele... nem tchum. — Fiz um bico fingido.

— Ownn... — Ele tirou os olhos da estrada para me observar por um segundo e apertou meu queixo. — Na verdade, acho que o interesse principal dele está no basquete. A cada semana, o nível dele aumenta. Ele está um fominha.

— Minha mãe disse que ele faz Cecília levá-lo quase todos os dias à quadra para fazer os exercícios que você tem passado.

— Sam é um aluno dedicado. — Theo fitou a pista cinzenta à frente com um sorriso contemplativo no rosto.

Não era só Sam que curtia ao máximo aquelas aulas. Aquelas horas em que os dois passavam juntos na quadra aos sábados e domingos faziam Theo transpirar não apenas suor, mas paixão. A maneira como ele passava as técnicas e incluía Sam no esporte fazia parecer que ele havia nascido para aquilo.

— Olha, a Yasmin me mandou uma mensagem. — Abri a

notificação com urgência. — Parece que o advogado dela vai conseguir vencer a ação contra Eric.

— Sério?

— Nossos depoimentos ajudaram, eu acho. Pelo que parece, o juiz vai determinar que ele faça trabalhos voluntários e pague um valor por danos morais.

Theo hesitou por um minuto e depois fechou uma mão sobre a minha.

— Você está bem? — Sua voz era doce. Uma ruga de preocupação surgiu entre seus olhos.

— Estou, sim — garanti. — Sinto como se a justiça estivesse sendo feita pra mim também.

Em pouco tempo, Theo entrou no Village e estacionou em frente ao pequeno portão galvanizado em uma das ruas mais à esquerda do condomínio. Mal apertei a campainha e ouvi o barulho do trinco sendo aberto.

— Até que enfim! — Sam estava diante de nós, com sua bola de basquete no colo. — Por que demoraram mais hoje?

— Bom dia pra você também. — Dei um beijo sobre os cachinhos dele. — Theo precisou resolver umas coisas do trabalho antes de sair. — Ele agora trabalhava na empresa do pai nos horários em que não estava na faculdade.

— E aí, jogador? — Theo o cumprimentou com um toque que os dois tinham inventado. — Quero ver qual vai ser seu desempenho hoje, hein.

— Segure seu queixo, pois ele vai cair. — Sam fez uma dancinha com os ombros.

Theo deu uma gargalhada e minha mãe chegou, secando as mãos no avental.

— Entrem, entrem. Tem café e bolo na mesa. Estou um pouco atolada hoje, pois o senhor Alberto chega daqui a pouco com a família para almoçar.

— Ele vem hoje? — Dei um beijo em cada bochecha dela. — Que milagre.

— Por isso mesmo eu tenho que caprichar. Como está você, Theo?

— Estou ótimo, sogrinha. — Ele a abraçou de lado, deitando o rosto sobre a touca na cabeça da minha mãe. — O bolo é o de milho?

Ela encostou o punho fechado na cintura.

— E eu faria outro que não fosse o preferido do meu genro?

Sorri. Faltava pouco para Theo ser erguido em um pedestal e levado por aí pela minha mãe e por Sam.

— E a dona Augusta? — ela quis saber.

— Saiu cedo hoje para a aula de pilates e mais tarde vai ter um baile da terceira idade no clube perto de casa — respondi. — Ela está curtindo muito a vida no Rio de Janeiro.

Minha mãe riu e voltou aos seus afazeres. Theo nem teve muito tempo para comer seu adorado bolo de milho. Sam praticamente o empurrou para fora até a quadra, que ficava a algumas ruas daquela casa.

Me deitei de costas no sofá e coloquei uma perna no encosto. Aquela casa não era muito diferente das outras em que havíamos morado ali no Village. Ampla o suficiente, bem-acabada, mas sem luxos.

Sam disse que meu pai tinha saído para comprar adubo para as plantas. Era esse tipo de trabalho mais tranquilo que ele realizava ali, na família de um desembargador aposentado que só visitava sua mansão no litoral sul de vez em nunca.

Isso possibilitava que meus pais estivessem muito mais presentes para acompanhar Sam nas terapias. E, quando não podiam, Cecília acabava dando um jeito. Proatividade era o sobrenome dela nos últimos tempos.

Olhei o relógio e vi que a aula de basquete já estava chegando ao fim. Decidi encontrar os meninos na quadra. Caminhei devagar observando-os através da tela verde aramada e capturei uma risada dos dois.

Não consegui entender o motivo do riso. Ainda assim, ver os dois daquele jeito fez meu peito se expandir de satisfação. Fiquei um tempo olhando-os até que Theo me viu e acenou com a mão no alto. Antes, porém, que eu entrasse na quadra, algo semelhante a uma manada de javalis passou perto de mim, quase me derrubando no chão.

— Theo! Sam! — eles gritaram, liderados por Bento. — Viemos jogar com vocês!

Theo limpou o suor do rosto com o polegar e abriu um sorriso cansado ao olhar para mim. Procurei um espaço com sombra e me sentei ali. Não iríamos embora tão cedo.

Quarenta minutos depois, Theo veio em minha direção jogando a água da garrafa no gargalo.

— O dia hoje está animado. — Sorri. Ele deu um beijo na minha testa e se jogou ao meu lado. Encostou a cabeça na mureta da quadra e descansou os braços em cada perna dobrada. Theo ficou um tempo em silêncio, observando os meninos jogarem.

— Sam precisa de uma cadeira própria para o basquete. E um time.

— Uma adaptada como aquelas que você me mostrou um dia? Ele meneou a cabeça.

— A cadeira talvez seja mais fácil de conseguir... mas um time?

— Ele tem potencial. E ama o esporte. É um desperdício que só fique aqui, confinado nessa quadra comigo.

— Theo, você despenca do Rio quase todo final de semana só pra dar aulas pra ele. Isso não é uma coisa que se possa chamar de desperdício.

Theo deu de ombros.

— Ele precisa de mais.

Até irmos embora, Theo ficou quieto. Sua mente parecia vagar a quilômetros dali.

— Denis chegou hoje também — Bento informou ao final da última partida.

— Tô indo lá falar com ele. — Theo se colocou de pé e olhou para mim. — Vou aproveitar que ele veio este fim de semana para colocar o papo em dia. — Ele puxou minha nuca e depositou um beijo em minha testa. — Até mais tarde.

O crepúsculo derramava sua penumbra quando Cecília chegou. Meu pai estava no banho, e minha mãe ainda não tinha voltado para casa.

— Apareceu a margarida! — Ela tirou os tênis e veio até a mim. Eu estava com meu violino, treinando um exercício complicado da faculdade. Cecília me abraçou e se jogou no sofá ao meu lado. — Este fim de semana não teve casamento?

— Eu não abri agenda. Estou cheia de trabalhos da faculdade pra fazer.

— E veio pra cá? — Ela ergueu as sobrancelhas.

— Aqui é como estar no Rio. — Olhei em volta. — Olha o silêncio dessa casa. O Sam nem liga se estou aqui ou não.

— Ele está no pé do Theo, né? — Ela riu. — Semana passada, eles passaram o sábado todo juntos depois da aula de basquete.

Suspirei e deitei o violino sobre o case.

— Às vezes fico receosa de o Sam dar trabalho demais para ele.

— Mas a ideia de vir quase todo final de semana para essas aulas partiu do próprio Theo, não foi?

Anuí.

— Até quando você não pode vir, ele vem. — Cecília arregalou os olhos. — Minha filha, se isso não é tirar a sorte grande na loteria dos relacionamentos, não sei o que pode ser. Theo vai ser um ótimo pai.

Abri um sorriso de canto.

— Ele vai, né?

— Olha ela, toda apaixonada. — Cecília cutucou minha barriga. — Falando nisso, cadê os dois?

— Estão na casa do Denis. A família está aí esse fim de semana, por isso Bento chamou Sam para brincar e Theo foi matar a saudade do amigo.

— Ele vai continuar a dormir lá?

— Sim.

— A família do Denis é muito legal em permitir que Theo fique lá quando está no Village. Mas ele podia ficar aqui também. Minha mãe estava falando isso ontem.

— E ele dormiria onde, Cecília? Aqui no sofá?

— Qual o problema? Ele não é o rei da humildade?

Dei risada. Toda vez que eu vinha com Theo para o Village aos fins de semana, ele dormia na casa do Denis. E quando eu não vinha, ele geralmente voltava para o Rio no final do dia. Ultimamente, eu vinha pouco. O primeiro semestre da faculdade estava exigindo muito, e minhas agendas tocando em eventos também. Era o que garantia minha permanência estudando no Rio. Apesar de não precisar gastar com comida em casa e aluguel, já que morava com dona Augusta, todo meu deslocamento e os gastos extras entravam na conta dos meus trabalhos.

Não demorou para que um ruído de rodas anunciasse a chegada dos dois. Minha mãe chegou praticamente ao mesmo tempo.

— Theo! Vou preparar seu jantar preferido hoje! — Ela sorriu, entrando em casa.

— Não precisa se preocupar comigo, sogrinha. Você trabalhou o dia inteiro.

— E você ficou com o Sam o dia inteiro.

Theo cumprimentou Cecília e se aconchegou ao meu lado no sofá. O sorriso convencido de quem tinha o favor da sogra.

A porta do banheiro se abriu e meu pai apareceu, dando uma olhada ressabiada para a cozinha. Um pacote de camarão descansava sobre uma tigela.

— Eu tinha pedido costela hoje.

— Mas o seu genro não gosta — minha mãe respondeu, simplesmente assim, e meu pai voltou os olhos para o sofá.

— Tá vendo? Um dia leva o caçula para jogar uns basquetes na quadra e no outro tá assim, levando a filha embora e ganhando comida preferida da sogra. — Ele balançou a cabeça. — Eu mereço.

Theo riu e se colocou de pé, batendo sua palma na do meu pai e circulando seu ombro com o braço.

— O senhor me aceitou na família. Não tem mais devolução.

— Fazer o quê, né? — Meu pai se sentou na poltrona. — Como estão o senhor William e a dona Cristine? E a dona Augusta?

Theo atualizou sobre o estado de todos. Meu pai colocou os óculos na ponta do nariz e esticou os olhos para seu celular velho e capenga.

— Lá vem... — Cecília cochichou para mim.

— Eu estou precisando ver um negócio do licenciamento do carro, mas não sei nada desses aplicativos — ele falou com Theo. Ah, sim, porque as visitas de Theo eram o momento oficial de meu pai resolver seus problemas com tecnologia e documentação de carros.

Theo se sentou ao lado do meu pai e pediu os documentos dele, e os dois ficaram envolvidos nisso por um bom tempo.

Antes do jantar, Sam propôs que jogássemos Uno. Theo, Cecília e eu entramos na dele e usamos a mesa da cozinha — com o aroma de camarão no ar — para isso.

Meu pai de vez em quando esticava os olhos e, disfarçando sem disfarçar, dava dicas para o Sam. Numa dessas, ganhei um +8 e gemi em frustração. Eu estava perdendo de lavada.

— Ah, pai! Isso é roubo!

— O Sam é café com leite. — Cecília mexeu suas cinco cartas. — Para de choramingar.

— Eu não sou café com leite! — Ele jogou sua última carta na mesa e gritou "Uno!". Theo gritou em seguida e eu passei as mãos no rosto.

Meu pai vibrou com Sam, e teve início uma discussão sobre a partida ter sido roubada ou não. Theo e Sam se defendiam, meu pai tentava amenizar e, de repente, no meio de todo aquele falatório e confusão, me peguei sorrindo.

Nós estávamos juntos. Rindo. Minha mãe despejava o molho de camarão sobre uma travessa na pia e havia alegria em seu rosto. A memória de dias passados me fez prender os lábios, contendo a emoção.

Como eu havia lido certa vez, a família é como uma obra de arte. Daquelas cheias de detalhes e nuances, que às vezes levam anos para ficarem prontas e, ao longo do tempo, precisam de constantes retoques e cuidados. Pois uma obra de arte bem-feita requer trabalho.

Um trabalho carregado de perdão, entrega, bondade... Um trabalho a que vale a pena se dedicar.

As estrelas pareciam pó mágico soprado sobre o manto negro do céu. Eu as observava enquanto caminhava ao lado de Theo sobre o calçadão, seu braço circulando meu ombro, e o meu, a cintura dele.

— Está sentindo esse cheiro? — Ergui o nariz, inspirando. Theo franziu a testa. — Cheiro de queimado. E está vindo da sua cabeça.

Desde que tínhamos saído de casa, após o risoto de camarão, mil pensamentos pareciam borbulhar na mente dele. Theo riu.

— Eu já sei.

Olhei para ele com dúvida.

— Sabe o quê?

— Como fazer o basquete permanecer na minha vida. E na vida de Sam, como algo além dos fins de semana. — Theo fitou o mar com um olhar contemplativo. Esperei que ele continuasse. — Eu já sabia da existência dos clubes de esporte adaptados para pessoas com deficiência. Andei sondando alguns por esses tempos e pretendo fazer meu estágio em uma associação lá no Rio que tem treinamento especializado para atletas de basquete. Eu queria muito inscrever Sam lá.

— Mas é no Rio.

— Por isso seria algo mais para o futuro... Só que, enquanto esse futuro não chega, decidi tentar correr atrás para organizar um time por aqui na região. Eu já estou vindo vários fins de semana para treinar com Sam mesmo. Posso estender isso a outras crianças. Ele conseguiria treinar em um time de verdade e eu, fazer o que amo: ser útil e ainda usar o basquete nisso.

Minha garganta estava embargada pela emoção.

— Mas e o seu ombro, Theo? Você foi afastado das quadras por causa da lesão. E se isso fizer piorar?

— Já consultei os médicos. O que me tirou do basquete foi o esforço intenso e repetitivo. Como treinador, as coisas são muito mais tranquilas. Eu não forçaria o braço a esse ponto.

— Uau, Theo... Isso é... Você... Sem palavras pra você. — Apertei sua cintura um pouco mais. Ele beijou o alto da minha cabeça.

— Eu sempre quis fazer algo de significativo com a minha vida, como você bem sabe. E, com o tempo, aprendi que a coisa mais significativa que posso fazer é viver para o Senhor em cada coisa que eu fizer. Honrar a Deus com minhas decisões, escolhas, meu trabalho, relacionamento... Mas hoje isso me fez acreditar que posso ir além, sabe? Vou pedir um patrocínio ao meu pai e ver no que vai dar.

— E eu vou te ajudar no que precisar.

— Você tem que tocar nos seus eventos e treinar muito, mocinha. — Ele deu um toque na ponta do meu nariz. — Você está a caminho de se tornar uma das melhores violinistas desse país.

Dei uma risada e ficamos ali, juntos, curtindo a alegria de fazermos parte da vida um do outro.

Poslúdio

Três anos depois

— Cadê o buquê, gente? Onde está? — O tom de desespero na voz de Cecília me fez rir. Ela andava de um lado para o outro dentro da suíte segurando a saia do seu vestido azul-bebê, o cabelo liso perfeitamente preso em um coque elaborado próximo à nuca.

— A cerimonialista guardou — dona Augusta respondeu. Ela ajeitava, diante do espelho, um fio que havia escapado de seu penteado. Seu vestido, no mesmo tom de azul do da Cecília, era cheio de rendas. — Ela vai entregar para Alissa antes de começar a entrada.

— Ah, verdade, né? Estou ficando doida.

— Você parece mais nervosa que a própria noiva, Cecília. — Minha mãe riu. — Imagina no dia do seu casamento.

— O lado bom de eu ainda não ter namorado é que tenho tempo para ir trabalhando a ansiedade.

Poucos minutos se passaram até que a cerimonialista aparecesse na porta, seu sorriso simpático informando que a grande hora havia chegado. Espiei pela cortina do hotel, que ficava quase ao fim do lado esquerdo do Village. Lá embaixo, na areia, as cadeiras brancas formavam duas fileiras. Um arco florido diante do mar protegia um pequeno aparador de madeira, e o pastor já se colocava ali atrás.

Respirei fundo. Talvez eu não estivesse tão calma como minha mãe achava. Quando virei meus olhos, ela, Cecília e Augusta me olhavam. Em suas feições havia orgulho misturado com alegria. E os olhos de minha mãe brilhavam com a camada transparente que se formava sobre eles.

— Você está linda.

Abri os braços e as três, com cuidado, me abraçaram. As mãos tocaram com delicadeza meu véu, que estava preso em meu coque. Meus braços, cobertos pela renda do vestido em formato de sereia, as envolveram.

— O Senhor te abençoe e te guarde. O Senhor faça resplandecer o seu rosto sobre ti, e tenha misericórdia de ti. O Senhor sobre ti levante o seu rosto e te dê a paz. — A voz trêmula de dona Augusta ocupou o espaço entre nós, e eu forcei o bolo da garganta a descer. Mas, no fim, não adiantou muito e nós quatro nos soltamos rápido, secando os cílios molhados com os dedos.

— Vamos logo, antes que as maquiagens se desfaçam. — Cecília bateu palmas e ela e minha mãe desceram primeiro. Dona Augusta ocupou a beirada da cama e deu um tapinha ao lado dela. Me sentei com cuidado.

— Ainda me lembro de quando percebi o primeiro olhar diferente do Theo sobre você. — Ela segurou minhas mãos, como amava fazer. — Eu observava os dois e via tantas possibilidades... Mas, assim como uma semente precisa de tempo para germinar, crescer e se tornar uma bela planta, vocês também precisavam amadurecer. E eu oro para que a raiz que tem crescido entre vocês se torne firme, com muitos ramos grossos e profundos, capazes de gerar frutos que permaneçam. — Ela sorriu. — Seja bem-vinda oficialmente à família Belmonte, Alissa.

Meu queixo tremeu. Dona Augusta era a prova de que, por mais que a família de sangue possa não ser tudo que sonhamos, sempre se pode encontrar uma nova por escolha.

Quando chegou minha vez, peguei o violino e desci as escadas com cuidado. Todos já me esperavam quando, com cuidado, atravessei a rua e pisei na areia, parando em frente ao tapete de tablado, escolhido para que Sam pudesse entrar com as alianças. Os convidados se puseram de pé e eu posicionei o violino, iniciando as notas de "Amazing Grace".

Enquanto tocava, meus olhos registraram o sorriso de cada pessoa querida que ali estava. Mari e os jovens da igreja em Pontal. Denis, Madá, Analu, Rian, Tadeu e Yasmin, amigos que estiveram muito presentes ao longo do nosso namoro.

Algumas crianças do projeto de basquete inclusivo de Theo também estavam ali, com seus pais. Ele amava aquelas crianças. Também, pudera: ele era o melhor *tio* que elas conheceriam na vida. Agora que havia se formado na faculdade, ele podia vir para o litoral mais vezes a fim de cuidar do projeto. E estava trabalhando em um time para sua academia no Rio também. Cristine e William haviam investido, e agora ele podia viver do que sempre amara. Assim como eu, que apesar de não ter terminado a faculdade, já começava meus testes para entrar em algumas orquestras.

Dona Augusta e Cecília sorriam, como damas de honra, lá na frente. Sam, em seu terno bege e gravata-borboleta, estava tão crescido. Ele ocupava um lugar especial com sua tão sonhada cadeira de rodas motorizada. Seus cachinhos continuavam lá, mas a adolescência havia dado a ele uma voz grossa, para não falar das espinhas variadas sobre o rosto. Já o sorriso... ah, esse continuava lindo e aberto como sempre.

Meu pai se colocou ao meu lado à medida que a música chegava ao fim. Seus olhos vermelhos e ombros eretos se preparavam para me conduzir ao altar. Então, meus olhos pararam sobre a pessoa a quem eu dedicava aquela melodia. O sorriso de Theo era vacilante, como se metade dele não conseguisse não sorrir e a outra metade lutasse para não se debulhar em lágrimas. O cabelo caía sobre a testa de um jeito bonito. Seu terno bege combinava com o tom da areia. Meu coração se expandiu com a visão dele.

Entreguei o violino à cerimonialista, peguei o buquê e, enquanto enganchava o braço no do meu pai, meus olhos correram para o céu. Entre os vãos azuis, nuvens brancas e fofas preenchiam boa parte dele.

Olhe as nuvens. Qual música elas estão cantando pra você?

Redimida, perdoada, amada — pelo maior amor que existe. Era isso que elas estavam cantando. Era isso que o Pai dizia a mim todos os dias.

E isso não tinha nada a ver com Theo ou nosso casamento. Era algo mais superior e mais belo do que eu jamais poderia viver com alguém neste mundo. Era a história de amor eterno com o Deus que havia limpado minha vergonha e me oferecido vestes puras e brancas como a neve.

Agradecimentos

Uau. Eu estou de fato aqui, escrevendo os agradecimentos deste livro? Por vezes, pensei que este momento não chegaria — ou demoraria séculos para chegar. Bem, demorou mesmo um bocado. Mais precisamente, um ano inteiro de muita pesquisa, dedicação, escreve-e-apaga, orações e aquele pensamento que ronda a mente de todo autor: "Será que essa história é boa o suficiente?".

A música das nuvens foi um desafio em diversos aspectos, mas creio que enxergar a escrita como um ministério — para além de trabalho — me ajuda a sempre voltar ao Deus que plantou essa raiz das palavras no meu coração. E como Ele foi bondoso comigo durante todo o processo. Como Ele me sustentou com sua mão firme e poderosa.

Parafraseando Casting Crowns: Senhor, que as palavras que eu digo e as coisas que eu faço levem minha canção de vida a cantar a ti e te tragam um sorriso.

O Senhor é o motivo de tudo.

Bem, não há como escrever um livro e separar essa atividade do restante da vida. Durante a escrita de uma nova história — especialmente nos períodos finais — todos da família do escritor acabam sendo afetados de alguma forma. E aqui eu preciso separar um espaço de honra para dizer que meu marido, Hugo, fez muito além do que eu poderia imaginar. Ele sempre é meu suporte em todos os processos de escrita, mas neste novo livro eu perdi a conta de quantas vezes ele passou o dia fora com Melinda e inventou um milhão e meio de atividades com ela para que eu pudesse concluir este projeto. Quantas noites de cinema em casa ele alegremente me dispensou para que eu pudesse escrever. E quantas vezes ele ouviu meus choramingos e se alegrou comigo a cada capítulo concluído. Obrigada, meu bem. Você é muito mais do que pedi a Deus.

Apesar de Melinda ainda não ter idade suficiente para ler isto aqui, deixo, como sempre, registrado para o futuro: filha, obrigada por me dividir com os livros, mesmo sem entender direito esse negócio de a mamãe ser escritora — muito embora dia desses você tenha dito que quer escrever livros quando crescer (e, é claro, quase ter me feito chorar por causa disso).

Obrigada à minha sogra, Rosângela, por ter cuidado de Melinda por várias vezes — e feito a alegria dela por causa disso — para que eu pudesse escrever. E agradeço também aos meus pais, Adelson e Marli, que sempre dão um jeito de me apoiar nessa caminhada.

Um agradecimento especial precisa ser destinado à minha amiga do coração e das letras, Queren Ane. É bem verdade que eu sempre a perturbo com minhas ideias e dúvidas a respeito de novas histórias, mas desta vez... céus. Ela aguentou uma centena de áudios, textos e mensagens sobre esse enredo, a ponto de já não lhe restar quase nenhuma surpresa quando ela foi de fato ler o livro. Amiga, obrigada por ser meu suporte em tantas áreas da vida. Amei, mais uma vez, escrever um livro ao mesmo tempo que você.

Gostaria de agradecer também a Thaís Oliveira e Maria Martin Araújo, que, com a Queren, são meu clã, minhas amigas do peito, minha equipe Corajosas. Elas leram este livro na velocidade da luz e me ajudaram, como sempre, a refiná-lo e torná-lo algo melhor para vocês, leitores. Obrigada, amigas, por sempre poder contar com vocês.

Obrigada, Júlia Oliveira, Enza Cerqueira e Thalita Lins, por também lerem a história da Alissa em tempo recorde e me ajudarem com suas impressões e dicas. Thalita, em especial, lê meus livros antes de todo mundo desde quando eu nem sabia o que o termo "leitura beta" significava. Ela me ajudou na escolha do novo sobrenome do Theo (sim, gente, o nome e o sobrenome do nosso mocinho eram diferentes) e releu várias partes para me ajudar em detalhes da história. Obrigada, amiga, por ser tão solícita e vibrar com minhas histórias.

Bianca e Raquel Stellet: como eu poderia agradecer mais a vocês por tamanha ajuda? Raquel é uma exímia professora de música, e congregamos na mesma igreja desde quando eu mal sabia escrever meu nome. Tenho um carinho muito grande por ela e toda sua família. "Tia Raquel" me recebeu em sua casa, me apresentou o ateliê de luthieria de seu esposo, Ediel, e me presenteou com uma tarde inteira para tirar dúvidas e aprender sobre esse universo do violino e da música clássica. Bianca, sua filha, uma violinista de 16 anos, foi uma grande inspiração para diversas cenas de Alissa. As descrições do violino, o vídeo sobre a dificuldade com a Sinfonia Inacabada e tantos outros detalhes foram retirados diretamente da vida dessa menina que eu vi nascer. Obrigada por aturarem todas as minhas perguntas ao longo dos meses e por me ajudarem a conferir veracidade a essa parte tão importante da história.

E, claro, não podia faltar um agradecimento em letras garrafais ao meu editor e amigo Daniel Faria. Sério, é uma honra sem tamanho poder discutir os detalhes da minha história com esse profissional brilhante. Obrigada, Daniel, por me ajudar a melhorar a história da Alissa e do Theo. Obrigada pelas horas de reunião conversando sobre o livro e ajustando pormenores. Obrigada pelo seu apoio à minha carreira e por me impulsionar a sempre ser melhor.

Um agradecimento a toda a equipe da Mundo Cristão. Vocês são incríveis e sempre se superam. Em especial, quero agradecer a Natália Custódio e Jonatas Belan por se dedicarem com tanto carinho nos detalhes da produção da capa. Vocês são demais. Gratidão a todos os colaboradores que tanto trabalharam para que *A música das nuvens* chegasse tão bonito assim às suas mãos.

    E, por fim — porque eu não sei ser rápida nem nos agradecimentos —, meu muito obrigada a você, leitor, por ler esta história. Espero que ela tenha falado ao seu coração de alguma forma. Deus abençoe sua vida!

Sobre a autora

Arlene Diniz é formada em Serviço Social, pós-graduada em Missão Urbana e escreve livros com o objetivo de espalhar o amor e a Palavra de Deus, e também de encorajar pessoas, principalmente adolescentes, a verem a vida por uma perspectiva diferente. Escreve em blogs desde os quinze anos, e há quase uma década tem desenvolvido trabalhos voltados para adolescentes. Mora em Paraty, no Rio de Janeiro, com seu marido, Hugo, e a filhinha deles, Melinda. É autora de *No final daquele dia* e coautora dos livros da série Corajosas. Viagens com a família, dias nublados, brigadeiro de panela e fazer nada com os amigos estão entre suas coisas preferidas do mundo.

Leia também:

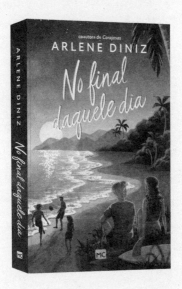

Aos 17 anos, tudo o que Kai Fernandes deseja é tornar-se surfista profissional. Quando surge a oportunidade de participar de um campeonato que poderá ser o pontapé inicial para sua carreira, ele não imagina que precisará contar com o favor de seu pai, um homem amargurado pelo álcool e pela vida.

Preso a uma realidade familiar difícil, seu refúgio é o mar e seu grupo inseparável de amigos. Arthur, Ervilha e Giovana dão à vida de Kai um sentido especial —— mesmo que nada mais a sua volta tenha.

No final daquele dia trata da jornada de um garoto que não acredita na existência de um Deus que se importe com ele. Trata de relacionamentos familiares quebrados e como a esperança pode restaurá-los. Trata do poder da amizade e do que acontece quando o Pai encontra um filho.

Compartilhe suas impressões de leitura,
mencionando o título da obra, pelo e-mail
opiniao-do-leitor@mundocristao.com.br
ou por nossas redes sociais

Esta obra foi composta com tipografia EB Garamond
e impressa em papel Pólen Natural 70 g/m² na gráfica Santa Marta